mind your mind

遇见弗洛伊德的眼泪

盈风●作品

心理治疗师的爱情与灵药

CNS
湖南文艺出版社
HUNAN LITERATURE AND ART PUBLISHING HOUSE
博集天卷
CS-BOOKY

图书在版编目（CIP）数据

遇见弗洛伊德的眼泪：心理治疗师的爱情与灵药 / 盈风著. —长沙：湖南文艺出版社，2016.12
ISBN 978-7-5404-7859-9

Ⅰ. ①遇… Ⅱ. ①盈… Ⅲ. ①长篇小说—中国—当代 Ⅳ. ①I247.5

中国版本图书馆CIP数据核字（2016）第282745号

上架建议：长篇小说 · 言情

YUJIAN FULUOYIDE DE YANLEI：XINLI ZHILIAOSHI DE AIQING YU LINGYAO
遇见弗洛伊德的眼泪：心理治疗师的爱情与灵药

作　　者：盈　风
出 版 人：曾赛丰
责任编辑：薛　健　刘诗哲
监　　制：于向勇　马占国
策划编辑：徐　娅
营销编辑：刘晓晨　罗　昕
封面插画：SUE鲤琳
版式设计：潘学琴
封面设计：VIOLET
出版发行：湖南文艺出版社
（长沙市雨花区东二环一段508号　邮编：410014）
网　　址：www.hnwy.net
印　　刷：北京京都六环印刷厂
经　　销：新华书店
开　　本：880mm × 1230mm　1/32
字　　数：330千字
印　　张：11.5
版　　次：2016年12月第1版
印　　次：2016年12月第1次印刷
书　　号：ISBN 978-7-5404-7859-9
定　　价：35.00元

质量监督电话：010-59096394
团购电话：010-59320018

C O N T E N T S

目录

序章　逃跑的新娘

Chapter 1
欢迎回到次天使之城 / 002

Chapter 2
次天使的魅影 / 020

Chapter 3
命中注定的那个人 / 034

Chapter 4
焦虑症患者的防御机制 / 048

Chapter 5
没有回忆的地方 / 064

Chapter 6
心理治疗师的PTSD / 078

Chapter 7
让人失眠的阴影 / 094

Chapter 8
需要安慰的人 / 108

Chapter 9
海边的弗洛伊德 / 122

Chapter 10
秘密往往都带着伤痛 / 136

Chapter 11
未治愈的PTSD / 152

CONTENTS

Chapter 12
找到你的心魔 / 166

Chapter 13
次天使的柔情 / 182

Chapter 14
身世的秘密 / 198

Chapter 15
第二种人格 / 212

Chapter 16
神秘的酒吧老板 / 228

Chapter 17
被时光掩埋的过去 / 242

Chapter 18
听从恶魔的召唤 / 258

Chapter 19
一场被预谋的“幸福” / 272

Chapter 20
Farewell，曾经的爱人 / 286

Chapter 21
爱与恨的纠缠 / 300

Chapter 22
一念天堂，一念地狱 / 316

尾声　我永远爱你 / 336

番外篇　那一夜 / 344

遇见，弗洛伊德的眼泪

序章

逃跑的新娘

Mind your mind

遇见，弗洛伊德的眼泪

序章

逃跑的新娘

十月下旬的某一个清晨，阳光和往日一样照进了Pomona Valley Hospital（洛杉矶波莫纳市医院）的一间单人病房。墙上的液晶电视机正在播放KTLA（洛杉矶KTLA电视台）的新闻，女主持身着灰色套装侃侃而谈："昨夜发生于Pomona（波莫纳市）市区华裔心理治疗师Summer Xia诊所的枪击事件，警方已排除他杀嫌疑。死者Vincent Wang（文森特）长期受抑郁症困扰……"

一只手按住遥控器关掉了电视机，手的主人是一名三十多岁的华裔男子。他的视线从电视机转向病床上还在熟睡的女子，她正是新闻里提到的那位Summer Xia。中文名字叫作夏天蓝，令人不由自主联想起夏日明媚天空的三个字。

昨夜发生的事故放在任何一个路人身上都不好受，更别说当事人夏天蓝了。从亲眼看到Vincent Wang在她的眼前开枪自尽后，夏天蓝就一直处于精神恍惚的状态，以至于在警局录完口供，开车回家的途中出了车祸。虽然只是一些身体上的轻微擦伤，但警方在看到她精神恍惚的状态后还是不放心，将她送到了医院住院观察，并联系了同为华人心理治疗师的周绍伟对她进行PTSD（创伤后应激障碍）康复辅导。

周绍伟担忧地凝望夏天蓝，现在的她脸色苍白眉头紧蹙，前额布满细小的汗珠，睡得极不安稳。从她的极度不安稳的睡姿来看，周绍伟推断她正在做一个可怕的噩梦。周绍伟忍不住走到夏天蓝的病床前，首先拨弄了一下她凌乱的头发，然后右手有节奏地轻轻拍打着她的后背，视线却仍然停留在电视机里播放的新闻上。

周绍伟的推断完全正确，方才电视新闻里提到的名字——Vincent Wang，此刻正通过敏感的神经元渗透进夏天蓝的大脑皮层深处，和昨天晚上的事故画面结合起来，形成了一个让她感到惊恐且迫切想要逃离的梦境。

梦境中的她仿佛又回到了自己的诊疗室，对面站着拿着左轮手枪的年轻男人，他此刻正用一双极尽疯狂的眼睛死盯着她，随时都有一种要跟她同归于尽的冲动。

“Vincent，你先把枪放下。我们一起等你的医生过来，好好谈一次。OK？”夏天蓝尽量压抑住因害怕而颤抖的身体，压低声音缓缓地对Vincent说着。

“夏医生，你为什么要申请禁止令？我只想和你在一起，为什么不行？”他激动地大吼，手中的枪胡乱挥舞，随时都能射出致命的子弹。

“我是你的医生，我们不……”她的话还没说完就被Vincent打断了，他的脸因为愤怒而变得更加扭曲，大声地呵斥道：“你已经不是我的医生了，你把我交给别人治疗了不是吗！”

夏天蓝听了Vincent的话之后，瞬间惊慌了起来，原本就颤抖的身体现在颤得更加厉害，她的本意是要安抚他的，怎么反而更加刺激到了他呢。夏天蓝紧张地吞了一口口水，一边弯腰慢慢地向Vincent靠近，一边用手轻轻地向他招手，企图用这样的方法去安抚他此刻濒临崩溃的情绪，慢慢地说道：“Vincent，你听我说，不是不行，真的，你听我的，只要你把枪放下，我们可以慢慢谈！”

“你骗我！你骗我！到最后你都在骗我！” Vincent仿佛听不到夏天蓝的声音，他疯狂地对着夏天蓝怒吼了一阵后，绝望地深深看了她一眼，猛地将枪口对准自己的太阳穴扣动了扳机。夏天蓝都还来不及喊出“不要”两个字，枪声响起，Vincent的头就在她眼前爆炸了。

Vincent的头爆炸了，夏天蓝的人也整个呆掉了。她不理解明明刚刚还在跟她大声对峙的活生生的人怎么就浑身是血地躺在了冰冷的地板上。她想要走上前去，但颤抖的身体却本能地不断后退。一个踉跄的转身，夏天蓝逃出了自己的诊疗室。

夏天蓝无意识地在街上狂奔，树木、房屋、汽车都在她不断加快的速度中飞快后退。她不知道前方道路通向何处，脑海里只有一个声音在拼命喊着：“他死了！他死了！”她跑过一大片绿油油的草坪，自动洒水装置启动，喷了她一身。她没有停止奔跑，水珠和汗水一同被留在了身后。直到她无意识地跑进了一栋房子，她的灵魂似乎在说“这里是安全的”。她关上门，将客厅里的椅子叠在一起抵住房门，才蜷缩在了屋内的一个角落里。

“这真的不是你的错，夏天蓝，你安全了，你可以醒过来！”脑袋中有个理性的声音轻轻地对她说道。

呆坐了好久，夏天蓝才慢慢恢复神志，环顾四周，才发现自己身处一个陌生的房间。仔细一看，她发现这间屋子似曾相识，但却怎么也想不起来自己什么时候来过。

突然，她的眼角余光抓住一道明艳不可方物的橘色光芒，她转过头定睛细看后失控地尖叫起来。她的尖叫助长了火势，火苗蹿上窗帘，蹿上宿舍双层床的被褥，蹿上一切可以燃烧的物件，迅速将整个房间变成了烈火地狱。

夏天蓝迅速跑到房门前试图搬走堆积的椅子，理智告诉她出口就在这里。但这些叠起来的椅子好像被施了魔法一样，怎么都搬不完。熊熊的火焰逐渐逼近这个做着无用功的女人，她能感觉到重重热浪围困住了自己，浓烟呛得她睁不开眼睛，她快不能呼吸了。

夏天蓝无助地趴在地上，手执着地指着房门的方向，仿佛房门的对面有能拯救她的人。她的嘴里翻来覆去念着一个人的名字："家伟，家伟，何家伟，救救我……"

病床上的女人挣扎在噩梦之中，眼球在眼皮下方飞速转动，嘴巴一张一合像是在大声求救，可是周绍伟却听不到任何声音。他只能紧紧握住她的手，企图召唤她离开梦境回到现实。

夏天蓝猛地张开眼睛，失焦的视野里出现一个模糊的人影，然后慢慢清晰。

"学长。"她认出了面前的男子。

"是单纯的噩梦还是闪回？"周绍伟开口问道。

她的学长是一名"研究狂人"，夏天蓝已经习惯了他的风格。比如此刻，正常男性面对脆弱无助的学妹，不是应该抓住机会献殷勤嘛，至少应该先问一句"你还好么"。

不过，她也不是"正常"的女人。

夏天蓝的脑袋沉重得仿佛戴了一顶铁帽子，还是纯铁打造的那种。她坐起来，自己动手把枕头垫在后腰位置，眯起眼睛想要找回梦里的画面。

"Vincent，我梦见了他……"她的声音和平时截然不同，低沉压抑。

夏天蓝能够回忆起来的仅剩与昨晚经历相关的一些画面。至于那场火灾，足以夺人性命的浓烟连同"何家伟"这个名字，则复制了无数人的经验：在双眼睁开的那一瞬间，"逃"得无影无踪。

两个月后，Pomona的市民们欢欢喜喜地迎来新的一年。

时间不断流逝，去年十月发生的悲剧已然成为"旧闻"。除了Summer Xia的心理诊疗室依旧大门紧锁，其他关于那场悲剧事故的痕迹早已消失得无影无踪。

一月的Santa Barbara（圣塔巴巴拉市），午后两点的阳光洒向大地，铺成一地金黄。华氏六十八度的气温舒适宜人，太平洋的清爽海风温柔吹拂，这样的天气适合给自己放一个假，或者，举办一场婚礼。

管风琴演奏的《婚礼进行曲》从白色教堂内传出，路过的行人看到门口悬挂“Just Married（新婚）”牌子的汽车不由露出开心的笑容。结婚，的确是一件能传染喜悦的事情。

圣坛前，牧师和新郎翘首等待身穿白色婚纱的新娘走完红毯。她手捧花束站在那一头，束腰的抹胸礼服勾勒出美好身段，娉娉婷婷。但与其他待嫁新娘不一样的是，她一个人孤零零地站在红毯上。

她一步一步地极其缓慢地朝着新郎的方向前进。红毯两侧的宾客们只当她脚穿高跟鞋不好走路，却不知头纱覆盖下的她快喘不过气来了。

“你可以的，夏天蓝！”她对自己说。然而，耳朵似乎被两团棉花塞得严严实实，她听不到宾客们的欢笑，婚礼背景的音乐，甚至于自己的心跳声她都听不到；接着仿佛视线也出现了问题，开始变得一片模糊，圣坛前等待她的人变成了两道扭曲的幻影；她的心跳骤然加速，身上开始冒出大片的冷汗和红斑。她感觉再这么走下去自己真的会突然窒息死掉。

于是她停下前进的脚步，闭上眼睛默默地平静了几秒钟后，一把掀开头纱，美丽的脸庞挂着绝望的泪水，逐渐清明的眼神望着前方那个等待着她的男人。

“Sorry, I can’t.”她用尽全力喊出了这一句，仿佛身心都得到了解脱，“对不起，学长，我还是做不到。”

无视宾客惊愕的神情，夏天蓝提起裙摆，转身向着大门飞奔而去。

而被丢下的那个人，夏天蓝的学长，也就是今天的新郎周绍伟在看到新娘逃跑后也迅速地尾追出去，并在教堂外的汽车旁追上了她。周绍伟抓住她的胳膊，强行将她的身体转向自己。

“夏天蓝，你确定你要这么做么？你让我怎么向亲朋好友交待？”周绍伟的脸色难看到极点，换作任何人易地而处，都绝不会有好心情。

此时的夏天蓝已恢复了镇定，她指着被他握住的胳膊，在肘关节的内侧位置一块巨大的红斑赫然在目，完全破坏了白皙肌肤的美感：“Specific phobia（特定恐惧症），我不介意你把症状描述得有多夸张，我欠你的。”

周绍伟看到那块红斑之后才松开了手，疑惑地问道：“又发作了么？上次你答应我的求婚时，明明一切都正常。”

“走红毯的时候，惊恐发作症状突然爆发了，也许身体的本能告诉我学长你并不是Mr. Right（对的人），接着我的身体就出现了过敏。”夏天蓝低头看着皮肤上的红斑，现在它的颜色开始淡去，“另外，这次还伴随心脏剧痛，比以前反应更剧烈。”

周绍伟皱起了眉头，习惯性地摸着下巴陷入思索。此刻，夏天蓝逃婚造成的后果，其优先级已退居第二位。作为专业的心理治疗师，他显然对她的焦虑症更有兴趣。“这两个月你的注意力集中在克服PTSD上，潜意识也更为关注事业方面的困境，所以防御机制没有像往常那样触发。”

说完这些话之后，周绍伟望向夏天蓝的眼神可用“遗憾”或者“怜惜”来定义：“Summer，这么多年其实我们一直没有寻找到你焦虑症真正的病因。也许真正能治愈还得靠你自己。”他点到为止，话语中隐约透出几分她没有对他坦诚相对的遗憾。

夏天蓝明白周绍伟的意思，可惜连她自己也无从判断那么多的“过去”里，究竟是哪一起不幸的遭遇埋下了焦虑症的种子。

“对不起，学长。”她诚恳地再一次道歉。

周绍伟撇撇嘴大度地一笑：“不用道歉，反正我求婚的动机也不单纯，原本打算和你一起组成夫妻档把洛杉矶和湾区的华人客户统统拿下。”

她看着他，没错，她的潜意识知道他的目的，所以在最后关头给出了拒绝的信号。“也许，只有命中注定的那个人才能帮我克服焦虑。”她迷茫地耸耸肩，解下颈间的钻石项链还给他。

教堂大门再度打开，周绍伟的父母和亲友团吵吵嚷嚷追了出来。他迅速回头瞥了一眼，转过来对天蓝古怪地笑了笑。“轮到我说对不起了，我不得不给这群人一个交待。”说着，他的手甩向她的脸，看上去像是用力抡起巴掌给了她一个耳光。

轻柔的碰触，作为告别的赠礼。闹出“逃婚”这么大的动静，他们今后无论如何都没办法继续做朋友了。

夏天蓝配合地往后踉跄倒退，抬起手捂着脸坐进自己的汽车。

“Good luck.（祝你好运）”绍伟在车窗外对她说道，他了解她的秘密，但他治不好她。

“再见了，学长。”

她发动汽车，绝尘而去。

通往洛杉矶的一号公路上，夏天蓝的红色福特在车流中奔驰。蓝色的太平洋浩瀚壮美，她却无心欣赏。

手机铃声响起，天蓝看看点亮的屏幕，显示为未知号码。她不想接听，任由铃声响了好一会儿后自动挂断。

打电话给她的人耐心十足，第一次致电无人接听后仅仅过去三分钟，又一个显示为未知号码的电话打了进来。耐不过烦人的铃声，夏天蓝还是接听了。

“夏天蓝小姐么？”电话那端的男人声音低沉、磁性，“您好，我是秦德辉律师事务所的沈旭磊律师。”

夏天蓝在Pomona多年，和律师打交道的次数并不少，这还是第一次碰到开口就说中文的律师。这勾起了她强烈的好奇心，于是她决定继续听对方讲下去。

“您的亲生母亲过世了，我是她的遗嘱执行人。请问您什么时候可以回国一趟？”

夏天蓝的第一反应是“这是个诈骗电话”，她一声不吭切断通话。没想到没过几秒，那个“未知号码”又打来了。

名叫沈旭磊的男人像是明白她的心思，开口便说道：“夏小姐，这不是诈骗电话。我找了您一年，今天才确认您的身份。”

“哦，是么？即使如此，我也没兴趣。”她回答道，语气冷淡，“即使真的是我的亲生母亲，她从没参与我的过去，未来我也不想和她有任何瓜葛。”

干脆利落地回绝了沈旭磊，夏天蓝毫不客气地挂断电话。显然这通所谓的寻亲电话影响了她的好心情，她烦躁地把车停到了路边，出神地望着太平洋的方向。远处突出的礁石阻断了大洋继续奔流，海水前赴后继地狠狠撞击着岩石，飞溅的白色泡沫犹如破灭的希望。

突然想知道太平洋的另一侧，自己留在那个城市的记忆，它们还好么？

那个有着黝黑的脸、雪白牙齿的英俊男人又一次浮现在了夏天蓝的眼前。

何家伟，请你告诉我：何去何从？

Chapter 1
欢迎回到次天使之城

第一章

欢迎回到次天使之城

系紧安全带的指示灯亮起时，夏天蓝明显感觉到机身向右侧倾斜了一下。她眺望舷窗下方的灯海，从高空俯视，这个城市东西南北四个方向的灯火按点、线连接，呈现于眼前的仿佛是天使张开的羽翼。天蓝清清楚楚看到了半边翅膀，她想起好几年前曾有人对自己说："它叫作次天使之城。"

对这个称呼的普遍解读是"仅次于Los Angeles"的意思，但是夏天蓝更喜欢那个人告诉自己的意思——被驱逐出天堂的堕落天使们寻欢的乐园。

她活在次天使之城光鲜亮丽背后的阴暗角落里，身上打着堕落天使的烙印。夏天蓝突然想起在孤儿院时的记忆碎片，院长告诉她，她是在孤儿院门口被人发现的，当时正值夏季，她躺在一个破旧的篮子里，身上盖了一条薄薄的毯子。她饿得哇哇大哭，小手在空中乱抓，细细的手腕绑着一根红绳子，上面有一张很小很小的白色卡片：遗弃她的人为她取名"夏天蓝"。

灯光一直延伸到最东边，像是被黑暗突然吞噬，一下子丢失了所有光明。这座临海的城市敞开胸怀拥抱浩瀚无际的大海，而大海则是更为慷慨的主人。它无私地回报以细软的白色沙滩、冉冉升起的朝阳，夏天蓝至今仍念念不忘多年前在白沙湾目睹的盛大日出，那同时也是一场凄艳的告别。

二十岁那年，夏天蓝离开这座城市，去了真正的天使之城。十三年后，她终于回到了从前告别的地方。

飞机开始降落，她的耳朵嗡嗡作响，一如二十岁时她坐在摩托车后座感受到风从耳畔呼啸而过。

同一班飞机上，与夏天蓝相距几排的另一侧，欧楠同样抬起眼睛望着舷窗下方的城市，无数的灯光连成一片海。她想起在美人鱼岛看到的蓝眼泪，夜里的沙滩被星星点点的蓝光妆扮得如梦似幻，恍若打开了仙境之门。

“好美！”她低声喟叹，声音里有藏不住的甜蜜。海风吹动她白色的长裙，黑色的头发随风摆动，她也仿佛成了仙境中的人。

“蓝色会发光的是一种微生物，细小如沙，所以它的英文名叫作Blue Sand。”站在她旁边的男人身材高大，一张脸宛如上帝之手精雕细琢而成。但他浑不在乎俊美的外貌，故意把头发剃成最短最男人的板寸，却万万想不到丝毫无损美貌，反倒在人堆里更引人瞩目。

他停顿了几秒钟，继续说了下去：“离开海水，它们的生命最多只能存活一百秒。”说着，他低下头，在她的耳边冷冷道：“好好看着，这世上千变万化的美，到最后都会成为同样丑陋的尸体。”

“乔浩然，你太过分了！”她被他冰冷的语气吓到，一抬头发现他脸上盈盈的笑意，顿时明白过来他在戏弄自己。她捏起拳头作势捶他的肩膀，软绵绵的，并不用力。

他哈哈大笑，一把抱住她，在仙境之门前热烈地吻她。

“乔浩然，你太过分了！”飞机上的欧楠靠着舷窗，喃喃自语。高空下，城市的灯光美不胜收，也温暖得让人忍不住落泪。

飞机向着地面飞去，仿佛扑进久别重逢的情人怀抱。

而她回到这里，孤身一人。

行李转盘前站满了人，夏天蓝也挤在人堆里，和大家一样翘首盼着传送带上突然出现自己的行李箱。

这趟航班几乎满座，托运的行李相当多，刚才已有一批行李被主人认领回去，只有一个银色的行李箱还在孤零零地转圈。当它再一次回到夏天蓝眼前时，她总算看清楚手把那里原来是吊了一个天使。而令她好奇的是，这个天使没有脸！

无脸天使的行李箱离开夏天蓝才“走”了几步，和她隔开两三个人的距离，一只白皙的手忽然伸出来抓住了手把，接着又一只手伸了上来，将它用力提了起来。夏天蓝稍稍后退了小半步，想看看箱子的主人什么模样。但她只瞧见对方的背影，身形娇小，腰身纤细。

居然是一个女孩子，应该是个性独特的女孩呢。夏天蓝耸耸肩收回了好奇的视线，她看到自己的行李箱出现在传送带尽头，于是向那里走去。

欧楠拖着行李箱孤独地走在人群中，无脸的天使吊坠不断敲击着铝合金的箱体，单调重复的声音让她心安。

冥冥中，Clotho（克罗托）女神抛出了一条纺线，将之紧紧缠绕于夏天蓝和欧楠的命运转轮。

仿佛蝴蝶振动了翅膀，有些事将会永远改变。

回到故乡后的夏天蓝做的第一件事，就是去秦德辉律师事务所见沈律师。然而真正站在律师事务所门口时，她又开始纠结到底要不要进去，仿佛她知道一旦踏进这个门槛，自己的生活将发生天翻地覆的改变似的。她有些忐忑不安，甚至一度有过转身离开的念头。

因为连她自己都惊讶，居然会是两个月前接到的来自这家律师事务所的电话促使她回到故乡，站在这里。

夏天蓝无奈地抓了抓头发，再次仔细核对了一遍印在玻璃门上的事务所名字，深吸一口气，挺起胸膛走了进去。

自动感应门打开，身着套装的前台小姐抬起头看了天蓝一眼，妆容精致的美丽脸庞挂着程式化的微笑，仿佛一尊人偶娃娃。

“你好，我是夏天蓝，和沈旭磊律师有约。”尽管面前的女子隐约有一丝趾高气扬的优越感，天蓝依旧保持自己的礼貌和教养，微笑着说明来意。

美女拿起话筒，按了分机号码接通沈旭磊的电话。她的声音轻且细，天蓝听不清她说了些什么。但从她结束通话之后立刻起身招呼的殷勤态度、和善的微笑不难推测，夏天蓝毫无疑问是沈旭磊律师正在等待的“重要客人”。

“夏小姐，沈律师正在他的办公室等您，请跟我来。”美女起身走出接待台，走在她前面领路。她穿了一双至少八公分的细高跟鞋，天蓝看着有点提心吊胆，唯恐她一不小心折断了鞋跟整个人摔倒在地。虽说脚下的地毯十分厚实，但摔个四脚朝天对任何美女而言都不是值得雀跃的事。

幸好，她们平安无事走到了沈旭磊办公室门口。磨砂玻璃门后面，隐约有个人靠在桌边。

“谢谢，我自己来。”夏天蓝客气地道谢，抢先伸出手推开了门。

如她所料，沈旭磊站在桌前等她。他一身剪裁合身的西装，浅蓝色的条纹衬衣配深蓝色领带，显得年轻又时尚。

她以为能做到律所合伙人的他，年龄肯定在四十岁以上，想不到面前这张脸竟如此年轻。

除了年轻，英俊也是这张脸的另一标签。

“夏小姐，请坐。”他绅士地拉开办公桌前的椅子，待她落座后才走回自己的位子，解开西装纽扣入座。“Tea or coffee（茶还是咖啡）?”

“水，谢谢。”她要了他没给出的第三个选项。

沈旭磊笑了笑，按下内部通话键吩咐秘书送一杯水进来。很快，另一位同样穿着细高跟鞋的美女端着托盘推门而入。她走到桌前，在夏天蓝面前放下了一杯水，一瓶未开封的依云矿泉水。

之后办公室再度只剩下沈旭磊和夏天蓝两个人。他们彼此都在沉默地打量着对方，双方都没有开口说话，整个办公室里鸦雀无声。

“夏小姐，令堂江荟澜女士于一年前过世。生前，她曾立下遗嘱，指定名下的一套房产由夏小姐本人继承。这是相关的一些文件，请您过目。有疑问的地方随时问我。”沈旭磊收回打量的目光，首先打破沉默的氛围，拿出一份文件递给夏天蓝。

夏天蓝看了一眼递过来的文件，视线越过文件停留在拿文件的手上，白皙干净，一点都不像一个男人的手，想必这位沈大律师的生活一定很优越。之后视线再退回文件上面，夏天蓝看似发呆地停顿了那么几秒钟，最终仍是没有接下那份文件，任由拿文件的手尴尬地半举在空中。

“我从没见过她，你们怎么证明她就是我的……”她咽了口唾沫，好不容易从齿缝挤出“妈妈”这两个字。

沈旭磊发现夏天蓝对他亦或是这件事情仍有些疑问和顾虑，于是他当下决定原谅她刚刚不礼貌的行为，嘴角撇一撇，若无其事地收回手，转而拿起了另一份文件。这次他没递给她，而是自顾自地翻开，视线却放在她脸上，接着开始阅读文件里的内容：“圣爱孤儿院的部分文件在当年的火灾中损毁，我们派出的调查员花了不少时间才重新寻找到夏小姐的踪迹。当然，因为可能存在同名同姓的情况，最终还是依靠DNA技术才确定您正是江女士的亲生女儿。”

“所以，你的意思是你们不仅跟踪了我，甚至还盗取了我的DNA？”夏天蓝难以置信地瞪着面前这位西装革履的大律师。她对于被侵犯了隐私这件事的愤怒指数“嗖嗖嗖”直线飙升，心里默默盘算和律师行打官司的话胜诉概率有多少。

沈旭磊似乎看穿了她的心思，轻轻笑了笑，说道：“冒犯了夏小姐，我深表歉意。但由于江女士委托我们务必找到她的亲生女儿，但却没有提供给我们更多详细的关于您的资料，秉着对委托人严谨负责的宗旨，我们不得不先采取一些非常手段验明正身，然后方可联系您。”他的措辞十分婉转，极力避免她被遗弃的事实。

夏天蓝定定神，暂时抛开打官司的念头，将注意力重新拉回来。“所以我真的是她女儿？”

沈旭磊听到夏天蓝这句话后，基本可以确定她相信了他的话，微笑着把手中的文件递给她。这是一份DNA鉴定书。夏天蓝从第一行看起，99.99%的吻合结果证明那个叫作“江荟澜”的女子确确实实是自己的亲生母亲。她默默地把文件放回桌上，然后身子向后靠，陷在沙发里开始发呆。沈旭磊看到夏天蓝这个样子，猜测她肯定一时难以接受这个事实，索性也沉默，给了她思考的空间。

三十三年了，夏天蓝在对寻找母亲这件事早已丧失了兴趣和期盼之后，母亲却凭空出现了。不，严格来说她并没有出现，她已经去世了。最可笑的是也许这位母亲在临死前突然善心大发，想到还有这么一个被抛弃的女儿，所以留下一笔遗产想要弥补对女儿的亏欠。呵呵，这又有什么意义呢，她真的以为这样做，就会抹去她无情抛弃她的罪过么？

沈旭磊看到夏天蓝仍在发呆，觉得还是应该打破现在诡异的沉默，毕竟他的时间可是按分钟计费的。于是他走过去在她身边的位置坐下，递上早前要给她的文件。“夏小姐，如果没有异议，我会替您先做一份笔录，之后请您在这份遗嘱上签字。”

听到沈旭磊的声音后，夏天蓝终于回过了神。她转过头来了，以一种奇怪的眼神盯着沈旭磊，仿佛在嘲讽他的冷漠和无情。“我，想见她一面。”她依旧拒绝他递来的文件。

沈旭磊也回盯着夏天蓝，英俊的脸庞没有多余的表情。但内心却被面前这个外表看似柔弱，内心却无比倔强的女孩激起了一阵涟漪。他突然对她产生了客户以外的强烈的探究心。

夏天蓝仍在静静等着他做决定，她立场坚定，摆明态度不会乖乖合作。

“如你所愿，”沈旭磊决定让步，他从沙发上站起来，居高临下地看着夏天蓝，同时抬起手朝门口方向做了一个“请”的手势，“夏小姐，我带你去见江女士。”

沈旭磊的司机老王将他们送到了墓园门口，一路无言。他先下了车，绕到天蓝那一侧，打开车门请她下来。她礼貌地回之一笑，心想这个男人倒是出乎意料地绅士。

夏天蓝跟随沈旭磊向墓园深处走去，心情越来越复杂。从她能够记事开始，她就和孤儿院里的其他孩子一样，对从没见过面的父母充满好奇和期待。孤儿院里的老师带他们外出时，夏天蓝总是张望着周边的人群，总幻想着这些人里有自己的爸爸和妈妈。他们只是把她暂时寄放在孤儿院，一定会在擦肩而过的瞬间认出她，然后把她接回温暖的家。

但当她渐渐长大之后，才发现愿望终究如肥皂泡一般崩裂，而自己肯定是个坏小孩，才会被父母抛弃在孤儿院里，有时甚至极端地想也许她根本不该来到这个世界。

周绍伟曾在给夏天蓝做精神分析时，跟她提起过也许她焦虑症的起因来自童年时期被遗弃的那段经历。夏天蓝心里认同学长的观点，同样作为一名专业的心理治疗师，她清楚地知道自己的病症来源于何处。只是当时的她即使在面对亲近的学长时，都很难敞开心扉。现在，她终于要直面病症的所在，心中不由滋生了一丝恐慌。

沈旭磊忽然停下了脚步，夏天蓝没留神，一头撞上他的肩膀。他及时伸出手助她站稳，同时淡淡说了一声："我们到了。"

夏天蓝揉了揉自己的脑袋，心想自从遇到这个大律师，自己发呆的频率真是越来越频繁。她顺着沈旭磊的目光向左侧看去，一座石漆的墓碑孤零零地竖在一旁，墓碑的正面贴着一位妩媚动人的女子照片，想必这就是她的母亲江荟澜了。夏天蓝在看到照片的一刹那，几乎百分百肯定自己和照片上的女子具有亲缘关系。她的眉眼肖似江荟澜，天生自带一种勾人气魄的气质。记得读书时她不止一次地无故遭到男同学妈妈们的联合抵制，她们背地里总是说她"小小年纪媚眼如勾，一看就是小狐狸精"，如今算是找到自己这副长相的出处了。她的下巴也几乎复刻了她的，尖尖的下巴颏儿，是多少人求之不得的"天然"。

墓碑的右上方刻着江荟澜的生卒年月，夏天蓝做了简单的心算，自己出生那一年江荟澜才十八岁。花一样的年纪里突然有了她，想必也一定很害怕。她心情复杂地凝视着墓碑上的遗像，内心里长的刺开始一点点地消退，几乎打算原谅她抛弃了自己。

十八岁未婚生女，并非所有人都能承担起责任。

夏天蓝转过头看着沈旭磊，犹豫了几分，才鼓起勇气开口问道：“她有没有告诉你，我的爸爸是谁？”

沈旭磊面无表情地摇了摇头：“抱歉，这个问题不在委托范围内。”他的语气冷冷淡淡，让夏天蓝碰了一鼻子灰。

她只得将视线再度转回墓碑，此时她才惊觉整块碑石上没有立碑人的名字，仿佛埋骨此处的女子如同漂萍飞絮，既没有根也没有其他牵绊。“沈律师，她没有别的亲人了？”夏天蓝不免联想到自身，她们果然是母女，都在这个世界上无亲无故。

他看着她，目光中闪过一丝犹豫与慌乱，可惜她并未瞧见。“据我所知，是的。”

夏天蓝本来也没抱什么希望，但是猜测被证实的一瞬间，依旧有几分难过。夏天蓝弯下腰，郑重地对着墓碑毕恭毕敬地鞠了三个躬，并在心里默默对她说了一句“谢谢”。无论如何，她将自己带到世上，这是天大的恩典。尽管给自己带来永难愈合的心理创伤，她依然感激她。

沈旭磊探究着她的一举一动，这个女人一会儿表现得过分疏离，一会儿又觉得她异常地温暖。办公室里的她像只刺猬一样充满了攻击性，现在的她又像个受伤的小女孩，娇弱可怜。她在他的电脑里编号为“063”，和另外几十个“夏天蓝”一样，他从未想过一个公式化的“编号”会让他这个从来在万花丛中游刃有余的新贵不知所措。

记得两个月前他和她通了第一次话，她毫不客气地挂了他的电话。当时他愣了几秒钟，才反应过来自己被当成了骗子。当时她就激起了他的猎奇心理。再次通话后，他发现她的声音清亮柔和，有一种安抚人心的作用。他翻了翻手里的资料，侦探在她的职业那一栏填写的是therapist（治疗专家）。他闭上眼，她的声音在脑海里回荡——“她从没参与我的过去，未来我也不想和她有任何瓜葛。”

干脆利落，她的爽气令他心生好感。对于抛弃自己的母亲，不原谅是正确的态度。他当时确实这么想。

说不出所以然，沈旭磊一心想完成江荟澜的遗嘱委托。他后来又打过几次电话给夏天蓝，终于说服她先回国了解实际情况。

真正的原因，也许只是他想亲眼见见她。

离开墓园回到市区，沈旭磊吩咐老王先送夏天蓝到桃园路100号。他随口问了一句天蓝的目的地，有点意外竟然得到了她的答复。

"你知道《都市壹周》这份报纸么？今天是它的停刊日。"夏天蓝看看沈旭磊，从他的年纪分析，这份报纸的全盛时代正好贯彻他的大学时期，他至少应该听说过。

她的推测非常准确，沈旭磊印象中的确有这份报纸的存在。他"哦"了一声，心里有一些遗憾。随着自媒体时代的来临，这些年陆陆续续有不少传统纸媒被迫转型或停刊，全世界莫不如此。这也是一个空前浮躁的时代，信息在传播之前甚至不再需要费尽功夫地取证，每个人都能创造新闻，却不必为此背负责任。

"出国之前，我是《都市壹周》情感专栏的兼职写手。"她补充说明自己与报社的渊源。话音未落，只见他的脸上已写满了惊讶。

"我记得，那个专栏叫作《情感方程式》，每一期都是一个叫Summer的人回答读者感情问题指点迷津。夏天，夏天蓝，原来就是你。"他一脸"原来如此"的表情，想不到在多年以前他们已有过交集。

她掩嘴轻笑，调侃道："别告诉我你喜欢看情感专栏哦。"

"当时的女朋友是你的忠实读者，她习惯用报纸上的案例比对我们的感情。"他淡淡笑言，声音里有一丝怀念，她听出来了。

从专业角度看，沈旭磊前女友的表现带有较为明显的焦虑特征。天蓝记得大部分的感情问题都与出轨有关，她当年还和同事做过粗略的概率统计，似乎是每一百对情侣中就有一对存在劈腿现象。他前女友焦虑的成因百分之七十来源于不安全感，由此可推断他应该是个挺花心的男生。

夏天蓝低下头随意摆弄着自己的手，选择不回应这句话。

汽车停在桃园路100号门前，这座两层高的白色小楼外已聚集了不少人。从开始到结束，总会有一些人念念不忘。

“我到了，谢谢你。”夏天蓝向沈旭磊道谢，手伸向一旁，准备打开车门。

“等一下。”他叫住了她，“继承江女士的遗产，你会考虑吧？”

她咬住嘴唇，表情似有犹豫：“假如，我是说万一我在法律上已经被定义为‘死亡’，你们会怎么处置她的遗产？”

“如果夏小姐您在法律上被定义为‘死亡’，江女士还有另一份遗嘱。很抱歉，鉴于您健在人世，那份遗嘱不得公开。”他恢复了公事公办的语气，冷淡而疏离。

夏天蓝立刻选择不再追问，她打开了车门。“沈律师，我需要时间考虑。”下车前，她这样告诉他。

车门关上，老王转过头问他是否直接回事务所。他正要回答，自己那一侧的车窗玻璃被人叩响。

放下车窗，夏天蓝弯腰靠近车窗，她的脸上有一丝忐忑和迟疑，随后小声地询问道：“沈律师，请问今天和您的谈话，以及您陪我去墓园花的时间，收费是多少呢？”

沈旭磊忽然心情大好，说不清缘由就是想笑。仿佛春风刹那间拂过他的脸，笑容从漂亮的唇角蔓延开，连他的眼底都有了笑意。“对你，”他一字一句，“免费。”

直到车子开走，夏天蓝还怔愣地站在原地。她按着胸口，心跳没有加速；摸摸额头，没冒冷汗；捋起衣袖，手肘内侧没发红斑。

好吧，貌似刚刚被这个男人撩了一把。跟他待了这么久居然没有抵抗的反应，可真是稀奇呢。

小白楼前，一个男人发现了站在马路边缘走神的夏天蓝。他迅速将手机收进口袋，三步并作两步冲到她面前：“Summer，没想到你真的来了。”说着，他一把将她拥入怀抱，用力抱紧她。

他的“熊”抱让夏天蓝措手不及，待反应过来看清眼前是何方人士，她才笑着推开了他，打趣道：“楚云飞，这么多年不见，你还是一见面就搂搂抱抱的风格，当心被控性骚扰。”

这个比她大了三岁的男人，脸上依然有着孩子般的纯真笑容。当年的他是《都市壹周》的摄影记者，虽然负责明星发布会的现场，却成天梦想获得普利策奖。这么多年不见，他还保留着原来的样子，真的好难得。

楚云飞揽着夏天蓝的肩，一同望向小白楼。“你还记得么，十三年前的愚人节大家一起创造的销量奇迹。现在想起来，都依然激动万分呢。”他在夏天蓝出国后也离开了报社，如今已是一名成功的商业摄影师。

十三年前的愚人节，天王巨星张国荣从香港文华酒店纵身一跃，为自己传奇的人生画下句点。

消息传到内地时已经是当天夜里的九点三刻，主编Steven（史蒂文）紧急召集所有的工作人员通宵赶稿，连夜做出了整整十二版的综合报道。四月二日恰好是《都市壹周》发行日，当天经晨间新闻确认张国荣离世的消息属实后，百万份《都市壹周》一扫而空。

夏天蓝感触地点了点头，她至今记得当日头条上贴的照片——张国荣《金枝玉叶》的电影海报，清俊的半张脸隐于暗处，眼神寂寞如雪。

当时关于头条的标题大家否决了无数条，最终还是夏天蓝简简单单一句“他化蝶而去”得到一致肯定。她希望那句话印在他的照片下方，能让大众记住他最美好的样子。

然而那时难以复制的销量纪录，也连同那个化蝶而去的偶像一起消失了。

特意赶来和小白楼道别的人群里有几张夏天蓝熟悉的面孔，更多的则是陌生人。她和楚云飞算得上元老级别的员工，但由于离开得较早，后来的新人们基本也不认识他们。倒是Steven发现了站在外圈的两人，穿过人堆走到他们面前。

“Summer，好久不见。”这个四十二岁的男人依旧风度翩翩，他把所有的遗憾、失望和不甘心都深深藏于心底，此刻脸上已归于平静，“谢谢你能远渡重洋，回到这里。”他和楚云飞是固定的酒友，知道后者肯定会抽空前来，夏天蓝的出现却是大大出乎意料。

“我看到了微信朋友圈里转发的消息，停刊，真的很难让人接受。”夏天蓝叹了口气继续说道，“正好这几天我回国处理一些私事，当然要过来说一声再见。”

“谢谢！”Steven给了她一个友善的拥抱，“我们一起创造的纪录，我会一直记得。”

“将来你有什么计划？”尽管和Steven共事时间不长，天蓝却深知他作为一名“报人”的理想。当初他信誓旦旦要办全市最好的娱乐期刊，即使现在不得不停刊，《都市壹周》也曾经等同于“The best”，他实现了自己的目标。

Steven看了一眼楚云飞，笑了笑说道：“我打算做一个以深度调查为主的自媒体。”平静的表情淡去，意气风发重新回到他的脸上。“无论哪个时代，民众需要真相。”

夏天蓝同样想到楚云飞的普利策梦想，现实与理想总有遥不可及的距离。她看着Steven，直言不讳地劝告：“你可能不会成功。”

“我知道，”他的眼神无比坚定，有一种勇往直前的决心是任何劝说都阻止不了的，他们静静地听他说完，“但总要试试。”

夏天蓝和楚云飞目送Steven回到老同事那里，被一个又一个人拉着合影留念。她抬起头，用胳膊肘顶了一下他的胸口，告诉他：“向现实妥协，并不丢人。”

“我知道，我只是羡慕他的勇气。”他的声音，听得出落寞。

就像当年楚云飞拍板决定采用的那张头版照片，他的眼神也和那个化蝶而去的偶像一样，寂寞如雪。

“次天使之城，到处都是寂寞的人。”曾经有一个人，这样说过。

和《都市壹周》的同事们告别之后，夏天蓝去了楚云飞的工作室。他租了一个仓库，将底层空间改造成了摄影棚、暗房，而整个二楼则是他吃饭睡觉洗澡的地方。

夏天蓝快速检阅完毕他的摄影棚，看到胡乱摆放的柔光箱、支架，她摇了摇头开口道："楚云飞，你怎么还是老样子，'乱'得一如既往。"

楚云飞抓了抓头发，"嘿嘿"一笑。被说中痛处的他有些不好意思，却还要为自己狡辩一番："这就是少爷的独有的风格，哈哈。"

她一副"懒得理你"的表情，跟在他后面踏着充满工业时代气息的铁楼梯到了二楼。与楼下的"乱"不同，他对居住的环境似乎比较有追求，卧室、浴室都打扫得非常干净。西式的厨房和餐厅连成一体，不仅有漂亮的餐桌和后现代设计的椅子，餐桌上甚至还摆着极有情调的枝型烛台。

夏天蓝狐疑地看了看他："你的工作，能接触很多美女模特吧。"她用的是无比肯定的语气。

他哈哈大笑，捶了一下她的肩膀："Summer，什么都瞒不过你。"

楚云飞开了两瓶啤酒，递了一瓶给夏天蓝。两人在铁栏杆前席地而坐，双脚从栏杆底部伸出去，悬空挂着。

"你的意思是，那个不负责任的亲妈留了一套房子给你？"他重提车上说起的话题，"在哪个区？"

夏天蓝报了沈旭磊写给她的地址，只见楚云飞猛然瞪大了眼睛，一脸羡慕的表情："天啊，那一片都是别墅、小洋房，每套房子至少市值一亿。你发财了！"

她喝了一口啤酒，轻声叹息道："可是我不想要，总感觉她是个非亲非故的陌生人，让我去住她的房子，我大概接受不了。"

"Summer，没有人会和钱过不去。"楚云飞灌下一大口啤酒，他抬手擦了擦嘴角的酒沫，"你不想住就卖掉吧，有了这笔钱，就算你回到美国也能生活得很好。她欠你的母爱，现在也只能用钱弥补了。"

如果这世上所有的事都能用"钱"解决，那倒是简单了。

夏天蓝不说话，不知不觉就喝完一整瓶。她把空瓶子递给楚云飞，问道："还有没有？"

“多年不见，酒量见长嘛。”他爬起来，走到冰箱拿酒，一手夹着两瓶啤酒又坐了回来，“来，今天咱俩不醉不归！”

“又没下酒菜，谁高兴陪你喝。”话虽如此，她还是接过了啤酒瓶，“明天把车借我，我先去看看那套房子。”

楚云飞立刻从衣袋里掏出车钥匙扔给夏天蓝：“你决定继承遗产？”

她冲他举起了酒瓶：“就像你说的，没有人会和钱过不去。”话里有深深的嘲讽，对他也对自己。

他回送她两个字的评价：“明智。”还想再说什么，手机提示音响起，打断了他的思路。

夏天蓝见他突然低头对着手机看得认真，产生了一丝好奇，她朝他那边坐过去一点，想偷看他的屏幕：“佳人有约？”

“有人投了简历，快帮我鉴定一下是不是美女。”他大方地把手机交给她，问心无愧的样子。

“你是招人还是找女朋友啊！”天蓝嗤之以鼻，可还是看起了猎头网站APP发来的简历。

“欧楠，英文名Erica……”简历模板大同小异，填写的内容却往往决定一个人能不能获得面试机会。倘若夏天蓝是招聘方，这位求职者的名字已然引起了她的兴趣。“Erica，欧楠，它的花语是孤独。”

“按照你的分析，她会不会性格孤僻难以相处？”

“我的建议是，作为外貌协会的代表，你至少该见见她。对方可是美女哦。”夏天蓝把手机交还给楚云飞，让他看简历的最后一页，除了贴了欧楠的设计作品之外，还附带了一张她本人的照片。

虽然是侧面照，依旧能看出她是个身材纤细、胸型好看、眼睛很大的漂亮姑娘。按照楚云飞以往的审美标准，夏天蓝相信这是他喜欢的款。

“我哪有那么肤浅。”楚云飞嘟嘟囔囔表示不满。不过他的手指却出卖了他，一拿回手机他直接将屏幕上拉，跳过工作经历直接看最后一页。

她笑了笑，心里有个小人跳出来，扯着尖细的嗓门冷嘲热讽道：没错，男人就是这么肤浅！

但，谁又比谁高尚呢？

欧楠投简历的时候，她的银行账户只剩下四千元不到，连付给侦信社的委托费用都不够。她从洛杉矶回国那天，刘侦探送她去的机场。在她下车前，他开口劝说道："欧小姐，你找了他这么多年，是时候放下了。"

她沉默以对，脸上的表情却能看出倔强和不认同。刘侦探叹了口气，心知她必定不肯放弃。想想也能理解，这么长久的执念，岂是旁人劝解两句就能幡然醒悟的。

她的案子是最近两年才转交到他手上的。在他正式接手前，其实已经听说过欧楠和她的委托。不夸张地说，她的这项委托"养"了侦信社好多年，他们私下里嘲笑她是个"又傻又可怜的女人"。

她要找的人名叫"乔浩然"。起初他的前任仅仅是在这个城市寻找他的踪迹，后来追踪到他出国了，这项委托开始变成世界范围的搜寻。欧楠的委托费用不断上涨，但从不见她为此产生丝毫的犹豫，哪怕每一次他们提供的线索都让她失望而归。

欧楠对寻找他的理由三缄其口，任凭刘侦探和他的前任旁敲侧击，她始终拒绝透露原因。最后，他们都认为"乔浩然"必然与欧楠有着深仇大恨，说不定类似于杀父之仇。只有仇恨才滋生如此强大的执念，让人无法放手。

刘侦探送欧楠去机场的路上，一股脑把这些年侦信社背地里耍过的小花招和对她的评价统统告诉了她。他快退休了，实在不忍心继续瞒骗这个娇小柔弱的小姑娘，指望她能早日清醒。

欧楠的表情没有任何不快，哪怕听到"又傻又可怜"这样的形容。"谢谢你，刘叔叔。"她是个有礼貌的孩子，一直称呼他"叔叔"，这也是导致他良心不安的原因之一。顿了顿，欧楠接着说道："我已经付不出下一笔委托费用了。"言下之意，即使没有他的规劝，她也不得不暂停委托。

十四小时的飞行时间漫长到足够她回想乔浩然和自己的点点滴滴。他们相遇在电影院，一个让人冷眼旁观悲欢离合的地方。命运早有预示他们的故事也仿佛一部俗套的爱情电影，而且还是注定票房失败的那种。

那天，处于失恋状态的欧楠买了一张电影票去看喜剧。结果影院里所有人都笑得前仰后合，只有她哭得像个傻子。

眼泪冲掉了隐形眼镜，她眯起眼就着屏幕亮光找纸巾。包里黑漆漆一片，欧楠摸索半天也没找到，不得已抬起胳膊用袖子擦眼泪。

坐在她隔壁的男人悄无声息递来一包纸巾，她转过头，看不清他的脸。“谢谢。”她的声音不大，完全淹没在周围响亮的笑声里，她不确定他有没有听见。

散场灯亮起时，欧楠肿着眼睛再一次向邻座男子致谢：“谢谢你。不好意思，我用完了。”在她模模糊糊的视界里，他是一个能用“惊艳”定义的男人。

他莞尔一笑，说道：“我第一次见到有人看喜剧哭得这么伤心。”起身离座，居高临下的他向她伸出手，“你请我喝咖啡，我就把电影情节告诉你。”

她傻愣愣地仰视他，离得有点远，看不清他的表情。“你……”该不会，他在提约会邀请吧？

“好啦，我请你喝咖啡，我也会把电影情节告诉你，OK？”他弯下腰，近乎耍赖的口吻，“你不说话我就当你同意了。”

这是欧楠与乔浩然的故事开头。后来，他承认在排队买电影票的时候对她一见倾心，所以特意向售票员要求坐到她的旁边。谁知她从电影开始就一直哭，他只能靠借纸巾寻找搭讪机会。

再后来，他拿走她借给他的一百万，她再也没见过他。

这么多年过去了，也许是时候放下了。欧楠望着舷窗下方的璀璨灯海，对自己说道。

当生存问题变得更为迫切，爱与恨都可以成为过去。

她修改完简历，看了一眼摆在笔记本电脑旁边的无脸天使吊坠。这是乔浩然送给她的礼物，他说："我不在你身边的日子，它会代替我守护你。"

他失踪后，她把天使的脸刮平了。

她拿起吊坠，用力扔进抽屉，又重重关上。然后，她点击了"发送简历"按钮。

2

Chapter

次天使的魅影

第二章

次天使的魅影

通往白沙湾的滨海公路素有“城市最美风景线”之称，它的一边是无敌海景，另一边则是这个城市日新月异的景观，白天黑夜展现不同的魅力。然而，在热衷速度与激情的年轻族群中，它的另一个称号“东方蒙特卡洛”却更为出名，十三个急速转弯既是对普通车手们的挑战，也是让飙车党们肾上腺激素爆棚的热血地方。

夏天蓝将车停在路边，怀抱着一束百合静静地站在路边眺望着不远处的大海方向。带有咸涩海洋味道的风不断地扬起她的长发，久远的声音穿透时空屏障重新在她的耳畔回荡：“以后呢，你就负责专心读书，我负责赚钱养你。我发誓一定要让你成为这个世界上最最幸福的人！”

十三年前，这个久远声音的主人何家伟就丧生在这条蜿蜒曲折的滨海公路上，他的人生从此永远定格在二十四岁。记得他们约好在夏天蓝生日那天去白沙湾一起迎接日出，他早就答应会给她一个难忘的二十岁成人礼，还神秘兮兮地表示有一份特别的礼物要送给她。然而，那天的夏天蓝等了何家伟整整一夜，没有等到日出，亦没有等到他的人。等来的却是第二天早报上一则不起眼的新闻——某快递公司员工在白沙湾的滨海公路上因遭遇车祸而不幸身亡。

保险公司不是没怀疑过何家伟的死亡动机。他是一个孤儿，受益人写了非亲非故的夏天蓝，况且他一直负担她的学费，选择自杀骗取保险金的可能性非常大。

但夏天蓝一口咬定何家伟没有任何自杀的倾向。她坐在保险公司的办公室里泣不成声，断断续续地表示他答应陪自己过生日，若非意外绝不会失约。幸好快递公司的接线员之后也证实了当晚白沙湾附近住宅区的确有人要求发一份急件，而派过去的快递员正是何家伟，并且那位客人还因为快递员迟迟未出现一连打了三个投诉电话。

这么多的证据面前，理赔调查员不得不签字认定何家伟的死亡为“意外”。而夏天蓝拿到保险金后毅然决然地离开了这座从此毫无牵挂的城市，远赴他乡。

夏天蓝弯下腰，将百合摆放在路肩上。这条公路每年都有车祸致死的人，隔三岔五路面就会出现一束鲜花。记得好几次，她坐在何家伟摩托车的后座上从这里呼啸而过，每次都能看到花瓣在飞驰的气流中瑟瑟发抖。但她却从没想到将来某一天，她也会在这里放一束鲜花祭奠死去的何家伟。

何家伟是夏天蓝前二十年人生里唯一的亲人，他比她大四岁，从小就把她当妹妹看待。他是第一个告诉夏天蓝“你的爸爸妈妈永远不会再出现”的人，她听了之后把眼睛哭成了核桃，整整一个礼拜没和他说过一句话。讽刺的是，她的妈妈真的出现了，可惜也跟何家伟一样去了天堂。

“哥，你错了，我妈妈来找我了。”她对着空气，对着公路下方的海，对着飞溅的浪花喃喃自语，“虽然晚了好多年，但她还是让人来找我了。”

如果何家伟还活着，一定会嗤之以鼻：“得了吧，你妈妈人都死了，就算找回你又怎么样？让你每年去扫墓啊！”

如果何家伟还活着，一定不会做娶妻生子这些“浪费感情浪费人生”的事。他一直对诸如家庭温暖、阖家幸福这样的词汇存有抵触情绪，仿佛它们是他天生的死对头。他常常恐吓夏天蓝，说那些领养人一旦有了自己的小孩，肯定会把她再送回来。他说得煞有介事，她相信那必定是他的亲身经历。

外表乖巧可爱的夏天蓝其实有好几次被收养的机会，可是恐惧早已在她的心里生根发芽。天蓝固执地认为离开孤儿院的话，父母将再无机会找回她。她总是有办法让试图收养自己的人在最后做决定的时刻改弦易辙，这也是何家伟鼓励她报考心理学专业的原因，他对她说过："天蓝，你从小就有种看透人心的本事。好好读书，将来这城市里心理有伤的人你都能治好的话，那你一定能赚大钱。"

她记得自己当时笑得很开心，好像看到了从天而降的钞票。"等我发财了，哥，你就可以退休了，去做'不浪费感情也不浪费人生'的事情吧。"是的，她确实说过。

"好，一言为定。"他干脆地伸出小手指跟她拉钩为证，一点都没觉得靠着妹妹有"吃软饭"之嫌。

他们相依为命，甘愿为对方赴汤蹈火。

可是十三年后的今天，夏天蓝孤零零地站在何家伟死去的公路上，她终于吐出曾有过的怀疑："何家伟，为了我，你可以连命都不要么？"

白沙湾是一片天然形成的白色沙滩。赤脚踩于其上，完全感受不到寻常沙砾的粗糙感，反而细腻柔软如粉末，再加上前方蔚蓝如晴空的一片海，绝然是休闲放松的好去处。市政府也是竭尽所能保护它免遭破坏，不但禁止游客将沙粒带走，更颁布了每年只四月到十月开放的政策性法规。夏天蓝此次回来，恰巧在它重新开放之时。

正逢假日，早上九点半的白沙湾已经人头攒动。滨海公路的这一段，也一改以往粗犷豪迈的风格，宛若大家闺秀般循规蹈矩起来。大家小心谨慎地前行，提心吊胆地注意乱穿马路的游人，有些车主还得时刻观察隔离带两侧公共停车区域内有无空车位……夏天蓝夹在车阵中慢吞吞地朝前开，默默地想着：十三年的时间大家的文明素质果然提高了不少，至少没有人靠不耐烦地猛按喇叭来发泄不满了。

记得十多年前，滨海公路刚刚通车时，何家伟就载着夏天蓝横穿整个城市来此远足。对于年少的他们，白沙湾曾是遥不可及的城市地标，能住在那附近的都是有钱人。因此，公路一通车就吸引了大批车族来这里展现车技，一睹滨海公路独有的风采。结果造成这一带的路段严重堵塞，政府部门不得不紧急安装限速标示。十三个急速转弯本已刺激得车手们肾上腺激素狂飙，突然出现的限速标示犹如兜头浇了一盆冰水，大家自然把怨气发泄在无辜的喇叭上了。那天，夏天蓝和何家伟肩并肩坐在白沙滩上，面前是波涛阵阵，背后则是沸反盈天的喇叭声。

“从众心理真可怕，只要有一个人耐不住性子，大家都会跟着他一起按喇叭，好像不这么做就显得自己假正经。”十九岁的夏天蓝皱起眉头，像个小大人似的批评着那些缺乏公德心的人，“当人处于群体之中，的确会容易丧失自己的判断能力。”

何家伟笑话夏天蓝活脱脱一副老学究的模样，雪白的牙齿在晒成黑炭一样的脸上晃眼得很。他在建筑工地干活，拼命赚钱就是为了能让她有朝一日出国留学。“天蓝，希望你永远不会丧失判断力。”他收起笑容，忽然一本正经起来，“不管发生什么事，记得要让自己的利益最大化。”

夏天蓝咬住嘴唇，心头闷闷的，一口气喘不过来。她把车窗全都摇下来，海风在车内盘旋，将她的头发吹得乱七八糟，天蓝却依旧觉得胸闷不舒服。她迫切地想要离开狭窄的车厢，到广阔的天地自由呼吸。

幸好，前方隔离带的停车区域内空出了一个车位，夏天蓝迅速将车停靠了进去。她本来并无计划停留，但反正不赶时间，索性下车到处逛一逛。

对面车道那一侧的风貌与过去完全不一样了，当年令天蓝向往的居民区已被经济发展的洪流冲击得不见踪影，取而代之的则是大大小小的酒吧和休闲中心。真正的富有阶层更早一步撤离游人如织的热门景点，他们在半山和港湾的码头附近盖起别墅，变相地把某些交通不方便的公共土地变成了“私人领地”。

夏天蓝像异乡客一样兴奋地浏览着周边的各种美景。她虽身处国外，但对次天使之城的关注却一点不少。她知道这个城市的一些变化，不过等到亲眼目睹时，她还是被这里迅猛无比的发展势头震惊到了。

原来一别十三年，她对它的思念却一直深藏在心底。

走着走着，夏天蓝被一栋两层的小楼吸引了目光，停下了脚步。这栋小楼的外观全部用木料装饰，让人错以为来到了某座森林里的小花店，一块铁艺的招牌在风中荡荡悠悠，长方形木板上用花体字书写了店名——Zihuatanejo。夏天蓝凭直觉判断这里应该是一家隐藏于闹市中的特别的小酒吧，而这里的主人显然想营造出一种返璞归真的感觉。

出自西班牙语的Zihuatanejo并不常用，但是看过电影《肖申克的救赎》的人一定熟悉它的另一个译名——圣娜达卢，没有回忆的海。

这里的主人，他想去没有回忆的地方？抑或，他想把所有回忆统统埋葬在前面那一片深海里？

夏天蓝对这家酒吧兴起了探究的念头。她推了推木门，门是锁住的，里面没人。

“好吧，下次再见。”她只好遗憾地冲着大门摆了摆手，转身离去。

“Zihuatanejo是一个地方，在墨西哥，太平洋岸。你知道墨西哥人怎么称呼太平洋吗？那是没有回忆的海洋。那就是我想去的地方。一个温暖而没有回忆的地方。”

她离开的时候，脑海里浮现了《肖申克的救赎》中Andy Dufresne（安迪·杜佛兰）和Red（瑞德）的对白。

欧楠堪称楚云飞见过的最迷糊的求职者，未必绝后，但肯定是空前了。他打电话通知她面试的时间、地点，结果这位大小姐“嗯、嗯、嗯”了半天挂断之后，隔了五分钟又打回来问他是哪家公司，自己什么时候投的简历。

楚云飞差一点就对她说“你别来了”，可是她的声音怯生生的，让他硬不起心肠直接拒绝。他放缓语气，再次自报家门：“我是楚云飞，你十五分钟之前投了一份简历应聘摄影工作室的助理职位。”

“哦。”她恍然大悟，连忙道歉，“楚老师，对不起。”

至少，态度还不错。楚云飞想想不放心，追问道：“那么，明天十点，你会来吧？”

“一定，肯定。”欧楠连用两个保证词，声音也多了一份热情。

然而，到了约定的时间，欧楠并未出现。楚云飞有点恼火，他盯着墙上的挂钟看了足足一分钟，犹豫不决是否应该打个电话问她到底来不来。唉，这种事应该招个HR来处理才是。他一边想着，一边拿出了手机。

铃声突然响起来，屏幕显示的号码正是他昨天打过的那个。他接听了，手机那头传来怯生生的声音：“楚老师，我……我，迷路了。”

“迷路？”他下意识重复了一句，这倒是个不错的迟到借口。

“我找了十五分钟，实在找不到您说的门牌号。”欧楠快哭出来了，她置身一片仓库包围中，一个个铁皮仓库外观几乎一样，她分不清东南西北了。

楚云飞听出了欧楠的慌乱，刚刚的质疑立刻烟消云散。“别急，别急，第一次来的人确实搞不清方向。我来接你，你告诉我周围有什么比较显眼的标志物。”

欧楠吸口气镇定下来，她朝前后左右张望了一眼，发现右前方有一个仓库改造成了咖啡馆。“有一家咖啡店，名字叫做……”她快步走到近前，“楚老师，这家店的名字叫作Timeline（时间）。”

Timeline，距离这里并不远。楚云飞本想通过电话指点她路线，转念一想还是亲自去接她更为靠谱。“我知道你的位置了，等我。”

五分钟后，楚云飞走到Timeline，看见一个身材娇小的女人坐在外面的藤椅上。她单手支腮，和简历上的照片一样，有很美的侧脸。

“欧小姐，你好！”他出声唤她，确定她就是自己在等的那个面试者。

她慌忙站起来，看着他不好意思地笑了笑："楚老师，您好！麻烦您亲自过来接我，真抱歉。"她笑起来的模样更迷人，眼角会向上弯起，是能让旁观者心情愉快的笑容。

"该道歉的是我，昨天给你打完电话后，我才想起来今天是假期。"楚云飞承认自己日子过得有些糊涂，不过做这行向来没有正常作息时间，他想不到也在情理之中。

他带着欧楠拐了几个弯，很快回到工作室。欧楠小心翼翼地踏进仓库，跟着他走到二楼，按他的指示在餐桌前坐下。

"简单介绍一下你之前的工作经历吧。"楚云飞给她倒了一杯水，在她对面坐下，"不用拘束，我这人很随意。招助理主要看气场合不合，其他要求都不是问题。"

欧楠端起玻璃杯抿了一小口稳定心神，她放下杯子咽了口口水，开始做自我介绍。"我叫欧楠，英文名字是Erica，之前是自由职业者，多数以项目的形式参与其中的设计部分。"她低头打开皮包取出U盘，推向楚云飞，"楚老师，我的作品都在U盘里。"

他打开手旁的Mac Air，插上她的U盘，随口说道："PS，AI，这些常规的软件你都会吧。"

她点点头，眼睛垂下来盯着玻璃杯边缘，轻声问道："楚老师，助理的工作，主要负责哪方面？"

U盘里只有一个根目录，所有的文件显然都没整理过，从杂乱无规律的文件名可见一斑。楚云飞点开第一张图片，是某品牌的女装照片，冷艳的女模从脸蛋到长腿都看得出PS的痕迹。

他抬眼，视线从笔记本屏幕上方掠过，盯住她的脸。"你对这份工作怎么看？"他问得她措手不及，欧楠一脸错愕的表情。

"如果老师肯给我机会，我一定会努力。"她想到银行存款上的数字，硬着头皮表态。声音又轻又细，像是犯了错误被逮到现行，毫无半分应有的豪情。

他放柔了声音："助理的工作，就是妥善安排我的日程，以及提醒我吃饭、睡觉、起床。另外就是在拍摄时帮我布光，根据我的指令调整灯箱位置。”他看得出她松了口气，于是对自己的和善表现相当满意。

欧楠走后，楚云飞给夏天蓝打电话，问她要不要一起吃午餐。“你在哪里？”

“我正在去那套房子的路上。”天蓝向右拐弯，驶入一条宽阔的林荫大道，“你呢，今天面试过那位‘孤独症小姐’么？”

“她刚走。”楚云飞登陆招聘网站翻出欧楠的简历，重新看她附在最后的设计作品，“这位‘孤独症小姐’是个小偷，Summer，她拿给我看的作品集的第一张图片，是我拍摄并PS的。”他听到手机那头传来了笑声，她接着问道：“OK，你有没有拆穿她？”

“我给了她offer（机会）。”楚云飞的回答让夏天蓝吃了一惊，不过她很快反应过来，“亲爱的，你喜欢她。”她用的是无比肯定的语气。

楚云飞叹了口气，回想起欧楠羞怯的神情。她看上去像只柔弱无助的小猫，要是他狠心不收留她，说不定就会饿死街头。他说出口的话却是：“胡说八道，我把她留下的目的是好好教育她不能随随便便剽窃别人的劳动果实。”

她一声轻笑，不拆穿他的口是心非。“你高兴就好。先不说了，我好像到了。”天蓝挂断电话，被眼前的景象惊得说不出话来。

那是一条幽静的小路，道路两侧种了几十株樱花树。正是樱花盛开的季节，白色、粉色的花朵密密地站满枝头。

飘落的花瓣在风中起舞，纷纷扬扬，如梦似幻。

夏天蓝走在花瓣铺成的道路上，仿佛置身唯美的电影场景中。她在西雅图华盛顿大学读心理学，三月樱花盛开的季节，她走在校园里，曾经幻想过在将来的房子外种上樱花树。

江荟澜的住所掩映于樱花深处，两扇厚实的铁门将天蓝挡在了外面。她看了一眼旁边的密码盘，心里颇为纠结要不要打电话给沈旭磊问问进门的密码，可是她又不想让他这么快知道自己正在动摇。

她沿着围墙往前走了一百米，又走回来继续盯着铁门看了几秒钟。来都来了，岂有过门不入之理？想到此，夏天蓝立刻取出手机，正准备调出沈旭磊的号码，他居然像有心灵感应似的打过来了。

“沈律师，你好！”她接通电话，笑盈盈问道，“找我有事？”

听她的声音，貌似心情不错。沈旭磊微微一笑，镜子照出了这个男人赤裸的上半身，六块腹肌的身材相当健美。他就是典型的“穿衣显瘦，脱衣有肉”，西装革履一派精英范，脱下衣服则露出狂野的本性。

但是，他和夏天蓝的关系还远远未到能“坦诚相见”的程度，所以沈旭磊擅自决定单方面做一番努力。“我想见你。”他事先演练过各种提出邀约的措辞，事到临头却用了最直截了当的一种。直觉告诉他，夏天蓝不喜欢拐弯抹角。

他的推测基本正确，夏天蓝确实喜欢直接的人，但她的焦虑症会将任何有企图心的男性排斥在外。她刚到美国的时候情况比现在严重多了，连正常的人际交往都受到影响。

夏天蓝沉默了好一会儿，只让他倾听自己绵长的呼吸。

沈旭磊也不说话，仿佛能听到她的呼吸声便已是天赐福音，他没有挂电话。天蓝不知道的情况是，他早早就按了免提，一边等她开口，一边慢悠悠套上T恤和长裤。待他穿戴完毕，扬声器再度传来天蓝轻柔的声音：“我在……”略略停顿，“我在江女士的住处。”

“开门的密码，537149#。”沈旭磊心领神会，不待她问，先给出了答复。“我过来找你。”他接着说道。

天蓝原本想要拒绝，不过比起沈旭磊的蓄意接近，她的潜意识似乎更加不愿意独自走进铁门背后的建筑。这么一来，她便默许了他的见面请求。

她先回到车上，再将车驶到目的地前，停车，熄火。做完这些之后，夏天蓝将沉重的身体扔向驾驶座靠背，和婚礼现场相同的恐慌症状发作了。

她这次回国，很大一部分原因是为了找到自己的焦虑症的根源。她一度以为亲生母亲的遗弃是导致她成年后的心理障碍，只有回到问题的源头才能真正治愈。

冷汗涔涔而下湿透了后背，她的呼吸频率逐渐加快，心脏的跳动不受意识控制……在她彻底治愈自己之前，必须一次又一次地忍耐。

夏天蓝呆呆地坐着，直到有人叩响车窗玻璃。她机械地半转过头，看到沈旭磊的脸出现在车外，她似乎又能正常呼吸了。

夏天蓝定了定神，确保他不会发现端倪才打开车门下来，一眼瞥见一部计程车掉头离去。她看了沈旭磊一眼，脸上写满好奇："你不会开车？"上次他让司机接送，她姑且解读为大律师的派头，但今日所见似乎给出了另一种可能。她私下里对他做过一些分析，倘若不会开车这一条成立，倒是与她的分析背道而驰了。她本以为，他应该是喜欢掌控一切的个性。

"我是红绿色盲。"他用陈述的语气谈论自身的基因缺陷，气定神闲好似在谈天气，反而让天蓝备感尴尬。

"对不起，我越界了。"她赶紧道歉，心里的小人又跳了出来，再一次扯着尖细的嗓门冷冷嘲笑她：傻瓜，鉴定完毕！

他注视着她，眼神深邃而迷人。这双眼睛看不见红色和绿色，缤纷的世界在他眼里永远缺席最艳丽的一抹色彩。她的心，忽然对他产生了一丝怜惜。

他有基因缺陷，而她则是心理缺陷，都很不幸。

"其实，"沈旭磊拉长了音调，听起来竟有几分调情的意味，"我蛮期待你继续越界。"

面前这张英俊的脸，足以让任何女人心醉。夏天蓝目睹他嘴角勾起的那抹浅笑，艰难地转过了头。

你是律师啊！这么妖孽，真的好吗?

沈旭磊输入密码后，厚重的铁门向后侧缓慢打开。他伸出手，微微弯腰，做了一个"请进"的动作。

铁门刚好打开到能容两个人通过的宽度，夏天蓝和沈旭磊一同走进门，她看着仍处于"开启"状态的大门，问道："这铁门要怎么关上呢？"

他笑了笑，举步走向围墙，她这才发现内侧有一个红色的控制按钮。沈旭磊按了一下，铁门的移动方向立刻改变了。

“江女士在世的时候，家里有门卫、管家、女佣帮忙工作。”他走回她身旁，做了简单的说明，意思是她的母亲根本不用担心这些，自然有人替她安排好了一切。

夏天蓝站在原地，将眼前这座三层高的欧式别墅上上下下打量个遍。她刚才走了大半条路，发现这里不通公交大白天人迹罕至，几乎每一户人家都把自己严严实实藏在高墙铁门之后，这条路宁静得让人心底发怵。

她张了张嘴想说什么，却意识到还没想好措辞。倒是他，看穿了她的疑虑，轻声说道：“你猜得没错，这栋别墅是江女士的情人所赠。住在这一片的人，其实处境差不多，大家来来去去都相当谨慎。”

夏天蓝早就觉得自己的母亲不太可能在后来的岁月里突然化身成为女强人，白手起家挣下这份家产，果然不出她所料。她心里有些介意，觉得脚下的石子路都是肮脏的。

“江女士曾经对我说过，她一生最平和安乐的时光就是在这里度过的。”沈旭磊又一次看穿了她，为了顾全她的自尊心，他用了漫不经心的语气，装作是无意。

所以，她是因为爱情才甘愿做别人的情妇？夏天蓝摇了摇头，勉强甩开负面情绪。江荟澜是她血缘上的亲生母亲，但在情感上始终还是陌生人，她没资格对一个陌生人评头论足。

她默默前行，决定把道德感、羞耻感统统放一边。楚云飞说得没错，没有人会和钱过不去，她的母亲是这样，她也一样。

夏天蓝猛地停下脚步，回过头看着一步之遥的沈旭磊：“如果我打算继承遗产，你会不会在心里鄙视我？”

“我的看法重要么？”他含笑反问，眼里满是温柔。

夏天蓝不置可否，她问出口的同时就已后悔不迭，唯恐他误解自己另有所图。看他的神情，十之八九已经造成误会了。

沈旭磊没放过天蓝脸上细微的表情，从她闪烁的眼神读出了名为“尴尬”的情绪。看来，是自己想太多了。他自嘲一笑，替她解了围：“江女士是我的委托人，我当然希望能尽早完成她的case。至于夏小姐您的选择，我无权评判。”

“谢谢。”她顺着他搭好的台阶而下，将这一页翻过去，“希望你恰好带着房门钥匙，否则我们只能瞻仰它的外观了。”

“你放心，我记得密码。”他彬彬有礼地请她先行，稍稍落后她半个身位。夏天蓝也是善于察言观色的人，从他刻意保持的距离明白自己的想法已为他所知，暂时放下心来。

草坪的尽头便是白色的楼宇，透过一楼的落地玻璃窗，能够看到客厅和餐厅的布置。她的视线从室内再度回到室外，瞥了一眼二楼的大阳台，想不到素未谋面的生母和自己的品味竟然异常合拍。

沈旭磊在密码盘依次输入“06230305”八个数字，“咔哒”一声解锁成功。他推开圆拱形镶白色木框的玻璃门，请她入内。

室内装修采用简约风格，大量使用黑色和白色这两种基本色调。夏天蓝踩在黑色的大理石地面上，对那个已经逝去的女子产生了探究的兴趣。她的母亲，把自己的一生究竟写成了怎样的故事？

楼梯正对的墙壁挂着江荟澜的画像，较之墓碑上方那张小小的照片，画中斜倚沙发用手支颐的女人将自身的妩媚与风韵展现得淋漓尽致。夏天蓝起初以为这是人像摄影，凑近细看才发现居然是一幅油画。画中人物栩栩如生，就连衣服的褶皱和纹理都写实得令人忍不住想伸手触摸一探真假，画家的功力从种种细节处可见一斑。

夏天蓝靠着楼梯栏杆沉默地与画中女子对视，似有千言万语要说与她听。沈旭磊也不催促，站在天蓝身侧陪她一同欣赏。

“你和她认识了多久？”她默立半晌，才开口问他。

“罗先生是我们的VIP客户，我进入律所第一天就认识了江女士。”他像是无意中说漏了嘴，竟将金主的姓暗示了她，“老板让我处理这套房产的过户，没想到我和江女士成为了忘年交。”

夏天蓝迅速转头看了沈旭磊一眼，抬手遥指油画底部的签名：“三石，三块石头，不就是个‘磊’字，所以这幅画是你的作品？”

“让你见笑了。”他说得客气，上挑的眉眼和唇角却透露真实的情绪——他对她的惊讶反应扬扬自得。

炫耀，这是自然界的雄性在求偶时的本能。

“从画里能看出，她在你面前完全是放松的姿态。妈妈，她一定很信任你。”这就能解释为何一名专长为企业法律事务的律师会接手处理遗产继承，甚至花费整整一年时间寻找可能已不在人世的继承人。夏天蓝在见过沈旭磊之后曾经搜索过他的相关信息，如今疑惑终得以解开。

“受人所托，忠人之事。江女士不仅是委托人，更是我的朋友，于公于私我都想尽力完成她的心愿。”他的目光移到她的脸，“夏小姐，你的妈妈一直后悔遗弃了你。你能不能原谅她？”

3
Chapter
命中注定的那个人

第三章

命中注定的那个人

清明小长假的最后一天是四月四日，也是二十四节气中的清明。前些年楚云飞家里的老人去世，他才知道还有“落葬后三年之内必须正清明那天去扫墓”的习俗。他在前一天晚上去天蓝住的酒店取车时突然想起告诉了她，两人临时起意决定第二天前往墓园拜祭江芸澜。

何家伟意外身亡后，夏天蓝遵从他生前的愿望，把他的骨灰撒到了海里。他不需要墓碑纪念自己来过这世界，真正在乎他的人，会永远将他存放进心里属于“过去”的那个角落。

“无论我们谁先离开，另一个人一定要好好活下去。”幼时的他们，拍着胸脯彼此发过誓，“我会一直把你放在这里。”

所以，夏天蓝对于个人经历中即将第一次登场的扫墓活动产生了神圣的仪式感，她拖着满心不情愿的楚云飞开车到市内最有名的老字号门店，排了两小时队买到一盒青团，像中奖一样雀跃。

“Summer，要是你妈妈还活着就好了，至少你们能见一面。”楚云飞看了看她，腹诽女人固执起来简直不可理喻。清明节随处能买到的青团，夏天蓝非要根据点评网站搜索到的结果指定品牌，白白浪费两个小时在排队这件事上。“她走的时候肯定很孤单。”

她迅速收起脸上的笑容，嘴唇抿得死紧，唯恐一不小心吐出有煞风景的话。她无意打击楚云飞对人性的美好幻想，但她从来不觉得江荟澜活着的时候有过把自己找回来的念头。这些年夏天蓝接触了不少病人，有很多人和她一样因为童年时期的心理阴影导致成年后不快乐的人生，其中不乏受到母亲影响的。是的，母爱的伟大体现在她们能忍受非人的疼痛将生命带到这个世界，但没有人能担保一定会成为“好妈妈”。

楚云飞也不再多说什么，他送天蓝回到酒店，和她约好第二天碰头的时间便开车离去。剩下的她，走进富丽堂皇的大堂，看着身边进进出出的人，恍惚有种“独在异乡为异客”的疏离感。

她离开了太久，久到这个城市即便用一栋昂贵的房子来迎接她的回归，她依旧格格不入。

夏天蓝做了决定，她会继承江荟澜的遗产，然后委托给中介商出售，从此与次天使之城一刀两断再不回头。

去他妈的焦虑症！有了这笔钱，即便将来她被剥夺心理治疗师的资质无法执业，也能逍遥自在度过余生了。

第二天在车上，她将自己的决定告诉了楚云飞。后者并不惊讶她的选择，隐约还流露几分理当如此的赞同。

他们到达墓园时已近十点，路况比预想中更堵，看来政府倡导的“错峰扫墓”并未起到真正缓解交通压力的作用，毕竟四月四日才算“正清明”，如他们一般想法的人不在少数。

夏天蓝站在墓园入口，放眼望去，林立的墓碑几乎一模一样。她闭上眼搜寻记忆仓库，试图还原当日沈旭磊所走的路线，脑海里慢慢浮现一根绳索，上面一块又一块吊牌都写着她无意中扫过的人名以及生卒年份。

“王正明，1950—2014……”她左右张望，随即自信满满地指示楚云飞跟着自己朝右走。

“你确定？”尽管楚云飞用了疑问语气，他对夏天蓝的认路本领还是非常信任的。在他认识的女人中，她属于极少数方向感强的人，特别是同前天面试的欧楠一对比，简直有天上地下的感觉。他想起面试结束后欧楠走出去不到五分钟就打电话哭诉找不到出去的路，差点不合时宜地笑出声。

他们很快走到江荟澜的墓地，令楚云飞意外的是，竟然有个人站在墓前。“Summer，看来你有亲戚了！”他以为她终于不是孤单一人了，激动地推推她的肩膀，让她赶紧上前认亲。

夏天蓝悻悻然瞪了他一眼：“他是我妈妈请的律师，姓沈。”说着，她走上前和他打招呼：“沈律师，你好！没想到今天居然又见面了。”

沈旭磊不仅穿了一身黑，还戴着一副相当酷帅的黑色墨镜，她看不见他的眼神。墓碑前摆放着一束白色的百合，她弯下腰将自己带来的白菊花放在百合旁边，只听背后传来他的声音：“我以为你不会来。”

夏天蓝接过楚云飞递来的青团，放置完毕后退回沈旭磊身侧。她双手合十默默祝祷一番，待放下手，她看着他的脸开口道：“为什么不？她毕竟是我的妈妈。”语气微带挑衅，黑色的镜片头一回令她有了一种被他隔绝在外的错觉，这引起了她的不快。

“那么明年今日，你还会来看她，是吗？”他的语调平平淡淡，压根没把她小小的冒犯放在眼里，“再明确一点，我可以功成身退了，是不是？”

直到离开墓园，夏天蓝依然没有给沈旭磊明确的答复。他聪明地不再提及，自然地走在她旁边，与楚云飞热络地聊天。

夏天蓝介绍沈旭磊和楚云飞认识时，他立刻表现出“久仰大名”的样子，同楚云飞握手致意。他握手的力度，恰到好处的笑容，让楚云飞颇为受用。天蓝冷眼观望，心想做律师的人果然够虚伪，她却不了解沈旭磊真的知道楚云飞其人其事，从大学时期的女友向他强硬推销《都市壹周》开始，后者的摄影作品就给他留下了深刻的印象。

“相请不如偶遇，快十一点半了，我请你们吃饭吧。”走到停车场，沈旭磊看了一眼手表，顺势提出邀约。“我还想和你谈谈为我们律所拍摄个人形象照的合作呢。”这句话，他是冲着楚云飞说的。

夏天蓝来不及做出表示，楚云飞已回应了旭磊的邀请。“你开车来的？”他随口再问了一句，考虑跟在沈旭磊的车后还是定好目的地再会合。

“司机送我来的，我坐你的车，可以么？”他彬彬有礼地询问，客气得让人无法拒绝。

依然是楚云飞抢先作答，豪爽地说道：“你这么问就见外了。放心，我一定安全地把你送到家。”

沈旭磊带他们去了一家吃蒸海鲜的店。在这个临海的城市，海鲜向来不是稀罕物事，家家户户的餐桌每天至少有一两道菜便是。沈旭磊此举，反倒显出自己想和楚云飞真正结交的诚心。不得不说，沈旭磊看人的眼光精准又毒辣，对于一直抱有文艺情怀鄙视自身商业属性的楚云飞，他对客套的商务宴请早已厌倦，倘若旭磊提议去高档餐厅，楚云飞肯定不会对他另眼相看。眼下，他倒是觉得这位大律师挺有意思，可与之深交。

海鲜店位于远离城市的渔村，大海的馈赠直接从渔船搬到店家的水族箱，供顾客尽情挑选。三人各自选了几样喜欢的海鲜后回到座位，服务生小妹已端来一碗五谷米，当着他们的面打开蒸锅盖子，将碗里的米粒均匀地铺满蒸锅底部，然后覆上不锈钢蒸片。

“这家店位置那么偏，沈律师竟然知道，看来你也是吃货一枚。”楚云飞环顾四周，对充满渔家风情的装修十分欣赏，举起手机拍了几张。

“既然大家是朋友，叫我Wilson（威尔逊）。一直‘律师’来‘律师’去，总让我感觉迟早有一天你会成为我的客户。”沈旭磊笑了笑，一边将清洗后的碗筷杯碟先送到夏天蓝面前。

楚云飞哈哈大笑：“Wilson，冲你这句话，就算以后成为你的客户，我还是会把你当朋友看待。”

沈旭磊转向天蓝：“我们也可以用朋友之间的称呼么，Summer？”

她微微一笑：“我以为你会更喜欢能体现专业的称呼。Anyway（无集结如何），如你所愿，Wilson。”

的确是“如我所愿”，谢谢！沈旭磊屡屡受挫的男性自尊得到些许安慰，然而更大的不满足悄然而生，他的内心深处渴望和夏天蓝建立起亲密的关系，他似乎从没那么想要一个女人。她对他的吸引力，在里氏震级上至少为8.0。

服务生将清理干净的海鲜端上桌，先将扇贝、带子放置在蒸片上。“各位，我会设置好蒸熟所需的时间，蜂鸣响声后即可品尝美味的海鲜。”他合上玻璃锅盖，在桌面的触摸屏选择模式并调整了时间，鞠躬致意后立刻快步走开，不打扰他们继续交谈。

“想不到小小渔村，服务生的素质出乎意外地好。”天蓝留意了其他桌的情况，发现并非自己这一桌是特例，几乎每一个服务员都笑脸相迎亲切待人。她想起流传许久的关于海底捞火锅店神一般服务生的段子，看来国内服务业的水准确实有了飞速提升。

“是你妈妈带我来的。她和家人搬去大城市之前，就住在这个小小的渔村。”沈旭磊总是不经意间冒出一句话让夏天蓝手足无措。此言一出，连楚云飞都愣了愣，半晌才反应过来沈旭磊请他们到此处吃饭的用意。“所以，你特意带我们到这里来？”

他的表情淡定从容，眼睛里却有一道锐利的光芒，刺得她头皮发麻。“你有权利逃避过去，但同时也代表你放弃了机会去了解自己的母亲是怎样一个人。”她是心理学专才，身为律师的他又何尝不知人性弱点所在。

天蓝仿佛难以招架旭磊犀利的目光，渐渐垂下头。她不说话，楚云飞当然也不敢越俎代庖表示什么，大家都沉默了。

等待的时间总是漫长的，直到扇贝、带子蒸熟的蜂鸣声响起，夏天蓝抬起了头，正色道：“沈律师，明天上午十点，我过来签字。”

她的焦虑症来源于亲生母亲的遗弃，是时候治愈自己了。

上午十点，夏天蓝准时出现在了律师事务所。与上一次到访不同的是，她发现沈旭磊的名字印上了事务所的铭牌，看来他的合伙人身份得到了正式确认。

“Wilson，恭喜。”见到沈旭磊的第一眼，夏天蓝先向他表示了祝贺，“我看到你的名字印到了门上。”

“形式而已。不过，谢谢！”他淡淡一笑，迅速转移了话题，“我先为你做一份笔录，明确你同意接受江女士的遗产赠与，再做一份接受赠与的法律文件就完成手续了。”

夏天蓝在他指定的位置落座，看到一瓶矿泉水已经摆在了面前。她眨了眨眼，想起上一次在沈旭磊办公室和他会面的情形，其实coffee or tea她都能接受，只是对他一切尽在掌控的姿态产生了抵触情绪才故意要求水，想不到他居然当了真。

夏天蓝的心里泛起一丝涟漪，悄悄抬眼观察对面正在调整摄影机位的沈旭磊。他事先和她打过招呼，为了避免将来不必要的纠纷，做笔录之外还需同步录像。趁着沈旭磊忙着调试机器，夏天蓝肆无忌惮地打量他，压根没留意摄像机开关已拨到“ON”，她的一举一动尽数收录于显示屏上，而沈旭磊正看着显示屏。

“OK，我们开始吧。”沈旭磊不动声色地回到自己的座位，示意律师助理Cindy（辛迪）进行文字记录。

整个询问笔录进程非常顺利，只是当沈旭磊问道“你是否同意接受江荟澜女士赠与，位于丽水路165号的房屋”时，天蓝在回答前有短暂的一秒停顿，但她迅即恢复正常，说道：“是的，我同意接受江荟澜女士的赠与。”

她在笔录文件签下名字和日期并按下手印，心想不知九泉下的江荟澜是否满意自己的表态。夏天蓝查过相关资料，原来赠与的房产再出售时要按照房价的百分之二十征收所得税。她不由猜想，也许江荟澜用“赠与”而非“继承”，就是希望素未谋面的女儿能住进她生前的居所，填补迟到多年的亲近。

It’s too late.（太迟了）淡淡的忧伤弥漫心头，她拧开矿泉水瓶盖，将水注入空的玻璃杯，借此转移注意力，让自己不再多想已无法改变的事实。

沈旭磊很快将相关的法律文件准备妥当摆在夏天蓝的面前。她逐字逐句查看每一条明细，可不想将来因为疏忽大意惹上纠纷。沈旭磊对她的审慎甚为赞同，他沉默地看着她翻过一页又一页，随时做好答疑的准备。

整整一个小时，夏天蓝把全部法律文书通读了一遍，这才放心签上自己的名字。看到她签完最后一份文件，沈旭磊像是卸下心头大石，长舒了一口气。

“谢谢！”他走到她面前伸出手，送上的第一句话让她表情诧异，“谢谢你帮我完成了江女士的委托，不，用心愿可能更为恰当。”他如是解释。

夏天蓝握住了沈旭磊的手：“那我岂不是更应该表示感谢？你说得没错，逃避过去永远拔不掉心底那根刺。”

她的声音清亮柔和，在某些时刻能抚慰人心，譬如现在。最初吸引他的，正是她的声音。“那么我心底的刺，你可以帮忙拔掉么？”沈旭磊忽然收紧手臂，稍稍用力，将夏天蓝拉到跟前。他低下头，黑曜石般的瞳仁里只有她的身影。

他的古龙水味道清爽，透着佛手柑淡雅的清香，煞是好闻。幸好她在出门前喷过一点香水，不至于被他的气息完全淹没。

沈旭磊的嗅觉算不上敏锐，可依然能辨别出那一缕似有若无的幽香。前两天和夏天蓝在江荟澜的别墅碰面时，就闻到过同样的香味，嗅觉细胞自动记住了她的味道。

他抬手环上她的腰，他的职业操守亮起了警告的红灯，but who cares（谁在乎）？“我心底也有根刺，你能不能帮我？”他附在她耳畔喁喁细语，魅惑低沉的声音和近在咫尺的存在感令她脸颊发麻了。

参照以往的经历，沈旭磊这一刻的所作所为绝对能触发防御机制，最低限度也会有轻微的不适。然而令夏天蓝震惊的是，这一回居然风平浪静。

她不认为自己在短短几天时间里就能彻底摆脱纠缠十几年的梦魇，不过事实摆在眼前，他的怀抱确实没让她恐慌。

难道，他是命中注定的那个人？

夏天蓝不可思议地看着沈旭磊，这个男人浑身上下都打着“花心”的标签，再加上他的“律师”职业，一旦他决定离开，真的不会给她半分挽回的胜算。就这样的人，明明是最应该避开的典型，焦虑症竟没有反应？一定是哪里出了问题！

她轻轻推开了他，弯腰拿起椅子上的背包。“沈律师，我的工作和你一样，都要收费的。”夏天蓝一边说，一边向会议室门口走去。她在门边停了下来，回过头冲他笑了笑：“钱债肉偿这种事，在我这一行是禁止行为。”

而这一天对于欧楠来说同样是一个有意义的日子，她的生活除了寻找乔浩然之外，终于有了另一个重心——工作。

欧楠很感激楚云飞愿意给自己机会，她对面试的自我评价可用“糟透了”来形容，想不到楚云飞竟然当场给了offer，大大出乎她的意料。她决心好好努力，不辜负他的信任。

欧楠提前做了准备，第二天又回到楚云飞的工作室，把进出路线来来回回走了几趟，确保无论走哪条岔道自己都能认出方向才作罢。迷路这种糗事，发生一次就够了，她可不想让楚云飞觉得自己招了个傻瓜当助理。

上班第一天，欧楠对着衣橱挑了半天，在职业范的套装和休闲风格之中摇摆不定。穿套装，会不会让楚云飞觉得自己过于保守老气，毕竟他是个艺术家；可是，或许他希望助理能商务一些，毕竟工作范围包括和客户见面谈日程安排……她纠结许久，终于决定走稳妥路线，穿比较职业的白衬衣、黑色长裤，搭配卡其色风衣。她系了一条红色的短丝巾，瞬间点亮整体造型。

事实证明，尽管欧楠造假了工作履历，但她的设计专业学历并非伪造，至少她的搭配功力足以佐证。楚云飞给她的造型投了满意票，还让欧楠站到布景板前拍了好几张照片，按他的说法这是员工入职照。

“你会泡咖啡么？”楚云飞放下相机，笑眯眯地问道。她的上司穿着黑色T恤破洞牛仔裤，看起来似乎比她还要年轻一些。“楼上有咖啡机，我要喝卡布基诺。”

“我马上去准备。”得到指示的欧楠立刻上楼，上回面试后她顺便参观了他的工作室，对那个专业咖啡馆才会用到的咖啡机印象深刻。她当时还揣测他要是不干摄影师这一行，兴许想成为咖啡店老板。

研究咖啡机也在欧楠的准备工作中，她庆幸功夫没有白费，上班第一天就派上了用场。她很快做好一杯卡布基诺，小心翼翼地端到楼下。

“不好意思，我还没学会怎么拉花。”她将咖啡杯递给楚云飞，小声道歉。

这个女生，学习态度倒是相当端正。楚云飞笑了笑，安慰她道：“没事，我不打算转行开咖啡店，会不会无关紧要。”他拿起桌上摆放的名片，“你去一趟秦德辉律师事务所，找行政部的Iris（艾丽丝），和她确认我过去拍照的日期。名片上有地址。”

听到“秦德辉律师事务所”，欧楠的眼皮跳了一下。她接过楚云飞手里的名片，看到了曾经熟悉的名字。“老师，您和沈律师是朋友吗？”

“你认识Wilson？这也太巧了吧！”楚云飞啧啧叹道，间接承认自己和沈旭磊的“朋友”关系。“我昨天才认识他，聊下来觉得他这人挺不错。”他扫了她两眼，“难道你是他的前女友？”

“不，当然不是。”欧楠一口否认。她无意吐露真相，随便找了一个借口：“家父生前因为一些法律事务曾和沈律师打过交道，我只见过他一两次。”

楚云飞信了她的借口，嘟哝了一句“世界真小”。他让她快去快回，同时交代道：“价格我和Wilson已经谈妥了，看在朋友的份上，友情价意思意思。合同你当场看，没问题带回来给我签字。”

欧楠一边答应着一边朝门口走，身后又传来他的声音：“以后别再叫我老师，称呼Kenny（肯尼）就行了。另外，咖啡不错。”

她回过头，腼腆地笑笑。“谢谢，Kenny。”她笑起来的模样，总让他不自禁想到“我见犹怜”四个字。楚云飞摇摇手，提醒她路上注意安全，借此打消自己奇怪的联想。

沈旭磊所在的律师事务所位于市区繁华地段，三号线地铁直达，欧楠只用去半个小时就到了。她注意到门上加印了沈旭磊的名字，现在的全称已变成“秦德辉&沈旭磊律师事务所”。她记得一年前他说过自己的目标是成为律所合伙人，想不到这么快他就实现了愿望。

欧楠进门，向前台的冷美人说明了来意之后，她被带到一间会议室等候。闲坐无聊的欧楠偷偷观察外面匆匆路过的人们，这一方天地明显充满商务气息，男士个个西装革履，女士也都身着得体的职业套裙……忽然，她看到了沈旭磊。

沈旭磊陪着一名年轻女子从斜对面的会议室走出来，眼看他们冲着自己这个方向而来，很有可能会与旭磊隔着玻璃打个照面，欧楠连忙半转过头，不想和他碰面。

沈旭磊将夏天蓝送到电梯口，看着她走进电梯才转身走回事务所。他路过欧楠所在的会议室，眼角余光抓住她的身影，一时有些难以置信地停下了脚步。

欧楠尚未意识到沈旭磊去而复返，正自顾自地刷着手机。他站在外面，心想这个世界真小。

行政部的Iris踩着细高跟款款而来，沈旭磊拦住她，指着欧楠明知故问道："会议室里的美女是谁的客户，你有没有内幕消息？"

Iris飞快地望了一眼欧楠，揶揄道："呦，发生了什么事呀，她明显不是沈大律师你喜欢的风格，怎么换口味啦？"

"偶尔调剂一下，人生才不会太无趣。"他不做辩解，由着别人误会他泛滥多情。

"她应该是你介绍的那位摄影师派来的助理，过来拿合同谈日程安排。"说完调笑的话，Iris还是将欧楠的身份如实告知了旭磊。

世界真他妈小！沈旭磊在心里默默骂了一句F字母打头的脏话。

夏天蓝回到酒店取回寄存的行李，招了一部计程车驶向别墅。

小时候的夏天蓝唯一的愿望就是能有个真正意义上的"家"，然而今天实现了儿时的愿望，有了自己的住处，夏天蓝却更加怀念在圣爱孤儿院的那段时光。至少那里有单纯美好的她，还有温暖可靠的他。

圣爱孤儿院位于旧城区，被一片老式公房包围着。儿时的夏天蓝常常眺望周围的居民楼，尤其每当夜幕降临，她看到一扇扇漆黑的窗户慢慢被温暖的灯光照亮时，她内心深处的悸动便喷涌而出，这份感动和期盼总能让她泪湿眼眶。

何家伟好几次看到夏天蓝一个人坐在院子里，仰着头发呆。出于好奇和古怪的心理，他总是坐到天蓝身旁执着地一遍一遍问她在做什么。每当这时，夏天蓝就会抬起胳膊，手指向前方居民楼明亮的窗户，用清脆的童音对他说道："等我长大了，我一定要有一个家，要有人每天晚上都开着这样的灯等我回家。"她的神情，无比认真，也无比坚定。

"如果你第一个回家怎么办？"何家伟抓住了逻辑漏洞，他还没成熟到能自觉谦让女生并容忍她们一切不合理的想法，自然提出了质疑。

夏天蓝显然没考虑到这一点，她双手托腮苦思良久，终究用上耍无赖的招数："我不管，反正我回家的时候一定要有盏灯迎接我。"

她不记得当时何家伟说了什么，只记得他们离开孤儿院之后有了自己的房子，每天她回家都能在楼下望见从窗口透出的温暖的灯光。她明白他其实和自己一样缺乏安全感，她害怕家里没人，而他害怕再一次失去家人。

现在，夏天蓝站在别墅黑色的铁门前，从钱包的夹层里抽出一张照片——英俊少年和美丽女孩并肩而立，两个人都张着嘴巴露出白白的牙齿，傻笑的表情活像在做牙膏广告。

她高高举起照片："何家伟，今后这里就是我们的家。你，还满意么？"

可惜那个男人永远不能回答她的问题了。但，假如他还活着，他一定会用嘲讽的语气对她说："了不起啊，夏天蓝。想不到我真的要靠你养了！"

"养你一辈子也没问题！"没错，自己一定会这么霸气地回答他。

夏天蓝收回照片，按了密码打开大门走进去。输入密码的时候她想到除自己之外，还有沈旭磊和之前照顾母亲的工作人员知道这几个数字，不免有些顾忌安全的问题。但转念一想，大部分人都会认为新主人入住首要之事必为修改密码，自己偏偏不走寻常路倒也可行。再说，修改密码的具体操作还得咨询沈旭磊，似乎没必要表现得如此迫不及待。

夏天蓝在客厅放下行李箱，挽起衣袖开始动手清扫房屋。上次参观让她对别墅的整体结构和建筑面积有了初步认识，按照她的想法首先得将一楼的餐厅、客厅、厨房以及二楼的主卧和浴室打扫干净，其余房间留待今后有时间慢慢整理。就这几处场所，她也花去近三小时才结束清洁工作，累得瘫倒在沙发上不想再动哪怕一根手指。

没有了她跑上跑下的脚步声，室内突然安静得可怕。夏天蓝坐了起来，蜷起双腿抱着膝盖，这是一个带有防御意味的姿势，尽管潜意识告诉本人她在胡思乱想，天蓝还是屈从于大脑给出的恐惧感。她从没有一个人住过这么大的房子，从前看过的恐怖片争先恐后在她的脑袋里轮番播映，逼迫她后悔以前的假装大胆，看吧，报应来了！

夏天蓝在国外时一直租住公寓，仿佛本能地排斥在其他的城市落地生根。次贷危机爆发后，好几个朋友趁着房价下跌入手了新房，她原先也有此打算，可是每到下定金的最后关头她都会退缩。即使多换几座城市，也依然找不到归属感。

也许冥冥中，夏天蓝只属于次天使之城，即使去到天涯海角，她的根依然在这里。

手机铃声划破寂静，惊醒了夏天蓝的胡思乱想。她战战兢兢拿起手机看了一眼，来电显示沈旭磊的名字，悬着的心才放了下来。

“Wilson，有什么事？”她以为手续上还有问题，抢先发问。

“没有事就不能打电话给你么，Summer？”旭磊反问，声音里含有笑意，“我马上要开会，预计结束后直接下班，提前问问你有没有兴趣喝一杯庆祝。”

夏天蓝的神经松弛下来，蜷起的双腿放落，她自然而然切换到舒服的靠卧姿势。“In my opinion（依我看来），不如你下班后直接过来，在我的新家为我庆祝，如何？”她特意在“家”字加重了语气，句末尾音上挑，足以撩拨人心。

她想真正有个家，和心爱的男人一同养育子女，弥补童年的缺憾。这么多年，她终于遇见和其他男人不一样的沈旭磊，没理由不做深入研究。

沈旭磊嘴角一挑，自负的笑容出现在这张风流倜傥的脸上。他相信夏天蓝的名字，很快就能写上自己的猎艳名册。

她终究是个普通女人，不过如此！

4
Chapter
焦虑症患者的防御机制

第四章

焦虑症患者的防御机制

晚上六点半，夏天蓝的新家第一次响起门铃声。她从厨房跑到客厅，按照习惯思维在门的周围寻找可视对讲器。匆匆找了一遍，没发现它的踪影，天蓝不得不致电沈旭磊。

“按门铃的那个人是你吗？”天蓝拿着手机，一边继续搜寻。

“对讲器在玄关，《星空》临摹作品背后。”不等夏天蓝问完，沈旭磊已明白她打电话给自己的原因。

那是一幅被用作装饰的无框画，临摹了凡·高著名的《星空》。向左侧推开后，夏天蓝找到了隐藏起来的可视对讲器。他的脸出现在显示屏上，被奇怪的比例拉扯得略微变形。她按下开门键，打开铁门让他进来。

她顺便欣赏眼前这幅临摹的画作，直觉又是沈旭磊的另一幅“佳作”。果不其然，她发现了他的签名，尽管藏在扭曲缠绕的柏树枝干之间毫不起眼。天蓝笑笑，心想沈旭磊这个男人非同一般地自负，就连一幅临摹的作品他都要打上自己的专属标签。

“我很好奇，你究竟是律师中最好的画家，还是画家中最好的律师？”夏天蓝站在门口迎接沈旭磊，语气揶揄。

他笑了笑，谦虚地表示：“其实相比这两件事，我更擅长做菜。”

“What?”她一脸讶异，万万没想到他来了这么一句。精于烹饪从来是男人的一个加分项，即便女人的口头禅永远是“我要减肥”。

沈旭磊递给夏天蓝一瓶红酒：“这是祝贺你入住的礼物。据说二〇一四年的波尔多红酒是自二〇一〇年以来的最佳年份，建议不要错过。”

夏天蓝接过酒瓶：“这么巧，我买了牛排，刚好配你的红酒。”脑海里飘过四个字——心有灵犀。她自嘲地笑笑，看来他极有可能是她的真命天子，自己已经抵挡不住他的魅力了。

沈旭磊放下公文包脱了西装，挽起袖子朝厨房走去。他似乎对这个家里所有物品的摆放位置了若指掌，他能准确无误地从柜子里拿出平底煎锅、盘子、刀叉，顺手还递给了她一把海马刀。

夏天蓝靠着岛台开红酒，当她拔出木塞时，沈旭磊已经找出了醒酒器、红酒杯，贴心地送到酒瓶旁。她看看他，难抑心中的疑惑，单刀直入问道：“除了忘年交、委托人这些关系，还有没有我需要知道的？”他对家里情况的熟稔尚可理解为处理遗产继承律师必须提前来清点财产，但他的画却难免不令人浮想联翩。天蓝见识过不少有恋母情结的患者，其中有些人会特意寻求年长自己许多的性伴侣，她不确定沈旭磊和她的母亲是否存在不可告人的关系，防范于未然对彼此都是好事。

她问得直接，他回答得也干脆：“你大可放心，我没有重口味的癖好。”

夏天蓝不再说下去，她倒了一杯红酒，坐于岛台旁侧的高脚凳上边饮边看沈旭磊为晚餐忙碌。明亮温暖的灯光笼罩下，英俊的男人系着围裙料理美食，美丽的女子优雅地品酒，这一幅画面满溢着岁月静好的感觉。

沈旭磊带来的红酒出自Chateau Margaux（玛歌酒庄），夏天蓝不动声色地用手机搜索了瓶身商标纸上的酒庄名字，居然是法国葡萄酒五大名庄之一，著名到同一酒庄一九八四年份的葡萄酒甚至招待过国家主席。她轻轻抿了一口艳如红宝石的酒液，告诉自己最好立刻停止猜测这瓶酒的价值。

平底锅发出“滋啦滋啦”的愉快声响，肉类加热后的香气对每一个非素食者都是莫大的诱惑。天蓝深深吸了口气，他回头问她：“Rare，medium or well done?（煮牛排时用的专用词：很生，基本熟，8分熟）”

“Medium，thanks.”她冲着旭磊举起了酒杯，“二〇一四年份的口感相当不错，谢谢你的礼物。”

“我家还有一瓶八十年代最好年份的葡萄酒，下次请你喝一杯。”他回转身继续煎牛排，只听背后的她幽幽说道：“那么珍贵的酒，还是留着和重要的人一起喝吧。”

旭磊低下头，对着平底锅里的牛排微微笑道：“你认为自己不重要？”

她听到了，立刻放下酒杯把袖子拉高检查手肘内侧，再摸摸心口和额头。没有反应，还得继续观察！

背对她的沈旭磊完全不知她此刻的诡异动作，只是没得到她的回应略微不快。在通常情况下，听到这句情话的女人早就感动得热泪盈眶，不管三七二十一就扑过来献吻了，她真是少有的矜持派。不过仔细想想，太简单也没什么乐趣。

他将两块五分熟的牛排分别装盘，用先前处理好的西兰花、圣女果摆盘，自觉造型还比较令人满意，才转过身送到她面前。“稍等，还有黑胡椒汁。”

她的那份牛排特意做成了“心”型，他利用一切机会对她示好，毫不吝于表达爱意。天蓝凝望沈旭磊的背影，心中不由去想假如“命中注定”不会触发防御机制，那么属于爱情的心动究竟是怎样的感受，也会心跳加快吗?

他们在餐厅并排而坐共进晚餐。沈旭磊的手艺相当不错，五分熟的火候掌握得恰到好处。天蓝切开牛排，用叉子送入口中咬下第一口，顿时眼睛一亮，忙不迭送上赞美：“太好吃了，fantastic。（极好的）”

沈旭磊微闭双眼，仿佛正在品味黑胡椒汁与牛肉热烈缠绵后美妙的化学反应。待口中的食物通过咽喉进入食道，他才睁开眼睛，回应她的称赞：“如果提前腌制几小时，口味会更好。不过煎牛排显不出我的水准，下次来我家，我烧一桌好菜请你。”

美食的诱惑，俊男的邀请，不得不去啊。天蓝眉开眼笑猛点头，好像满汉全席已摆在眼前。“一言为定！”唯恐他是随便说说，她还加重语气强调“君子一言，驷马难追”。

沈旭磊被她的较真逗乐了，调侃道：“你这么认真，我错误地以为我刚才向你求婚了。”话音未落，他侧身向她逼近，眼神魅惑而危险。

他想干吗？这么快就想到接吻？太直接了吧？她瞪大了眼睛，脑袋乱成了一锅粥，各种念头都有。唯独，没有她熟悉的恐惧。

沈旭磊的手，慢慢地按上她的肩膀，将她的身子完全转向自己。眼看着场面即将失控，一触即发，夏天蓝快速举起酒杯，用杯子挡住了嘴唇。

“Bad time（时间不对）？”有些事，他同样喜欢直截了当。

“对不起，我其实有焦虑症。”她看着他，脱口而出的话语多多少少让自己吃了一惊，“我对异性的接近，会恐慌。”既然开了口，索性全部告诉他。

沈旭磊立刻坐直，摆正自己的姿态，双手举起，认真地表示自己无意冒犯。“非常抱歉，我不知道这个情况。”

夏天蓝勉强笑了笑：“比起以前已经好转很多，至少正常的人际交往没有问题。刚到美国的时候，连握手都不行。”

“我没想到做这一行的人也有焦虑症。”他喝了口酒，接着问她，“那，你是通过吃药还是做心理咨询？”

“脱敏疗法，我在一周时间里强迫自己完成和陌生男人的一百次拥抱。”说起往事，她做了个不堪回首的表情，“这件事唯一的好处，使我能接受一定程度内的肢体接触。”

沈旭磊沉吟良久，直到喝完杯中酒，才像下定决心一般开口说道：“我知道这纯属个人隐私，但既然我有追求你的打算，我想预先了解尺度会比较好。”

夏天蓝差点把一口酒喷出去，她眨了眨眼，确认他是认真的。“我的焦虑症比较复杂，”她正襟危坐，一五一十描述病况：“不同的人会有不同程度上的病症显示，有些人，他们刚刚表露好感就会让我恐慌；有些人，可能在接吻的时候，让我喘不过气；还有些人，一旦求婚我就开始焦虑了。”

“所以，你并不确定我们接吻、上床会不会让你焦虑，是么？”

她歪着头想了想，发现他说得没错。见她并未反驳，他继续说下去：“那么，不如我们试一下？”

这一回，她刚送入口中的酒真的喷了出去。

沈旭磊离开夏天蓝的住处，趁着等车的间隙点了一支烟。他很少抽烟，只在需要提振心情或保持冷静的时候，譬如此刻。

他出门前似乎刚刚下过一阵小雨，雨后的空气中夹带着温润的湿意，随他的呼吸进入身体，在毛孔间肆意游荡。沈旭磊做了两个深呼吸，感觉已将挫败的情绪扔回到围墙里，便走到最近的垃圾桶，掐灭了香烟。

还未凋谢的樱花从枝头坠落，以优美的姿态完成这一轮生命之旅。它们在风雨中傲然挺立，然而雨过风停，娇弱的花瓣却承受不住雨滴的重量，终究无可奈何地落下。

沈旭磊站在樱花树下，此情此景恰似诗中所写“落花人独立”。意境虽美，终难免寂寞，一向理性的大脑再度被沮丧的烟雾笼罩，他似乎应该再来一支烟。

在那份编号63的文件里，夏天蓝的感情状况为单身，沈旭磊的反应是“正合我意”。虽然他从不care自己钟意的女人是否有伴，但相比较而言更乐意在单身者身上多做努力。毕竟，到目前为止，他自认还没遇到值得自己付出更多精力、时间与另一个男人进行竞争的女人，夏天蓝也不例外。

他们相识后的所有进展都在沈旭磊掌控之中，特别是白天办公室那一幕发生时夏天蓝非但没有明确拒绝甚至还作出了适当的“反攻”，无疑证明他的撩拨非常成功。他本以为今晚两人的关系会有所突破，想不到夏天蓝却在最后关头推开了他，击碎了沈旭磊的自以为是。

焦虑症？她找的借口非但不可信，甚至还有几分可笑。难道她自以为学过心理学，拼凑几个案例说成是自己的症状，他就会乖乖听信么？也太不把他当回事了！

专车司机的来电打断了思绪，也让旭磊得以跳出感情的困境重新审视整个局面。理性的那一面开始占上风，迅速做出如是推断：也许，夏天蓝才是真正掌控游戏进程的那个人。

沈旭磊决定暂时停下追求的脚步，如果夏天蓝自以为已经掌握了他的心理，那么他要做的就是让她无所适从，正如她对他的所为。

坐进车里，旭磊改变了目的地，他要求司机将自己送到酒吧街。今晚他本有邀约，以前由他代理的一起合同纠纷案的当事人Amanda（阿曼达）今天生日，很早就给他发了生日会的邀请。他当日已答应参加，没想到一个月后日程安排突然有了冲突，不得不致电对方为自己的缺席道歉。现在赶过去，那边应该尚未散场。

一如沈旭磊所料，他出现在酒吧时，Amanda的生日蛋糕刚刚推上来。她被一群俊男靓女簇拥着走向推车，突然瞥见沈旭磊朝这边走来，立刻甩开众人飞扑到他面前，先送上一个热烈的拥抱，接着用娇滴滴的声音说道："Wilson，你那么忙还特意过来，我好感动哦！"

他先前用的借口是"为开庭准备资料"，理由正当得不容对方抗议。旭磊顺势搂住她纤细的腰，一边向蛋糕推车走去，一边回道："大小姐你过生日，我当然拼死拼活努力赶工，争取在十二点到来前能亲口对你说一句'happy birthday'。"

沈旭磊的甜言蜜语哄得Amanda心花怒放，她凑近他的耳朵，吃吃笑道："既然来了，今晚我不会放你走。"

夏天蓝，我有的是备选，何必吊死在你这一棵树上？他在心里冷笑，脸上的微笑却像春风一般温柔且多情。

Amanda是一名平面模特，半红不黑的那种。在他成为律师之后交往过的女朋友中，她属于咖位比较低的。Amanda因为公司合同纠纷被雪藏，通过朋友介绍认识了沈旭磊，他找到细则中的漏洞帮她恢复了自由身，两人就此有过一段情。只是他们的兴趣爱好实在差异太大，于是心平气和地分手，成为偶尔有兴致可以上床的朋友。对于并不打算走进婚姻围城的他来说，这种关系的女性朋友多多益善。

沈旭磊，三十四岁，年轻英俊的律师，次天使之城有名的“黄金单身汉”之一。就像他认为的那样，夏天蓝绝非唯一选择。

烛光摇曳，Amanda闭上眼睛虔诚许愿，她的朋友们纷纷举着手机拍照、拍视频。他望着她的脸，想起了从前。

他喜欢过很多人，但不曾真心爱过任何一个。

沈旭磊走后，夏天蓝一个人坐在客厅的沙发上喝酒。他临走前给了她一张清单，上面列出所有自从江荟澜过世便停止缴付的费用，包括宽带、有线电视、银行保险柜等。天蓝在手机备忘录里记下待办事项，首先要恢复网络，第二件则是更换手机卡。

她原先并没有长住的打算，权当度假散心。酒店和大部分公共场所都有无线网络，她就懒得换卡了。眼下情况发生了变化，桩桩件件琐事一一浮出水面，倒是让夏天蓝找回了在这里“生活”的感觉。

一别十三年，尽管通过网络和新闻随时能够了解故土的发展，但是最深切的感受仍然来源于亲身经历。夏天蓝的震撼始于踏入机场那一刻，当年她离开时陈旧的机场如今已有了后现代感十足的气派外观，磁悬浮列车和地铁都能快速将游客运送到市区。她从机场问讯处拿了一张地铁线路图，那些曾经熟悉的街道居然都有了地铁站。天蓝举着线路图端详许久，这个城市的地铁织就一张巨型的网，每天有无数的人靠着这张网进行移动，但就像被蛛网困住的猎物，无法真正走出去。

夏天蓝其实不喜欢大城市，快节奏的生活和压力导致太多人心理不健康。她一度逃离洛杉矶搬到一个人口不足一万的小镇生活，结果却沮丧地发现小镇居民也有很多心理问题，甚至比城里的人更容易走向极端。于是夏天蓝又搬了回来，大城市的好处在于它有足够的空间稀释掉个人，人越多的地方越安全。

天蓝写完待办事项，往后倚靠着沙发背盘腿而坐，手里端着没喝完的红酒。她看看手机显示的时间，刚过八点半，漫漫长夜才开始。

出去喝一杯吧！不经意地，前两天偶遇的那家酒吧在天蓝脑海里一闪而过，像是在提醒她还有另一个办法消磨时间。她抿着嘴唇考虑了几秒钟，放下双腿从沙发起身，走上二楼主卧室，打开行李箱找出一条深V领的裙子。

紧身裙显然是最能伤害女人的“武器”之一，和身材有关的所有缺陷只要一条裙子便暴露无遗。夏天蓝摸了摸平坦的小腹，暗自庆幸连续几天的胡吃海喝没让自己长了不该长的肉，全身镜中的女人前凸后翘的身材一如既往。

她用半小时精心化妆，烈焰红唇配性感小黑裙，就算扔到人堆里也挺显眼。天蓝满意地抛了个媚眼给梳妆镜里的自己，换上高跟鞋，拿起手包走下楼。她需要另外找几个被试，才能确定在沈旭磊面前的反应是否为例外。

出门前她拿着手机想约楚云飞一起，转念一想又打消了念头，将手机塞进包里。她不能什么事都扯上楚云飞，他不是随叫随到的男朋友并且不止她一个朋友。更何况此行兼有试验性质，没必要让他回忆起当年自己恐慌发作的模样。

楚云飞比夏天蓝大三岁，她在报社兼职时期，他同样是一名初入职场的“菜鸟”，两人在共同挨骂的日子里结下了患难与共的友情。在她出国前夕，楚云飞表白过一次，那也是她第一次意识到自己或许患了焦虑症。

夏天蓝相信随着时间推移，楚云飞肯定能放下单相思。事实证明她是对的，他们现在的相处真的就像认识多年的老友，可以随意地互开玩笑。没有男女之间的火花，只有岁月带来的脉脉温情。

专车司机打电话通知夏天蓝已经到了门外，她打开旁侧的小门走出去，看到外面只停着一辆保时捷911。天蓝狐疑地回拨过去，只见驾驶座那边的车窗伸出了一只手，对着她拼命摇晃。看来，就是它了。

她打开车门，俯身向内，对驾驶座的男人说道：“对不起，我预约的不是保时捷。你是不是接错单了？”

“放心，没搞错。我要去的酒会也在白沙湾，顺路送你过去正好。”他稍稍向前一些，路灯的光照到了他的脸和上半身，能让她看到他脖颈系着的黑色领结。

他很年轻，看起来不会超过二十六岁；他很帅，表情天真眼神无辜。

夏天蓝的戒心消除了一半："你换了车？"她追的一部研究犯罪心理的电视剧集里，有一集便是变态杀手伪装成专车司机进行劫杀，不得不防备。

"要不是参加酒会，我一定开你预约的那辆尼桑。"他明白她的戒备因何而起，委屈地扁了扁嘴，"我请你坐更好的车还不行嘛。"

她莞尔一笑，坐上了车："Sorry，是我疑心太重。"

"女生疑心重一点是好事，坏人太多，要懂得保护自己。"他一边发动车子，一边碎碎念道，"不过我的长相一看就属于好人，你的疑心伤害了我。"

她抚额，勉强忍住笑，不想再度"伤害"他。司机开豪车也就算了，这款叫车软件主打车型不是奔驰林肯就是奥迪宝马，来一辆保时捷911勉强说得过去，但专车司机还穿礼服系领结，不奇怪才不正常好不好！

他的车开得又快又稳，年纪轻轻俨然已是一名经验丰富的司机。夏天蓝刚想夸他几句，他先开口说道："夏小姐，你有没有遇到过这种尴尬的场景，比如参加亲戚的婚礼，突然冒出一堆七大姑八大姨三舅公四叔公，但是你记不清楚谁是谁，也不知道他们的子女跟你是什么辈分关系，更不确定有哪些话题不能聊，因为没人提前告诉你三舅公的女儿一把年纪还在闹离婚。"最后一句，他的语气听得出愤愤不平。

夏天蓝完全没想到这位帅哥竟如此"画风清奇"，不知该不该告诉他问错了人，她从小到大都没亲戚，或许将来也不会有亲戚。她还没想好怎么开口，他自顾自说了下去，热切地推销起来："如果现在有这样一个APP，能让你方便地建立自己的家族社区，扫一扫对方的脸就能准确定义你们的关系，你会不会用它？"

夏天蓝翻了个白眼，一脸冷漠，冷冷回道："我希望你专心开车，OK？"

他讨了个没趣，讪讪一笑闭上嘴不再说什么。不一会儿就开到了滨海公路起始处。这时，他转头瞥了她一眼，嘴角轻挑勾起一抹古怪的微笑："Ready（准备好了吗）？"

夏天蓝一时恍惚，不知他的ready所为何事。紧接着，只见他踩下油门，保时捷如离弦之箭一般飞了出去。

十三个急速转弯，他在山道公路直接玩起了漂移。夏天蓝一手紧抓扶手，一手抹去额头沁出的冷汗，这种喜欢玩刺激的司机必须向客服投诉，太不把乘客生命安全当一回事了！

当保时捷终于停下时，夏天蓝狂跳的心才平静下来。她几天前也开车通过这里，车速虽说不慢可是绝非他这般奔放狂野，把好端端的公路当成赛道玩，一定要投诉！

她气呼呼地结账，气呼呼地推开车门准备下车，这时候他又叫住了她："夏小姐，我的名片，扫二维码可以下载APP哦。"他伸长手臂，硬是将名片塞到她手里。

"我没有亲戚！"夏天蓝生气了，将名片扔回给他，"你的APP对我一点用处都没有！"

他一愣，恍然大悟她为何冲着自己发起火来。对于某些人，亲情是禁忌话题。"对不起，我错了。"他诚恳道歉，"我叫唐泽禹，大禹治水泽被苍生那两个字。以后用车记得call我，你有我的电话。"他咧嘴一笑，白白的牙齿闪亮得够格拍广告，"我保证不再开快车故意欺负你。"

"幼稚。"她冷冰冰扔下评语，头也不回下了车，用力关上车门。

驾驶座那边的车窗，两只手同时伸了出来，做了一个抱拳的手势。她装作没看见，低着头从车前横穿过马路，只听背后传来唐泽禹的声音："喂，我就当你原谅我了！"

夏天蓝皱着眉头踏上对面的马路，嘀嘀咕咕念道："姓唐的小子，我们萍水相逢就此别过不必再往来了吧！"然而当她转过身面对红色的保时捷，她还是竖起三根手指，比了一个"OK"。

唐泽禹让夏天蓝想起了何家伟，同样的年轻、充满活力，追求刺激。

凭借超强的记忆力，夏天蓝很快找到有过一面之缘的Zihuatanejo。她推开木门，酒吧入口的粉蓝色墙壁贴着一张张生动的鸟类照片。有身姿矫健翱翔于苍穹的雄鹰，有细脚伶仃在非洲草原上尽情奔跑的鸵鸟，还有站立在枝头左顾右盼的芙蓉。其中最特别的一张照片，当属两只交颈白天鹅。弯曲的长颈恰巧组合成一个心型，从这颗“心”望出去，水田漠漠，夕阳如醉。

天蓝顿时有了一种“不负所望”的欣喜。想来也是，酒吧的名字这般文艺，可见主人必定有一些与众不同的品味。她一边朝里走，一边仔细打量酒吧内部。

房间很大，每一桌上方悬挂着银灰色的吊灯。四壁都是照片，主角却只有鸟。她停下脚步认真研究面前的照片，根据仅有的鸟类知识判断，主角们不但分布于各个大洲，而且有一些只见于人迹罕至的丛林及荒野地带。职业习惯使然，她对此间主人产生了几分好奇，这个人究竟经历过什么，才会将这里打扮得如此“另类”？

今天是节后第一个工作日，客人并不多，三三两两坐了几桌，靠墙的一排沙发座几乎都空置着。夏天蓝自觉着装与此间酒吧强烈违和，原本想藏身角落，可好奇心既起，她的高跟鞋随之转向了吧台。

一个穿着湖水蓝衬衣的高个子男人正站在吧台里侧擦酒杯。他的动作优雅、缓慢，似乎正在创作一件艺术品，容不得半点懈怠。夏天蓝走到时，他举起酒杯对着灯光观察是否还有难以擦净的污渍，晶莹剔透的玻璃将一名漂亮女子的身影送入他眼里。

他放下杯子，递给夏天蓝一本菜单。

Menu上都是常规款鸡尾酒，天蓝习惯性地点了长岛冰茶。她把菜单还给对方，被他侧后方墙上贴着的照片吸引了注意力。

照片上，一只小鸟停在半空，翠绿色的羽毛带着荧光般鲜艳耀眼的色彩，翅膀在飞快地振动。天蓝跟着楚云飞学过一阵摄影，她知道拍摄这种照片难度相当大，由于摄影师和被摄物体间隔很远，必须要用三脚架固定长焦镜头，将对焦点放在小鸟的头和身体，用慢速快门拍下翅膀振动的瞬间。

“请问，这是什么鸟？”她开口问道，手指向他身后的照片。

男人调酒的动作没有丝毫停顿：“那是蜂鸟。”他没有看她，随意地回了一句。

这是夏天蓝第一次听到这个男人的声音，好听的男中音，莫名其妙就让人心情愉悦。他是个长相俊美的男人，五官的精致程度不亚于沈旭磊，但两人风格截然不同。沈旭磊强势霸道，咄咄逼人志在必得；而眼前这名男子，面色苍白身材瘦削，浑身上下散发着慵懒气息。

他像猫，举止优雅，冷淡疏离。

今晚遇见帅哥的频率快赶上在意大利了。夏天蓝心中感慨，单纯以欣赏眼光来看，无论沈旭磊、唐泽禹还是此刻登场的这一位，都有招蜂惹蝶的资本。无奈，男人对于现在的她就像一幅“只可远观”的画，她不知道何时何地焦虑症会发作，把一切努力都化为乌有。

他将一杯褐色的液体放到她面前，淡然的表情，淡淡的语调：“你的长岛冰茶。”说完，他又拿起方才擦拭的酒杯，继续对着灯光寻找污渍。

全世界酒吧里售卖的长岛冰茶都遵循相同的配方，用Gin（杜松子酒）,Rum（朗姆酒）,Vodka（伏特加）,Tequila（龙舌兰酒）四大基酒进行调制，但每一杯长岛冰茶又是独一无二的，不同的调酒师将自身风格与当下的心情融入酒液，每一杯酒都宛如一场永不再见的邂逅。

夏天蓝手中的这一杯，Tequila的量稍稍多了一些。她微抬头，视线在男人脸上停留了几秒钟，又一次转向墙上的蜂鸟。说实话，这张照片并非今夜所见最出色的，偏偏占据最显眼的位置之一，显然主人对它情有独钟。

“我以前读到过它的介绍，蜂鸟是唯一能倒退飞行的鸟。当时我有个奇怪的想法，假如有一天它的速度能快过光速，不就能回到过去？”她喝了一口酒，悠悠叹息。像是在对他说，又像是自言自语。

他放下杯子，看了她好一会儿。“没有东西比光速更快，所以回不去。”他轻描淡写地回答。

她笑了笑，将对话继续下去：“那么，为什么要把它贴在顾客一眼就能看到的位置？我猜测老板的用意是想告诉大家，与其后悔不能回到过去修正错误，不如珍惜眼前。你认为呢？”

“我认为，我的想法没这么复杂。”男人苍白的脸庞浮现一抹微笑，自我介绍道，“Alex（亚历克斯），Zihuatanejo的老板。”灯光从他的领口处滑过，她瞥见他的颈间戴了一条黑色皮绳的项链。链坠非常简单，很普通的十字架，但看得出做工极精细。这条项链和他予人的感觉并不相配，抑或他也曾经狂放不羁？

“Summer，夏天蓝。”她向他伸出手，“非常高兴认识你。”

“认识我有什么可高兴的？”Alex反问，似乎心不甘情不愿地握住了她的手。弯弯的眉眼和挑起的嘴角反映了他的真实心境，他同样“非常高兴认识她”。美丽，始终是女人最有用的通行证，从古至今。

“也许是为了，”夏天蓝注视着他们握在一起的手，他的手指修长、白皙，却有力，“为了这里是没有回忆的地方。”

二十三点五十五分，次天使之城最后一班地铁结束了当天的运营。地铁到站后，保洁员进入车厢打扫，发现一名打瞌睡的女子还未下车。

他用手推了推她的肩膀，她睁开眼睛，迷茫地看着他。

“终点站到了。”保洁员面无表情说完这句话，转身走开。

这名女子正是欧楠，她在工作室帮忙修图，直到十一点半才收工。楚云飞提出送她回家或者第二天报销出租车费，被欧楠一一婉拒。

他们并非朋友关系，所以她没必要告诉他自己已经连续失眠好几晚，只有在摇晃的地铁车厢里方能小睡片刻。

失眠症状始于回国之后，起初欧楠以为时差没倒过来。然而白天她也找不到睡意，显然不是时差所致。她不明白哪里出了问题，仿佛一夜之间睡神便决定彻底抛弃她。以前，她偶尔会失眠，多数是睡到半夜从梦里惊醒后无法再度入眠，一般到了第二天晚上也会因为倦意一觉睡到天亮。像这几天连续性质的失眠从未有过，最令人恐惧的却是她的身体和大脑丝毫没有发出疲倦的信号。欧楠不知道过度的透支还能支撑到几时，她不得不利用一切机会强迫自己“停”下来。

欧楠走出地铁站，她的家就在地铁站对面的小区。她抬头仰望一栋栋高层建筑，午夜时分，仅有几户人家还亮着灯。地铁站另一侧的小街巷，夜排档正开得热闹，好像截然不同的另一个世界。

空气中弥漫着食物的香味，对于失眠者，一份香气四溢的炒年糕和一部漫长无聊的电影或许能帮助入眠。下午空闲的时候，欧楠通过网络寻找改善睡眠的方法，有人说吃饱了会犯困，有人说看节奏缓慢的欧洲电影能催眠，她决定双管齐下。

她提着外卖回到家，门刚开了一条缝，欧楠立刻伸手探进去，按下墙壁上的电灯开关。灯光亮起的瞬间，紧绷的神经才松弛下来。

关门、换鞋，将钥匙放入玄关柜上的玻璃缸……做完这些事情之后，欧楠抬起头说道："我回来了。"

明知无人应答，可是每一天，她都会说一遍。

欧楠的时间，停止在遥远过去的某一天。

那一天，父亲还活着，乔浩然也在身边，她从不相信自己会寂寞到和墙壁对话。

孤独的人，即使在梦里，依然是孤独的。

5
Chapter
没有回忆的地方

Mind your mind

遇见，弗洛伊德的眼泪

第五章

没有回忆的地方

每季度首月的第一个周日下午是秦德辉律师事务所固定召开合伙人大会的日子，由于清明假期二季度的会议顺延到四月九日召开，这也是沈旭磊成为冠名合伙人之后的第一次正式亮相，他极为重视。第一季度的合伙人大会表决通过将他升为冠名合伙人，大家普遍认为年事已高的秦大律师开始筹谋退居二线寻找接班人，在他所有的门徒及合作伙伴中，他最看重沈旭磊。

头发雪白的秦德辉律师身着三件套西装出现在大会议室，笑眯眯地和众人一一打招呼。曾有人评价他笑起来的模样像弥勒佛，随年岁增长如今笑得越发和蔼可亲。然而在法庭上与秦大律师交过手的人都知道，他最擅长寻找对手举证过程中的破绽，哪怕极微小的细节也逃不过他的双眼。而一旦被他抓住疏漏，绝对是暴风骤雨般的连环攻击。

秦德辉的目光扫过会议室，他默默将眼前所见之人和心里的名单逐一对照，确认全员到齐后拿起小木槌敲击桌面示意全场安静。他看着众人，慈祥地笑着，慢吞吞说道：“谢谢大家放下手头的case来参加会议。首先我们再次祝贺Wilson成为本所有史以来最快成为冠名合伙人的律师，我确信Wilson是中国律师界一颗冉冉上升的新星，希望他继续努力，为本所带来更大的社会及经济效益。”

话音一落，掌声响起。沈旭磊没料到秦德辉给自己戴上这么大一顶帽子，只觉脖颈一阵发冷。眼前形势容不得细想，他立刻起身，脸上带着谦虚的微笑向周围鼓掌的合伙律师鞠躬致谢。“老师谬赞，旭磊愧不敢当。记得入职那天做自我介绍，我说过是出于对老师的崇敬才研习法律并成为一名律师。努力至今日，旭磊有幸能与恩师一同成为律所冠名合伙人，这份荣耀实乃至今我所能取得的最大成就。老师时常引用的名言‘律师应像一位斗士那样使用自己手中掌握的武器，而不应像一个刺客，他应知道如何调和委托人的利益同真理和正义的永久利益间的关系’，这句话从过去到将来，始终是我的座右铭。”

这番言辞处处可见对秦德辉的推崇，在座诸人掌声愈发热烈。秦德辉含笑点头，待旭磊落座，他重新举起小木槌敲击桌面，示意正式进入议题：“今天的会议，我们重点审核第二、三季度各部门的预算，以及上一季度的收支情况。我已经看到Peter（皮特）脸上不耐烦的表情了，他肯定在心里说这帮耍嘴皮子赚钱的人果然废话多。不用急，接下来的时间都是你的。”

他的玩笑话引得大伙哄然大笑，财务主管张义龙扣好西装站了起来，笑着接过秦德辉的话：“只要每个人都提高自己的计时收费，我不介意你们话太多。”

又是一阵笑声，在讨价还价开始之前，的确需要一个轻松的开场。沈旭磊紧绷的神经终于放松了，他靠上椅背望向主席位的秦德辉，后者接收到他的视线，朝他使了个颜色暗示会后有话要谈。

合伙人会议结束后，沈旭磊跟着秦德辉走进他的办公室。“老师，您有话和我说？”他主动询问。

“茂合集团和天威公司合同纠纷的案子你打算怎么辩诉？”秦德辉在办公椅坐下，“茂合的顾总和我是老朋友，他们也是我们合作时间最长的客户。”

沈旭磊拉开办公桌前的椅子落座：“我知道顾总和您私交甚笃，这个case我准备行使不安抗辩权。”

秦德辉点点头，显然旭磊与他的想法不谋而合。略一沉吟，他提醒道：“不安抗辩权若行使不当会被认定违约，举证工作进展如何？”

“天威公司的注册资本工商显示为一千万元人民币，年底抽查时发现抽逃了九百万元资金，因此存在抽逃资金的嫌疑。另外，发放贷款的银行因为天威拖欠的另一笔大额贷款也起诉到了法院。我方证据充分，完全符合《合同法》第六十八条的规定。”

“OK，茂合是否提前以书面通知的形式告知天威要中止履行合同？”秦德辉继续追问。

沈旭磊轻轻一笑，自信满满地表示：“邮件、公函以及快递单的收据全部都在，用不安抗辩权没有任何问题。”

“Good job（做的好），我对顾总也有交代。”秦德辉看着旭磊，不由感慨时光飞逝。当年初见，眼前这个气宇轩昂的男人还是少年。未曾想有一日，他不仅成了自己的门生，甚至以最快的速度晋升为冠名合伙人，终有一天也会取代自己。

秦德辉在合伙人会议上的那番话亦是有感而发，一方面为旭磊的成就高兴，另一方面则隐含担忧。按照律所规定，创收千万以上才有资格晋升冠名合伙人。而沈旭磊从合伙人到冠名合伙人只用去三年时间，可想而知为了胜诉他必定无所不用其极。这正是秦德辉担忧的地方，唯恐他被眼前利益蒙蔽，模糊了正义的界限。

“你去做事吧。”想了想，秦德辉最终放弃说教的念头。沈旭磊是一名经验丰富的律师，他知道该做什么，什么不能做。

旭磊起身，郑重地向秦德辉鞠了一躬：“老师，谢谢您。如果不是当初您帮助了家父，我不知道自己会不会像现在这样。您教我的第一堂课就说过，‘作为一名律师，首要及最重要的职责便是将一切置于委托当事人的利益之下’，这句话我同样没有忘记。”

夏天蓝在四月九日下午忽然意识到有好几天没收到沈旭磊的讯息了。过去数日她十分忙碌，将屋子的里里外外统统打扫了一遍，还置办了全套床上用品把几间卧室内的全部替换。尽管花费不菲，天蓝却毫不犹豫下单购买了。她的潜意识抗拒使用这些“旧的，用过的”东西，因为很有可能它们“为江荟澜及某个男人所用”。

在收拾屋子期间，夏天蓝又去过Zihuatanejo一次，可惜那天Alex不在，酒保小多说他飞去云南采购新鲜的食用菌。夏天蓝咬着指甲琢磨食用菌明明到处都有，他还特意打飞的到原产地购买新鲜食材的原因，结论是这个Alex要么是富贵闲人，要么可能有轻微的偏执。

“他说了什么时候回来吗？”她找了一个在当时情况下看起来非常合理的话题。

小多看了她一眼，从他的表情来看，似乎想到了什么有趣的念头，带着一份跃跃欲试的兴奋。天蓝有点尴尬，误以为他在打她的主意，正在思考如何委婉拒绝，只听他说道：“老板说过九号上午回来，你早点来的话，他说不定会请你吃饭。”

哦，原来小多是打算让她蹭吃大餐啊。夏天蓝松了口气，顺手拿过长岛冰茶喝了一口，好吧，小多调制的鸡尾酒和本人性格颇为相符，口感略甜，明显是可乐放多了！

夏天蓝临时想到小多的提示，拿起手机看了看时间。现在是四月九日下午三点。她面前有两个选择，一是发消息联络沈旭磊，观察这一次接触的效果；另一个则是到Zihuatanejo碰碰运气，看Alex是否已回来，顺便蹭顿大餐。

夏天蓝通过扔硬币的方式决定了下午的行程，她在四点前到达Zihuatanejo，抱着几分侥幸心理推推门，居然打开了。刚走进门，熟悉的曲调便滑进了双耳，是吉他弹奏的《天空之城》。

她快步朝里走，很快看到正在弹吉他的那个人——Alex坐在吧台前的高脚凳上，他穿着白色的衬衣，眉眼低垂，修长的手指轻轻拨弄吉他弦。夏天蓝驻足凝听，悠扬哀婉的旋律，竟使得这一刻有了永恒的魅力。

注意到有人进入店内，Alex的手指停在弦上，他抬起头看见了夏天蓝，认出了这个几天前只见过一面的女子。他的手移向吧台，端起红酒杯浅啜一口，微笑着道了一声好。

“好久不见。”天蓝略窘迫，毕竟“偷看”被抓了现行。反而被偷看的那个人浑然不觉，笑笑说道：“你来早了，还没营业呢。”

“小多告诉我，来得早你会请我吃饭。”这句话刚说出口，她就觉得委实有些厚颜无耻，奈何收不回来了。

Alex怔怔地看着夏天蓝，像是压根没想到她会来这一出。就在她准备表态纯属玩笑之时，他开口说话了。

“跟我走吧。”Alex拿起吉他向吧台那一侧不显眼的小门走去，回头发现夏天蓝还站在原地，不由莞尔。“请你吃饭而已，怕了？”淡淡的揶揄，她听得出。

这个仅仅一面之缘的男人，有着令人安心的气质。也许是他拍摄的鸟，也许是他慵懒倦怠的气息，也许是他苍白的脸色……总之，Alex是第二个没有让防御机制启动的男人。

吧台的小门背后别有洞天，一条走道通往后门，走道左侧是办公室，右侧是一间现代化的厨房。

“这里原先不会是一家餐厅吧？”夏天蓝迅速打量完毕Alex的厨房，提出了问题。

他转过头，不太明白她为何如此发问，但还是回答了：“我压缩了酒吧的部分空间，重新改造的厨房。”

怪不得他会特意飞到云南采购新鲜食用菌。通常，对食材要求高的人对于食物及烹饪手法也会比较挑剔，所以他们多数会选择自己做给自己吃。她点点头表示赞赏：“有这么漂亮的厨房，我也想学做菜了。”说着，她在岛台前自动坐下，一脸“我等你上菜”的期待表情。

“小多一定也和你说过我去云南是为了采购新鲜的菌菇吧。”得到她肯定的答复后，Alex心想等到小多下次过来必须好好教育他，怎能随随便便就把老板的行踪透露给客人呢！“既然他都这么说了，我若不拿出来招待贵客，实在说不过去。”他从冰箱里取出刚存放不久的食材，摆放在天蓝面前。

“这是……”她不认得眼前这个长得像蜂巢似的诡异玩意，不好意思地承认，“我不会做菜。”言下之意，不认识它完全正常。

Alex随即揭晓了谜底：“它叫羊肚菌。其实最好的做法是煲汤，不过煲汤的其他材料冰箱里没存货了，只好做一道红烧羊肚菌献丑。”

“给你添麻烦了。”她嫣然一笑，放柔了声音。

他倒了一杯红酒给她，转身走向洗手池放水浸泡羊肚菌。天蓝看着Alex忙碌的背影，和前几天第一次见面相比，现在的他们拉近了一些距离。

人际交往看似玄妙，实则随处都能用到心理学，譬如她有意识地在两人互动中占据主控权。夏天蓝承认自己对Alex有点在意，甚至觉得他们中间貌似有块磁铁在一点一点拉近他们的距离。起初他否认了她的推论，但她固执地认为并没有错。这勾起了夏天蓝浓浓的探究欲望。他在这么多鸟类照片中独独选中那张并不算出挑的蜂鸟贴在距离自己最近的位置，在当事人看来仅仅是随意而为，可潜意识里的他必定对过去抱有愧疚或遗憾，能够倒退飞行的蜂鸟恰恰代表他的悔恨。

夏天蓝眼里的Alex是这样一种人：在他的面前有一个舞台，这个舞台无限延伸，没有尽头。来来去去的客人在这个舞台上出任主角。他鼓励他们，希望他们演出精彩的故事，而他只是旁观。

他坐在观众席上，带着宽容的心态欣赏着或精彩或拙劣的演技，适时给予掌声以免演员孤单。

他的故事在别人还没看到的时候已经谢幕。无限的舞台，已没有他扮演的角色。

夏天蓝的职业病发作，她突然就对Alex这个人和他背后的秘密产生了浓厚的兴趣。如果他愿意，她很乐意听听他的心事，了解他的过往。

“没想到你还会弹吉他。”她从方才所见入手，试图加深对他的了解，“感觉不是初学者的水准。”

Alex回过头：“我大学时组过乐队，你相信么？”反问的同时，他自己也仿佛陷入了回忆，目光变得深远。

这个话题得到的反馈信息超过预期，心底蹿起一道兴奋的小火苗，天蓝继续问道：“留长发打耳洞的摇滚朋克风还是校园民谣？”她在国内读了两年大学，印象里当时的校园歌手不外乎这两种风格。

他笑了笑，转身按下电陶炉的开关加热油锅，一边回道：“年少轻狂，不堪回首。”推敲他话语里的意思，大学时期的Alex十之八九是一名摇滚青年，与他现在的形象气质天差地远。

叛逆和愤怒的棱角，终有一天会被年龄磨平。到最后，绝大部分人不可避免地向生活妥协。

夏天蓝望着他挺拔的后背，微微一笑。他的年龄应该和她差不多，也许在很多年以前，他们曾经在大学城擦肩而过。彼时，谁都不认识谁，也无法预见未来的某一天狭路相逢。

呼吸吐纳的空气中加入了一味“青椒”，突然的刺激让夏天蓝猛打了好几个喷嚏。她揉了揉鼻子，放下酒杯走到Alex身旁，看他将勾芡好的生粉浇入锅中，脑海里出现了另一个人的身影。

几天前，有个男人为她煎了一块牛排。此刻，竟有一丝想念。

沈旭磊，他在做什么呢？

沈旭磊离开律所的时候，天色已昏暗。他在办公室将上庭的材料重新过了一遍，确保周一开庭一切顺利。他能成为律所有史以来最年轻的冠名合伙人，秘诀唯有“勤奋”二字。胜诉率的基础是详尽的调查举证、与当事人的充分沟通、上庭前准备好的Plan B、Plan C（计划B、计划C）……没有这些根基以及为之付出的时间和精力，仅仅靠口才怎么能让法官信服？

夜幕低张，整条街的霓虹灯纷纷点亮，高楼大厦的玻璃幕墙也变换着LED彩灯的颜色一同加入这场灯光秀，迷人的夜晚刚刚开始。沈旭磊抬头仰望，四周高楼林立，仿佛一把把直插云端的利剑，这个城市最繁华的商业区毫无疑问也是追名逐利的战场，每个人不得不全力以赴。

然而熟悉沈旭磊的人都知道，他根本犯不着如此拼命。他的父亲沈耀华是非常有名的画家，随随便便卖出一幅画就是别人几辈子都赚不到的钱，他却非要靠自己打下一片江山。正如网上流行的那一句“可怕的是，别人不仅比你有钱，还比你努力”，沈旭磊便是真实写照。

沈旭磊不急着回家，他沿着街道漫无目的向前走，正好利用这段空闲好好琢磨秦德辉的告诫。合伙人会议上秦德辉那番言辞犹在耳边，明着褒扬他为“新星”，但将范围扩大到全中国，这话让他多多少少觉察出一些讽刺意味。

他理解秦德辉的担忧因何而起。这些年沈旭磊未尝有败绩，再困难的案子到了他手里都能柳暗花明，其中自然有些见不得人的调查手段。他一向欣赏大陆法系对实体正义的注重，在他看来，只要能够得到对当事人有利的证据，如何获得它并不重要。

就像行走在黑与白中间的灰色地带，这条道路不仅狭窄而且相当危险，但沈旭磊乐在其中。他喜欢赢，享受在“赢”的过程中掌控一切的满足感。

所以，不管老师有多担心，他都不会改变自己的行事准则。他走到了天桥，望着下方车水马龙的道路，对这道题目给出了最终答案。

沈旭磊继续往前走，打算穿过天桥到斜对面的广场再招出租车去下一目的地。天桥的中间位置不知何故围了一圈人，他路过时随意一瞥，居然瞧见了楚云飞。

沈旭磊停下脚步迟疑了一会儿，他不确定在楚云飞工作时上前打招呼会不会惹对方生气。搞艺术的人都是难以捉摸的脾性，沈旭磊在和身为画家的父亲共同生活的十几年岁月里早就领教了艺术家的喜怒无常，那可是连亲生儿子都能往死里下手的暴怒。想想还是算了吧，就当没看见。

正准备撤离现场，沈旭磊注意到了楚云飞侧前方还站着的一个人。她一手举着闪光灯，一手握着无线遥控器，一脸紧张地等待楚云飞的口令。只听他“一，二……三”口号声刚落地，欧楠控制的闪光灯也同时亮了一下。

楚云飞回看显示屏上的照片，朝欧楠勾勾手指示意她过来。他从摄影包里取出一张纸巾递给欧楠，扔下一句：“给我一张。”

几天工作下来，欧楠已经了解他所谓的“一张”指的是纸巾的三分之一。她迅速将纸巾还原为三片，递了一片给他，又配合他一同用玻璃胶带将纸巾固定覆盖住闪光灯。

“再试一次。”楚云飞对欧楠笑了笑，“光线应该能柔和了。”

欧楠一声不吭，接过闪光灯和遥控器，走回方才的位置。楚云飞耸耸肩，心想这个助理还真是沉默寡言得厉害，除非必要交流，他几乎没听她主动说过话。

他不知道欧楠的失眠症已持续十天了，她晚上睡不着，白天时常有天旋地转的感觉，好几次她都以为自己会在工作室晕过去。好不容易熬到周末，欧楠原先计划在床上躺一天强迫自己入睡，却不料楚云飞一个电话通知她临时加班。现在对于她来说，多讲一句话就等于多耗费一分精力，她可不想一会儿晕倒在人前。到时候楚云飞肯定会为了那堆十几万的器材弃自己于不顾，孤零零躺在地上没人理多难看，能免则免吧。

意识渐渐混沌，欧楠左右晃了晃脑袋试图恢复清醒。再撑一会儿，再撑一会儿就能结束了。她对自己说道。

“欧楠，你没听到我的口令么！”楚云飞气急败坏地大喊。

她惶恐地抬起头，和人群里的沈旭磊打了一个照面。

欧楠再度睁开眼睛时，发现自己正坐在楚云飞的摄影器材箱上。她像是受到莫大惊吓似的弹跳起来，还没站稳就被楚云飞强行按了下去。

“你还是坐着吧，要是再晕一次，我的心脏病保证被你吓出来。”楚云飞的表情不太自然，心有余悸回想方才她突然晕倒之后手忙脚乱的景象，顺便想起了仿佛从天而降来帮忙的沈旭磊。他赶紧回头招呼正在看顾器材的旭磊：“Wilson，她醒了，我马上过来。”

欧楠做了一个深呼吸，记忆随即回到意识消失前的最后一幕画面。沈旭磊，世界真小，这一次真逃不过要正面相对了。她无奈地叹口气，抬头仰望天幕，猛然发现此处与沈旭磊的律师事务所相距并不远，怪不得会相遇。

胡思乱想间，楚云飞陪着沈旭磊向她走来。“上次你们应该见过吧，”楚云飞在欧楠和沈旭磊之间来回指了指，“她去律所谈日程安排。”看他俩一脸茫然，楚云飞补充说明。

要不是欧楠晕了过去没办法置之不理，沈旭磊肯定自己早就不声不响走人了。楚云飞这一句，迫使沈旭磊即刻做出抉择。他装出一副恍然大悟的样子：“哦，原来和Iris对接的人就是你啊。”

他不知欧楠早已和楚云飞提过两人是旧识，如今这般客套的口吻倒像是初次相见。欧楠察觉到不妥，立刻发声圆场：“Wilson，上次看到你很忙，就没过去打招呼。日子过得真快，距离我们最后一次碰面，快一年了。”

沈旭磊对欧楠的暗示心领神会：“没错，一年不见，想不到你成了云飞的助理。”

他俩一唱一和，尽力不让别人看出破绽。然而这番努力稍稍过头，至少楚云飞产生了奇妙的违和感。

他问过欧楠她和沈旭磊的关系，当时她斩钉截铁否认两人是情侣。她既然说得这么肯定，楚云飞没理由不信她。但当他亲身感受到弥漫在三人中间名为“尴尬”的气氛后，他猜测欧楠撒谎了。

可是，就算她说谎了，那又怎样？从来没有一条法律强制要求下属必须对老板坦白私生活，自己最多只能在招聘的时候问一下她是否已婚已育。楚云飞的自我安慰马上发挥了作用，他的注意力转向了另一件事。

“欧楠，你没吃饱饭还是低血糖，站得好好的怎么一下子就晕倒了？”这才是头等大事，身旁站着一个与她关系匪浅的律师，他可得先发制人表明绝无虐待员工之举。

欧楠低下头，犹豫是不是应该把失眠的事情说出来。要是能买到安眠药就好了，她这样想着，意识又慢慢飘浮起来，在脑袋里低空盘旋。

沈旭磊瞧着欧楠，眉头渐渐皱了起来。今晚第一次看到她的时候，他便发觉欧楠的状态不太对劲，她的脸色异乎寻常地苍白，眼袋和黑眼圈明显得吓人，一副“没睡好”无精打采的样子。他蹲下身，和坐在箱子上的女人保持同一高度，伸出手扣住她的下巴，强迫她抬起头来。

“你干吗？”欧楠吓了一跳，嘶声质问。

“你干吗？”楚云飞也吓了一跳，和欧楠异口同声。

沈旭磊毫不理会，他盯着欧楠的脸看了十几秒，在她反应过来开始挣扎时松开了手。“反应迟钝，眼神涣散，你失眠么？”

“那又怎样？”她语气不善地呛声，间接承认他观察所得的结论。

“多久了？”沈旭磊继续追问。

欧楠冷笑一声，站起身。娇小的她在沈旭磊面前没半分威慑力，哪怕她拼命抬高下巴也没有用。

“It’s none of your business（这不关你的事），沈大律师。”欧楠一字一句说道。大庭广众，何必搞得像演电视剧一样，他们非亲非故连朋友都算不上。

沈旭磊眼角肌肉一跳，心里有个声音让他不要管闲事，他和欧楠没那么熟！“保重，再见。”多说一字也嫌多，他用四个字告别，转身便走。

剧情发展太快，楚云飞跟不上节奏。他抬手想和沈旭磊道别，却发现那个男人走得飞快，早已消失在人群。再望望四周，看好戏的人因为“男主角”的离席纷纷退场，只留下他和欧楠两人。

这次外拍，真是彻底的失败！

“还拍么？”欧楠看看脸色铁青的楚云飞，小心翼翼地提问。

楚云飞白了她一眼，没好气地说道：“模特等得不耐烦回家了，还拍什么呀！收工吃饭吧！”他向她走了一步，仔仔细细看她的脸。“你失眠多久了？”

同样的问题，欧楠拒绝了沈旭磊，却老老实实回答了楚云飞。“大概十天，断断续续在地铁上睡过一会儿，但是躺在床上就翻来覆去睡不着。”她一边说，一边帮忙收拾拍摄器材。

“十天？”他夸张得叫了起来，自己熬三个通宵就脾气暴躁得想砍人，她居然连着十天没睡觉还能有问有答，简直非人类，“你的状况太危险了，我陪你去医院。”

“医院能给我开安眠药吗？”欧楠满怀期待地看着楚云飞，似乎所有的希望都在他身上，就指望他能给出肯定答复。

“安眠药对身体不好，治标不治本，而且你会养成依赖性。我看你就是心里想的事太多，所以睡不着。”楚云飞煞有介事地分析一通，末了提出建议，“我有个在美国开心理诊所的朋友，她最近回来了。要不你和她说说心事？保证回家睡得要多香有多香。”

和心理医生谈谈？这个想法经由楚云飞的声音进入欧楠脑中，深深扎下根。换作平时她百分百会说“no”，可此一时非彼一时，饱受失眠之苦的她把任何建议都当作救命稻草，只盼能尽快进入梦乡。

“拜托老师帮我联系吧，谢谢。”她郑重其事地道谢，倒让楚云飞紧张起来，本是随口一说的提议变得势在必行了。

楚云飞拿出手机拨通夏天蓝的电话，舍弃寒暄直奔主题：“Summer，我有个朋友想请你做心理咨询。”

手机那一头，夏天蓝愣了愣，视线飘向那只停留于半空拼命振动翅膀的蜂鸟身上。没有人能回到过去，你应该move on（往前看）。

夏天蓝端起杯子喝了一口长岛冰茶，慢悠悠吐出一句话：“对不起，我厌倦听别人的心事了。”

Chapter 6

心理治疗师的PTSD

第六章

心理治疗师的PTSD

周日一大早，怒气冲冲的楚云飞按响了夏天蓝家的门铃。夏天蓝一开始把铃声当成骚扰电话，转身将头埋入被子和枕头之间，继续酣睡。

然而门铃却响个不停，任凭夏天蓝的头闷在枕头里转来转去，都始终躲不过它的声音。她泄气地翻身而起，胡乱抓了抓头发，披上睡衣杀气腾腾直奔楼下。

屏幕上出现的人是楚云飞，她瞬间了然大清早他过来找茬的原因。昨晚在她断然拒绝他的请求后，他不死心给她发了好几条消息，将欧楠的状况描述得无比可怜。夏天蓝看了之后，一笑而过，连回复都省了。

她打开门，转身走到一楼最近的卫生间里整理形象。她在每个卫生间都配备了洗漱用品，有种家里人丁兴旺的感觉。

楚云飞进门时，夏天蓝故意咬着牙刷在他面前晃了一下。她认为有必要让他产生“打扰了自己休息”的想法，有这般潜意识在前，他发起火来也会收敛几分。

果然不出她所料，等她洗完澡出来，楚云飞已经做好了咖啡，还煎了个荷包蛋放在吐司上。

她在岛台前坐下，端起咖啡喝了一口。难得他没忘记她的偏好，一份咖啡两份牛奶，不加糖。一瞬间，夏天蓝差点动摇。

“Summer，我不明白你为什么不肯帮欧楠一把。”楚云飞看看她，吞吞吐吐问道，“是因为费用么？”

“荷包蛋煎得刚刚好。”她先夸奖他的手艺，接着摇摇头，“云飞，不是钱的问题，我真的累了。”她的表情无比诚恳，显示此言非虚，实乃肺腑之言。

昨天在电话里夏天蓝也是这番说辞，但效果远远不及面对面。楚云飞不得不相信，光靠自己无法说服天蓝。

“我当年那些同学也有从事心理咨询工作的，我找找联系方式，看她们能不能帮忙。”夏天蓝看到楚云飞脸上的沮丧，再次肯定楚云飞对下属的这份关心，显然比他自己意识到的更强烈。男人对女人的在意，通常是好感的第一步。

楚云飞眼睛一亮，但很快光亮就湮灭了：“谢谢你的好意，我担心欧楠对不认识的人有戒心，她的防备心挺重的。”

“我对于她，难道就不是陌生人吗？”夏天蓝笑着反问，心里在想要不要说破楚云飞的隐秘心事。

“你不一样啊，欧楠有机会面试，多亏你看到了她的简历。”尽管夏天蓝三番两次明确拒绝，楚云飞仍努力想让她改变主意。夏天蓝咬着香脆的吐司，决定保持冷静观望的姿态，就等他自个“蓦然回首”得了。

眼见夏天蓝一味微笑却不首肯，楚云飞改换策略，问道：“撇开欧楠的事不说，我倒要问问，你不做心理咨询，将来打算做什么？”

“游手好闲，调戏美少年。”夏天蓝哈哈大笑，仿似就等着别人问这一句，好不容易终于盼来了机会一抒生平所愿。

楚云飞一脸“我不认识这个疯女人”的嫌弃表情，悻悻然说道：“好吧，我知道你现在是小富婆，把这栋房子卖了一辈子不愁吃喝。可你有没有想过，无所事事的日子多么空虚、多么无聊！生而为人，没有理想又跟咸鱼有何分别！”

夏天蓝收起笑容，眼神冷冽：“你不觉得，很多人的痛苦根源恰恰是因为想得太多却得不到？生命的本质是虚无，认清这一点活得会轻松很多。”

“咣当”一声，楚云飞把咖啡杯重重按在桌面上。显然，夏天蓝的言论让他不爽到极点，偏偏他找不到话反驳她的观点。

“我走了，随便你！”说着，他头也不回直奔大门而去。

看着楚云飞气呼呼地冲出门去，夏天蓝的心隐隐有些难过。她颓废地依靠着椅背，思绪不由自主地回到了在Pomona市里最恐怖的那一天，身体不受控制地微微颤抖起来。

大半年前，一名接受过天蓝心理咨询的患者Vincent突然向她表达了爱慕之意。而不论是因为职业道德还是因为她的防御机制，夏天蓝理所当然都予以了拒绝。她本以为此事就这样过去了，可谁知Vincent竟连续数周跟踪她回家。她曾几次试图劝阻他的越界行为，也联系过他的心理治疗师想一同开解他助其放下执念，但是均无效果，最后她不得不因为Vincent的疯狂行为而向法庭申请禁止令。但没想到她的决绝更加刺激Vincent，并导致他的心理防线彻底崩溃，最后选择决绝地当着她的面举枪自尽。

这件事对夏天蓝的打击非同小可，在Vincent死去后的很长一段时间里，她都饱受PTSD和焦虑症的双重折磨，以致她不得不暂停自己诊所的经营，并开始对自己的专业产生了深深的怀疑。

此刻孤独地依靠在椅背上呆坐的夏天蓝，不禁扪心自问：这样的自己，又能给欧楠提供什么帮助呢？

其实有想法让夏天蓝帮助欧楠做心理咨询的人除了楚云飞之外，还有沈旭磊。虽然他被欧楠气得拂袖而去，但对她的担忧仍然促使他采取了非理性可控的行为。

于是沈旭磊就成了因为欧楠而来拜访夏天蓝的第二个人。周日下午，他先站在天蓝别墅的铁门外面给她打了个电话确认是否在家。

“嗯，我没出门。”夏天蓝刚在电话里给了肯定答复，门铃声就随即响起。

夏天蓝像上一回那样站在门口迎接沈旭磊，她瞅了瞅他的双手，揶揄道：“我还以为这次你会带那瓶八十年代最好年份的红酒，好失望。”

上一次，他确实提起过那瓶酒。与此同时，两人也不约而同想起了这么多天不联系的根本原因——她的焦虑症。

“你说过那瓶酒应该留着和重要的人一起喝。”他用她的原话回答，“也许是我没做好准备。”

夏天蓝笑笑：“所以，我们算是冰释前嫌了？”

“我没有生气，这几天忙上庭的案子，暂时没空和你联系。”他的理由无懈可击，你总不能责怪一个认真工作的人，“这不，一得空我就来了。”何况，他接下来的甜言蜜语足以满足你的虚荣心。

她将他请进客厅，沈旭磊却不入座，倒是朝走廊尽头的书房走去。“这间书房，你打算怎么利用？”

夏天蓝不解他的用意，但直觉告诉她沈旭磊今天另有目的。她跟在他后面，悠悠说道：“就用来看书，终于有一个大房间可以藏书，光想想就很激动。”

他回头看了看她，伸手拧开门把打开窗户。阳光透过落地窗进入室内，浮在空中的微尘闪闪发光，两边靠墙而立的书橱满满当当，主人的读书兴趣按照中国古代的分类法覆盖经史子集四部，涉猎范围极广。

“我想象的画面和你不一样，Summer。”沈旭磊指着窗口，“这里有一张长沙发，患者坐在上面向你倾诉心事，阳光普照、微风袭来、树上传来鸟鸣，人们内心的痛苦在这里，因为你而终于有了安放之地。想问你在L.A.的办公室是不是也是这样？”

夏天蓝原本打算重申早上对楚云飞说过的那番话，万万没料到沈旭磊话锋一转，她到嘴边的话也硬生生咽了回去。此刻的他逆光站立，阳光在他的头发上肆意舞蹈，让人不由想伸出双手去抚摸。沈旭磊描绘的画面，让她的眼中漾起波光，令人怀念。

“云飞找过你？”她轻轻咳嗽平复激动的情绪。

沈旭磊想过楚云飞找夏天蓝帮忙的可能性，经过上次的接触，他就发现楚云飞对欧楠产生了爱慕的心情，不然欧楠昏倒他也不会那么的惊慌失措。而欧楠的失眠症状非常严重，楚云飞发现后定不会置之不理。不过沈旭磊没有向楚云飞求证，这种情况下，他认为和欧楠撇清关系比较明智。

“嗯？”沈旭磊故作疑惑状，“什么意思？”

她双手抱胸打量了他几眼，并没发现心虚的迹象。“他新招了一名助理，不知道发生了什么事，导致她失眠了十天，心理及生理的状态应该很不乐观，云飞想让我听她说说心事，帮助她解决失眠的困扰。但我拒绝了他的请求。”夏天蓝苦笑着继续说下去，“你知道心理咨询并不是万能的，她的情况这么严重，应该去看精神科医生了。”

沈旭磊一副吃惊的表情：“失眠十天？God，不可想象。”心下却在盘算着如何说服欧楠去看精神科，那天看她失魂落魄饱受折磨的样子，说不定根本不用花什么力气。此事难处在于，欧楠压根不愿意听他说话。

夏天蓝没说话，脸上隐隐有些不忍，也有些犹豫。沈旭磊记得夏天蓝的职业是Therapist，可以从事咨询性职业但不能开具处方药，职业风险理论上并不大。从她的话语判断，他敏锐地意识到她在美国一定经历过某些事，才导致她对自己的专业产生了质疑。

“Summer，不管你曾经发生过什么，我都会无条件相信你并且支持你。”沈旭磊走到夏天蓝面前，温柔地抬起手背轻轻地抚摸她的脸颊。他不确定此刻稍显亲密的动作会不会引发她的恐慌，但希望能用这样循序渐进的方式让她慢慢习惯自己的触碰。

肌肤的抚触带着难以言说的感情，夏天蓝感觉到了。她的内心深处泛起一丝涟漪，轻轻柔柔，和以往大难临头似的恐惧截然不同。

沈旭磊，这个男人莫非真是the one?

夏天蓝索性大着胆子，果断伸出双手，环抱住他的颈项。“别动，让我靠一下。”说着，她的身体缓慢地贴上他的胸膛，秀发枕在他的肩膀。沈旭磊只要低下头，就能亲吻她的嘴唇。

但他还是听从天蓝的吩咐一动不动。然而没过几分钟，女性柔软的躯体就唤醒了本能，令他备受煎熬。“夏天蓝，你最好离我远一点。”沈旭磊不得不警告夏天蓝，此刻他的声音和平时不太一样，更为低沉、暗哑。

夏天蓝微微仰起头，只见沈旭磊双眼微闭，嘴唇紧紧抿着，俨然一副正在同欲望做殊死搏斗的样子。“再进一步，再进一步！”职业本能告诉她此刻正是进行脱敏治疗的好机会，可她不忍心继续折磨他。

夏天蓝还是离开了沈旭磊的怀抱，这时他紧绷的神经才慢慢放松下来。沈旭磊睁开眼睛，死死盯着夏天蓝，眼神中有一道野兽般的强烈激光不断向她发射。

“对不起。”夏天蓝对于自己的鲁莽行为有些尴尬，只好低垂着头，双手背对在身后默默地站着，就像个做错事的孩子一般。这样楚楚可怜的表情令沈旭磊说不出责怪。想想身受焦虑症的折磨，夏天蓝一定更加苦恼。沈旭磊如此这般安慰自己。

“刚才，你有没有……”他比较在意她的反应，倘若会引起强烈的恐慌，他必须认真评估为这个女人花时间和精力值得与否。

夏天蓝对沈旭磊的顾虑了然于心。漫长的岁月里，因为她的焦虑症望而却步的男人不计其数，她早已习惯回答尴尬的问题。“没有，”她摇摇头，红唇绽开一抹微笑，“我觉得下一次，或许能更进一步。”

他屏息等待她的回答，得到的结果完全超出预期。原本沈旭磊设定的底限是轻微的恐慌症状，那样至少还有努力的前景，谁知她竟直接送了个大礼包给他。

旭磊跨前一步：“Next time，嗯？”挑起尾音，他的目光变得灼热而危险。不等天蓝反应过来，性感薄唇精准攫获她的唇。

夏天蓝瞬时大脑一片空白，唯有触觉正常运转。她能感觉到他的嘴唇又薄又软，它们正试图叩开她的唇齿，前去探索背后的奇妙世界。

她猛然推开他，后退好几步站定。“沈旭磊，我说的是下一次见面。”

她愠怒不已，心里却是生气大于慌乱。

“为什么非要等到下一次见面，难道不应该趁热打铁吗？”他为自己的行为辩驳，“再说，想要吻喜欢的人，直接吻上去就行了，何必要等？”

这是沈旭磊第一次明确地告诉夏天蓝，他喜欢她！夏天蓝愣怔了几秒钟，她忽然又喘不过气来了。

到了周末晚上，Zihuatanejo酒吧座无虚席，热闹非凡。夏天蓝走进来的时候，只有吧台前还剩下几个空位。她走过去坐下，向吧台后的Alex打了个招呼：“没想到你的生意这么兴隆，我倒是挺意外。”

他笑了笑：“原来你一直以为我会关门大吉？”

“你这里一不请乐队，二没有舞池，和大部分人来酒吧找乐子的心理背道而驰。”天蓝仍旧点了一杯长岛冰茶，“并不是人人都喜欢文艺复古风。”

“反正，我也不是为‘人人’才开的这家酒吧。”Alex像是自言自语，音量不大不小，刚刚好让她听到。

天蓝托着腮帮，笑眯眯地看着他调酒。这时，一个男人朝这边走了过来，站到她的身旁。“小姐，有没有荣幸请你喝酒？”他开口问道。

整个吧台就坐着夏天蓝这样一位妙龄美女，对方明显冲她而来。

夏天蓝悠悠地转过头看着这位破坏她看帅哥调酒的不速之客，是个长相帅气的年轻人。往他的背后看去，酒吧正中心的卡座，有四五个男人，都在较有兴致地盯着他们这边的举动。

“真心话大冒险么？”夏天蓝知道这个盛行于国内酒吧的游戏，再看卡座那群朋友脸上表现的幸灾乐祸的表情，夏天蓝猜想应该是在玩游戏。

男人没料到她的答复既不是同意也不是拒绝，而是提了一个令他措手不及的问题。他回头望了一眼同伴，紧张地握了握拳。“不，不是，不是游戏。”结结巴巴说完这句话，他才放松了一点，顺畅地说出下面一番话，“你走进来的时候我就注意到了，觉得你整个人都在发光。我坐在那边一直在看你，所以请不要拒绝我，好不好？”

现实往往让人哭笑不得，譬如她这样会因为别人的好感而焦虑的人，却隔三岔五就要面对男人告白的情形。夏天蓝沉下脸，表情严肃地拒绝了他。

年轻人怏怏而回，目睹全程的Alex把酒杯放到天蓝面前。“那个人没说谎，他确实一直在看你。”

“所以呢？”天蓝的语气带有挑衅，态度也变得咄咄逼人，“因为他说了实话，诚意可嘉，我就应该接受他的好意吗？我可没那么廉价！”

她的激烈反应吓了Alex一大跳，他立刻意识到她误解了自己的用意。“对不起，Summer，我无意干涉你的私生活，只是陈述客观事实。”他停了几秒钟，似在思考措辞，“你当然有权拒绝他，但是不是能少许和颜悦色一些？毕竟，有人示好证明你魅力十足，这又不是什么坏事。”

言者无意，夏天蓝苦笑道：“事实上，对我来说这真的不是什么好事。”她长长叹了口气，决定告诉他真相。“在爱情这件事上，我有焦虑症。”

他哑然失笑：“拜托，面对爱情，人人都会焦虑。”

“要是这么简单就好了，可惜我的不是。”天蓝摇头叹息，郁闷地喝了一大口酒，“刚才那个男人，他让我恐慌了。”

如同她对沈旭磊描述的那样，有些人在刚刚表露好感的阶段就能引起惊恐。由于她的焦虑症并无固定发作条件，导致确定病因的过程困难重重。就连现在认为的病因，也不过是她和周绍伟在多次实验后针对大部分情况所做的推导，准确性有待验证。夏天蓝心里明白，如果找不到真正的病因，心魔终究难除，自己一生都会活在恐慌阴影之下。

Alex默然，他转身从酒柜里拿出威士忌，给自己倒了一杯。“对不起，我自罚一杯。”他从天蓝的神情判断她所言不假，虽然她没明说自己为何焦虑，可一个引起内心恐慌的男人的确会被女人严厉地拒绝，他不该轻易评判她。

他想起第一次见到的她：烈焰红唇，一袭身材毕现的紧身裙，一副夜店女王的架势。直到方才，Alex还对夏天蓝存有误解，他喝这杯酒一半也是为了表示歉意。

夏天蓝的笑声清脆悦耳，让人不由联想到明媚夏日的蔚蓝天空，她的名字和本人简直绝配。Alex一口喝尽杯中酒，向她亮了亮杯子。

她的手指在桌面划圈，他定睛细看，发现是代表无限之意的“∞”。他默默看她画了好一会儿，直到她抬起眼睛重新面对他。

“其实你没说错，拒绝别人没必要态度恶劣。”天蓝不止一次自问：倘若能向上一个纠缠不休的人坦承自己的焦虑症，结局是否有可能不一样?

她站起来，转身向那桌年轻人走去。Alex注视着她，做好随时冲上去帮忙的准备。

他听不到夏天蓝和那群年轻人谈话的内容，只看到他们的表情从开始的敌意变为欣赏和惊讶，他至少有一点没看错，这个女人魅力非凡。

几分钟后，夏天蓝回到Alex面前。玉指轻点，她指向那一桌：“Alex，麻烦开六瓶啤酒，这桌我请了。”

他的酒吧来来去去那么多人，唯独眼前这名女子令Alex产生了好奇心。他一边开啤酒一边问她：“你过去说了什么，搞得大家都像看到外星人一样？”

“没什么特别，玩了两个心理学的小游戏，把大家的性格特点分析得八九不离十。”天蓝落座，拿起没喝完的长岛冰茶，“做这一行见惯了各种各样的人格障碍，他们属于比较正常的类型，不难猜。”

“你是心理医生？”他从没问过她的工作，如今倒是自她的话语里听出了端倪。

她轻轻一笑：“严格来说，我的职业是心理治疗师。只能提供咨询服务，没有处方药的权限。”

“那，你的诊所开在哪里？”

天蓝抬头看了一眼Alex，这个夜晚他们谈了太多关于她的事情。当你对某个人产生了好奇心，意味着你们之间有了新的联系。

目前她能确定的是，这种联系不会令自己恐慌。

“我在L.A.开业，还没决定要不要搬回来。”她不想透露太多，含糊地带过。

“这个城市有心理障碍的人只多不少，你回来开业的话，前景可观。”他快速回想之前看过的统计数据，理性客观地进行分析。

一瞬间，对面那双美丽的眼睛闪闪发亮了，仿佛群星在夏天蓝的眼中闪耀。Alex眨了眨眼，方才梦幻般的一幕消失了，他怀疑或许是自己眼花。

那一瞬间，夏天蓝想起何家伟曾经说过类似的话。他在她身上投注了期望，肯定会指着现在的她痛骂“孬种”。

夏天蓝的笑容透出几分勉强：“我会认真考虑，谢谢你的建议。”她一口气喝完剩下的酒，结账离去。

Alex目送夏天蓝走出酒吧，他抬头望了望空置着的二楼，一个念头悄然浮现。

他本以为自己心静如水，再不会为别的女人泛起波澜，可他无法解释为何偏偏在意夏天蓝的事。这个女人突然出现在他的生活中，打破了平静。

夏天蓝走出酒吧，被迎面而来的海风吹散了酒意。月亮像一条又细又弯的线，粘在黑色的天空幕布上，苍白地闪着光。

海浪声声，她能想象潮水一波又一波不断冲刷沙滩的画面。在孤单的夜晚，这样的声音会让人平添寂寞、苍凉，仿佛看着沧海桑田在变幻。

很多年以前，夏天蓝在白沙湾等了何家伟整整一夜。那一夜，大海吹奏着同样的号角，嬉戏玩闹的孩子们跟着父母离开了，卿卿我我的情侣们也离开了，偌大的沙滩，不，整个天地恍若只剩她一人。

很多年以后，夏天蓝离开Zihuatanejo时，她又一次感受到那份孤独和无助。在这个城市，不，也许在这个世界，她注定踽踽独行。

她信步走向海边，Alex的酒吧地理位置不错，没走多远就到了白沙湾。

四月初的海水在太阳升起后尚能下水，但到了夜里，海水的温度随太阳落山也一同下降，踏水逐浪的人寥寥无几。

夏天蓝的鞋子进了沙，她索性光脚踩上沙滩。被海水浸洗过的沙子潮湿、冰凉，一股寒意从脚底直达心头。

她打了个冷战，却还是一步一步朝前方走去。冲上沙滩的海水漫过夏天蓝的脚趾，她再往前走了几步，脚背和细密柔软的沙粒亲密厮磨。

长岛冰茶的后劲发作，夏天蓝的意识逐渐朦胧，瞌睡虫一个个飞出来骚扰主人。猛然，一个浪打了上来，溅湿她的裤子，同时让她清醒了过来。

看样子，似乎要涨潮了。夏天蓝连忙往回走，一直退到沙滩的高处。黑色的海面，海水翻卷起浪花，在黑夜里白得触目惊心。

远方的海角，一座灯塔孤独地矗立。

她的导师曾经说过心理治疗对他人的意义——每个人的内心都犹如深海，隐藏着无数黑暗的秘密，心理治疗师就像灯塔，能指引人们走出困扰。

夏天蓝又想起了欧楠的失眠症，以她的职业本能和身为医者的操守，她很想帮助欧楠克服睡眠障碍。然而，现在的自己俨然也在海里浮沉，已经不可能做别人的灯塔了。夏天蓝苦涩地想着。

她拿出手机查找通讯录，在国内读大学的时候，室友徐慧宜勉强能算她的朋友。夏天蓝出国后两人还有过联络，后来因为时差和距离断了联系，她不确定徐慧宜有没有换过电话号码。

夏天蓝找到徐慧宜的手机号码拨过去，甜美的女声提示号码为空号。想来也是，十几年不换号码的人，通常都很长情，徐慧宜在那时就不属于长情一派。

夏天蓝依稀记得第一次来Zihuatanejo的夜晚，接载她的专车司机说过自己做了一个APP，可以帮忙寻找亲戚，她觉得应该问一下是否能用来查找朋友。

通话记录里还留存着司机的电话，她抱着姑且一试的念头回拨对方，希望唐泽禹能帮上忙。

铃声响了一会儿才被接起，夏天蓝第一时间自报家门："唐先生，您好！我前几天坐过您的专车，我姓夏。"

"有什么事？"和上一次相比，唐泽禹的态度、语气明显生硬不少，仿若换了个人似的。

算了，我上次态度也不好，就当扯平吧。天蓝不以为意，眼下有求于人，完全没必要计较态度问题。"那次你说正在做一个人际交往的APP，我想问能不能用来找到过去的同学或朋友一类的人？”

那边的他沉默了十几秒，正当她以为自己表述不够清晰打算重复一遍问题，唐泽禹开口说道：“你搞错了，我从没做过这个。”说完，他非常无礼地挂断了电话。

什么情况？夏天蓝目瞪口呆盯着手机看了半天，努力回想当日的对话。果然，现今的创业者都是三分钟热度，那天明明说得兴致勃勃，不过几天就弃之如敝屣。

手机铃声适时响起，天蓝的回忆被打断。她看一眼屏幕，来电显示Alex的名字。是落下了什么东西吧，说不定真到了记性变差的年纪！她这样想着，接听了电话。

“Summer，明天能再过来一趟么？”

“嗯，我落下了东西？”她低头检查手包，没发现少了什么。

Alex笑笑，给面前的客人续杯了红酒：“不是。其实关于你的诊所，我有一个建议。”

她抬起头望着天空，今天究竟是什么日子啊，莫非黄历写着“宜开市”？否则为何连续三个人均对自己的职业发展产生了不该有的兴趣？

十分钟过后，夏天蓝重新站在Zihuatanejo门口。Alex拿来一桶水给她冲脚，捧着一条干毛巾站在旁边。

“天还不够热，你居然去玩水。”他啧啧叹息，听口气简直像面对熊孩子的糟心老爸。

夏天蓝笑着为自己辩解：“拜托，要不是你一个电话把我召回来，这会儿我已经回家了。”话音未落，鼻子发痒的她打了一个喷嚏。

她抬手掩住鼻子，不好意思地看看Alex。“呃，可能我确实脑袋短路了一下，阿嚏。”又一个喷嚏。

Alex表情无奈：“一会儿我煮姜汤给你驱寒。”他蹲下身，展开毛巾，抬头对她说道：“把脚抬起来。”

夏天蓝一时没反应过来，等她明白他想做什么，立刻被惊吓到了。

“不，不用了，我自己来！”她结结巴巴回答，弯下腰打算抢夺他手里的毛巾。

“麻烦你这个准病号配合一点行不行？”Alex举着毛巾闪躲她的“进攻”，“你是女生，应该被照顾。”

好吧，有些男人确实具有骑士精神。天蓝无话可说，只得抬起了右脚。

他用毛巾包裹住她的脚，细心地擦拭。头顶飘过她的声音，她问他：“你对所有的女生，都会这样照顾吗？”

Alex沉默地给她套上一只拖鞋，然后换另一只脚重复整套动作。大功告成后，他提起水桶站直身体，平静地注视夏天蓝：“没错，所有的女生都值得被珍视。”

夏天蓝松了口气，又有了说笑的兴致，她调侃道：“现在的世界，大家都把女人当汉子使唤，有古典骑士精神的人已经不多了。我代表全天下女同胞谢谢你。”

Alex微微一笑，权当回应她的玩笑。他做了一个“请进”的手势，打开了门。

“Summer，关于开业的事，如果你担心租金，我这里的二楼还空置着，可以免费借给你。”Alex不和她拐弯抹角，开门见山。

夏天蓝下意识望向黑漆漆的二楼。她第一次来的时候就注意到旋转楼梯前立着“止步”的牌子，他当日解释说二楼还没完全装修好属于非营业区域。“楼上的装修终于完成了？”她问道。

他的确用这个借口打发过很多对二楼好奇的客人，想不到谎言竟是被自己主动拆穿，只好尴尬地表示：“之前有部分软装没到位。”

“哦，原来如此。”她点了点头，委婉推拒，“既然装修好了，首选当然是扩大酒吧的营业面积，把生意做大喽。至于我，非常感谢你的支持，可是……”

她的话还没说完，Alex按住她的肩膀转向正在喝酒的客人们：“天蓝，这些话我只说一次。过去的我是个不折不扣的混蛋，如果时光能够倒流，我一定不惜一切代价弥补错误，可是我做不到。我只能开一家酒吧，看着别人在我面前借酒浇愁，安慰自己其实大部分人都活得很痛苦。”

这个男人和我的想法完全一样！夏天蓝内心极度震惊，仿佛隐私被窥探了。她对那些幼年时期遭受父母虐待进而心理扭曲的病患特别热衷，未尝不是一种心理暗示及自我安慰。

“所以？”她喉咙发紧，以往悦耳柔和的声音变得干涩黯哑。幸好仅仅说了两个字，幸好除了她自己，Alex一无所觉。

“所以，这个世界已经有太多对自己无能为力的人，实在没必要再多你一个。”这是当晚Alex分量最重的一句话，她有一种被人看穿的感觉。

这份悸动，从未如此强烈。

7

Chapter

让人失眠的阴影

第七章

让人失眠的阴影

Zihuatanejo的二楼空空荡荡，只有靠墙的一组长沙发和一把椅子能称为“家具”。欧楠转头看了一眼夏天蓝，后者神情泰然。她收回四处打量的目光，微低了头默默地想：也许，夏医生喜欢简约风格。

虽然，未免简约过头了！

欧楠的脚步重了一点，木质地板随即发出“嘎吱嘎吱”的声音。她小心翼翼地道歉，一副瑟缩不安的样子。

夏天蓝自两人见面后一直在观察欧楠，眼前这名身材娇小的女子毫无疑问是个美人，她的五官非常精致，仿佛上帝之手精心雕琢；个子虽不高，可是凹凸有致，曲线迷人。以夏天蓝的人生经验来看，拥有如此美貌的女人历来深受各方眷宠，然而欧楠却时时刻刻带着不自信的神态，令夏天蓝对她过去的经历产生了探究的兴趣。

“Erica，不用紧张，我不是精神科医生。”夏天蓝的微笑经过专业的训练，她清楚地知道如何控制面部肌肉才能使自己的笑容让来访者放下戒备之心，“只是云飞担心你的身体，才请我帮忙判断是心理因素还是健康方面确有问题。”

“谢谢。”欧楠怯生生地道谢。她的脸上看得到失眠症肆虐的后遗症——疲惫、苍白以及濒临崩溃边缘的神经质。

欧楠通过栏杆间隔看到一楼的布局，转头问道：“夏医生，下面是酒吧？”她的语气充满困惑，似乎这个世界在她眼里就是动荡的，她无法确定自己能相信什么，连亲眼所见都未必真实。

她们从后门进入直接上到二楼，因此欧楠并不知晓楼下的Zihuatanejo是一家酒吧。“是的，朋友开的酒吧，二楼正好空置着。”天蓝知道自己解释得越详尽，越能让欧楠放下戒心。建立起信任关系是心理治疗师和当事人之间的第一步，她要尽可能地坦诚相待。“等你的失眠症改善了，有时间到楼下喝一杯。”夏天蓝给了欧楠一个鼓励的微笑，让她有信心克服睡眠障碍。

欧楠笑了笑，低声说道：“我喝酒会过敏。”

“其实看别人喝酒也挺有意思。”夏天蓝轻松地回应，她没再继续这个话题，抬手指向沙发，“或坐或躺，随意，只要是让你觉得最舒适放松的姿势就行。”

欧楠踟蹰不前，她偷偷瞥了一眼天蓝，深深感受到对方强大的气场。在她的专业领域里，她就是女王，相比之下自己简直像个小女孩一样。

“不用担心，我们谈话的内容绝对不会外泄。”天蓝柔声安慰，她明白欧楠的顾虑。

欧楠咽了口唾沫，她一紧张就会口干舌燥。“夏医生，我没有怀疑你。”她急急忙忙辩解，唯恐天蓝心生不快。

夏天蓝保持微笑不变，她决定把“主动权”交给欧楠：“这样吧，你自己决定选哪个位子。”

沙发的正前方摆了一张转椅，整个二楼能落座的除了沙发只剩这张椅子了，她的选择余地并不多。欧楠咬着唇迟疑了一会儿，终于走到沙发前坐下。

夏天蓝在沙发对面坐下，她从随身携带的背包里拿出两瓶矿泉水，其中一瓶递给了欧楠：“昨晚的睡眠情况有好转么？”

欧楠苦恼地摇头：“还是睡不着，闭上眼睛就觉得眼前有一道白光，很亮很刺眼。”

“你会开灯睡觉么？”

“我肯定都关了，卧室也看不到走廊里的应急灯。”

“除了亮和刺眼，那道光还给你什么感受？”

夏天蓝看到欧楠闭上了眼睛，她的面部肌肉紧绷起来，显然“那道光”给她的感觉并不舒服。

欧楠猛地睁开眼睛，小声嗫嚅：“夏医生，我可不可以躺下？”

夏天蓝含笑点头道：“当然可以，记住，用你觉得最舒适的姿势。”

欧楠脱下鞋，在沙发上仰面躺平。她的双手交叠摆放在胸前，再一次闭上眼睛。

欧楠的样子令夏天蓝产生了不好的联想，她迅速站起来，飞快地看了一眼。没错，欧楠觉得最舒服的姿势像极了“瞻仰遗容”。夏天蓝暗自心惊，这个被失眠症困扰的女人，她的内心到底有多绝望？

“那道光，好像金属的反光，很锐利。”欧楠轻声描述。

“从哪一天开始失眠，还记得吗？”夏天蓝放低了声音，温柔的低音能让神经松弛。

欧楠的眉头皱了起来，看得出来她又紧张了。“不要睁开眼睛，继续保持这个姿势。”夏天蓝的话语及时阻止了欧楠的动作，她差一点张开眼睛。

“从国外回来之后，那天晚上我只睡了两个小时。”欧楠努力回想上一次酣然入睡的日子，仿佛遥不可及。

“因为时差？”夏天蓝追问，“还是因为被噩梦惊醒？”

欧楠放在下方，即紧贴胸口的那只手揪住了衣襟。“因为……梦，是的，是噩梦。”沉睡在意识深处的记忆慢慢苏醒，那个令主人不得安生的噩梦展开了狰狞的面目。

“梦的内容，记得么？”

欧楠张开了眼睛，侧转过头凝望夏天蓝，神情悲凄。

“我杀了乔浩然。”她说道。

欧楠走后，夏天蓝留下来整理当天的访谈笔记。她和病人交谈时习惯用速写本，得益于超强的记忆力，她总能在谈话结束后成功还原每个细节。

欧楠的噩梦对本人来说可能十分可怕，不过在夏天蓝接触过的来访者中间，她的梦还算比较正常。

夏天蓝追问乔浩然何许人士，欧楠沉默了近五分钟，才开口回答：“他是我的男朋友。”

“你们还在一起？”夏天蓝有时会明知故问，让来访者自己说出潜意识拒绝承认的事实。果不其然，只见欧楠眉头紧锁，鼻翼迅速抽动，呼吸明显急促起来。

“他不见了。”欧楠看着夏天蓝，用一种近乎怨恨的眼神。

夏天蓝断定欧楠的失眠和这位乔浩然脱不了关系。她装作看不懂欧楠的抗拒，继续问道：“不见的意思是指他抛弃了你，还是法律定义的‘失踪’？”

欧楠狠狠咬住嘴唇，面对夏天蓝的穷追猛打，她慌了手脚。这么多年，她忍受嘲讽执着地寻找乔浩然，为的正是问一句“为什么”。如今，夏天蓝连环追击的问题挑开表面愈合结痂的伤口，让她看清楚里面早已千疮百孔。

她翻了个身，直勾勾地盯着天花板，不再理睬夏天蓝。

交谈遇到阻抗，意味着第一次接触她已然找到导致欧楠内心压抑的因素。天蓝不再逼迫欧楠，她拿出MP3播放一段舒缓的音乐，轻轻说道：“闭上眼睛，让身心沉浸在音乐里。不要怕，我会一直在你身边，陪伴你，守护你。不管谁出现在你的梦里，记住你并不会真正伤害到他。”

夏天蓝的声音似有魔力，尽管欧楠拼命想要抵抗声音的入侵，但就在第三遍重复刚刚开始时，她的眼皮耷拉下来，眼睛闭上了。

等欧楠再度睁开眼睛，她意识到自己在夏天蓝面前睡着了。她半抬起身体，问道："我睡了多久？"

夏天蓝看了看手机的计时器："准确地说，一共十一分钟四十三秒。"她的神情淡然，欧楠相信自己绝对不是唯一一个在她面前睡着的患者，这让她好受了一些。

"夏医生，谢谢。"欧楠腼腆地道谢。

"不要给自己太大压力，有时候越是担心这件事越不容易入睡。一般我们建议躺在床上二十分钟还不能入睡的人，就不要勉强自己睡觉，起来做些事情分散注意力，等到真正困了再去睡觉。另外，千万不要服用安眠药。"夏天蓝先在纸上洋洋洒洒写下几行建议，最后又写了几个曲名。她将纸条递给欧楠，"我以前推荐过这些曲目给失眠症患者，反馈都不错，你可以试试。"

欧楠郑重其事地收入包内，她看了夏天蓝一眼，欲言又止。倒是夏天蓝看穿了她的顾虑，笑着安慰她："你放心，我们的对话完全保密，就算云飞问起我也不会说的。"说完这几句，天蓝发现欧楠长舒了一口气，明显心安。

"目前我还不算正式开业，下半周我会回一趟L.A.，如果觉得谈话对你有帮助，这几天随时可以找我。"

"谢谢你，夏医生。"欧楠再次向她道谢，夏天蓝意识到她并没有回应会不会继续见面。

她笑了笑，不以为意。

夏天蓝整理的笔记中，"乔浩然"这个名字出现了两三次，她都做了重点标注。假如还有下一次谈话，她希望欧楠能开口谈谈这个男人。

夏天蓝最后检查一遍笔记，确定没有遗漏，"啪"一声合上笔记本。欧楠以及她的相关经历就像关闭的电视盒子，统统留在了本子里。

她起身，将二楼从头到尾走了一遍。上次碍于Alex陪同她不好意思细看，今天正好是个机会好好看一下这块场地是否适合开办咨询室。

二楼和一楼的架构一致，从后门的楼梯上来进入室内，首先是一个客厅，正下方应该就是Alex现代化的厨房。夏天蓝记了下来，这里可以作为前台和接待空间。

走廊与客厅相对的另一侧是一间小型储藏室，夏天蓝打开门看了看，记下来这里要改造成茶水间。

再往前，酒吧上方的整片空间，简单布置就能作为办公和谈话区域。方才她与欧楠的第一次谈话便是在这里进行，光线能从两侧的窗户进入，明亮感满分。

唯一的问题是和酒吧区域连接的旋转楼梯，虽说她和Alex的营业时间不存在重叠，但她的来访者多数内心敏感，看到两个空间完全没有障碍，难说会不会担心自己的隐私外泄。有必要和Alex商量一下，能不能允许她在楼梯口安一道门。

看看时间快中午了，沈旭磊约了她一起午餐。夏天蓝不清楚在国内开心理咨询室要办多少手续，昨晚她从Zihuatanejo离开后就和沈旭磊联系，他在电话里说了几分钟发现天蓝仍旧一知半解，于是建议当面解释。

他们约在法院门口会合，夏天蓝赶到时，沈旭磊正好走下台阶。她望着他，一身黑色西装的男人气宇轩昂。她回想前几次见面，无论是西装还是休闲衫，沈旭磊总能让人眼前一亮。俊美的外表固然是先天优势，他的时尚品味同样出色。

沈旭磊发现了天蓝，快步走了过来："等了很久吧？"

"我也刚到。"她注意到他看了一眼手表，说道，"赶时间的话就别吃饭了，或者买个汉堡。"

"下午同事有一场官司，我协助补充，时间确实有一点紧张。"沈旭磊指了指法院对面广场上的赛百味，"吃这个，你不介意吧？"

夏天蓝笑了笑："我在L.A.忙起来也经常吃Subway。有一阵为了减肥，午餐只吃它家的沙拉，简直不堪回首。"

"希望你不会有心理障碍。"沈旭磊笑着调侃。

两人快步穿过马路，正值用餐高峰时间，店里排队点餐的人不少。他们一边跟着队伍向前移动，一边快速交谈。

“我整理了开业要准备的资质材料清单，按照这份材料上的流程操作肯定没问题。昨天你电话里说已经有了固定场所，面积有四十平米以上么？”他交给她一个文件袋。

夏天蓝点点头：“嗯，肯定有，我租的地方很大。”

“那场地这一项就OK了。另外就是人员配置，除了你作为咨询师之外，咨询室还需要一名前台接待，一名财务。当然，为了规避将来的法律风险，建议你聘请我为法律顾问。”沈旭磊一本正经地毛遂自荐。

她扑哧一笑：“沈大律师，你的计时收费我付不起。”

他的笑容透着狡黠，忽然低下头凑到她的耳边，轻声说道：“对你，免费。”

这是他第二次这么说，和上一回相比，她的心跳稍稍加快了一点。夏天蓝望着沈旭磊的侧面——高挺的鼻梁，薄薄的嘴唇，在这个看脸的时代，他的颜值足以撩动多数女人的心。再加上从不重复的约会，他表现出的诚意也是加分项。

可是，这样一个男人，谁又能真正留住他一世呢？她从读书时代起就对学校里风头最劲的“校草”避之唯恐不及，正是害怕终有一天帅哥们会爱上更漂亮的女孩，她承受不了生命中再一次的背弃。

和夏天蓝短暂交往过的男人共同的特点便是颜值一般，以至于大家都认为她只喜欢“有才华的男人”，然而这些长相一般的男人同样无法给予天蓝战胜焦虑症所需的安全感。时至今日，她只能用恐慌发作的时间节点来进行判断了。

轮到夏天蓝点餐，她要了蜂蜜燕麦面包的三明治。沈旭磊发现她的口味偏重，她不仅加了酸黄瓜，还要了墨西哥辣椒，最后的调料选了蜜汁芥末酱。他听到“酸黄瓜”三个字时，条件反射开始，等轮到他点餐时只觉嘴里又酸又辣，还有芥末呛人的辛辣。

沈旭磊另外要了一份蔬菜沙拉，他对她笑笑：“希望不会让你有心理阴影。”

“你自己吃吧，不用请我。”她举双手做推拒状，“这顿我请你，多谢帮忙。”

这一餐加起来不超过三十元，没必要和她争抢买单。沈旭磊挑眉浅笑，桃花眼频频放电，天蓝注意到收银小妹的脸红了。她瞥了他一眼，心想招蜂惹蝶的男人果然应该敬而远之。

“你请我当法律顾问，管饭就行。”拿到自己那份午餐，沈旭磊继续刚才的话题，“我要求不高，粗茶淡饭即可。”

夏天蓝咬了一口三明治，她知道沈旭磊要的究竟是什么，他正在一步一步有计划地让她习惯他的存在。她的心被“感动”填满，在这个浮躁快速的时代，一个肯为你花时间慢慢来的男人，相当可贵。

她将手里的文件袋塞还给他：“沈律师，那么这些事务就全都交给你啦，麻烦了。”

沈旭磊先是一怔，即刻反应过来天蓝此举的用意。他会心一笑，将文件袋重新收好：“你的事，我会尽心尽力。”

“谢谢。”得到沈旭磊的保证，天蓝放心了。她不擅长和行政部门打交道，倘若能全权交给沈旭磊操作，再好不过了。

两人坐在广场的喷泉池边大口吃着三明治，彼此都把“形象”二字抛诸脑后，似乎潜意识里都想在对方面前呈现最放松自然的状态。吃完三明治，沈旭磊用纸巾擦了擦嘴巴，忽然问道：“我有点好奇，后来发生什么事让你改变了主意？”他记得自己离开她家时，天蓝还一脸为难之色，想不到晚上就接到本人的电话说正在筹备开业，这半天光景必定发生了令她改弦易辙的重大事件。

是因为Alex的一句话，但她不能告诉任何人。天蓝笑笑，咽下最后一口三明治：“怎么，我就不能突然找回从医者的自觉吗？”

理由无法令人信服，倒是让沈旭磊明白夏天蓝不想再谈下去了。他点点头，与她挥手相别。

夏天蓝目送沈旭磊离开，她觉得抱歉，有些事情她必须对他保密。

沈旭磊接手了行政部分的工作，招聘这一块还得夏天蓝亲自负责。她在回去的路上下载楚云飞之前用过的招聘软件，发现作为企业方发布招聘信息还需要营业执照原件扫描。天蓝头痛地想：这不是搞笑嘛，要申请营业执照首先要有三人以上的团体，所以得先招人；上网招聘需要营业执照，所以还得先办证……总之，仿若先有鸡还是先有蛋的命题，充满悖论。

想来想去，不得不找楚云飞帮忙。她打电话给他，楚云飞正好拍完一组模特，在电脑前回看照片。他看到手机屏幕显示天蓝的名字，马上接听。

天蓝将大概情况简要说明，云飞一口答应以自己工作室的名义发布招聘信息。“Summer，欧楠的情况，你觉得有救么？”他避开众人，拿着手机跑到二楼，声音压得极低。

她哑然失笑：“大哥，失眠而已，没你想的那么严重。”

“也没有你说的这么轻描淡写吧！”楚云飞不知不觉提高了音量，说完后才惊觉嗓门太大，以至于楼下众人都听到了他的“怒吼”。他望了一眼电脑桌前的欧楠，她和大家一样抬头看着他。

楚云飞尴尬地摆摆手示意众人一切顺利，转过身继续冲着手机那头的天蓝撂狠话：“夏天蓝，你是医生，要对病人负责任！你说说，她到底为什么失眠？”

闻听此言，夏天蓝敛去脸上的笑容，正色道：“楚云飞，欧楠和我之间的谈话受到保密原则制约，除非欧楠本人同意或法庭强制命令，谈话内容一律不得外泄。”

楚云飞愣了愣，马上反省自己的想法，的确有欠妥当：“那，你告诉我她会不会想不开，这不算违规吧？”

“你想多了，云飞。”以她的观察，欧楠对乔浩然还有眷恋，除非某一天证实那个男人再也不会归来。想到这里，她对楚云飞不由同情起来，喜欢一个心有所属的女人，注定情路坎坷。

“云飞，如果你关心欧楠，就亲自问她本人。”她给了他建议，是否接受得由楚云飞自己决定。

和夏天蓝的通话结束后，楚云飞慢吞吞走下楼，脑海里转过各种念头。作为上司，他对员工健康状况的关心属于正常范畴，可一旦过于关心，搞不好会被当作办公室骚扰，其中的尺度把握相当关键。

他走到座位前，对面的欧楠从电脑屏幕后露出半张脸，怯生生地问："Kenny，能过来看一下吗？"

楚云飞走过去看着她的屏幕，欧楠正在处理上周拍摄的杂志内页照，她的修图功力有待提高，PS痕迹太明显。

他又教了她一遍，指着桌板的便利贴再次声明："我的宗旨，忠于原图的基础上进行适当修整，万万不可过度。"

"对不起，我又忘了。"她咬着嘴唇小声道歉。

楚云飞抬手一挥："算了，睡眠不足的人可以原谅。"他拿起相机，向摄影布景墙那里走去。

欧楠立刻站起来跟上，她的助理工作内容有一项便是随时待命以确保工作状态的楚云飞有任何需要都能及时响应。她才走了几步，楚云飞就回头瞪了她一眼："欧楠，你今天的任务是坐在那里把照片修完，别跟过来碍事。"说着，他想起了答应天蓝发布的招聘信息，于是口头交代欧楠处理："夏医生的咨询室要招前台和财务，你打电话问问她具体职位要求，然后用我们工作室的名义发布。"

"这是造假吧？"欧楠表情忐忑，谨慎地提出疑问。

楚云飞看着她："就当是帮我一个忙，OK？"他说得很直接，在他看来帮朋友发布一条招聘信息理所当然，再说自己是老板，哪有员工质疑老板决定的道理！

欧楠的手指绞着衬衣角，鼓足勇气开口道："Kenny，我知道你想帮夏医生，可你有没有考虑过求职者的感受，本来以为是摄影工作室的职位，结果变成心理诊所，不是所有的人都能接受精神病患。"她一口气说完，希望能把自己的顾虑表达清楚。

楚云飞微微惊讶，第一次听到欧楠说这么多话。听完她的理由，他深深凝视着她，一字一句说道："你把自己看成精神病患？"

欧楠愣了愣，不知如何回应云飞犀利的提问。他不忍让她继续难堪，半转身往前走，丢下一句话："你就写'代心理咨询室招聘'吧，以后这种事你自己做决定，别再来问我。”

自己做决定？欧楠苦笑，活到现在自己做的决定从来没有换回好结果，借她十个胆子也不敢再自作主张了。

她长叹口气，走回桌前给夏天蓝打电话。

傍晚时分，夏天蓝回到Zihuatanejo，打算趁酒吧营业前和Alex谈谈二楼装修的事情。周日晚上，他说回去先画张装修草图，等周一碰面时再谈。听起来就是要搞大工程的趋势，天蓝思前想后还是觉得没必要。

她推门入内，和某一天到访时一样，听到了吉他乐声。不同的是，这一次她听到了他的歌声——磁性的，让人膝盖发软的低音炮。

Alex哼唱的歌词是粤语，以夏天蓝的粤语水平，她非常努力才听清楚歌词内容。

“能同途偶遇在这星球上，燃亮飘渺人生，我多么够运。无人如你逗留我思潮上，从没再疑问，这个世界好得很……”随着他的声音越发低沉下去，后面的歌词她听不清了。

夏天蓝往里走，他弹奏的调子十分耳熟，偏偏歌名藏在脑海深处说不出来。她走到里面，先不和他打招呼，倚墙而站欣赏他的吉他演奏。

细长的手指滑过吉他弦弹完最后一个音符，Alex放下吉他，看着夏天蓝问道：“来了很久？”

“听到你唱歌了，这首歌我肯定听过。”她上前，接过他送上的红酒杯，哼了一句方才听到的歌词，“但想不起歌名。”

“张国荣的《春夏秋冬》。”Alex揭晓了谜底，“他过世后，同学们自发办了纪念会，我们乐队唱过这首歌。”他喝了一口酒。“刚才突然想起这首歌，就自娱自乐一下。”Alex唇边的微笑云淡风轻，透着些许自嘲意味。当年的摇滚青年做梦也不会想到未来的自己谈论起曾经想作为事业对待的音乐，用的竟是“自娱自乐”。人生，是一件没办法设计的事。

夏天蓝还记得那天，她没日没夜在报社和同事们一起赶稿创造了新的报纸销量纪录。当她回到学校时收到消息说是隔壁大学要举办张国荣纪念会，室友徐慧宜是张国荣的歌迷，拖她一起参加，夏天蓝以“补眠”为理由拒绝陪同。想来若是当天她去了，十几年前她就会认识当时唱摇滚的Alex。但兜兜转转，该遇见的人还是相遇了。

缘分！夏天蓝莫名其妙联想到这两个字，她赶紧端起酒杯喝了一大口压惊。

Alex拿出几张打印纸递给夏天蓝：“我做的装修设计，你看看是否合意。”

夏天蓝低头看了一眼，惊呼道：“这么专业，想不到你连CAD都会用诶，还是你念的建筑系？”

“数学系学渣一枚。”Alex不自在地笑笑，不愿多谈自己的专业。

他把过去尘封起来，偶尔掀起一点点盖子漏出一两件往事。夏天蓝对Alex虽然有好奇心，但他不肯说，她也不会问。

“早上我又仔细看了楼上的布局，地板是新铺的，墙粉也是新刷的，没必要重新装修。”她拿出笔，在他画的结构图上进行标注，“这片区域加一点隔断，可以布置成前台和接待室。通常来说，来访者都比较看重个人隐私，他们不太会提早到来，只怕万一会碰到其他来访者。所以接待室主要是为那些打算先了解情况的人准备的，不需要很大空间。”

“明白了，这里准备做茶水间么？”他用手指在图上画了个圈，和她上午的想法不谋而合。天蓝给了他一个赞许的眼光：“没错，我也这么想。”

“另外，需不需要在楼梯口加一道门？”Alex主动提及，显然他对安全性的顾虑又和她想到一块去了。她频频点头，有如此合拍的房东，接下来的装修任务可以放心地托付给他了，自己也能赶在正式开业前先回一趟L.A.处理个人事务。

“装修的费用我来出。”这是夏天蓝坚持的原则，Alex已经免了房租，再不能厚脸皮地要求他承担更多费用。

Alex自然先拒绝了：“这点费用，对我来说真的不算什么。”他绝非有意炫耀，只是觉得既然是自己诚邀她在此开设心理咨询室，装修费用和房租就权当是投资了，不应当由她出钱。

夏天蓝摇摇头："Alex，你这样殷勤，我不敢租了。"有时候对付男人不需要讲太多道理，她拿自己的焦虑症做挡箭牌，屡试不爽。

Alex果然成为又一个不幸中计的男人，他立刻在胸前平摊双手以示清白："对不起对不起，你想付多少请随意，我不干涉。"

"就按照实际花费吧。"她听到包里传出手机铃声，一边拿手机一边往下说，"过几天我准备回L.A.处理个人事务，主要是房子退租，呃……"手机屏幕显示沈旭磊的名字，她接听了他的电话，同时对Alex说道："很抱歉，装修的事只能拜托你。"

手机那头的沈旭磊误以为这句话是夏天蓝对自己说的，接着她的话开玩笑道："做监工没问题，但是我的收费不便宜。"

"Sorry，让你听到我和朋友的对话。"夏天蓝被他逗得开怀一笑，同时对自己的不谨慎表示了歉意，"找我有事？"

"我想来看看你的营业场所，不过你给我的材料里缺了门牌号，我迷路了。"沈旭磊站在酒吧街入口，不确定自己该走哪条路。

"我来接你。"夏天蓝对Alex做了一个手势，握着手机走出酒吧，站到外面的街上。

金红色的落日余晖将整条街的卵石路面渲染成同样绚烂的颜色，街道两边的建筑在金红色光线照射下，宛如打开了童话世界的大门。这时，天蓝听到电话里传来的声音："Summer，我想和你一起看遍世间的美景，譬如此时此地。"

夏天蓝抬头望向前方，沈旭磊站在光芒的尽头向她比了一个"心"。他的模样，俊美如神祇。

Chapter 8
需要安慰的人

第八章

需要安慰的人

几个月后，当沈旭磊回想起四月十一日晚第一次见到Alex的情形，他清楚地记得自己当时感受到了潜在的威胁。

夏天蓝介绍沈旭磊和Alex互相认识，她对两人的定义统一都是“朋友”，没有偏袒任何一方的意思。沈旭磊不动声色地打量Alex，这名神情倦怠的男子看上去不具备侵略性，但不排除女人会对这样的男人感兴趣，毕竟征服一个什么都不在乎的人是一项非常有成就感的挑战。

和Alex礼貌地打过招呼后，旭磊转向天蓝，淡淡笑问：“你确定要在酒吧开业？”

她用嘴将颊边碎发吹走，指了指楼上：“二楼，我陪你上去看看。”

Alex将一杯加了冰块的威士忌送到沈旭磊面前：“It’s on me（我请客），但愿你没有开车来。”他很客气，却让人难免会误解天蓝与他的关系——普通朋友的朋友，有必要这么殷勤招待?

沈旭磊迟疑了一秒，迅速伸手接过："谢谢，我不会开车，以后一定经常来光顾。"他客气地道谢。

跟着夏天蓝走到楼上，沈旭磊从栏杆间隙望着吧台里的Alex，他碰了碰她的胳膊，吞吞吐吐问道："Summer，你这位朋友，他会不会误解了什么？"他指指手里的威士忌酒杯。

夏天蓝一开始没听明白他的问题，看到沈旭磊手指着酒杯才恍然大悟。她掩嘴轻笑："Wilson，你想多了，这是Alex的习惯。每个来酒吧的客人，一般他都会免单第一杯酒。没有点酒的客人，他也会送一杯，不管你喝不喝。你还别说，这种销售手段相当高明，送一杯酒不用花多少钱，回头客倒是培养出来了。"

沈旭磊长舒口气，显然假如对方的性取向确有不同，他免不了要考虑如何委婉表达自己取向正常才好。弄清真相之前，手里这杯酒他还真不敢喝。"你第一次免单了什么酒？"他不能直接问他们是否早已相识，遂采取迂回询问技巧。

"长岛冰茶。"她回答得很快，毫不犹豫就给出了答案。

考虑到夏天蓝和这个城市隔了十年以上的时间差，再加上自己以前从没听说过这家名字如此拗口的酒吧，沈旭磊由此做出推断：她第一次来Zihuatanejo的日子距今并不久远。

暂且放心的沈旭磊喝了一口酒，注意力转向她将要用作咨询室的场所。在酒吧上方开心理咨询室，这个想法颇有创意也相当大胆。"说实话，一开始知道你打算在酒吧上面开咨询室，我有点难以置信。"

"我也是。"她不讳言这是Alex的建议，"不过Alex说服了我，与其打广告吸引客户，酒吧那么多借酒浇愁的人不就是潜在客户嘛。"

"所以你们营业时间同步？"沈旭磊想象中的画面充满违和感，理所当然收到夏天蓝白眼一枚，她"嘿嘿"笑了两声，正色道："Wilson，心理治疗和法律咨询一样，是一件专业且私密的事情，保密原则是我们的共同点。"

"Sorry."旭磊立即道歉，为自己无意的冒犯。

天蓝轻轻一笑："放松，我没有职业焦虑。另外要谢谢你帮忙办营业执照，过几天我打算先回L.A.处理一些个人事务，之后就能放心住回来了。”她看看他，表情略尴尬，可还是把话说出口：“等我回来，你再带我去一趟渔村，我想了解妈妈小时候住的地方。”

这算是给沈旭磊派了定心丸，不但保证她一定回来，还暗示了他是特别的一个。尽管她的焦虑症令两人始终处于若即若离的状态，但这一晚沈旭磊看到了希望。

旭磊忽然陷入矛盾之中，如果一个焦虑症患者克服心理障碍打算和自己长相厮守，又该如何收场？他还没做好定下来的准备啊！

手里的这杯酒，又变得异常苦涩了。

他们重新回到一楼，坐在吧台前看Alex调酒。让夏天蓝稍许意外的是，沈旭磊竟也问起了那张蜂鸟照片。

“这是蜂鸟吧？”与她相比，他明显认得这是什么鸟，只是不能确定。

“是的。”Alex回了一句，端着调制好的几杯酒走出吧台，送到客人的位子上。等他走回来，沈旭磊追问道：“为什么放这张照片在吧台？门口墙上好几张都比它出色。”

Alex没有急于回答沈旭磊的问题，他将收回来的酒杯洗净后放入沥水篮，举起其中一只高脚杯，拿着一块软布慢慢擦拭。天蓝知道那是他的习惯，起初她认为他有严重洁癖，后来发现这个男人在擦酒杯的时候其实是在进行思考。她推测Alex以前或许在证券基金行业工作，他的这个习惯动作和她接触过的一名来访者类似。那是一位基金经理，他在看盘的时候习惯揉捏弹力球排遣压力，以至于后来手上不拿一样东西就无法进行正常的思考和交流。据天蓝观察，Alex的症状不严重，至少在不擦酒杯的时段，他的思路同样清晰。

夏天蓝没有分析错，Alex确实在思索要不要回答沈旭磊的提问，来来去去那么多人看过蜂鸟照片，只有夏天蓝洞悉了他的秘密，他不想让自己被另一个人看透。

“这张失败的习作用来提醒我自己，业精于勤。”Alex淡定地说出理由，嘴角牵起淡若柳丝的微笑。

夏天蓝低头喝了一口长岛冰茶，保持缄默。蜂鸟代表回不到的过去，这是属于Alex和她共有的秘密。她理解Alex为何撒谎，很多时候，面对窥探的眼睛，我们不得不用谎言保护心底的隐秘。

“原来如此。”沈旭磊点点头，再点了一杯和天蓝一样的长岛冰茶。他是察言观色的高手，从Alex犹豫许久才给出答复来看，自我鞭策的托词绝对不是真心话。他不相信Alex，却也不打算深究下去。

就算熟人也未必尽说真话，何况萍水之交。成年人的世界，大家都有几条心照不宣的规则，不执着真假便是其一。

“你计划哪天回去？”沈旭磊提起夏天蓝在楼上谈到的话题，“我可以请假陪你。”他的美国十年签证刚到手，正好可以安排一次休假。

“你才升级为冠名合伙人就偷懒，这样真的好吗？”夏天蓝巧笑嫣然，不说同意也不表态拒绝。

“工作休闲两不耽误，这才是人生。”沈旭磊向她举起杯子，问题却抛给了吧台后的男人，“Alex，你说是不是？”

被点到名的男人笑笑，淡然回应：“别人的人生，我不做点评。”他是聪明人，摆明态度不趟感情的浑水。

“别打主意让我尽地主之谊招待你就行了。”夏天蓝倒也干脆，大大方方打开手机APP给他看待处理事件，“我的日程都排满了，基本没空。”她要见房产经纪，要重新申请工作签证，要彻底结束L.A.咨询室的业务，还要登门拜访几个长期见面的病人，推荐可靠的医生给他们以便后续治疗。

她的日程满满当当，沈旭磊只能自己打圆场：“对不起，我开玩笑的，请忘记。”其实他的工作想休长假基本无门，作为好几家企业的法务代表，几乎天天都有各种各样的合同、劳资纠纷找上门来，他只能利用节假日出门。

“下次吧，总会有机会一起去旅行。”夏天蓝抱歉地笑笑，自觉刚才的拒绝过于直接，没必要让沈旭磊难堪。正如Alex先前的建议，拒绝别人可以用委婉一点的表达方式。

沈旭磊向她举起了杯子：“一言为定。”

两杯长岛冰茶碰在一起，订下一个不知何日方能成真的“约会”。

晚上九点，欧楠将修改后定稿的图片发给杂志社，整个人瘫坐在椅子上长长地吐出一口气。她静静地体会工作带来的成就感和满足感，从前的自己大概做梦都不会想到有一天能像真正的设计师那样独立完成工作。

楚云飞从二楼探出头来：“欧楠，我煮了面条，吃完再回去吧。”

“不用了。”她慌忙站起来收拾桌面，“我马上就走。”

他冲她勾勾手指，佯装愠怒道：“好啊欧楠，这已经是你一天里第二次反对我的命令了，哪有你这样不把老板放眼里的员工！”

欧楠原本就是胆小不自信的人，被他一训斥，更加恐慌了。她战战兢兢走上楼，在餐桌前坐下。

楚云飞端了一碗阳春面给她，清汤挂面碧绿的葱花，看起来就令人食欲大开。欧楠拿起筷子尝了一口，面条的软硬适中，咸淡也符合她的口感。

一口热汤面下肚，欧楠才惊觉饥肠辘辘。她很快吃完了一碗面，连汤水都喝得精光。

楚云飞瞧了一眼她的碗底，揶揄道：“欧楠，我刚才假装发火不过是开玩笑，你不用怕得连汤都喝光。”

“我没这么想。”她涨红了脸，不好意思地承认自己太饿了。欧楠从小接受的教育是吃饭不能穷凶极恶，至少要留一口在碗底，没想到一碗阳春面竟让自己“破功”，顿时以为会惹他看不起。

楚云飞的表情丝毫不见“嫌弃”，倒有几分沾沾自喜。“证明我厨艺终于有长进了，多谢捧场。”说着，他站起来居高临下注视她，“走吧，我送你回去。”

欧楠指着桌面：“等我收拾完了再走。”她很公平，既然他煮了东西，收拾碗筷清理厨具理当自己来做。

她手脚麻利，快速收拾妥当。擦完手，欧楠回头发现楚云飞双手环胸靠着冰箱，若有所思盯着自己看。

“怎么了？”欧楠的神经绷紧了，她提心吊胆地问。

楚云飞摇了摇头，甩着车钥匙朝楼下走去。“没什么，走吧。”他可不敢告诉欧楠，自己刚刚想到的是谁娶了她真有福气，一看就是个擅长做家务的姑娘。但这种话说出口，搞不好会被控告性骚扰，还是不要冒险为妙。

欧楠满腹狐疑，跟着楚云飞下了楼。“Kenny，现在还有地铁，就不麻烦你送我了。”她婉言谢绝他的好意，于公于私都打算保持一定的距离。

楚云飞停下脚步思考两秒钟，不再坚持送她回家：“我送你到地铁站吧，这一片到了晚上不太安全。”

关上门，两人踏着淡淡的月色并肩而行，默然不语。虽说气氛沉闷略尴尬，但有一个人走在身侧，安全感增加了好几倍。欧楠不好意思地告诉云飞，前几天加班晚回家，她每次都一口气跑到地铁站。

“你怎么不早说？”楚云飞无奈地叹气，“是不是觉得我这个老板蛮不讲理很可怕？”

“完全不是。”欧楠难得大声一回，她斩钉截铁地否定，“其实，其实，你已经知道面试时我说谎了吧？”她无意中在共享的工作盘里看到楚云飞以前的作品合集，才明白自己不止班门弄斧，还真的“偷”到了作品的正主。

楚云飞被问得措手不及，他原以为这件事只要自己不提欧楠就绝不会发现，一瞬间他甚至有些担心接下来她会不会立刻辞职，毕竟她不是个厚颜无耻的人。“呃，我以为你把欣赏借鉴的作品和自己的混在了一起。”云飞尴尬地解释，活像犯错误的人是他一样。

“对不起，楚老师，我借用了您的作品。”欧楠站定，郑重其事鞠躬道歉，“我做错了，但是请您给我继续学习的机会。”她的表情和声音都写着“诚恳”，欧楠发自肺腑想留下来跟随难得的良师学习。

欧楠的表态竟使得楚云飞有如释重负之感，他爽朗地大笑起来，笑声在安静的仓库区里简直能刺破天际：“你放心，我一定会更严厉地指导你。”

她抬手掩住嘴巴低头看着路面，怕自己忍不住哭出声来。他既不催促也不询问，一脸无可奈何地站在旁边等她情绪平复，对这个敏感又细腻的女生束手无策。

欧楠好不容易平静下来，她吸了吸鼻子，抬起头望着云飞：“和夏医生的谈话让我明白过去几年我浪费了太多时间。从今天起，我想认真对待自己的工作。”

楚云飞在心底翻了个白眼，差点以为她准备告白，果然自己想得太多了！他咧开嘴，握拳替她打气：“加油！我对你有信心。”

沉甸甸的心，瞬间轻松了一点。欧楠看着楚云飞，像个孩子一样快乐地笑了起来。

离开Zihuatanejo后，夏天蓝和沈旭磊踩着光滑的卵石走到酒吧街口。继午餐高峰后，他们又不凑巧地赶上了午夜前酒吧散场的高峰时间，路口都是在等出租车的人。

各款叫车软件也都没有响应，短时内打到车的可能性为零。沈旭磊看了看夏天蓝，见她笑眯眯一副兴致不减的模样，便提议道：“我们走到白沙湾，在那里抢先拦截路过的空车，不和他们抢。”他抬起手，对着眼前的人群比了个框，好像把他们都固定在框里，就没人和他抢出租车似的。

夏天蓝确定沈旭磊喝多了，否则堂堂大律师何以做出如此幼稚的动作？不过，比起律师事务所里一本正经和她说法律条文的男人，眼前这副微醺的样子比较可爱。

“好啊，我走路没问题。”她昨天才走过一次，最多也就十分钟左右。

沈旭磊的头靠着天蓝的肩膀，半真半假调侃道：“万一，我走路有问题呢？”

“等一下，你到底喝了多少酒？”夏天蓝诧异地推开沈旭磊，盯着他的脸想看出酒醉的程度。“Alex送了你一杯威士忌，后来你喝了一杯长岛冰茶，一杯B52，还有我不知道的吗？”她中途去了两次洗手间，不清楚他有没有再点过别的。

他低眉浅笑：“我这是，酒不醉人人自醉。”

原来，他又“撩”了她一把！夏天蓝不甘示弱地回敬：“万一你走不动路，我保证会把你扔在显眼的地方。以沈大律师你的姿色，一定会有路过的美女愿意护送你回去。”

沈旭磊凝视她的眼睛，感到这个女人真是不可思议。当他以为胜券在握的时候，她总是出人意料展开反攻，从来不肯乖乖跟着他的节奏。他有种不好的预感，这一次自己或许会被套牢。

然而，在酒精的作用下，沈旭磊决定无视预感。他拉住她的手，紧紧扣在掌中："走，我们去看海。"

深更半夜乌漆墨黑看得到什么海啊！夏天蓝被拖着往前走了几步，正想开口反驳，恍然发现自己与他十指紧扣。呃，什么时候发生的事？

沈旭磊握得很紧，夏天蓝挣脱不了，便任由他握着了。顺便，她恰好利用机会测试恐慌症状到何种程度才会发作。

和夏天蓝估计的一样，十分钟左右他们就走到了白沙湾。海水与昨晚她所见的一样，如浓墨一般的黑色。

"我差不多有十年没来过白沙湾了。"他脱下皮鞋袜子卷起西装长裤，光脚踩上细软的白沙。沈旭磊仰起头张开双臂，感受海风掠过头发、皮肤以及身体的每个细胞。

"有些意外，我以为你经常带女孩来这里谈心看风景。"夏天蓝有少许的惊讶，作为次天使之城最有名的浪漫圣地之一，沈旭磊竟然十年不曾光临，可见他为人处世皆有自己的分寸和原则，不能以常理判断此人。

他弯腰抓起一把细沙，调皮的沙粒争先恐后从指缝间出逃，仿佛握不住的时光。沈旭磊回过头："十年来，你是第一个我想谈心的人。"

"我……"夏天蓝一时找不到词汇表达此刻感受，弥漫在心头的不是恐惧、惊慌，居然是悲伤？她混乱了，这个男人杀伤力太大，彻底摧毁她的防御机制，现在她只能任由感觉主导一切。

"你什么都不用说，今晚我不需要你的表态。"沈旭磊的视线转向黑沉沉的海面，"你告诉我，不知道焦虑症何时会发作，也没有找到它的病因，所以你不敢随便投入感情。其实没有关系的，夏天蓝，你不用害怕。没有哪段感情在一开始就敢承诺天长地久，那才是欺骗。"

她默默倾听他的声音，伴随海浪涛声送入耳中。他说："我能给的承诺，是在一起的每一天，都毫无保留地爱你。"

在一起的每一天，都毫无保留地爱你！

此后两天，直至夏天蓝登上回L.A.的航班，她的脑海里时时回荡着沈旭磊的声音。正如白沙湾那一夜她意识到的那样，这个男人突破了她的防御机制，这是从没发生过的情况。

夏天蓝打电话向远在大洋彼岸的周绍伟求助。虽然他们的婚礼被搞得一团糟，但等到周围的闲言碎语平息后，两人重新恢复了邦交，对外则统一口径宣称“更适合做朋友”。她接受沈旭磊的建议回到次天使之城，很大程度得归功于绍伟的劝说，是他让她回到自己出生的地方寻找创伤之源，他当时对她说：“每个人都有幸福的权利，我们的职责就是找出别人不幸福的根源，然后治好他们。”

周绍伟约天蓝回L.A.之后见面做一个详细的评估。相较她而言，他倒是挺乐观的，还开玩笑恭喜她这回终于找到了真命天子。

夏天蓝挂断电话，躺回床上望着天花板发呆。真命天子出现的时候，为什么自己的感觉会是悲伤？

作为一个饱受焦虑症折磨的病人，夏天蓝大脑里每个神经元都渴望有一天出现某个人，能让她的内心重获平静。她确信这份渴望连接的情感是喜悦，绝不可能是悲伤。

一定是哪里出了偏差，不是我，就是他。

她辗转反侧，一夜无眠。

这个城市遥遥的另一边，此刻的欧楠插着耳机躺在床上，耳塞里流泻着舒缓的小夜曲——夏天蓝推荐给她助眠的音乐。

她想起白天描述过的梦境，身体打了个寒颤，下意识拉高被子将自己裹成一团，把脑袋深深埋进去。

她的梦常常荒诞无稽，犹如一个看多了科幻、冒险电影的人，天马行空不着边际。唯独这个令她恐惧的梦，逻辑严密，剧情完整，真实得仿佛曾经发生过。

她问过夏天蓝：“会不会我真的杀了乔浩然，但因为受到巨大打击，得了那个……”电影里经常听到的缩写就在嘴边，欧楠却一下子卡壳了，求助地看着天蓝。

“PTSD，post-traumatic stress disorder，创伤后应激障碍。”天蓝知道她想说什么，自然地接了下去，“但我不认为这是你做噩梦的原因。”面对欧楠疑惑的眼神，夏天蓝合上笔记本耐心地解释：“你之前说过，花了几年时间投入大量的物力和精力寻找乔浩然。这件事已经成为你的生活重心，更进一步也可以说是精神支柱。现在你因为金钱方面的缘故不得不放弃寻找他，你认为自己真正地失去了他。在你的潜意识里，失去意味着死亡，所以你会梦见亲手杀了他。”

欧楠紧紧揪着衣角，指关节青筋暴起：“可是，我的梦好像真的一样。”

“你回来之前那一周，有没有看过和谋杀相关的电影、话剧？令人印象深刻的视觉刺激会影响到梦境。”

欧楠回想白天和夏天蓝的谈话，从床上翻身而起。没错，她确实在L.A.看过一部电影——很小的电影院，不知名的导演和演员，因为没有字幕她看得一知半解。

电影里，有一把闪着寒光的匕首。

欧楠拿起手机，午夜零点，新的一天即将开始。她找到夏天蓝的微信账号，发了一条消息：夏医生，明天我们还能见一面么？

很快，欧楠收到天蓝的回复：可以，明天上午九点，老地方见。

手机的屏幕光暗去，黑色重新笼罩室内。欧楠闭上眼睛，心想：夏医生，难道她也睡不着？

夏天蓝在回L.A.之前和欧楠又见了一次。尽管起初两人对“明天”究竟指哪一天产生了分歧，好在很快达成一致，约在她回去前一天见面。

夏天蓝到达时，欧楠已经到了，正坐在后门的台阶上，双膝间搁着一本厚厚的书。

“不好意思，没想到上班高峰时间专车这么抢手。”夏天蓝快步走到欧楠面前，她合上书的时候，夏天蓝瞥见书名，“《Photoshop完全自学教程》，云飞让你看的？”

欧楠的笑容羞涩腼腆，有时候她的举止神情令人不自禁联想到单纯的孩子，保护的欲望油然而生。“我自己想学，总不能事事依赖Kenny。”她收起书本，细声细气地解释。

“那家伙是典型的宜人性，尽量多利用他吧。”夏天蓝笑着掏出钥匙，打开门请欧楠入内。

和第一次见面相比，欧楠的拘谨和抗拒双双减少。上楼梯前，她甚至还好奇地询问夏天蓝一楼的厨房是不是楼上楼下共用。

“你提醒我了，正式签租约合同那天，我得让房东把这条写进去。”

“呃，我随口说的。”话虽如此，但从欧楠脸上的笑容来看，能得到别人的认可显然令她非常高兴。

“对了，前两天你帮忙发布了招聘信息，今天正好当面道谢。谢谢你，帮了我很大的忙。”夏天蓝极其正式地表达了谢意。根据观察，欧楠总是处于不自信的状态，她对“肯定”“认可”具有十分强烈的心理诉求，适当的鼓励会对她有帮助。

果然，欧楠的情绪更为高涨，最后一段楼梯她是一步连跨两阶完成的。

夏天蓝笑笑，拧开二楼的房门把手，两人一前一后进入。

依旧是上次的位置，欧楠主动走到沙发那里坐下。她看看椅子上的天蓝，怯怯地问：“夏医生，我可以开始么？”

夏天蓝鼓励地点了点头：“你说，我听。”

“嗯，我想起在L.A.的事情了。那天突然下起了大雨……”欧楠提及L.A.的时候注意到夏天蓝记录的笔停顿了一秒，她后知后觉想起来这位夏医生来自L.A.，“雨很大，我没带伞，正好看到一家电影院，我就走进去看电影了。”

“哪部片子？”夏天蓝问道。

欧楠不好意思地笑了：“夏医生，你也知道美国的电影票可以随便换影厅看电影，我英文不太好，剧情看不明白就退出来去别的厅，几乎没看完整。”

“所以在某一部片子里你看到了和梦境相似的谋杀场景，是么？”

“匕首。”欧楠的声音如同梦呓，“一把闪着寒光的匕首，女主角把它捅进一个人的身体。”她困难地咽了口唾沫，不管是电影抑或梦境，这一幕仍然让她不舒服。“看到这里，我就离开了。”

“找到答案后心情放松了吧，昨晚睡眠如何？”夏天蓝一边速记，一边提问。

“大概迷迷糊糊睡了一个小时。昨晚我继续听你推荐的音乐，大部分时间还是能清醒地听到耳机里传来的声音。”饶是如此，欧楠的表情已经很满足了。现在的她，睡眠就像一件买不起的奢侈品，能租用就相当安慰了。

夏天蓝伸出手，掌心对着欧楠：“来，high five（举手击掌，庆祝成功）。”这是她激励病人的一种方式。

欧楠听话地伸出手和她击掌相庆，这小小的一个进步意义突然无比重大，它让她看到了希望。

“夏医生，今天，我想和你谈谈乔浩然。”欧楠终于把谈话转向了今日主题，她的声音开始紧张起来。

夏天蓝点点头，调整了一下坐姿：“好啊，就先请你介绍我认识这位乔先生吧。”

欧楠被夏天蓝一本正经的语气逗乐了，她放松下来，脱下鞋子盘腿而坐：“他很高，很瘦，笑起来好像阳光照耀大地……”

夏天蓝仿若一名旁观者，安静地看着欧楠和乔浩然多年以前的故事在眼前上演，屏幕下方打出一行字：第一幕，相遇。

欧楠和乔浩然坐在咖啡店里，她的隐形眼镜掉落在电影院，这会儿眯着眼费力地想看清楚Menu上的文字。

“好啦，咖啡店万变不离其宗，我来点吧。”乔浩然夺走她手里的菜单，交还给等候在旁的店员，“给这位小姐一杯摩卡、一块提拉米苏，我要一杯拿铁。”

“恩……”欧楠张了张嘴发出毫无意义的音节，不知该说什么。

乔浩然愉快地笑了笑：“难过的时候需要多吃甜食，心情自然就会好起来。”

欧楠嗤之以鼻：“拜托，你怎么知道我喜欢甜食。我牙疼，吃不了甜的。”

“没关系，牙疼的话，我一会儿带你去看牙医，费用全包。”他朝她伸出手，正式做自我介绍，“我叫乔浩然，把孟浩然的姓换成乔，就是我。”

欧楠内心犹豫，这个陌生人声称对自己一见钟情，怎么听都像欺骗无知少女。她眉头微蹙，眯起眼努力想要看清他的长相。

“喏，给你！”乔浩然把身份证递给她，带着挑衅的神色说道，“照片、姓名、出生年月、地址信息一应俱全。”

她看不清他的表情，傻傻地接过来，傻傻地举到眼前认真看他的身份证信息。乔浩然比她大了四岁，身份证照片看起来是个帅帅的男生。欧楠把卡片推还给乔浩然，心想大家都说身份证照片会把人拍丑，假如那张照片都能看出帅哥样子，想必本人更是非同一般的帅气。

乔浩然惊讶地注视着欧楠，没想到她居然真的查看他的身份证。对面这个女孩子不仅漂亮，性格还耿直，倒是出乎他的意料。

“我叫欧楠。”她用手指在桌面比画自己的名字，他的视线紧紧相随，记住了她的名字。

店员端上咖啡和蛋糕，他喝了一口拿铁，问道：“刚才，你为什么哭？”

她想回他一句“关你什么事”，然而话到嘴边却变成：“我失恋了。”

“傻瓜，已经失恋了，再哭又有什么用啊！”乔浩然用叉子切下一小块提拉米苏，送到欧楠面前，“对待负心人，华丽复仇才是头号任务。”

“我该怎么做？”她张开嘴，咬住那把小小的甜点叉，香浓软滑的蛋糕进入了口中。

乔浩然微微一笑，薄薄的嘴唇吐出诱惑的字句：“当然是，马上找到比前任更好的下一个，比如我。”

他说得没错，心情不好的时候，一份甜点就能治愈。欧楠看着乔浩然，那一口提拉米苏在她心里融化成了蜜。

欧楠讲完她和乔浩然相遇的一幕，夏天蓝看着速写本归纳的三个关键词：英俊，幽默，自信。

这样的男人，在不自信的女孩眼里仿佛自带光环，那道自信的光芒会灼痛她的眼睛。

9
Chapter
海边的弗洛伊德

第九章

海边的弗洛伊德

夏天蓝在四月的最后一天回到次天使之城。和一个月前一样，她仍旧选择靠窗的座位，从高空俯瞰这座城市张开羽翼迎接她归来。

临近“五一”假期，出行的旅客数量明显增多，机场里送往迎来，随处可见别离和重逢的场面。夏天蓝拖着行李箱朝出口走去，一片嘈杂的背景声里她听到有人大声呼叫自己的名字：“Summer，天蓝。”

抬起头，沈旭磊正站在接机的人群中间向她挥手。这个城市忽然对她展现了柔情似水的一面，在来来去去许多个城市机场，那么多次旁观离别与重聚之后，终于出现一个在等待她的人。

夏天蓝只是在朋友圈发了一条“次天使之城，我回来了”的文字记录，并没有特意通知任何人。此刻见到沈旭磊，完全出乎她的意料。

心底滋生出一丝欢喜，像藤蔓一样四处伸展，将她整个人重重包围。天蓝走到沈旭磊面前，他极为自然地接过行李箱拉杆：“你的全部行装就这些？”都说女人爱买衫买鞋，她倒是个例外。

夏天蓝明白他的疑惑，掩嘴轻笑，说道：“放心，我是正常的女人，衣服鞋子专业书，我统统邮寄回国。”

“反正你住着大房子，尽管买买买。”他微微一笑，“我欣赏自食其力的女性。”

“可是按照国内偶像剧的套路，这时候你不是应该‘唰’拿出一叠黑卡，大方地来一句‘拿去买’么？”夏天蓝歪着头看他，脸上的笑容分明写着：“我挖了陷阱，你跳不跳？”

他见招拆招，回她道：“我以为你看惯了美剧，喜欢做独立自主的女强人。”

“就算女强人，也不会拒绝被人宠。”她说得理直气壮。

沈旭磊明显感到今次回归的夏天蓝改变显著，他停下脚步抓住她的肩膀，满怀期待地问道：“你的焦虑症痊愈了？”

夏天蓝摇摇头：“没，但是我不想永远躲在壳里。”

夏天蓝在L.A.期间和周绍伟见过一次，谈话重点围绕她对沈旭磊的奇特感觉。绍伟建议她继续和沈旭磊保持接触以便得到更多反馈，毕竟最坏的后果就是引发她的焦虑症，不会比这更糟糕了。

临走时，周绍伟送她到机场，他们都明白短时间内不太可能再见。对于这个差一点成为自己另一半的人，彼此都抱有一份异样的情绪。

“Summer，虽然现在问有点诡异，可我还是想知道你有没有那么一点喜欢我？”绍伟比了比小手指最上面一截，表情略微忐忑。

他终究还是在意，原本确实打算与她共度此生，若说完全没有感情，那是不可能的！

夏天蓝做了一个“OK”的手势：“学长，有那么多喜欢，是真的。”他是她最茫然无助时刻抓住的浮木，她原以为能厮守一生的男人。有时候她免不了设想假使当日撑过那几分钟，会不会就此告别焦虑症？然而很多事无法假设，从心理角度分析，错过总比错误更容易让人接受。

他们友好地拥抱告别，夏天蓝踏上归途。她赌上了心理治疗师的职业尊严，回去参加一场必须要赢的战役，不仅仅治愈别人的心灵，还有自己。

“我的想法没有改变，只要你愿意尝试，多少次我都奉陪。”沈旭磊说得轻描淡写，话里的分量却沉甸甸的。话锋一转，他换了另一个话题：“既然营业执照办下来了，Alex那边的装修也完成了，选个日子正式开业吧。”

她在美国期间通过传真和邮件给了他所需的资质证明，沈旭磊的办事效率和能力由此可见。在她尚未招到前台和财务人员的前提下，他通过可操作的手段帮她补齐了这块短板，顺利办出心理咨询室的营业执照。

“这件事我要好好谢谢你，要不是你帮忙，我都不知道自己能不能搞定。”坐上沈旭磊的专车后，天蓝向他道谢，寻思请他吃顿大餐作为酬谢。

“答谢宴不急，招徕客户可是大事，你有计划吗？”心理咨询近年来颇有流行之势，但同时意味着她面临的同业竞争异常激烈。他不清楚她有没有具体的商业发展计划，作为一个走一步之前先要看远好几步的人，隐隐有些担忧。

夏天蓝粲然一笑，坦率地说道：“国内对心理咨询的接受度比不上国外，一方面内心隐私羞于启齿，另一方面周围的人还抱有偏见，真心想寻求帮助的人也怕万一被别人知道会被当作精神病对待。所以，我准备给两家报纸周刊写几期专栏，先普及相关的知识，顺便为自己的咨询室做个宣传。”

“以投资角度来看，这属于长线操作。”沈旭磊眉头轻蹙，天蓝的想法虽可行，短期内却很难有收益。所幸暂时咨询室没其他员工就夏天蓝一人，并且Alex也不收租金，前期的装修成本扣除后，按照她过去的收入情况，即使前半年没有客人光顾问题也不大，就是颜面上有点难看罢了。

这样一想，沈旭磊把担心暂且放到一旁。半年，足够好好筹谋，也足以改变很多事情。

司机在别墅门口停了下来。沈旭磊先下车，殷勤地打开她那一侧的车门。她下车，接过司机从后德厢拿出来的行李箱，道谢后转向旭磊。

“其实还有件事我一直在考虑中，”夏天蓝抬起眼睛望着高大的黑色铁门，“我一个人住这么大的房子太浪费，你有没有想分租房间的朋友？或者，我想在Airbnb（空中食宿）上出租房间给游客。租金正好能贴补Alex那边的费用，总不能真的一分钱都不给他吧。”天蓝神色苦恼，在有些事情上她界限分明，不想让别人牵涉其中，譬如与金钱相关的。

沈旭磊冷哼一声，嘲笑她异想天开。“你不担心安全问题？”他随口就能举出好几个网上流传的案例证明通过此类网站出租房屋的危险性。

“就算我一个人，也会有安全问题。”对他的嘲讽，她不以为然，脸上笑容不变，“有些事情是注定的，我不怕。”

他瞪着她，试图以气势逼迫她放弃念头。夏天蓝毫不动摇，仰起头望他，一脸“my business（我的工作）”的挑衅表情。

沈旭磊无可奈何，没错，这是夏天蓝自己的住所，她有权决定如何处置。气愤之余，一个想法划过脑海，他抓住了。

“好，我来租。”沈旭磊眼眉一挑，气定神闲反将她一军，“你亲口说的，不准反悔！”

夏天蓝瞠目结舌，万万想不到这位大律师剑走偏锋不按牌理出牌，她被将军了！

第二天早上，夏天蓝来到Zihuatanejo。她知道Alex在假期前后常常通宵营业，便没有通知他，一个人悄然前往。

打开门的刹那，夏天蓝一下子愣住了。她离开前只告诉Alex大概的想法，谁知他竟装修出和她在L.A.几乎一模一样的诊所来，这个巧合令人震惊。

Alex和她一样，选了淡淡的青绿色作为墙壁的主色调。当太阳升起光线涌入室内，整个房间看上去都充满了活力，置身其中者看到如此生机盎然的颜色，心情自然而然会舒畅起来。

前台办公桌他同样采用胡桃木的材质，原木色的台面返璞归真，用手抚摸桌面甚至能感受到木头的纹理。她从没透露过自己偏爱原木家具，两人的品味神奇地保持一致。

而她特意强调不用面积很大的接待室，Alex造了一个磨砂玻璃房。房间四面都安装了百叶窗帘，既保证了私密性又能让外面的光线透过缝隙进入。当窗帘全部拉起时，又能作为喝茶聊天的阳光房，可谓一举两得。

夏天蓝带着惊奇和期待的心情继续朝前走，储藏室改造的茶水间小巧别致，Alex还贴心地摆放了几只造型漂亮的马克杯，他连她没交代的事也一并办妥。天蓝叹了口气，唉，这笔装修费用，看来要分期付款还给他了。

他还重新装修了洗手间，洁具和洗手池以及水龙头一看就是高档货。她继续叹气，唉，太失误了，居然忘了告诉他预算。

她的办公室兼治疗室反而没有大动作，Alex只新添了一张原木办公桌和文件柜，在楼梯口装了一道铁门，其余均保持不变。

诚如沈旭磊所说，一切均已就绪，只等选个日子正式营业。

她拿起办公桌上的铁艺招牌，“蓝蓝天心理咨询室”用了和Zihuatanejo一样的花体字，也算是前后门保持了统一风格。夏天蓝原先想给咨询室取名“蓝天”，但被人捷足先登，她索性再多加一个“蓝”字，特别一点加深大家的印象。

“蓝蓝天心理咨询室。”她大声念了一遍，颇有一种时下流行的“萌”感，不过希望来访者不会误以为治疗师是个口吃才好。她又看了一遍房间，心满意足地锁门离开，给Alex的微信发了一条消息。

“谢谢，装修很有品位。”想了想，她另补一句，“难得我们都喜欢苹果绿。”

Alex听到手机的消息提示音时，正处于将醒未醒状态。他在梦里拼命奔跑想去追一只翠绿色的蜂鸟，然而顽皮的小精灵四处飞翔，他渐渐慢下脚步。就在他想要放弃的时候，它又一次停在了他的面前，扇动翅膀引诱他继续追逐。

他的意识仿佛脱离了躯壳，漂浮在梦境上空，眼睁睁看着自己越来越靠近悬崖峭壁。Alex焦急得大叫“小心”，梦里的人却什么都听不见，一脚踩向无尽的虚空……失重的感觉真实到可怕，他猛然睁开眼强迫自己逃离梦境。室内阳光漫溢，刺痛了眼睛。

消息提示音再度响起，屏幕显示了她发来的文字。对哦，夏天蓝昨天回来了。Alex回忆起她登机前发布的朋友圈内容，随手解锁屏幕，回了她一句“欢迎回家”。

他下了床，光脚走进浴室。半身镜照出Alex赤裸的上半身，平日里被棉质衬衣遮盖住的身体不见一丝赘肉，是与斯文外表截然不同的健壮。颈间的黑色皮绳即使夜里睡觉也不离身，十字架吊坠安静地躺在性感锁骨下方，与肌肤紧紧相贴。

他看着镜子里的男人，抬手握住了十字架。

耳边响起的声音轻快明亮，听上去就属于涉世未深的女孩，天真地以为只要有爱世界就能和平。

“等我下下个月拿到工资，再替你买一条和十字架相配的链子。”

十字架是她打第一份工赚到的工资，送给他的时候，她的脸上写满骄傲。他从没想到家境富裕的大小姐会跑去麦当劳端盘子做炸鸡就为了自力更生送他一份生日礼物，他一开始还以为她的“体验生活”是闹着玩。

爱情，果然是让理智崩盘的玩意。

经过夏天蓝“毫不严肃”的两分钟思考后，她把蓝蓝天心理咨询室的开业日期就定在了五月二日，劳动节假期最后一天。按照她的乐观估计，或多或少会有几个“假期综合症”的人想要寻求心理安慰。再说，如果非要按黄历挑选“宜开市”“宜交易”的日子，那还得等上一星期。

“敬两位！”天蓝举起酒杯，由衷道谢。平心而论，咨询室能这么快迎来开张日，沈旭磊和Alex居功至伟。

三只杯子碰在一起，天蓝不禁微笑起来，眉梢眼底不自觉流露的风情令对面两个男人微微愣怔，只听她说道：“我们三个干脆成为合伙人吧。”

沈旭磊和Alex互相看了一眼，一个坦坦荡荡问心无愧，一个眼底藏着深深浅浅的试探。Alex率先表态，摆手谢绝：“No，不熟悉的领域我不敢涉足。”他态度明确，再度暗示不会掺和到他们这场游戏中。

沈旭磊对夏天蓝的追求，作为旁观者的Alex看得一清二楚，并且多多少少能感到对方的敌意与戒备。是，他承认夏天蓝是一名漂亮聪明还很有趣的女性朋友，可他不会爱上她。Alex端起酒杯喝了一口，在心里嘲讽自己：这是惩罚，你永远无法再爱人了！

天蓝把脸转向旭磊：“你怎么想？”

“我认为，三个人在各自擅长的领域发挥作用绝对胜过勉强组合在一起。”话里的意思和Alex大致类似，不过比他的说法婉转多了。

追求者和普通朋友的差别，一目了然。

夏天蓝的提议原本便是随口的玩笑，她自己并不当真，虽然被轮番拒绝，倒也没有放在心上，照旧兴高采烈喝着酒，一边打开收到的快递箱查看印制好的名片。

夏天蓝在美国期间请一位做设计的朋友制作了名片模板，她拜托沈旭磊联系了一家本市的供应商负责印制，在假期前一天供应商把成品快递到了Alex的酒吧。

她当着Alex和沈旭磊的面打开纸箱，拿出一叠名片分发给他们看。她设计的名片蓝白色相拼，正面是她的名字、联系方式，背面用凹凸浮雕技术制作“蓝蓝天心理咨询室”几个字。

夏天蓝验收完名片，发现箱子底部还躺着一沓宣传单。她拿起最上面一张粗略扫视一眼，眼睛突然睁大，宣传单上印刷的内容居然是蓝蓝天心理咨询室的介绍。

“What’s going on（发生了什么事）？”夏天蓝的语气略有不快。手指捏着宣传单的一角，她转向沈旭磊，沉下脸问道：“Wilson，在你看来，心理咨询是不是和快餐店的本周特价没什么差别？它是科学，不是随随便便发传单推销的商品！”

Alex第一次目睹夏天蓝发脾气，他尴尬地看了看沈旭磊，后者的表情有些难堪，或许法庭判他败诉都要比现在好过十倍。Alex正想开口打个圆场，沈旭磊抢走了发言权。

“对不起，是我越界。”沈旭磊不为自己辩护，把所有责任揽上身。他的坦率反而令夏天蓝反思自己反应过度，毕竟他“多此一举”的出发点是为她着想。她如此严厉的指责，说是恩将仇报也不为过。

“该说抱歉的人是我，对不起。”夏天蓝爽快地道歉，向他解释自己的想法，“你的想法本身没有错，但心理咨询不同于消费品，真正有需求的人不会因为路上收到的传单就贸然前往。况且现在大部分人收到传单只会扫一眼，我们很难抓住这一有效瞬间把心理学知识和心理咨询的作用传达出去。”她拿着宣传单扇了扇风，眼睛一亮，接着说下去：“与其做传单，倒不如做一些广告扇子。天气热起来，大家收到实用性的扇子肯定不会马上扔垃圾桶，应该能获得更好的宣传效果。”

“重新做广告扇需要时间，明天开业恐怕来不及。”Alex好意提醒。

微笑重新浮现在夏天蓝的脸上，自信的神态让她显得尤为光彩照人。“没关系，先开业后宣传，排队的人太多，我怕忙不过来反而影响口碑。”她再度转向旭磊，笑着问他，“Wilson，等广告扇制作完成，你愿意和我一起到商业街抛头露面做宣传么？”

沈旭磊盯着面前的女人看了好一会儿，质问自己究竟哪根神经短路以至于为她深深着迷。你看她，差遣别人做事理直气壮面不改色，还有奇奇怪怪的焦虑症做挡箭牌，很可能几个月内别想发生更进一步的关系，甚至于到最后她以一句“你让我惊恐症状发作”为借口就能轻易斩断和他的所有纠葛。综上所述，现在回头，犹未晚也！

“Summer，房间出租的动议你接受吗？”沈旭磊突然抛出的问题吓了天蓝一跳，昨晚她说出租房间是真心话，未料到他真有此打算。她望着他，表情犹豫。

“我的公寓楼下有两家同时在装修，整个周末都不太平。如果你准备出租房间，我希望每周租借周末那两天。”沈旭磊的理由令人信服，可是他没告诉她因为《中华人民共和国环境噪音污染防治法》的第四十七条规定，大多数物业并不允许在周末及节假日进行会骚扰到其他业主的装修工作，他所住的高档公寓更是严格遵循这一规定。

作为朋友，理当施以援手，何况他的说法合情合理，根本不像为了故意接近她而说谎。夏天蓝不疑有他，一口答应：“没问题，欢迎你成为我的房客。”

“房租按时价支付，先预付两个月，后面再看那两家的装修进度。如何？”他举起酒杯，“作为回报，我一定奉陪。”

“成交！”她举起酒杯，庆贺与他达成协议。

两个月！这是沈旭磊给自己设定的deadline（最后期限）。

五月二日，蓝蓝天心理咨询室正式开业的日子。Alex送了一个灯箱广告牌作为贺礼，黑色铁艺支架，圆形的灯箱正反面都写着“海边的弗洛伊德”几个艺术字。

鉴于沈旭磊自作主张的后果，Alex在挂上去之前先拿给夏天蓝过目。他在室内点亮灯箱，天蓝交握双手，一脸为难之色，望着他说道：“Alex，这个名号我愧不敢当。”

“Sorry，我只考虑到广告效应。”他垂下眼睛看着灯箱，谨慎地说明，“这是一条酒吧街，每家酒吧的外观和酒水都差不多。和别家相比，我这里没有乐队和舞池，客户主要是那些真正想喝酒聊天的人，有一定的局限性。我希望这个灯箱广告能引起更多人的猎奇心理，吸引他们走进来一探究竟。这样，不止我的营业额能上去，也能为你找到一些潜在客户。”

上次他们讨论过酒吧的经营状况，Alex当时回答得轻描淡写，夏天蓝便以为他开酒吧纯粹为了打发时间，并不在意赚多赚少。今日听了他这番话，她为自己的“天真”羞愧不已。眼下她等于免费租借了他的场地，那么做一下自我牺牲亦可视为等价交换。

“Summer，不用顾虑我。”看出她的犹豫，Alex连忙澄清立场，“如果这个名号让你觉得不舒服，我另外再定做一个。”

“不必了，就它吧。”夏天蓝从沙发上起身，用手将西装套裙的裙角压平整。她在他前面站定，歪头看了看这句广告语的排版布局，“海边的”三个字向左上方倾斜，“弗洛伊德”则居中竖排版，字体则依旧用Alex喜欢的花体字，显得文艺又时尚。“说真心话，我还蛮喜欢这句广告词。”她挑起嘴角慧黠一笑，冲他调皮地眨了眨眼。

灯箱安装在外墙中部，即便是在白天依然十分抢眼，从远处走来一眼就能望见。沈旭磊恰好成为第一个眺望它的人，他看到那几个字的时候，体会到浓浓的失落感。

“海边的弗洛伊德”，这种略小资又带几分脱俗小清新感觉的名字，一定和Alex脱不了关系！看看他满墙的鸟类照片就能猜到，这个男人骨子里不折不扣是个浪漫主义者。Alex和夏天蓝，他们内里的本质一样。

浪漫，只不过是沈旭磊应付女人的手段，他灵魂里没有它的位置。

夏天蓝看到了沈旭磊，向他招招手。他加快脚步，走到他们面前。

“Alex送了一个灯箱广告作为贺礼，你走过来的时候，看到它觉得显眼吗？”天蓝问道。

“非常显眼，尤其是弗洛伊德这个名字。”他的表情淡淡的，把失落情绪掩饰得很好。

Alex轻轻一笑，说道：“之前Summer担心使用弗洛伊德的名字会不会有侵权嫌疑，毕竟我们也算是做广告了。刚好你来了，顺便帮我们扫下盲，要是真有侵权问题，我就去撤下来。”

沈旭磊的心情稍稍好转，似乎自己也有份参与到这件事了。他的脸上终于出现了笑容，说道：“姓名权不属于财产权，不在继承范围内。只要不是以侮辱方式使用过世名人的姓名并使其名誉受到损害，不会有法律纠纷。这灯箱广告，尽可放心使用。”

天蓝松了口气，有了律师的背书，她先前的一丝担忧仿佛烟消云散去。“广告挂出去了，开弓没有回头箭了，要好好努力才对得起你们的支持。”她望着灯箱，内心五味杂陈，不自禁又想起一个人。要是何家伟还活着，今天得有多高兴啊！

开业典礼预定上午十点，有二十多人答应出席，多数是和沈旭磊有私交的客户。夏天蓝留在本市的朋友和同学本就不多，她久疏问候也不便贸然打扰，只邀请Steven和云飞参加。可惜楚云飞的日程安排节前就飞去清迈为旅游网站拍宣传照，他和欧楠还在泰国赶不回来。

距离典礼开始尚有时间，天蓝抱着笔记本电脑给沈旭磊看自己设计的广告扇。卖家发给她一个模板，只需替换文字即可。

“做你心灵的聆听者，驱赶你内心的不快乐。”天蓝轻声细语诵读咨询室名字下方的广告语，问他听了之后有什么想法。

沈旭磊看看天蓝，根据她的面部微表情判断：这句广告语，作者本人其实挺满意的。既然如此，不妨让她更高兴一点。“In my opinion，这句话能打动不少想说心事但没人愿意倾听的人。有时候想想，现实真的像是一部黑色幽默电影，社交网络那么发达，远在天边的人都能重新联系上，可是身边又有几个人能够真正说得上话呢。”

“Wilson，谢谢你。”他的长篇大论恰到好处打动了她，天蓝的眼神证明了这一点。

沈旭磊谦虚地笑了笑，关注点放到扇面底部的英文“Mind your mind（关注你的内心）”。他建议她去掉这一行，说道：“大部分人对印刷品上的英文选择性无视，不会有人注意到的。多印一行字，费钱。”

天蓝抿唇浅笑：“可是我喜欢啊，想留着。”

她是boss，她说了算。想到上次宣传单事件的前车之鉴，沈旭磊理智地收住说话的欲望。在这个领域，夏天蓝有自己的主见及专业精神，她远比自己更有发言权。

沈旭磊确实不是浪漫主义者。他很现实，所以他遵循现实世界的规则：尊重女人独立的灵魂，热爱她们美丽的容颜和身体。

临近十点，宾客陆陆续续到齐。基于大部分来宾都是沈旭磊邀请来的，主持人这一重任非他莫属。他尽心尽力，将夏天蓝一个个介绍给自己朋友。

Steven带了两个媒体圈的朋友过来捧场，他做传媒积累了丰富的人脉，夏天蓝先前对沈旭磊所说的在报纸杂志开专栏的机会，便是Steven向其主编推荐所致。今天正逢天蓝的心理咨询室开业，大家也借此良机当面一会。

十点整，沈旭磊拿着调匙轻敲香槟杯，“叮叮叮”的声音吸引与会众人的注意力，大家停下交谈，自然聚拢到旭磊附近。

“非常荣幸有这个机会担任蓝蓝天心理咨询室开业典礼的主持人。虽然大部分来宾都是我的好朋友，但请务必明确，我不是主角，现场没有法律咨询，就算有，也是要收费的。”沈旭磊的调侃引来大家会心的笑声，他笑了笑，继续说道，“有请今天真正的主角，夏天蓝医生。”

夏天蓝在掌声簇拥下走到沈旭磊身旁，接过他手里的麦克风：“谢谢Wilson，如果说法律和心理学有什么共同点的话，那就是，我们都属于收费服务。当然，免费咨询偶尔也可以有。”她的发言与他的开场白无缝对接，笑声又起，众人纷纷鼓掌。

“非常感谢各位在百忙中抽空出席这个小小的开业典礼，特别是在国内普遍对心理咨询抱有误解、抵触情绪的前提下，这份支持弥足珍贵。我希望今天大家迈出的一小步，能成为推动这个行业前行的一大步……”她站在目光焦点处侃侃而谈，表情和用词都格外诚恳。Alex隔着人群远远相望，眼神中带着欣赏。

沈旭磊悄悄走到Alex身边：“再给我一杯酒，谢谢。”他放下手里的空杯，靠这一杯酒他应酬了许多人，等到真正想喝一口享受胜利带来的喜悦时，杯子见了底。

Alex从冰桶里拿出香槟，给他倒了一杯：“Summer口才不错，我看你邀请的那些朋友听得很认真。”从他站立的角度，看到的虽是众人背影，却也能看到他们不自觉点头的动作。就Alex观察所见，至少天蓝讲话的时候，没有人东张西望或低头玩弄手机。

沈旭磊心里不免有几分得意：“都是平时有些交情的企业老总，金融、IT、房地产、影视，这些行业竞争激烈，员工的心理压力其实都不小。我正在想办法说服一两个，让他们请Summer作为员工心理健康的特别顾问。”

“最好先征求本人的意见。”Alex好言相劝，以免旭磊重蹈覆辙，“这个工作要以心相待，每个人的前因后果都不一样，她得一个个深入挖掘才能对症下药。我个人觉得，天蓝对生意好坏不太看重，她需要治愈别人的成就感。”

沈旭磊下意识望了一眼夏天蓝，她正说道：“……我们习惯安慰别人

move on，凡事应该往前看。但心理治疗却必须往后看，带着人一起寻找真正的根源……”他回过头，盯着Alex，语气平缓却有力：“Alex，不管你有多了解夏天蓝，能带给她幸福的人，是我！”

Alex对夏天蓝并无非分之想，他一直把她当朋友看待。他忍耐了沈旭磊三番两次的试探，如今这番挑衅意味十足的宣言，倒让他生出胜负心来了。他冷冷一笑，反问道：“何以见得？”

沈旭磊之前见到的这个男人永远一副疏懒的模样，若即若离像一抹随时会消散的影子，不具威胁感。然而此刻，Alex像是变了一个人，他的眼神锐利如刀，令人不寒而栗。这步棋，沈旭磊显然走错了，奈何落子无悔。

“她有焦虑症，只有面对我，她不会感到恐慌。”他镇定自若，一击必中。

Alex眼底的冷冽消失了，他又变回那个“随时会消散的影子”。是啊，她有焦虑症，像自己这样不需要爱情的人还是不要招惹吧！

Chapter 10
秘密往往都带着伤痛

第十章

秘密往往都带着伤痛

夏天蓝的心理咨询室开业第一周，没有咨询电话，也没有客人登门拜访。虽然“海边的弗洛伊德”几个字在夜里闪闪发亮煞是醒目，奈何并没有带来潜在的客户。天蓝不禁为自己先前责怪沈旭磊的行为深感歉疚，他对形势的判断明显比她经验老道。

一周就快过去，天蓝无所事事地躺在二楼沙发上看书，等待本周最后一个工作日轻松地结束。这时候，门铃声响了起来。

“嗯？”她翻身坐起仔细辨认。没错，确定是她家的门铃在响。

夏天蓝立刻起身匆匆忙忙地奔下楼，唯恐门外的人等不及走掉，也不管对方能不能听见，连声说着“来了来了”。奔到门口后，她先抚了抚头发，又拉了拉衣襟，然后才打开了房门。

站在夏天蓝面前的男人穿着白色休闲衬衣，一条米色长裤，显得身材颀长。一副雷朋飞行员墨镜遮挡了他的眼睛，但高挺的鼻梁、棱角分明的下巴以及薄薄的嘴唇，至少能猜想此人不会难看。

“蓝蓝天心理咨询室，是这里么？”他开口问道，冷冷的声音。

夏天蓝点点头，回道：“是这里。”

“夏天蓝医生，是你么？”他继续问道，声音依旧没什么起伏。

天蓝继续点点头，她看着对方摘下了墨镜。呈现在眼前的脸，她见过一次，可是上个月见到的人，没有令人震惊的苍白脸色。

“唐先生，这么巧。”夏天蓝记得后来给他打电话的情形，当时他的态度极差，没等她说完就挂断了电话。想不到今天打开门见到的人竟是他。

唐泽禹盯着夏天蓝看了好一会儿，他的眼神中透露着一股茫然和惊慌，那种感觉就好像他此刻被丢在了一个荒凉的孤岛上，四面都是水，无法逃离，充满绝望。“我们或许之前见过面？”他迟疑了许久，才忐忑地问出口。

看着唐泽禹一副随时都要晕过去的惊慌样子，夏天蓝也跟着紧张起来，她稍稍地移动站位，以防万一他真的晕倒，自己的肩膀能接住他的身体。

“是的，一个月之前，我预订过一辆专车，司机正是唐先生你。”她如实作答，将他想要了解的细节和盘托出。

唐泽禹的身体晃了晃，看上去摇摇欲坠，但终究没有晕过去。“我有没有告诉你，我的名字？”他的声音压得很低，天蓝也不由压低了声音，像说接头暗号那样回答他：“唐泽禹，大禹治水，泽被苍生。”

夏天蓝的答案如同压垮骆驼的最后一根稻草，使得唐泽禹面如死灰。他用力推开堵在门口的夏天蓝，一步跨进屋内，等到夏天蓝也进屋后，立刻锁上房门并用尽全身力气抵在门上。“夏医生，有人在假冒我。”他喘着粗气，冷汗顺着脸颊滑下，只觉背后一阵阵发冷，仿佛有一双可怕的眼睛正在隔着房门冷冷地监视着他。“我不清楚对方什么来头，但是他们一定势力惊人，”他咽了口唾沫，绝望的情绪已经席卷了他，“他们造了一个和我一模一样的人。”他的双腿阵阵发软，最终无奈地滑了下去，跌坐在了冰冷的地板上。

几分钟之前的高冷男神范已经荡然无存，此时的唐泽禹蜷缩在地上，浑身发着抖，不时紧张地啃咬着自己的手指甲。“我根本没见过你，也没签过那些该死的文件，更没说过要做什么见鬼的APP……”他无助地盯着夏天蓝，一副濒临崩溃的模样，“夏医生，他们，他们为什么找上我？”

一个月前见到的唐泽禹，热情洋溢、充满活力、喜欢刺激和冒险，犹如另一个何家伟。然而现在的唐泽禹却双眼无神，浑身颤抖，极为不安。可见他对“那个人”的存在有多么的惊恐。夏天蓝意识到自己可能遇到了从业以来最棘手的一个case——分离性身份识别障碍，在众多影视作品中被简称为“多重人格”。

夏天蓝蹲下身体来坐在地上，尽量与他平视，柔声安慰道：“唐先生，不如我们先放松一下。来，跟着我的节奏一起呼吸，记住，吸气要短促，呼气要尽量长。”她一点一点示范给他看并带着唐泽禹一起调整呼吸，他才慢慢平静下来。

“唐先生，坐在地上还挺凉的，不如我们到楼上详谈，您看如何？”夏天蓝一边说着一边把手伸向唐泽禹，并顺势将他从地上拉了起来。

夏天蓝的手被唐泽禹用力地紧握住，仿佛一个溺水的人抓住了救生圈一样，死不放手。他一边跟着夏天蓝缓缓地上楼，一边怯弱地问着她：“夏医生，你会帮我的，对吧？”

屋外暖暖的阳光照射在夏天蓝的脸上，闪烁着迷人的光辉。这样的夏天蓝在唐泽禹的眼里仿佛圣母一般闪闪发光。

“相信我，我一定会尽力帮助您的。”夏天蓝笃定地对唐泽禹说。

一刻钟之后，唐泽禹重新捡起碎落在地的形象，镇定自如地坐在夏天蓝的办公桌前。显然，她见过的“另一个人”并非他的核心人格，这个走高冷禁欲路线的才是。

她端来两杯咖啡，一杯递给了他。唐泽禹喝了一口，眉头微微皱起，放下了杯子。

“您是什么时候发现了自己的反常？”前面的十几分钟已经说明了一切，天蓝的提问直奔主题。

“大约一个半月前。”唐泽禹目光深远，回答的声音沉稳有力，“从那时候开始，我发现自己常常无意识地签了一些我认为我从来没签过的文件。我没见过的人总能准确叫出我的名字，有些甚至还说我们曾经一起喝过酒，上过床……”说到这里，他的语调有些微微的停顿和激动，夏天蓝揣测多半是因为气愤所致。

唐泽禹暂停了几秒钟，看他的表情似乎在努力克制刚才那段话给他带来的反胃感受。他的手伸向咖啡杯，想一想又缩了回去。“夏医生，可以给我一杯水么？你家的咖啡实在太难喝了！”他没忍住，一脸嫌弃地说道。

夏天蓝只好起身走向茶水间，她还没配备咖啡机，只好暂时以速溶咖啡替代，没想到直接就被第一位客人鄙视了。她端了一杯温水给他，揶揄道：“希望你不会只喝几种指定牌子的饮用水，我可负担不起。”

唐泽禹微微一笑，这是两人今天见面后，他第一次露出了笑容。他接过玻璃杯，看着杯子里清澈透明的液体，感慨道：“我的人生以前就像这杯水，哪想到现在会混乱成这样。”夏天蓝的身上有种能让人安定下来的神奇力量，在她的身边，唐泽禹能感受到安全感，也不知不觉中卸下了戒备的伪装。

“除了那些没有记忆的事情，这一个半月内您还发生过其他什么事么？”夏天蓝坐回座椅上，拿起笔记本继续提问道。

唐泽禹缓缓地喝了一口水，才继续说下去：“我和一个女生开始交往了。”

提到正在交往中的女友，他的神情波澜不兴，丝毫不像是一个正处于热恋中的人。

“说说你的女朋友，你们怎么认识的？这个应该记得吧？”

唐泽禹一声轻笑，带着明显的轻蔑：“我的女朋友是一位世伯的千金，学大提琴的大家闺秀。”言下之意，那些他不记得“上过床”的女人统统都是庸脂俗粉。

“那就是青梅竹马喽？”

他并没有立刻回答，研判的眼神盯着夏天蓝看了一会儿，才缓缓开口，谨慎地回答："是双方父母介绍认识的。"

"哦，那就是父母很喜欢她，把她当作未来儿媳的首选，是么？"天蓝的语气一半疑问，一半带着肯定。

他在回答之前又想了一两分钟："他们的确喜欢她。"

"那你呢，对她是什么感觉？"

这一回，唐泽禹思索的时间更长，回答得更加小心："她是很好的妻子人选，我当然也喜欢她。"

她在他的答案里找不到和爱情有关的成分，夏天蓝笑了笑，在笔记本写下"女友"二字，然后打了个大大的问号。

"除了她，你和其他女生交往过么？"她看着对面的唐泽禹，心想这事若非本人作答还真难以下断言。按道理这个英俊潇洒的男人不会缺女伴，不过以他表现出的正常人格，这家伙不太讨人喜欢，有没有女生愿意撞冰山是个大问题。

他又轻笑一声："夏医生，你觉得我找女朋友会很困难么？"

"对不起。"她笑着道歉，"我想更全面地了解你。"

他注视她的眼睛，在她明亮的瞳仁里找到的只有坦荡。唐泽禹叹了口气，说道："交往过几个。"

"分手的理由还记得吧？"

"爸爸反对，说她们都是为了钱。"这一次，他迅速做出了答复。

父母反对→和父母喜欢的女生交往→另一人格出现，夏天蓝在笔记本上做了这样的推导，还有一个问题她要求证。

"你和这个女生交往之前，有没有突然不记得自己做了什么事的情况发生？"

唐泽禹微闭双眼陷入了沉思，她能看到他的眼球快速地转动，他在飞快地搜索自己的记忆库。"没有。"他肯定地说。

夏天蓝忽然万分同情和他交往中的那位名门闺秀，倘若她知道他潜意识里对自己厌恶到分离出了另一个人格，那得造成多大的心理伤害啊！

"好的，接下来我要询问和您童年有关的事，希望您能尽量回忆并给予我答复，不会是很为难的问题，这个您可以放心。”她的声音更低，更柔和，试图让他更放松。从已有的案例分析来看，多重人格的出现通常是为了应对童年时期的极端压力。许多被确诊为“多重人格”的人都是在童年期遭受过性虐待或躯体虐待。夏天蓝将问题引向他的童年，也是想进一步寻找病症的根源。

这个问题激起了唐泽禹强烈的反弹情绪，他的身体离开椅背坐得笔直，整个上半身线条紧绷，像一张拉满的弓，随时都有射出箭的准备。“夏医生，我说了肯定是有人想对付我，他们肯定是在我的食物里放了安眠药，然后派了和我一模一样的人出去假冒我。”他重提自己先前的主张，并忽视了夏天蓝的问题。

如果只是妄想症，治疗起来倒是简单多了。夏天蓝这么想着，脸上的微笑保持不变，淡淡回了一句：“要是你相信自己被人为陷害了，你会去找警察，而不是来这里。”

唐泽禹无言以对，他沉着脸站起身，从钱夹里抽出三张一百元的钞票扔在桌子上：“夏医生，我们的谈话到此为止。谢谢你的招待。”

夏天蓝选择原谅唐泽禹的粗鲁行为，她从容地拿起桌上的三张百元钞票并抽出一张推回给他。“开业期间有优惠，两百元就够了。谢谢唐先生。”明码实价，她不多收一分钱。

“剩下的，是保密费用。”他居高临下俯视她，双手抱胸，不打算收回多出的钱。

夏天蓝喝了一口冷掉的咖啡，如他所言，的确不好喝。“保密是这个行业的原则，您多虑了。”她的语气生硬起来，遇到质疑时，必须强硬地回击表明立场。

唐泽禹显然对这个回答很满意，他缓和生硬的表情勾起嘴角，愉快地回道：“你可以拿这个钱去换个好点的咖啡机，你的咖啡真的太难喝了。”

“一百块不够。”夏天蓝反应极快，“不如，下次谈话您再继续赞助，如何？”

唐泽禹看了她一眼，脸上溢出不可思议的表情，仿似在说“想不到你是这样会敲竹杠的医生”。他不置可否，告辞离去。

夏天蓝看他并没有兴趣，只好放弃，并送他到门口，好奇地问了一句：“挺好奇您怎么会找到这里来？”

“海边的弗洛伊德，嗯？”唐泽禹提到了Zihuatanejo那一面挂着的灯箱广告，撇了撇嘴，不屑地评价，“好大的口气！”

“是啊，口气很大呢。”她深表赞同，“所以，我一定能治好你。”

唐泽禹离开后的一段时间里，夏天蓝的咨询室依旧没有来客，而唐泽禹貌似也没有第二次光顾的想法，所以她的固定访客也仅有欧楠一人。

欧楠从清迈回来，皮肤晒成了蜂蜜色。比起之前有点过于苍白的肤色，夏天蓝觉得这样的欧楠也挺好看，至少看上去很健康。欧楠给夏天蓝带了一盒肥皂花作为礼物，打开彩绘盒盖，一朵栩栩如生的莲花赫然出现眼前，芳香扑鼻。

“好漂亮，谢谢你。”天蓝凑近细看，莲花花瓣层次分明，每一片花瓣都鲜活如真。

欧楠见状，腼腆地笑了：“夏医生你帮了我那么多，这点小小的心意，你喜欢就好。”

夏天蓝请她入座，欧楠仍旧选了自己喜欢的长沙发。“失眠的情况应该改善了很多吧，至少这段时间我没听到云飞抱怨我是庸医呢。”天蓝开玩笑道，给她端来了一杯水。

“好多了，不过在前几天，我还会做一两次噩梦。害怕的时候我就不断地对自己说，这些梦都是假的，我一定会找到乔浩然。然后再听你推荐的音乐，一般都能重新入睡。”欧楠的精神状态有非常明显的改善，她不再像挤牙膏似的吞吞吐吐，能坦率地告诉夏天蓝心里的想法，这是一个很好的讯号。

“每一次噩梦都一样吗？”夏天蓝在治疗过程中较为关注当事人梦境中的内容，她认为梦传递了人潜藏于心底的意识，可以为治疗指明方向。

欧楠皱起秀气的眉毛，过去了那么久，她很难记清每一个噩梦的内容。但是有一个梦她记得格外清楚，在她人生的各个阶段，她反复梦见过很多次。

“夏医生，你有没有看过一部叫《机器人总动员》的电影？”夏天蓝点了点头，欧楠接着说下去，“我梦见自己就在这样一个星球上。到处是垃圾，高楼大厦都成了废墟，还没倒下的大楼也千疮百孔摇摇欲坠。”她描述的场景，简直就是一部好莱坞灾难片。

夏天蓝没有打断欧楠，面带着笑容鼓励她继续。“我在那里走来走去，一个人都没有。”欧楠端起杯子抿了一小口滋润了一下嘴唇，继续说道，“我大声喊叫，问：‘有没有人？大家在哪里？’整个空间塞满了我的声音，可是只有我自己的，没有人回答我。”

“除了人，其他的生物也没有么？”天蓝问道。

欧楠摇了摇头，难过地说：“没有，活着的生物，只有我！”

“那么，当梦里的你发现只有你自己的时候，你做了什么？”

“哭。”欧楠回答得很快，“我一边哭一边走，走了很远很远的路，然后走到了陆地的尽头。”

“陆地的尽头，”夏天蓝追问，“它是什么样子的？”

欧楠的身体陷入沙发，她抓住旁边的靠垫，紧紧地抱在怀里。“我的面前是汪洋大海，无边无际。我看到它的时候就知道完了，整个世界确实只剩下了我一个人。”

“为什么？”

“海水很清很清，就像泳池里的水，没有任何生物能在这种水里活下去。”欧楠的情绪随之低落，又体会到梦里的孤独无助。

天蓝的笔记本上出现了“孤独”这两个字，她看着欧楠问道：“你刚才说，这个梦反复梦见过多次？”

“是的，很多次。每一次我都重复以前的路线走到海边，看着那样的海水，坐下来哭泣。然后我就醒了。”

夏天蓝的身体前倾，表情严肃：“欧楠，你的父母，他们过世了？”这么强烈的孤独感，其根源一定是深深的创伤。

被抛弃在没有任何生物的星球上，孤独的一个人，永世的寂寞。

夏天蓝看到过相似的梦境，只是场景并非地球毁灭后。那个人在梦里置身于无边无际的沙漠，没有人，没有骆驼，没有沙鼠，没有眼镜蛇，没有仙人掌……什么都没有，只有黄沙和孤独。

描述梦境的那个人，正是她自己。

“我的爸爸，在我大学毕业前过世了，癌症。”说起这件事，欧楠的表情略微伤感。

“那么，母亲呢？”说出“母亲”这两个字，夏天蓝敏锐地发现了欧楠的变化，她用力掐住了靠垫，手指在布料表面造成了凹陷。

“在我十岁的时候，她和爸爸离婚了。”欧楠不愿意用任何能指代母亲身份的称呼，直接以“她”替代。

夏天蓝终于知道这个女生为何给自己取了“Erica”这个英文名字，那是她潜意识的选择。

和欧石楠的花语一样，她的本质是孤独。

沈旭磊去北京出差一周，回来后拖着行李箱直接去了夏天蓝家。她还没到家，发了一条消息告诉他“密码没改”，让他自己随意。

夏天蓝提前打扫了位于二楼的客卧，换了一套崭新的床上用品迎接首位租客。她后来仔细回想沈旭磊说过的话，觉得还是“借故接近”的可能性很大。奈何答应他在前，又找不到更好的理由反悔，天蓝索性任由事态自然发展。

总要试过，才知道会不会成功。她如此安慰自己。

沈旭磊走到二楼，打开卧室的门。看得出她做过细心的布置，床头柜新添了台灯，应该是考虑到他或许会在入睡前再阅读卷宗档案。

他走进房间，发现床上的枕套、被褥、床单都是新的，不禁感慨夏天蓝真是个不错的房东！

手机提示他收到一条信息，沈旭磊通过屏幕直接读取——夏天蓝问他要不要出去吃饭庆祝他入住。

他下楼走到厨房打开冰箱，里面只有一盒牛奶。不由得摸着下巴深深叹气，不知道她平时怎么过日子的，冰箱里居然一点存货都没有！

他回复她：我去买菜。等你回来，做饭给你吃。

夏天蓝看着收到的信息，心情比较复杂。在她看来，在家烹饪一桌晚餐远比出去吃一顿更加正式，这种亲密度稍稍有点超前。

她在办公室磨蹭半天，尽量拖延回家的时间，直至Alex打开Zihuatanejo的门为晚上的营业做准备。他走进来，听到楼上的动静，抬头望向她："Summer，今天忙到现在么？"

他知道她的心理咨询业务还没走上正轨，每次他来的时候她都已离开，两人也有将近一周没打过照面了。

她从栏杆上方探出头："嗯，今天有两名来访者，我在整理谈话记录。"

"哇哦。"Alex发出一声赞叹，冲着她伸出大拇指比了比。夏天蓝笑笑："不打扰你准备了，我关了电脑就走。"她的脑袋缩了回去。

他听着她整理桌面关电脑的声音，脱口而出："走之前，要不要下来喝一杯？"

夏天蓝的头又一次探出来，她望着他，嫣然一笑："好啊，as usual（像往常一样）。"

Alex做了一杯长岛冰茶，他把酒杯放到天蓝平时常坐的位子，她刚好从前门走进来。

夏天蓝走到吧台，把笔记本电脑放在一旁，端起酒杯喝了一口："每天若能喝上一杯，人生就圆满了。"看她一脸的陶醉表情，Alex忍俊不禁，笑着指责她是个"小酒鬼"。

"Wilson搬到你那里住了吗？"开业前他们商量周末租房事宜的时候，Alex也在场。他当时秉持"不插手"的原则，没有拆穿沈旭磊的借口。事后越想越觉得应该提醒她一声，虽然沈旭磊此举显而易见"醉翁之意不在酒"，但建立在谎言之上，总有失光明磊落。因此，他主动把话题引向了这件事。

“嗯，他出差刚回来，今天正式成为我的周末房客。”夏天蓝回答的时候，表情平淡，声音也没什么起伏，一副事不关己的样子。

Alex双手撑着吧台桌面，身体微微前倾向她靠近：“Summer，我们是朋友，有件事不说出来，我觉得有些对不起你。”他眼神闪烁，脸上有强烈的不安。

夏天蓝心中一惊，以为Alex意欲告白。奇怪的是，想到这个可能性的自己，竟然没有丝毫慌乱，反而有一点点的期待。

“Wilson上次说他的邻居周末装修没办法好好休息，那是借口。”他舒了口气，说出来之后顿觉心里轻松了不少，“现在装修都放在工作日的八点到晚上六点，大部分物业都不允许周末装修。”他进一步补充说明。

原来，不是告白啊！夏天蓝为自己的想入非非羞惭不已，沈旭磊的谎言倒显得不是那么重要了。“我知道，后来我上网查过。”

Alex的微笑有几分尴尬，果然不应该多管闲事：“Sorry，既然你知道这事，就当我没说过吧。”

“谢谢你，做了朋友应该做的事。”夏天蓝举起酒杯，“我很感激你一直在支持我。”

他从尴尬中走出来，摆了摆手说道：“既然是朋友就不要这么客气。”忽然一笑，他难得好奇了：“我以为你应该很讨厌男人说谎，怎么会容忍他的谎言？”

她哈哈大笑，没有否认他的判断。“你说得没错，我讨厌谎言，但是我更讨厌自己的焦虑症。”她正视他的脸，“Alex，目前来说，沈旭磊是唯一一个不会引起我恐慌的追求者，我没理由把他拒之门外。”

那天沈旭磊也是这么对自己说的，没想到事实如此。Alex看着夏天蓝，一时无话可说。这时候，有个人走了进来，他抬头一看，脸色突然变得很难看。

夏天蓝吓了一跳，连忙回头张望。走过来的男人步履生风，一股王者的气势。

“没想到真的是你。”他走到两人面前，英俊的脸庞带着薄薄的愠怒，

“你避而不见那么多年，有没有想过家里人多担心？”

Alex冷冷一笑：“我一直给妈妈寄明信片打电话，她一点都不担心我。”

“哦，那就是单单为了避开我，是吧？”男人咄咄逼人，问题也蛮横，“既然不想让我找到你，何必回来？”

夏天蓝尴尬万分，寥寥几句对话暧昧不明，她自然联想到某方面去了。她的头不敢乱转，视线不敢乱瞟，唯恐一不小心让Alex难堪。

“我在这里出生长大，回来有什么不对？”Alex神情冷漠，完全不把对方放在眼里，“你又不是市长，难不成还要你批准？”

夏天蓝认识Alex这段日子以来，头一回见他说话这么挑衅，她的尴尬持续升级。她小心翼翼地轮番打量他俩，不好意思地笑笑，自我介绍道：“对不起，我是Alex的朋友夏天蓝，我租下了二楼，经营心理咨询室。”她的话转移了男人的注意力，他把视线转到夏天蓝身上，友好地伸出手：“我叫苏竟，这家伙的堂兄。”

原来是堂兄弟啊！夏天蓝松了口气，把脑袋里奇奇怪怪的联想一个个踢出去。“那我不打扰你们叙旧了，Alex，这杯酒记在我的账上。”朋友之间的分寸感她拿捏得很准，明白此刻正是退场的最佳时机。

夏天蓝走出酒吧，如释重负地吐出一口气。Alex说过以前的自己是个混蛋，再结合今天两兄弟的对话，显然他是为了逃避过去才远走他乡。

这个男人的灵魂被过去牢牢束缚，所以他想去“没有回忆的地方”。

心头弥漫淡淡的忧伤，夏天蓝望着灯箱广告上“海边的弗洛伊德”那几个字，轻轻叹了口气。

谁没有过去呢？

夏天蓝回到家时，沈旭磊果真做好了一桌家常菜。她放下背包和电脑包，冲到餐桌前准备大快朵颐。

“回家先洗手。”系着围裙的男人拔出红酒的木塞，不忘提醒她注意卫生。

她听话地洗了手坐回桌前，只等他入座就能开动。沈旭磊不慌不忙地走过来，给她和自己各倒了一杯红酒。

夏天蓝举起酒杯，想了半天开场白，最后还是最简单的一句“欢迎入住”。

“请多多关照。”他举起杯子，和她的碰了一下。

两人一边吃饭一边闲聊着各自的近况，然而彼此的工作都受限于保密条款，也只能泛泛而谈工作以外的活动。也不知谁先开的头，话题就转到了楚云飞给沈旭磊的律所拍摄形象宣传照的事情，顺便谈起那位患失眠症的美女助理。

“她给我带了一份礼物。”夏天蓝放下筷子，走到客厅打开背包，拿着装肥皂花的彩绘盒子回到餐桌旁，献宝一样给沈旭磊看，“从清迈带回来的肥皂花，好看吧。”

沈旭磊打开盒盖，美丽的莲花在眼前盛开。“很漂亮，颜色鲜艳，栩栩如生。”他夸赞道，“看来你和她相处得还不错，回来还想到要给你带礼物。”

“还好吧，她的失眠症好多了，说是感谢我的帮忙。”天蓝不便多谈，含糊地说了两句。她从他手里接过肥皂花，正准备盖上盒盖，猛然意识到哪里不对劲。

这朵莲花，它是红色的！

“我是红绿色盲。”她记得沈旭磊曾经用这个理由解释过自己为何不开车。

夏天蓝低头看着盒子里的肥皂花，假如他分辨不了红色，怎么可能评价这朵莲花“颜色鲜艳”？她回想他说话时的表情，极其自然，仿佛亲眼见到。

夏天蓝偷偷地瞄了沈旭磊一眼，他正在喝酒，神态自如。夏天蓝在心里翻了个白眼，好了，别再疑神疑鬼了，那不过是客套话。他情愿用善意的谎言掩饰自身缺陷，也不想用“诚实”的评价败坏她的兴致。

他的视界里，这朵花是灰色的，这个世界又何尝不是呢？

想到这里，夏天蓝对沈旭磊生出了一丝怜爱，看他的眼神也越来越温柔。沈旭磊正在向夏天蓝普及公司财务账册不规范所要担负的法律风险，说着说着就发现她凝视自己的目光变得不太一样，眼神里包含了难以言说的情愫。

沈旭磊的声音倏然消失，他盯着夏天蓝，英俊的脸慢慢向她靠近。“What's up（常用的打招呼方式）？”黑曜石般的瞳仁里只有她的脸庞，她叹了口气，试探地用温暖的嘴唇印上他的嘴角。

“你太体贴了。”夏天蓝的情话像梦呓，“不要动，让我抱抱你。”

她伸出手，给了他等待已久的拥抱。

第二天下午，夏天蓝和沈旭磊从邮局搬回她寄回国的大箱子。回到家，根据她的指示，他把箱子搬到三楼的储藏室。

“你寄了一箱砖头回来么？”他坐在箱子上抹汗，忍不住用脚后跟狠狠踢了踢，抱怨它实在太沉了。

天蓝掩嘴轻笑，假装没听到他的抱怨，来回地在房间里四下走动。这间储藏室她一直没空整理，里面堆放的各项器物俱是江荟澜生前所用。她走到一个收纳篮前面，捡起掉在地板上的沙发靠垫，用手轻轻拍去积灰。

尘埃飞舞，呛了她一鼻子灰。难得兴起的一点点感伤情绪，这会儿也灰飞烟灭了。夏天蓝正要把它扔回收纳篮中，突然快速缩回手，重新审视这靠垫的布套。

“我到楼下去一趟。”扔下这句话，夏天蓝紧抱着靠垫头也不回地冲出了储藏室，直奔楼下而去。

沈旭磊吓了一大跳，他不知就里，以为她不舒服，赶紧跟上她的脚步。他跑到二楼，看到天蓝正站在江荟澜的油画前，不时低头和手里的靠垫进行对比。

“Wilson，这幅油画确实是你画的？”夏天蓝抬起头，严肃地问道。

沈旭磊不清楚方才在储藏室发生了什么，为何夏天蓝瞬间对这幅油画产生了好奇心。尽管如此，他还是回答了：“是的，我签过名。”

“每一笔都是你自己画的？”天蓝不依不饶地追问。

他被她的严肃表情惊到了，左思右想，找不到她变脸的缘由。他只得笑笑，尽量用轻松调侃的语气化解刹那间凝重的气氛：“放心，我没侵占他人作品，每一笔都是本人亲自创作。”

“那么，”夏天蓝举起了靠垫，“作为一个红绿色盲患者，你是如何做到分毫不差复制这些波点到这幅画上的？”

在那幅画里，江芸澜斜倚着沙发，她的后腰位置露出半个靠垫。

靠垫的布套花纹是红黄蓝绿四色波点，和夏天蓝手里那个一模一样。

沈旭磊刹那间面无表情，冷冷看着她。

Chapter 11 未治愈的PTSD

第十一章

未治愈的PTSD

沈旭磊站在楼梯口，面无表情地看着夏天蓝高举起的靠垫。白色底波点花纹的布套，那些无规则分布的圆点大大小小，颜色排列毫无逻辑。

“所以呢，你想证明什么？”最初的震惊已经过去，他冷静地提问，“就算我用色盲为借口掩饰自己不会开车的事实，又妨碍到谁了？”

夏天蓝一愣，没料到谎言被拆穿的沈旭磊竟能如此平静，甚至用犀利的反问压得自己无言以对。说的也是，沈旭磊就算以色盲为由欺骗了大家，最多也就是为他不会开车找个借口而已，又不是做了伤天害理的事，自己那么激动干吗？

夏天蓝审视着他的表情，不对，肯定不会如此简单！“不会开车的人多的是，但是用色盲作为借口，做到这么绝的程度，倒是很少见，对此我表示无法理解。”她咬了咬唇，狠下心把话挑明了讲，“你可以选择相信我，就像我告诉你自己有焦虑症那样，让我们对彼此坦诚。你也可以继续保守自己的秘密，我保证绝不再追问，可是也没办法再相信你。”

沈旭磊表情漠然，说道：“你的立场我明白了，我马上收拾东西离开。”他的态度异常坚决，身影随即从楼梯口消失。

沈旭磊走后，夏天蓝全身乏力，抱着靠垫坐在楼梯上。她扪心自问是不是逼人太甚？并不是每个人都喜欢倾诉秘密，说与不说是他的自由。

夏天蓝的理智完全能理解沈旭磊想要捍卫个人隐私的做法，然而，她那么讨厌谎言，又怎么能无视这个有可能会成为自己另一半的男人欺骗自己呢？如果连最基本的坦诚和信任都做不到，又如何能相信他说过的话、做过的事？

夏天蓝的心跳快得想要呕吐，额头开始沁出冷汗，左手手臂钻心地疼痛。她只好双手环抱着自己，自我安慰：不要怕，不要慌，马上就结束了！

她听到沈旭磊下楼的脚步声，抬头看见他提着行李箱站在几阶楼梯之外。他没有看她，目光保持平视。

“Summer，如果我告诉你这个秘密不会伤害到任何人，你能不能接受？”沈旭磊尽量用轻描淡写的语气掩盖内心的紧张。他心里没底，想不到百密一疏的情形竟然会发生在自己身上，不过也怪他运气太差，遇到一个观察敏锐又善于分析的心理学高手。

要不是沈旭磊周围有太多喜欢管闲事想给他推荐教练和驾校的人，他也不会自作聪明用色盲为借口一劳永逸地解决别人对他不会开车这件事的过度关心。这个借口他一说就是十几年，连自己都深信不疑，到面对夏天蓝的时候纯粹变成了条件反射，极其自然地脱口而出。

所谓“搬起石头砸自己的脚”形容的就是眼下这般光景吧，谎言终有一天会被揭穿，除非你用更多合情合理的谎言来弥补漏洞。

夏天蓝听出他有让步的意思，换作其他人或许就顺着台阶下了，至少会先缓和一下剑拔弩张的气氛。她低下头看了一眼手臂内侧的阵阵红斑，明确地拒绝：“对不起，我不能接受一个想追我的人却用谎言来欺骗我。”她给出特定的条件，即“想追她的人”。换言之，倘若沈旭磊仅仅是普通朋友，她不强求他能诚实。

“难道你没有绝对不能让别人知道的秘密吗？”他的声音里掺杂着讥诮，“夏天蓝，我原先以为你这个职业对人性的理解更为深刻，是我看错了。”

“再见，Wilson。”夏天蓝已经不想再和他多说什么，从楼梯上侧身让开。她蜷缩着身子，不让他有机会发现左手臂的异样。

沈旭磊与她擦肩而过，她回想起昨夜温柔的相拥，免不了有几分唏嘘。

由于和沈旭磊闹得不欢而散，夏天蓝只能一个人去商业街发广告扇。她一早打开铁门，一辆停在路边的汽车按响了喇叭引起了她的注意。

沈旭磊打开车门下车，走到她面前，二话不说扛起她脚边的箱子。“你怎么来了？”夏天蓝有些惊讶，她原以为他不会再出现了。

沈旭磊把箱子放进后德厢，这才回答她：“答应你的事，我不会忘记。”他打开车门，“上车吧，发完这些我还要去律所。”

夏天蓝坐进车内，向他的专属司机老王道谢。老王憨厚地笑笑，说道：“夏小姐你太客气了，还是谢谢沈律师吧。”

沈旭磊坐到副驾驶位，和夏天蓝刻意保持了距离，她能感觉到他的生疏。不免有些失落，毕竟她一度以为沈旭磊会成为自己的真命天子。

他们的车在商业街的地铁口停下，沈旭磊把箱子搬下车，嘱咐老王先在附近找停车位，等他们发完后电话通知他过来接人。

交代完毕，他弯腰打开箱子，拿了一叠扇子给她：“你主攻男性，女性我来发。”沈旭磊深谙异性相吸的道理，合理分配资源。

两人选了最多人流出入的地铁口，很快就发完一箱广告扇。就像夏天蓝所说，天气渐热，广告扇终究有点用处，几乎没有人随手扔进前面的垃圾箱。

“谢谢你。”趁着沈旭磊等车过来的空闲，天蓝向他表达了谢意。

“不客气。”他看看她，“接下来你去哪里？老王接着送你。”

她朝后指了指地铁站：“我搭地铁就可以了，不用麻烦。”说着，夏天蓝向他挥了挥手：“再见。”

她的胳膊被他拉住了，沈旭磊沉着脸说了一句：“以后你想怎样我管不着，但是有我在，我不会看着你去挤地铁。”车驶到面前，他拖着她走了两步，打开车门霸道地命令：“上车。”

“其实，现在的地铁已经不挤了。”她小声嗫嚅。过了上班早高峰，车厢里会空很多，特别是商业街这一段。

沈旭磊瞪了她一眼，对她的申辩置若罔闻。夏天蓝拗不过他，况且此处不宜久停，她也不想让司机为难，不得不顺从地钻进了车里。

老王先送沈旭磊到律所，他拿了公文包下车走进大厦。两人在车里目送他的背影，老王啧啧叹道：“夏小姐，不是我夸自己老板，长得帅又能干的律师，还真找不出第二个。”

她忍俊不禁，说道：“你和我说也没用，我又没办法让他加你工资。”

老王哈哈大笑，回过头狡黠地眨了眨眼：“夏小姐，你大概不清楚自己对老板有多重要吧。”

重要么？她自嘲地笑笑，他的秘密比她重要多了，现实总是给予美好的幻想当头一棒。

沈旭磊的秘密究竟是什么，到了这个地步已经不是夏天蓝关注的重点。整件事真正的重点在于他放弃了谎言被揭穿后坦白的机会，摆明彼此无法坦诚相待，到最后沈旭磊说的每一句话都会引起自己的怀疑和焦虑。对于可以预见的结局，天蓝自觉没有任何继续下去的必要。

老王将夏天蓝送到酒吧街入口，她道谢后下车。老王特意放下车窗叫住了她：“夏小姐，沈律师是个好人，真心话。”

“我知道。”夏天蓝点点头，报以感激的微笑。

如果爱情只需要满足“人好”这一项条件，世上很多事都能迎刃而解。可惜，不是所有的好人都彼此适合。

夏天蓝还没踏进房间，就听见前台电话铃声大作。她赶紧推开门，三步并作两步冲到电话机前，拿起话筒接听：“你好，蓝蓝天心理咨询室。”

“夏医生，在么？”话筒里传来一个男人略微尖锐的声音，听得出他有些紧张。

“我就是，请问有什么可以帮到您？”她一边回答，一边打开包找出纸和笔，随时准备记录。

温柔的声音明显让对方安心了，他再开口说话时，声音恢复了正常：“早上我收到你们的广告扇，你能诊断是不是精神病？”

看来发广告扇这一招还挺管用。夏天蓝不禁又想到这个想法正是脱胎于沈旭磊的宣传单，心里兴起几分惋惜之意。停止，不能再想这件事！她命令自己把注意力放到电话上，问道：“这位先生，单凭我个人，没办法做出确诊。不过您可以先告诉我，您遇到了什么问题？”

“呃，不是，不是我本人。”他迟疑了一会儿，压低了声音说道，“是我的太太。”

“如果有时间，麻烦您详细描述您太太的情况，以便我先做初步了解。”

话筒那一头插入了杂音，男人慌乱地留下一句“啊，再联系吧”，匆匆挂断了电话。夏天蓝放下听筒，耸耸肩向里面的办公室走去。

就在这一天内，夏天蓝总共接到十几通的咨询电话。有些是替亲朋好友打听的，有些则是自身有各种各样的心理问题的，她都耐心地进行了回答。她的努力成效显著，其中有好几个在和她通话结束前直接预约了周末时间进行面谈。

当她完成了一天的工作，翻看排得满满当当的周末日程时，心情恢复了平静祥和。既然谈恋爱那么麻烦，还不如用工作堆满人生！

Alex进门的时候，先闻到一股烤面包的香味。他寻味而至，看到夏天蓝正在他的厨房里等待烤箱里的面包。

“饿了，借你的厨房一用。”回头见到他，她回了一个灿烂的笑容，招呼他一起吃面包。

“看你这么高兴，今天的生意一定很不错？”

夏天蓝回了一个“你猜对了”的手势，兴奋地说道：“早上发了广告扇，效果很不错。这个周末排满了预约。”

“Good job.”她的进展超出他想象，Alex鼓掌祝贺。“那可真要好好庆祝一下了。”他走向橱柜，拿出红茶包和牛奶，笑着问她：“不过，请问夏小姐，这一顿算晚餐还是下午茶呢？”

“Up to you.（听你的）”天蓝戴上厚实的棉手套，打开烤箱门端出烤盘，一脸骄傲的表情，“抹茶红豆吐司，快来赞美我的手艺。”

一听抹茶二字，Alex只觉右眼皮急跳。“你用了我的抹茶粉？”他倒吸一口凉气，心痛地强调，“我特意从宇治带回来的抹茶粉！”

夏天蓝被Alex的声音吓了一跳，手举着面包刀有些不知所措。这么一想，装抹茶粉的罐子上的确写着日文。都怪自己过于兴奋，没仔细考虑就直接取用。这下闯祸了，对方可是为了新鲜食用菌就能飞到原产地的人，把他的高级抹茶粉当作面包原料使，他肯定要翻脸了。

“对不起。”她讷讷地道歉，“下次我去宇治买一大罐赔给你。”

他叹了口气，闷声回道：“那倒不必，我没那么小气。”

“我知道错了，问题在于每个人都有自己的底线，我未经你同意擅自使用了原料，确实需要反省。”天蓝爽快地承认做错事，触碰了别人的底线，就算是朋友之间也必须道歉。

碍于情面，有些话Alex不便明言，所幸她替他说出了口。这个女人有一双能看透人心的眼睛，他们第一次见面时，Alex就察觉到了。

“Let it go（放手吧），就当我个性有问题吧。”他接过她的面包刀，手起刀落，迅速切分整个面包，“对于大部分人来说，原料就是原料，无所谓产地。”

他将一片面包送入口中，抹茶自带的微微苦涩被红豆很好地中和了，清香爽口之余，还能尝到丝丝甜意。“物尽其用，其实才是它最好的结果，以前是我固执了。”

夏天蓝终于放下心来，也有了喝茶的兴致。她端起茶杯喝一口他泡的奶茶，诧异于特殊的口感：“这奶茶，怎么有股姜味？”

“马萨拉茶属于印度独有的香料茶，用老姜、桂皮、小豆蔻、八角，还有丁香同阿萨姆红茶叶一起煮制。”他端起杯子，先闻香味，“可惜我在孟买时间太紧张，没找到正宗的茶叶，最后只买了一盒茶包带回来。”

“做专职摄影师真好啊，满世界留下足迹。”她羡慕不已，想象他一边游山玩水一边工作的情景，只恨当初选错了专业。“早知如此，大学我也选摄影专业了。”话说出口她才想起，Alex并非学摄影出身。“呃，你好像说过是数学系……”

“摄影只是爱好。”他表情淡然，淡淡的语气。

“这个爱好，”根据很久以前从楚云飞那里学来的皮毛知识，夏天蓝扳着手指粗略计算器材费用以及亲身前往的差旅花费，得出的数字让她震惊不已，“天，这个爱好也太烧钱了。”

Alex冷冷哼了一声：“要说拼命赚钱唯一的好处，不就是能随心所欲地花钱么？”他的言辞和语气，都能听出深深的不屑。

“不要怪我好奇心太旺盛，我真的很想知道什么工作能让你这么年轻就赚到可以随心所欲花的钱？”她双手合十表示歉意，“你不会干了违法勾当吧？”

Alex笑了起来，笑意却没有到达眼里，那双眼睛冷酷无比：“那天你见到的人，他做私募，业内有名的‘涨停敢死队’。我大学毕业后进了他的基金公司，你想象不到我们最疯狂的时候一天能赚多少钱。”

果然，他之前的工作和金融有关。

夏天蓝内心升起不安，她一直觉得Alex是个不快乐的人，今天他意外展现的愤怒恰好证明她的判断。对于金钱，对于过去拼命赚钱的自己，他有着非常强烈的厌恶感。

“Alex，现在的你，有没有真正开心过？”她小心翼翼地提问。

他轻啜一口奶茶，带着香料味道的液体与唇舌缱绻缠绵。此时此刻，他开心且满足。“Summer，我没有抑郁症，你不用为我担心。”Alex看穿她的顾虑，如是安抚。

夏天蓝松了口气，想想仍然不放心，追加一句：“不管何时何地，如果你想找人聊一聊，我随时奉陪。”

他不置可否，只是眼睛里冷冽的寒意终于散去。

几天后，夏天蓝的咨询室迎来一位特殊的访客。她没想到他会出现，一时间脸上满满都是惊讶。

沈旭磊镇定自若，表情自然得好像上班前和隔壁邻居打招呼一样。“Hi，这几天过得好么？”

“打电话来咨询的不少，有几个预定了周末来面谈。”她打开门请他入内，“说起来还要多谢你抽空帮我分发广告扇，差不多都是被扇子吸引来的。”

“那就好。”他跟着她上楼，汗水湿透了背后的衬衣。天气阴沉又闷热，亟需一场大雨给城市降温，但沈旭磊出汗的原因并不是天气缘故，而是紧张。

夏天蓝终忍不住回头问道：“你今天过来，有什么事？”

沈旭磊垂着头，仿佛回到第一次上庭那天，紧张得找不到自己的声音。夏天蓝以为他没听见，又问了一遍。

沈旭磊只好抬起眼睛看她，向来运筹帷幄的男人此刻竟有几分慌乱，以及羞涩。“Fine，You win.（好，你赢了）”他认输了，这个女人是特别的一个，他忘不了。

“我，很意外。”这是夏天蓝的真心话，想不到他情深如斯，竟愿以秘密交换她的信任。

沈旭磊选择了她办公桌前的座位，和前几次在他办公室正好倒转了位置。相同之处在于，他们面对的人都是这个领域的专才。

“我想知道，你是怎么发现我是在假装的？”他在倾诉之前，需要先解开自己的疑惑，“我查过资料，有一种心理障碍会让人相信自己患有某种疾病，难道你不觉得我以为自己是色盲或许是心理障碍吗？”

“我原先也认为你可能患有躯体形式障碍，它的成因大多数和被压抑的创伤性事件以及不可接受的冲动造成的焦虑有关，但是这类患者的症状表现往往极其真实。简单地说，就是你的主观认为自己无法分辨红色和绿色，你表现出来的症状和真正的色盲是一样的。”天蓝瞥了旭磊一眼，只见他全神贯注听得认真，便接着说了下去，“你能看到红色的肥皂花，也能分辨靠垫上混杂在一起的红色和绿色波点，这些都没有问题，因为你本身并不是色盲，你的眼睛是能分辨的。到这个时候，我仍旧不能确定究竟是心理障碍还是说谎，这时候你问我‘你想证明什么’，就是这句话让我明白其实你知道自己不是色盲，”她苦笑一下，“何况紧接着你就承认自己的确用色盲做借口了。”

沈旭磊默然，万万没想到拆穿谎言的人居然正是自己。“一般人就算察觉我在说谎，他们也只会觉得那是我不想学车的借口而已。你是如何得出我藏着秘密的结论的？”

“反常。”她先给了他两个字，再做进一步说明，“你是一个细节上也尽力追求完美的人，以你的个性居然会用基因缺陷作为借口，只能理解为那个秘密值得你容忍这样的不完美。”

她说完了，平静地注视他，目光中充满关切。沈旭磊的手不自觉地扣住了座椅扶手，他舔了舔嘴唇，犹豫是不是先喝一口水。

夏天蓝把杯子朝他的方向推近，他的视线从移动中的杯子转到她的脸，开口说道：“十几年前，我在白沙湾的滨海公路上出过车祸。那时候酒驾查得不严，我喝了酒开车回家，不知怎么就和另一辆车撞了。等我清醒过来的时候，我的车就停在悬崖边上。”他的身体微微发抖，显然那场车祸造成的阴影还在。

“有没有人员伤亡？”她问道。

沈旭磊摇摇头：“没有，否则我现在大概也做不成律师了。”

“这么多年，一直有闪回么？”见他表情困惑，天蓝立刻解释，“意思就是车祸的场面会不会不断在脑海中浮现。”

他的双手离开扶手，交握着放在桌面上。夏天蓝注意到沈旭磊的十指指关节因为用力过度而发白，她伸出手，轻轻握了握他的手腕。

“没关系，有我在。”她柔声鼓励他抛开紧张情绪。

“握住方向盘的时候，我就会想起那天撞碎的栏杆，我和死亡只差一步。”他尽量控制自己，声音和语气尽可能保持平静。

然而，夏天蓝握着的手腕却出卖了旭磊。隔着皮肤，她能感觉到他的脉搏在疯狂地搏动。她连忙站起来走到他身边，将他拥入怀中。

“对不起，旭磊。”夏天蓝抱着他喃喃自语，“对不起。”他的PTSD那么严重，自己却压根没考虑他并非主动求助的患者，残忍地逼他面对现实。

她的声音仿佛一道光，划开那一夜黑云堆积的天空。他循着光望过去，远处的海面风平浪静。沈旭磊深深吸了口气，再长长吐出来，在她的怀抱里镇定下来。

“你经常拥抱你的患者？”他的声音里又掺杂了熟悉的调侃色彩，她知道他平静了。

她想放开他，却不料被这个男人的手臂牢牢扣住动弹不得。夏天蓝象征性地挣扎两下，恐吓他：“沈律师，这算性骚扰吧。”

“是你先开始的。”他仰起头，脸上有痞痞的笑容。

她索性把骚扰进行到底，轻轻抚摸面前这张俊美的脸。“你考虑一下，是否愿意在我这里接受系统脱敏疗法？我想治好你的心理创伤。”天蓝放慢语速，声音也更加温柔，避免引起他的抵触情绪。

“如果我接受你的治疗，我还能像这样抱着你么？”他收紧手臂，让她的身体紧贴着自己。

“治疗期间当然不能。”天蓝一口回绝。

“那，不要！”他像个孩子似的耍赖。

天蓝又好气又好笑，奋力挣脱开他的禁锢，退回自己的座位。“沈律师，你的PTSD在车祸发生后没有得到及时治疗，这十几年你都是依赖防御机制在支撑。要是放任不管，我不保证今后你会不会做噩梦，或经历失眠，甚至在特定情况下恐慌发作。”

沈旭磊向后靠上椅背，说出埋藏在灵魂深处的恐惧之后，他整个人轻松了不少。“我答应你，会找其他心理医生。”炙热的目光凝视着她，他摇了摇手指，“就这么决定了，我不会改变主意。”

这个男人，还是像夏天蓝认为的那样霸道强势。然而，他却为她说出了自己的秘密和恐惧，这份情意远胜于其他。

就在沈旭磊离开后不久，门铃声再度响起。夏天蓝以为他去而复返，匆匆下楼开门，门外站着她熟悉的一个人。

“唐先生，又见面了。”她先打招呼。

唐泽禹像上次一样戴着墨镜，一套剪裁合身的银灰色西装和同色长裤，以及铮亮的皮鞋，一派商务人士的派头。

他也不兜圈子，开门见山：“夏医生，我在附近参加会议。正好是午休时间，我希望能得到你的帮助。”

她请他上楼，经过茶水间时，特意说了一句：“我买了咖啡机，您随意。”

唐泽禹苦笑：“这两天我一直担心自己睡着，就靠咖啡提神，只怕现在我对咖啡产生免疫抗体了。”

听到他的回答，天蓝惊讶地转过头：“您又忘了发生过的事？”

他的笑容除了苦涩之外，又多了几分的尴尬。“这次更糟糕，我在一个陌生女人的床上醒来，她说我答应给她市场部经理的职位。”他摸着额头，一脸受不了的表情，“夏医生，你上次暗示我有另一个人格，是不是真的？”

“以现阶段我掌握的情况，只能说有这个可能性。那天我打车认识的‘唐泽禹’，言行举止和性格与您相比，确实有显著的差异。可是一般来说，其他人格会有自己的名字，他借用您的名字这一点让我有些疑虑。我需要和您进行更多的谈话，并且要再一次和他见面，才能明确他出现的原因。”

唐泽禹皱起了眉头：“夏医生，下午两点半我要做主题演讲，你觉得他会不会出来捣乱？”他忧心忡忡，眼神焦灼不安。

夏天蓝摸着下巴无奈地笑，心想我又不是算命大师，掐指一算就能说出几点几分那位“仁兄”会现身，那我还不如去买彩票啊！当然，面对他，她万万不会说出这番腹诽，实事求是地说明情况：“唐先生，按现在的情况来看，我无法做出明确的判断。我建议对您采取二十四小时跟踪拍摄，先确定他在何种场合可能会出现。”

“我已经两天没有睡觉了，在过去的这四十八小时里，我很清醒，一直是我自己。”睡眠不足导致的神经质在他身上已有了征兆，她不禁回想起那一夜见到的年轻人，同样的相貌，精神状态却有天壤之别。

“不睡觉解决不了根本问题的。”她给他端来一杯水，“多重人格的产生大多数和童年时期遭受性虐待或躯体虐待的经历有关，假如您愿意和我分享您的过去，我有信心能帮助您。”她言辞恳切，对他有着发自内心的关切。

唐泽禹能感受到夏天蓝的关心，虽然他不确定她更关心哪一个自己，但终归是一份温暖。“夏医生，假如你下午没有预约，能不能请你和我一起出席会议？我怕万一出现什么状况，你能帮忙圆场。”从唐泽禹的话里不难发现，夏天蓝此时已成为他能够信任的人。毕竟发生在他身上的事，说出去会吓倒一半认识的人，还有一半肯定当他开玩笑。

见夏天蓝神情犹豫，他立刻表示：“从现在直到晚上六点，我会按照咨询费用支付报酬，你不用担心钱的问题。”

夏天蓝看看唐泽禹，眼前的年轻人面色苍白满脸焦虑，她实在不忍告诉他自己担心的是到时候另一个唐泽禹出现，她根本没把握制伏“他”。

“好吧。”夏天蓝勉为其难地应承下来。再看唐泽禹，倒像是放下了心头大石，表情也恢复了正常。

他的车停在路口，正是那天晚上载过她的保时捷。夏天蓝又提起那一夜的事，这次她补充了一个细节——她记得另一个唐泽禹告诉自己，他当晚要去白沙湾参加酒会，刚好顺路捎带她。

“四月五日晚上的酒会？”唐泽禹打开手机查询日历，在四月五日当天的备注事项中，他记了几个关键词：舒静航、银婚、礼物。他神色古怪地把手机递给夏天蓝，说道：“那天是静航父母的银婚纪念日，他们打算正式向宾客介绍我们的关系。”

“舒静航就是您交往中的女朋友，会拉大提琴的那位？”

“是的，就是她。”提到这位女友，唐泽禹本人的语气和态度始终平淡，可是他心底藏着连自己都不知晓的抗拒。

“您最终没有出席吧。”夏天蓝肯定地说道。

唐泽禹默认了她的话，收好手机发动汽车。夏天蓝瞟了一眼仪表盘的车速，竟有点怀念那一夜风驰电掣的感觉。

“夏医生，你见过的那个我，他还到我的公司主持过会议，签过文件，打算做一个帮助别人判断亲戚关系的APP……”他维持着稳定的车速，目视前方，淡然得仿佛在说别人的事，“我听到同事私下的议论，他们对那个人比较有好感。”

“您想说什么？”她隐隐觉得不对劲。

他的神色里多了一抹悲哀，还有讽刺：“也许，让我消失的话，大家说不定会更乐意。”

夏天蓝命令他停车，严厉的语气让他以为她不舒服，赶紧靠边停下。“夏医生，需要送你去医院么？”

她没理会他的问候，表情严肃，盯着他的目光意味深长：“对于名叫‘唐泽禹’的生命个体，我不会让他的核心人格消失。”

“那么，假如真的有其他人格存在，他怎么办？”他质问天蓝，语气尖锐。英俊的脸向她逼近，几乎把她逼到车门边。

她伸出手，按住他的肩膀用力推开：“告诉我，现在和我对话的人，到底是谁？”

唐泽禹牵起嘴角古怪地笑了笑，反问道：“你说呢？”

12
Chapter

找到你的心魔

第十二章

找到你的心魔

夏天蓝愕然地盯着面前的年轻男子，他何时完成了人格的互换？自己竟一点都没有察觉。

“你叫什么名字？”她直接问这个人格的“唐泽禹”。建立交流的第一步，先从知道他的名字、身份、兴趣爱好开始，要真正把他当作独立的个体看待。

他笑起来像恶作剧得逞的顽童，戏弄了别人，自己也收获莫大的满足感。“唐泽禹呀，我不是给过你名片嘛。”他故意眨了眨眼，假扮无辜。

夏天蓝冷笑道：“也许在别人看来有些难以理解，甚至认为他会不会疯了，但我是心理治疗师，我知道怎么回事。”

他的笑容隐去，换上一张严肃的面具：“夏小姐，有时候你会不会觉得人与人的相遇其实是注定的？譬如那天晚上，那么巧我就接了你的单。”

有别于唐泽禹，他不用“医生”称呼她。的确，认为自己有问题的是唐泽禹，并非这一个。“嗯。”她回答得很简洁，看他接下来会说什么。

“你一定听过Six Degrees of Separation（手稿乐队演唱的歌曲）。这个理论认为，你和任何一个陌生人之间所间隔的人不会超过六个。”他用手戳了一下脸颊，嬉皮笑脸地问，“对你来说，我和他，哪一个才是隔在中间的人？”

夏天蓝先见到的人是这一个“唐泽禹”，然而当时他们是毫无关系的陌生人。真正建立起了联系的那个人，他的人格此刻正在沉睡。

“在六度空间的理论中，传递信息和建立联系是两码事。你用他的名字建立起来的联系，终究是他的。”夏天蓝用上激将法，暗示他没有自己的名字，只是唐泽禹的“替身”。

然而她的激将法貌似没起到作用，他满不在乎地大笑：“所以下一步，我就去告诉大家，我要做一个叫作Six degrees（六度）的APP，建立陌生人社交网络。”

她狐疑地看着面前这张表情生动的脸：“接下来？该不会是他要去做主题演讲的会议吧。”看来唐泽禹颇有先见之明，果然这一位提前出来捣乱了。

“没错，他以为把PPT删掉就不会出状况了，幸好我早就做了备份。”他得意洋洋的模样倒是让天蓝真正见识了何谓“眉飞色舞”。

通常，人格分离是因为一部分人格被本体用以应对压力。这么一个我行我素随心所欲的“唐泽禹”，更像一个长不大的孩子。他以顽劣的态度去应付这个规则多多的世界，也不在乎本体该如何收拾自己留下的烂摊子。

“你的定位，或者说身份，是他的孪生弟弟吧？”夏天蓝大胆假设，有些双胞胎从小就喜欢玩身份互换的游戏，他们常常共用某个人的身份，自然也包括名字。

听到这句话，他的神色微微一变。“他找到你，可能也是命中注定。”他没有正面回答她的提问，打开车门请她下车，“夏小姐，请下车吧，我不需要你跟去会场。”

说的也是，唐泽禹请她在一旁“护法”只是为了以防万一，眼下这个

“万一”已经发生了，自己确实也没必要再跟随“这一个”。何况，这个人格明显对她缺乏好感，还是得从唐泽禹的核心人格入手。

她下了车，扶住车门问道：“他原来演讲的主题是什么？”

“一个无聊得要死的经销商管理APP。”他表示了强烈的不满，以及不屑，“我的目标是改变世界，不想像他那样。”

“他那样？”她故作不解，摆出疑惑的表情，“是什么样啊？”

他上上下下扫了她几眼：“夏小姐，你很狡猾。不过我不会上当。”

“那，我还有最后一个问题。”她看出他有关车门的意图，赶紧声明。

他虽然不太情愿，还是给了她机会：“What？”

“舒静航，今天的会议她会不会出席？”

“当然，她老爸做风投，整天盯着创业公司呢。这个会议……”他猛然意识到什么，立刻把视线从夏天蓝身上移开，望着前方说道，“不好意思，我赶时间，真的要走了。Bye。”

夏天蓝望着绝尘而去的保时捷，红色的跑车终于“跑”出了和身份匹配的速度。她笑了笑，抛开被求助者的立场，她觉得这一个唐泽禹反而像是真正地“活着”。

他聪明地回避了她的问题，可终究在最后大意地透露了舒静航正是唐泽禹的压力来源。因为这个女生会出席下午的会议，所以他又一次逃跑了。

看来很有必要见见这个名叫舒静航的女生。夏天蓝默默地往回走，一边牵挂着唐泽禹不知在何处沉睡的核心人格。到底是什么样的人，竟能让他如此恐惧！

楚云飞最近有点烦躁，一副对什么事都提不起劲的模样。从清迈回来后，他推掉了几个工作邀约，整天躺在沙发上发呆，唯一的兴趣就是拿着iPad看自己在清迈随手拍的人文照片。

欧楠每次去洗手间或倒水喝的时候，都忍不住瞧他一两眼。楚云飞对她视若无睹，他就那样安静地躺着，像一尊石化了的雕像。

到了饭点，欧楠拿着外卖上楼叫他吃饭，他才懒洋洋地翻身而起，顶着乱糟糟的头发，双眼无神机械地扒拉饭粒。吃完后，他又躺回沙发继续发呆，一句话都不说。

欧楠怀疑他突然患了抑郁症，跑到工作室外打电话向夏天蓝求助。她四下望望，确定周围无人经过，才放心地描述楚云飞的近况。

“夏医生，他会不会是抑郁症啊？”她上网查过相关状况，越看越觉得他符合。

夏天蓝觉得欧楠有些反应过度了：“不能片面地下结论，你们在泰国做过或遇到过什么特别的事情？”

欧楠仔细回想清迈的行程，白天大部分时间他们都和客户方一起行动，晚上他则带她去逛夜市吃小吃看美女，总而言之就是一段工作顺利玩得也开心的旅程。她想了半天，总算找到了一桩能称得上“特别”的经历。“只有一次，Kenny带我单独去了一座寺庙，那座寺庙在一片树林里，人很少，非常幽静。我记得寺庙有一条冥想隧道，他进去坐了很久。”略微迟疑，她忐忑地说出猜想，“夏医生，排除抑郁症的可能，我担心他打算出家。”

夏天蓝差点把一口水喷到电脑屏幕上，出家？以她认识的楚云飞，断然不会有这个念头。“放心，他六根未净，还舍不得滚滚红尘。”天蓝安慰欧楠不要胡思乱想，答应第二天一早就过去和楚云飞谈谈。

“夏医生，谢谢你。”欧楠松了口气。她反应慢了半拍，后知后觉地意识到夏天蓝和楚云飞本来便是好朋友，她过来探望他于情于理都很正常，自己的道谢倒像是和楚云飞有一种特殊关系似的。想到这里，欧楠的脸颊一阵发烫，她匆忙挂断了电话。

她回到工作室，拿起在地铁口收到的外卖单，走到二楼：“Kenny，今天收到一张新的外卖单，我们换一家吃，好不好？”

他的目光在她脸上绕了一下，又收回去固定在天花板上：“你做主吧。”

欧楠看看他，鼓起勇气走上前，把外卖单硬塞到他眼皮底下。“你想吃什么？”她态度强硬，非要他自己选择。

楚云飞表情惊讶，他从来没想到看起来柔柔弱弱像是受惊小兔子的欧楠居然有如此强势的一面。在她强烈的气场压迫下，他乖乖接过外卖单从头看到底：“红烧牛腩饭，再加一个卤蛋。”

还肯吃肉，应该不想出家了。欧楠提着的心，总算放了下来。她下楼打电话订了两份外卖，然后坐到电脑前继续修图。

她下楼之后，楚云飞终于爬下了沙发。他走到栏杆边，俯视下方。

“这些无趣的照片，什么时候要交给客户？”他闷声问道，声音在上下楼层间回荡。

欧楠抬起头：“明天。工作就是工作，不存在有趣无趣的说法。”她稍稍提高了一点音量，对他的话无法苟同。

楚云飞想不到居然会被欧楠教育，讪讪地缩回沙发，嘴里嘟嘟哝哝道：“这么严肃，一点都不可爱。”越想越郁闷，他大喊一声：“啊，还我小白兔！”

欧楠听到他莫名其妙的大叫，轻轻地叹了口气。她对楚云飞的精神状态更为担忧，现在只能寄望夏天蓝帮他渡过难关了。

她默默地抬起眼睛望了一眼楼上，暗下决心不论发生什么事情，首要任务是完成助理的工作，一切以他为优先考虑。

夏天蓝如约而至，不知情的楚云飞打开门的时候，一脸诧异。她上上下下打量他，虽胡子拉碴头发蓬乱，但至少精神状态是正常的。

“你坐一会儿，我先去洗漱。”他三步并作两步跑到楼上。很快，楼上的浴室传来“哗哗”的流水声。

夏天蓝经过欧楠的办公桌，桌上最显眼的装饰便是一个小丑鱼尼莫的毛绒公仔。公仔旁边，欧楠还摆了一盆多肉植物。她不知道它具体的学名，不过看它厚厚的叶子，欧楠一定花了不少心血。

好现象，但愿她在其他事物上能找到新的寄托。夏天蓝听到浴室门打开的声音，只见云飞顶着湿漉漉的头发探出脑袋：“我好了，你上来吧。”

她走上楼，依稀记得上一回来的时候没见过那张长沙发。她指着沙发问他：“新买的？”

“嗯，泰国回来之后。”看他的表情，恨不得现在就扑过去躺平。天蓝觉得欧楠多虑了，楚云飞的毛病用一个字概括就行——懒！

她在桌子下面猛踹了他一脚，楚云飞受到惊吓，白了她一眼问道："夏天蓝，你发什么神经？"

"测试一下你对外界刺激的反应如何。"天蓝端起咖啡杯，"你的助理看你对工作没兴趣，整天躺在沙发上精神萎靡，以为你有抑郁症了。说真的，要是你经常感觉不到愉悦的情绪，注意力难以集中，还觉得自己毫无价值，那真要重视了。"

楚云飞斜睨夏天蓝："欧楠让你来的？"他关注的重点显然不是她描述的抑郁症状。

"是啊，你听到之后，心情如何？"她瞟了他一眼，"她还担心你是不是想出家。"

他笑了，明朗如晴空的笑容。"很开心，"他点了点头，重复一遍，"很开心。"

"那就别让欧楠这么担心啊，混蛋！"天蓝拿了一片吐司咬一口，含含混混说，"不过你还是要警惕，如果没有外部原因就突然感觉悲伤，或者食欲、性欲都持续下降……"她话还没说完就被楚云飞打断，人高马大的男人在她面前脸红脖子粗，期期艾艾道："拜托，你不用说得这么直接，我很正常。"

也对，他不是她的患者，有些话还得避讳。夏天蓝抱歉地笑笑，连忙转移话题："能告诉我为什么忽然对工作失去兴趣吗？你的助理万一问起，我也有答案可以让她放心。"

楚云飞靠着椅子后背，在桌下伸直长腿："我去了一座寺庙，素贴山脚下的悟孟寺。我坐在寺里的隧道，回想这些年我做的事情，觉得都不是我真正想要的。"

夏天蓝能够理解楚云飞的苦闷，他的痛苦始终在于商业化和理想之间的冲突。"云飞，你可以把脚步慢下来的。不用把日程排得那么满，一年中留几个月时间给自己去拍你想拍的东西。"她真诚地看着他，真诚地给出建议，"现在的你，在商业摄影领域，已经不需要再拼命证明自己的才华了。"

楚云飞沉默地听着，默默地握了握她的手。

“谢谢你，今后的路该怎么走，我会好好想想。”他笑了，转身走向沙发，把让人留恋的靠垫全部收了起来。

“记得带上关心你的人一起走。”夏天蓝喝着咖啡，悠悠说道。

五月的下旬，这座海边的城市迎来了连续三天的暴雨。夏天蓝宅在家里不想出门，她提前做了设置，把办公室的电话转接到自己的手机。许是下雨天大家都没心情出门，连着三天都没有咨询电话打进来。

Alex在天气预报发布之后，索性贴出“停业一周”的告示。他买了一张去纽约的机票，声称要去现代艺术博物馆欣赏凡·高的《星夜》，然后潇洒地把手机一关直接玩人间蒸发。夏天蓝对沈旭磊提起时，调侃Alex不愧是“任性的有钱人”。

“你想去看么？”沈旭磊的手环着她的肩膀，趁她不注意，用手指卷着她脸颊旁的碎发玩，“他看凡·高，我们去看莫奈。”

夏天蓝不解，侧过头看着他：“嗯，市内有莫奈展么？”她没听说最近有印象派画展。之前城市博物馆倒是和巴黎几家美术馆联合举办过以莫奈为代表的印象派画展，极富轰动效应，连远在L.A.的她都知道这事。

他收回手，拿起手机打开APP，一分钟后把屏幕对着她。“晚上十一点四十五分有一个航班直飞巴黎，明天下午我们就能去橘园，去奥塞，还有旅行团必到的卢浮宫。”

夏天蓝讶然，虽然各个旅行网站鼓吹“说走就走的旅行”，但她想象不出严谨如他竟也会这样冲动。只能说，有钱人的世界非常人能理解。

“你有签证？”她问了一个比较现实的问题。

“我有多次往返的申根签证，至于你，持美国护照入境欧盟应该免签吧？”

好，签证看来不是问题，时间？反正接下来几天还要下雨，预测也不会有客人登门拜访……似乎没有理由拒绝他的邀请。

夏天蓝指了指外面阴霾的天空，大雨依旧倾盆而下：“你觉得，这样的天气，航班能正常么？”

“所以最好的办法，就是我们现在去机场，然后把去或者不去的决定权交给上天。”他的眉眼带笑，提出的意见既可以说“不现实”，也可以说“很浪漫”。

人生，需要冒险的精神。夏天蓝颔首微笑，应道：“好，我跟你走！”

到了机场，果然因为暴雨造成航班大面积延误，整个出发层到处是焦躁的旅客。相比之下，随性而至的沈旭磊和夏天蓝一派轻松，两人并肩站立在LED大屏幕前，笑眯眯统计多少航班被延误。

“好像，去不成了。”她耸耸肩，能从声音里听出遗憾。按照前面延误的航班数量，就算此刻开始恢复通航，等它们全部起飞都能等到明天上午。看来，上天并没有特别眷顾他们浪漫之举的意思。

沈旭磊轻轻一笑：“不如我们先去机场咖啡厅喝一杯，也许前面的航班一会儿都取消了呢。”

夏天蓝原本打算稍稍打击一下他爆棚的自信心，但到了嘴边的话终究忍住了：“好啊，反正闲着也是闲着。”

咖啡厅同样人满为患，无论收银员还是做咖啡的服务生，个个手忙脚乱焦头烂额的样子。他们走到的时候，正有两个人为了插队纠纷互相推搡，旁边围了一圈看热闹的人。

沈旭磊走上前，一手一个拉开两人：“两位，航班延误大家心情都不好，互相体谅吧。”

“我本来好端端地在排队，他非要插我前面。这是公共场合，有规则的！”其中一人气咻咻指责，另一人不甘示弱，蠢蠢欲动想扑上去重新开战，一边嚷嚷道：“我没插队，我就走开一会儿去看看航班信息，回来他就不承认我排前面了。”

“如果遇到一个动作快的店员，你们的咖啡应该能同时放到柜面上。”沈旭磊朝柜台那边抬了抬下巴，用上强调的语气，说道，“我看那几位小哥动作很快，我敢肯定你们能同时拿到自己的咖啡。虽然航班不知道何时能起飞，至少咖啡不会让我们久等。”他的话引得围观众人会心一笑，柜台后的服务员明白他是为了解围及安抚众人焦躁的情绪，也配合地齐声说“请大家放心”。

沈旭磊走回夏天蓝身边，他们原先排在队尾，这个插曲结束后已经移动到了中间位置。“我很意外你会上去制止他们。”夏天蓝对他的行为表示了赞赏，“我对你的好感又增加了这么多。”她伸出大拇指比了一下。

他笑笑，淡然的神情证明完全没把挺身而出当作一件了不起的事。“让这个世界变得更美好是需要每个人共同努力的，只想一味依赖别人，那就是空想。”他说得轻描淡写，“不过，能增加好感度，倒是一个意外惊喜。”他抓住她的大拇指将她的手按下，顺势握在自己掌心。

夏天蓝低下头，表情羞涩又喜悦。这个男人正在一步步攻占她的心。令人欣慰的是，她的恐慌症状没有再出现过，即使像此刻这般十指紧扣。

他们买了冰拿铁，手拉着手回到出发大厅看最新的航班信息。机场上空的雨势渐渐小了，有几个航班的状态已从“Delayed（延迟）”变为“Boarding（登机）”。见状，沈旭磊的情绪一下子高涨起来，兴奋地说道：“走，我们去巴黎吧。”

她还来不及回答，他的手机铃声响起。沈旭磊看了一眼来电显示的号码，俊美的脸掠过一抹诧异，立刻接听。

他走开了两步，夏天蓝出于礼貌也不便偷听。不妙的预感在心底亮起了灯，隐隐约约闪烁着：他们去不成巴黎了！

果不其然，回到她身边的沈旭磊满脸写着“抱歉”二字，他无奈地笑笑，说道：“不好意思，Summer，我马上要赶去养老院，巴黎之约能不能延后？”

这一次出行原来就是临时起意，与此相比更能引起夏天蓝兴趣的则是他接下来要去的目的地。她侧着头问他：“我能和你一起去吗？”

沈旭磊眼睛一亮，笑逐颜开道：“那我先代他们说一声谢谢，有这么漂亮的姑娘愿意陪大家聊天，一定会心情愉快。”

前往养老院的路上，夏天蓝得知沈旭磊一直利用闲暇时间做公益律师，并且他逐步计划在律所内推公益服务项目，这也是他努力爬上冠名合伙人位置的动机之一。

“我希望律所每年都能接一定比例的公益case，为此付出时间和精力的律师可以有另外的奖励制度。做到冠名合伙人，我才有机会改变原来那一套。”

夏天蓝对沈旭磊不由刮目相看，一个有抱负还兼备责任感的男人，他的内在比外表更吸引她。

“你这么着急赶过去，那边出了什么事？”她才想到还不知晓养老院的状况，连忙问沈旭磊，唯恐到了帮不上忙不说，反倒给他添乱。

“一位陈老伯，子女把他送到养老院之后就不肯来看他，赡养费也好几个月没给，今天又发脾气闹了。”旭磊抚着额头叹气，“我和他的子女沟通过两次，他们不太合作，只怕还得走法律途径强制执行。”

夏天蓝理解他的顾虑，一旦对簿公堂，这份亲情恐怕也大大打了折扣。极为自然地，她联想到了自身：倘若有机会和亲生父母相聚，恨不得天天都能相见，哪有弃之不顾的道理。正想着，只听他说道：“我的母亲早逝，父亲在我通过司法考试正式成为律师那一天离世，我想尽孝也没有机会。”语气黯然，藏着无尽的遗憾。

他的感触直指她柔软的内心，天蓝的眼中不知不觉盈满泪水。她靠向他那一侧，把脸埋入他的肩膀，留下自己的眼泪。

沈旭磊的头侧向她，两人头碰着头，默默感受心头同样的伤感。有些事永远无法战胜，譬如生离死别，奈何没有失去过的人从不懂得珍惜。

出租车将他们送到养老院时，天空居然放晴了。全程旁听两人对话的司机执意只收取一半的车费，对他们说道：“就当我做公益吧。”

出租车消失在视野里，夏天蓝感叹道：“这个世界，终究善良的人比较多。”

“走吧，善良的姑娘，到我们送温暖了。”他拉着她的手，一起朝建筑物走去。

诚如沈旭磊所说，夏天蓝得到了老人们热烈的欢迎。她很快被诸如“小磊的女朋友真漂亮”“小磊是个好孩子，有这么好看的女朋友，真替他高兴”“沈律师帮了大家很多忙，谢谢你们”“一个帅一个漂亮，真是天生一对”之类的称赞声包围，一时有些手足无措。

夏天蓝向沈旭磊投去求助的眼色，后者双手一摊耸耸肩，表示爱莫能助。可她分明看到他脸上藏不住的笑意，证明他对大家的恭维非常喜欢，特别是每个人都认为他们相当般配，这让他十分满足。

算了，由他去吧！夏天蓝放弃挣扎，不忍心给兴致勃勃的大家兜头浇上一盆冷水，再说他们目前的确是在“进展缓慢”地交往。

沈旭磊对她做了个手势表示自己要离开大厅，她知道他是要去单独安抚在房间里的陈老伯，便点点头示意自己能应付局面。

待沈旭磊离开后，笑容甜美的夏天蓝面向众人，正式做自我介绍：“大家好，我叫夏天蓝，今天和小磊一起来探望……”她的话还没说完，右手即被一位坐轮椅的老妪拉住，老人浑浊的眼睛盯着她，颤声问道：“夏天蓝，天蓝，是圣爱孤儿院的夏天蓝吗？”

夏天蓝大吃一惊，低头仔细辨认面前的老妇人。对方的脸上布满皱纹和老人斑，她努力剥除岁月留下的沧桑痕迹，还原出那张脸年轻二十多岁后的样子。“您是，郑院长？”热泪涌出眼眶，夏天蓝激动地用双手紧握住老人的手，弯下腰与她平视，又哭又笑道，“郑院长，我没认错吧？”

“真是你啊，天蓝！”老人非常激动，摸着她的头发不住地说，“好久好久没看到你了，真是越长大越漂亮。”说着说着，她想起了另外一个人，抬起手擦了擦泪水，问道：“小伟呢，他过得好不好？”何家伟满十八岁有了谋生能力后就先行离开了孤儿院，等到夏天蓝高中毕业那一天，何家伟来孤儿院接走她一起生活，从此郑院长再没见过他俩。后来郑院长退休住进养老院，没想到今天居然见到了当初孤儿院的两大传奇人物之一——何家伟与夏天蓝是唯一一对一直没有被领养，年满十八岁才自行离开的孩子。

一句话就勾起了夏天蓝的伤心事，她抱住郑院长，哽咽着说出冷酷事实：“院长，小伟，他已经不在了。”

十分钟后，恢复冷静的夏天蓝推着郑院长回到她的房间，扶她坐到床上。老人的情绪仍处于震惊和悲伤之中，絮絮叨叨念着多年前的往事，不时抹抹眼泪。

何家伟是孤儿院的孩子王，调皮捣蛋的事一件不落，但赢得了上上下下所有人的欢心。比他小的孩子们崇拜他，把他当作可靠的兄长看待；老师们喜欢他，视他为大家庭的长子。天蓝自记事起，从未见过有人讨厌何家伟。

“那年院里失火，你还有印象吧？多亏小伟和你够机警，拼了命把大家救了出来……”老人的回忆将夏天蓝带回恐怖的那一夜，那时她十四岁，白天刚刚得知马上就要年满十八岁的何家伟打算搬出去住。

“我是男人了，以后要靠自己养活自己。”他挺起胸膛，满脸骄傲地宣布。

其实他差不多已经在外面打了两年零工，常常带回各种各样的零食给弟弟妹妹们。天蓝是女孩子里年龄最大的一个，他总是偷偷摸摸塞给她一些漂亮的头绳和发带，让她“要有女生的样子”。

十四岁的夏天蓝不敢相信何家伟竟然会离开，她拽住他的棉衣外套，大半天才憋出一句话：“那我呢？你走了我怎么办？”

“傻瓜，又不是走了就不回来，我会来看你的。”何家伟摸着她的头，“等到你十八岁可以离开的时候，我肯定攒够了你的第一年大学学费，到时候我就会来接你的。”言下之意，如果现在她非要跟着他搬出去住，他无法负担两个人的生活费用，就存不下钱给她交学费。

夏天蓝跺着脚哭闹：“去他的大学，我不读了！”她抓住他的手：“何家伟，你不准抛下我！”十四年来，只有他俩未曾离开孤儿院，她早已将他看作唯一不变的家人。

“喂，女生不能说‘去他的’，要做个有教养的淑女。”他拿电视上学来的那套吓唬她，“你不好好读书，将来赚不到大钱，以后怎么养我啊？”

想想也是，她只是个中学生，除了念书之外什么都不会。天蓝抽抽搭搭回到自己房间，郁闷得连晚饭都没有吃，早早闷头睡觉。

她半夜饿醒，打开门想去厨房找点食物，突然看到走廊尽头的房间蹿出了火苗。住在那一间的四个孩子惊慌失措地冲了出来，只穿着单衣就朝大楼门口跑。夏天蓝愣了一秒钟，转身飞奔到何家伟的房间，一脚踢开门冲进去，拼命摇醒他。

当时正值隆冬，大家都缩在被窝里睡得香甜，对外界一无所觉。何家伟一看火势无法控制，立刻和天蓝分头行动，一间间宿舍闯进去，叫醒大家逃命。

何家伟抱着三岁的小孩跑出宿舍楼，以为全部人员都已撤离完毕。匆匆忙忙清点人数，才发现夏天蓝被困在了火场。他想也不想，回转身重新冲进熊熊燃烧的房子。

走廊里都是火，何家伟大声呼喊天蓝的名字，听到她微弱的回应。他循声跑进屋子，只见她用毛巾捂住口鼻趴在地上，一把抓住他的手。

她的眼睛里满是惊恐，仿佛在质问他为何去而复返，明明已经逃出去偏偏又回来送死！何家伟咧开嘴，拍拍她脸上的湿毛巾，说道："夏天蓝，我不会丢下你！"

毛巾掉落，她哭着喊道："出不去了，小伟，到处是火，我们要死在里面了！"她被烟呛到，又喘又咳。

何家伟把毛巾重新按到夏天蓝脸上，让她用力捂住。"傻瓜，我们才不会这么早就挂。"抓住她的左手，他回头笑了笑，"不要怕，跟着我一起往外冲。"

她的左手被他紧紧地拉着，跟在他身后奋力向出口奔跑。在她眼里，前面的男生就像盖世的英雄，劈开烈火的重重围困，带她逃出生天。

夏天蓝的左手臂疼痛起来，尖锐的刺痛前所未有。她面色苍白，痉挛的手指死命扣住自己的肩膀。那一天，当他们逃出火海，她的肩膀因为何家伟用力的拉扯脱了臼。尘封的记忆终被巨大的痛楚唤醒，这条手臂其实铭刻着那个男孩的誓言：我不会抛下你！

结果，他还是抛下她，选择了赴死。

"何家伟，you are a fucking liar（你是一个大骗子）！"夏天蓝在心底怒吼。假如此时手中有把斧子，她会不顾一切斩断这份用疼痛维系的眷恋。

她不愿意承认自己内心真正的怨恨，来自二十岁这一年再一次被家人抛弃。夏天蓝心里明白，为了能让她出国留学，何家伟什么都可以放弃。

她用谎言欺骗了保险公司，同样也催眠了自己。

沈旭磊在养老院的花园里找到夏天蓝的时候，被她失魂落魄的模样吓了一大跳。“Summer，发生了什么事？”他情急地摇晃她的身体。

她抬起头看着他，散乱的头发覆盖在苍白的脸上，形如鬼魅。夏天蓝勉强扯开嘴角，给了他一个比哭还要难看的笑容：“沈旭磊，带我走吧，越远越好。”

Chapter 13

次天使的柔情

第十三章

次天使的柔情

海边的清晨，出海的渔船在亲人的期盼中顺利归来，并带回海洋慷慨的馈赠。随着第一艘渔船返回港内，船老大站在船头敲起铜锣扯开嗓门吆喝一声“开市喽”，码头顷刻间化身为热闹的集市，还价声、交易声此起彼伏。

夏天蓝坐在防波堤上，海风吹过，她拉紧了披肩。眼前这番充满市井气息的景象生机勃勃，她近乎着迷地看了许久。

沈旭磊迈着悠闲的步子走近，他在天蓝身边坐下，一同眺望烟火人间。

她在养老院对沈旭磊说“带我走吧，越远越好”，于是他将夏天蓝带到渔村——她的亲生母亲出生、成长为妙龄少女的地方。

他们到达时，政府刚刚撤销了防汛警报。平时周末期间被度假客塞满的几家民宿都挂出了“空屋出租”的广告牌，他们选了一家装修风格偏欧式的民宿入住，要了两个房间。

现在的渔村，早已将渔业、餐饮、度假融合在一起共同经营，村民们也向着现代化的生活方式大步前行。饶是如此，村子里依旧保留了几分古旧的气息，古老的祠堂，被青苔覆盖的石板路，以及几户人家到了饭点就会升起的炊烟。

夏天蓝原以为能从祠堂找到母亲这一系的历史，可是世代居住渔村的宗族姓张，江荟澜一家是外来一族。她进祠堂转了一圈，没找到任何有用的线索，怏怏退出。

村子里还有一座香火很盛的妈祖庙。虽然小，但据村里人说“非常灵验”。这一次因为暴雨，前几日出海的渔船都没回来，担心不已的船员家人差不多每日都顶着风雨前来祭拜。夏天蓝和沈旭磊踏进村子不久，便听得锣鼓喧天，村民们纷纷奔向妈祖庙烧香还愿。一打听，两人才知晓原来是渔船发来了准备返航的讯息。

民宿的房东是位热心大姐，姓顾，年纪在四十上下。她把渔村周围能称为“景点”的地方一一介绍，不管他们有没有兴趣一探究竟，她算是尽到了房东的本分。

夏天蓝忍不住向她打听：“顾大姐，有没有听人说起过一户姓江的人家？”

顾大姐想了想，回应道：“我二十年前才嫁过来的，倒是没有印象。”顿了顿，她建议他们到妈祖庙去问庙祝。她说那位老人家快七十岁了，一辈子没离开渔村，如果真有这户人家，他一定记得。

他们找到妈祖庙，庙祝果真记得村里“姓江的一家人”。沈旭磊给老人递了一包香烟，又搬来了椅子，和夏天蓝一同坐在庙门前的空地上，听老人畅谈往事。

远方的海面风起云涌，老人悠悠地喷出一口烟，眯起眼睛说道：“江家的女娃，从小就是村里的一枝花，和她差不多年纪的小伙，个个都喜欢她……”

夏天蓝眼前，仿佛一幕黑白电影，生动地演绎着江荟澜的少女时代。几十年前，在一个贫穷、落后的小渔村，美貌又无知的少女不甘接受命运的摆布。她要改变既定的人生轨迹，唯一的资本只有美丽的容颜，以及不留后路的决断。

这是一个悲伤的故事，因为预知了结局，所以观影的过程显得尤为伤感。走回民宿的路上，夏天蓝神思恍惚，沈旭磊连叫了她好几声才回过神。

“你在想什么？”她一直不说话，他难免担心。江荟澜的故事司空见惯，作为旁观者，敬佩也好鄙视也罢，所有的感受无关痛痒；然而主人公换成自己的亲生母亲，个中滋味也只有当事人自己明白。

夏天蓝在石板路上停下脚步，似乎瞧见穿着青布衫的大辫子姑娘袅袅婷婷从身边经过。她坚定地走向繁华的大都市，再不回头。“我能够理解她的做法，她只是不甘心复制父母的命运，在这个地方虚耗一生。至于我，在那个时候成了她的绊脚石，放弃我再正常不过。”夏天蓝不免联想到自身，她们不愧为母女，在至关重要的命运转折点，都做出了最有利于自己的选择。

“我很感激当年她勇敢地生下了你，即使你度过不快乐的童年，过去的人生没有一件开心的事，我还是很感激你能活在世上。”沈旭磊将她拥入怀中，让她的耳朵贴在胸口，倾听自己有力的心跳，“因为活着，我们终有机会遇见。”

左手臂又微微疼痛起来，但夏天蓝不再理会防御机制的警告。她闭上眼睛，任他的男性气息重重包围自己。

当天晚上，沈旭磊送夏天蓝回到房门口，他礼貌地轻吻她的脸颊道晚安，转身准备回自己房间。就在他转过身的刹那，夏天蓝拉住了他的手腕。

“嗯？”他以为她还有话要说，回头问道。

天蓝的心“怦怦怦”跳得很猛，明亮的眼睛一瞬不瞬盯着面前英俊的男人。咽了口唾沫，克制住心悸，她舔了舔嘴唇，问他：“今晚，你能不能陪我一起？”

这张美丽的面孔，同时混合了脆弱与羞涩的表情，宛如诱惑的毒果，具有致命的吸引力。沈旭磊仿若受到蛊惑，跟着夏天蓝踏进房间。

乳白色的月光温柔似水，他将她抱到床上，轻柔地吻她。

“你还好么？”他能感觉到怀抱中的身躯在轻微地颤抖，放低了声音询问她的感受，“我可以停下的。”

夏天蓝额头冒汗，手臂的痛感相比之前更为强烈。何家伟，你既然抛下了我，何必再多管闲事？就算你活着，我想和哪个男人在一起也与你无关！

她微闭眼睛，虚弱地笑了笑："没关系的，旭磊，我做好准备了。"

有了这一句保证，潜藏的欲望和本能终于露出狰狞的面目。他捧起她的脸，月光下，俊美的面容被邪魅的表情衬托得迷人而危险。夏天蓝蜷起了脚趾，她的每一寸神经末梢都变得极其敏感，随着他狂野的动作陷入兴奋的癫狂之中。

那是法国人形容的"小死一回"，每一次的深入和撞击，都在一点点粉碎夏天蓝的防御机制。她的情绪经历了紧张、恐惧、慌乱，最终让位于人类的原始本能。

沈旭磊靠近的一瞬间，和昨夜有关的记忆统统复苏。她害羞地低着头，苦恼地想：太丢脸了，今后怎么和他相处啊！

他自然地伸手，环住她的肩膀，关切地问她冷不冷。沈旭磊早晨醒来发现夏天蓝不在房内，心里明白她必定没想好怎么面对自己，便给足她时间做心理建设。眼看两人并肩而坐她并无异样，他悬着的心总算安放到位。

"遇见你之后，我常常想，人和人之间的相遇，或许真有命中注定的说法。"沈旭磊望着遥远的海平线，那里水天一色，分不清海洋和天空的界限。

"所以，我是你的命中注定？"接着他的话，夏天蓝鼓起勇气问出口。昨夜才有了肌肤之亲，今天就说这样的对白，他是否认为这是要他"负责任"的意思？她担心地偷觑他，沈旭磊神色如常，压根没往那方面考虑的样子。

他在金黄色的阳光笼罩下，笑得十分开心。"夏天蓝，真的是你啊。"语气倒像是宣布她中了大奖，一点都不正经。

夏天蓝盯着他看了半天，气呼呼地站起来跳下防波堤，大声宣布："我回去了。"

他抬手抓住她的胳膊："生气么？"

“是啊！”夏天蓝回头狠狠瞪他，“如果你不想认真，我能接受昨天晚上就是for one night（一夜情）。大家都是成年人，偶尔来了兴致上个床，不代表什么。”她咬牙硬撑，但彼此都清楚以她的状况万万不可能玩419（一夜情）。上床之前，她克服心理障碍就要大半天，若半途不幸再来个恐慌症状发作，天晓得会不会把男伴吓到从此不举。

沈旭磊起身，站上防波堤。他表情严肃，目光深沉如海：“夏天蓝，从我们认识到此刻，每一分每一秒我都无比认真。你就是我的命中注定，我终于等到你。”

大多数甜言蜜语到最后都逃不脱“讽刺”二字，奈何人性软弱，总以为至少有一两句真心话。夏天蓝站到防波堤上，踮起脚吻住他的唇。

脚下，蓝绿色的海水深不可测。

左手臂钻心地疼，但是夏天蓝将它抛到了脑后。和昨晚一样，她对自己用上了暴露和反应预防疗法，发誓要让恐惧反应永远消失。

何家伟，求你了，放过我吧！

夏天蓝回到市区后，重新开工接待的第一位访客是一名强迫症患者，患者的丈夫正是此前曾打电话咨询问她能否判断精神病的那位。

他后来亲自到访过一次，大致描述了新婚大半年的妻子反常的表现。“她公司的同事都说她是神经病，现在连老板都忍不下去了。”这位丈夫愁眉苦脸束手无策，一个劲哀求夏天蓝帮忙诊断。

“赵先生，您的太太是否自愿接受咨询？”在应允之前，她必须确认患者的意愿。

对方点头如捣蒜，一迭连声地说：“愿意，愿意，当然愿意。”

虽然听起来像是先生的一厢情愿，但夏天蓝仍然同意为他的太太做心理咨询。等她第一次见到患者后，她发现做丈夫的并没有夸大其词。

这位赵太太端庄秀丽，打扮精致时髦，一如街拍大片中的模特。只是她从坐下之后就开始忸怩不安，第五分钟，她终于伸出手，将办公桌上胡乱摆放的水笔一支支收起来，整整齐齐插入笔筒。

“她喜欢整理，这是好事，大家都欢迎。可越来越不对劲，只要看到谁的办公桌不整洁，哪怕是一支笔没有插进笔筒，她都要管。不止管闲事，还要指责别人不懂规矩，到最后还管到了她的老板头上。”

夏天蓝假装没注意到她的举动，把手里的笔朝桌上一扔。果然她又拿起这一支，小心地插进笔筒空隙，最后还用手掌在笔帽上方划过才算完工，夏天蓝判断这最后一步动作是她在感觉所有的笔帽是否都保持在同一水平线。

“你是医生，桌面乱糟糟的，太邋遢了！”她开始训斥天蓝，眼睛冒火，盯着夏天蓝面前歪放着的笔记本。

夏天蓝眼睛一瞪，大声反驳道：“这是我的办公桌，属于私人空间，我想怎么样就怎么样！”在和家属的前期沟通中，夏天蓝了解到的情况是大家都碍于她“有病”不敢过分刺激，从没有人与她争锋相对。

许是第一次遭到驳斥，赵太太先是愣了一下，第二反应则是震怒。她猛地站起来，隔着桌子向天蓝扑过去，扇了她一巴掌。

巴掌声清脆响亮，与此同时施害者也清醒过来，缩回椅子环抱双臂嘤嘤哭泣起来。“夏医生，我，对不起，对不起，我，我，我不是故意的。”她语无伦次，显然这样的暴力反应对于她来说也是头一回，吓坏了自己。

夏天蓝摸了摸脸颊，这一巴掌还挺疼。心理治疗师要面对各种各样的心理障碍者，透过拳头和骂声，她看到的只是患者心底的痛苦。说起来做这一行的人，没有一点圣人心和奉献精神，还真坚持不下来。好在，真正严重的暴力倾向者多半已经关在精神病院，来心理咨询室做治疗的患者，绝大部分都能控制自己的情绪，算是不幸中的万幸。

“结婚之前，你和父母一起住？”夏天蓝开口询问，递给她一张纸巾擦眼泪。患者家属说起过自己的丈人家，窗明几净纤尘不染，所有的东西都摆放得井井有条。两人结婚后对于新装修的房子一度十分爱惜，几乎天天打扫整理，后来因为惰性先改为一周扫除，最后变成三周才扫除一次。本来相安无事，直至三个月前丈人来家暂住数日，之后妻子就变得强迫症上身，半夜三更都会起床整理东西。

赵太太擦干眼泪，胆怯地回了一个“嗯”。

“整理房间，或者大扫除，在家的时候是和父母一起做么？”

“是，我们一般每周一次大扫除。风沙大的日子，两天就要打扫一次。”纸巾被她抓破，她看着桌面上掉落的白色纸屑，用自己的手将碎屑聚拢到桌缘，扫下来用另一只手接着，“夏医生，我想扔垃圾。”

天蓝把桌下的垃圾桶踢向她那一边：“你们一家真是少见的勤快。”她先给予赞美，话锋一转接着问：“你小时候，也这么勤快？”

她像是想起了不好的事情，脸色慢慢阴沉。天蓝又问了一遍，她才带着几分厌恶的表情，冷冰冰回答：“我小时候，比较懒。”

夏天蓝笑笑：“我也是啊，看来大家都差不多。”

赵太太飞快地看了一眼夏天蓝。“你肯定和我不一样。”她垂下了头，看着脚旁的垃圾桶，“我爸爸脾气不好，会打人。”她梳理支离破碎的记忆，回忆起年幼时好几次因为没有收拾洋娃娃或整理好书包被父亲责打的往事，越说越细声。

她的强迫症和暴力倾向的成因基本明了，天蓝心底滋生了一丝愤怒，对那些专制型的父母。“陈丽萍，”天蓝直呼她的名字，“你已经是成年人了，有了自己的家庭，把日子过成什么样，决定权在你。至于你的爸爸，我敢保证，他没办法再动你一根手指。”

陈丽萍默默望了夏天蓝很久，终于用双手掩住脸，失声痛哭。

夏天蓝不再多说什么，把纸巾盒放到了陈丽萍面前。

类似陈丽萍这样的强迫症患者，不管背后的病因多么复杂，夏天蓝基本都能追根朔源找到症结所在，进而有针对性地做治疗。但有一类患者，她却只能建议他们转去正规的精神科进行药物治疗，譬如王焱的妄想症。

王焱预约了周一下午两点进行心理咨询。夏天蓝送走赵氏夫妇没过多久，就听到远处钟楼敲响两点的钟声，门铃声随即也响了起来。

打开门，夏天蓝的面前站着一个中等个子容貌普通的男人。“夏医生？”他声音温和，神态平和且笃定。

“我就是。您是王焱王先生？”

他点点头，本人的气质和电话咨询时的那个人略微不同。她记得他打来电话的开场白："做你心灵的聆听者，驱赶你内心的不快乐。我说夏医生，你真的有这本事能把不快乐赶跑么？"隔着手机，他哈哈大笑，玩世不恭的语气。

起初，夏天蓝以为这是一位收到广告扇之后闲着无聊打来电话消遣的普通人，正打算敷衍两句就挂断电话，对方的一句话却引起了她谈下去的兴趣。他说："Mind your mind，有意思。"说的正是她执意要印在广告扇上的那句话，夏天蓝免不了兴起一份被"认同"的感觉。

他们约定了面谈的时间，他特意选了工作日的下午，说是地铁人少比较安全。

走进夏天蓝的办公室，王焱走到栏杆处往下张望，笑着说："我没猜错，下面果然是酒吧。"他舔了舔嘴唇，露出神往的表情，补充道："我很久没去酒吧了。"

"为什么，怕遇到你说的那些'偷时间的人'？"她问道。王焱在电话里声称自己发现了一些"偷时间的人"，她第一反应是他看多了科幻片，产生了妄想。

王焱走回到办公桌前坐下，端起水杯喝了一口。"夏医生，他们真的存在。"他用上了强调语气。

"你提到的《时间规划局》这部电影，我在美国看过。你见到的他们，也和电影里一样通过杀死对方窃取时间么？"

王焱摇头否认："夏医生，电影可以那么演，现实世界里杀人是犯法的。被处以极刑的话，偷来了时间又有什么用？"

他的思路清晰，不像是混淆现实和电影的人。夏天蓝鼓励他继续说下去："哦，那他们怎么偷的？"

"他们会靠近你，装作不小心碰到你的手，你的时间就不知不觉被他们偷走了。"他神秘兮兮地解释。

听他的描述，显然把无意的肢体接触当成了阴谋。夏天蓝在笔记本上写了几个字，继续问道："你遇到过？"

“没错。”王焱给出了肯定的答复，“那天我在地铁上，一手拉住扶手，一手在刷朋友圈。突然，我感觉到有人在碰我的手，我回过头，发现身后站着一个年轻男人。”他打了个寒颤。“夏医生，我从没见过年轻人有这样苍老的眼神。”

夏天蓝的兴趣来了：“能具体形容一下吗？”

“他大概二十岁出头，脸上还长着青春痘。本来我以为他是无意间碰到了我，看了一眼就回头了，可是马上我就发现不对劲。地铁虽然挤，但拉着扶手和吊环的人并不多，他偏偏要碰我的手！”他的情绪激动起来，声音也变得尖锐，“我以为遇到了变态，就从车窗玻璃看着他，发现他又去碰了碰旁边姑娘的手。”

他抓起杯子，连喝了几口水，接着说道：“他发现我在看他，对着车窗玻璃上的我笑了笑，那个笑容，该怎么形容呢，就是又恶毒又诡异，好像在说‘你抓到我了，但是你能把我怎么样’。于是我又回过头去打算喝问他，就在这时我看清楚了他的眼神……”王焱顿了顿，额头沁出了冷汗：“他的眼神像是一个老人，而且是很老很老，好像活了几百岁的苍老。那一刻我明白过来，他刚刚偷走了我和那个姑娘的时间。”

“那天之前，你是不是恰好看了《时间规划局》？”天蓝依然认为王焱的妄想来源于科幻电影。在那部电影里，时间的转移正是通过手臂的接触完成。

他也意识到了这一点，换了一副气愤的表情，激动地说：“夏医生，我很明确地告诉你，我没有胡思乱想。你想想看，为什么有些人明明几十岁了却一点都不显老，这就是偷了别人时间的证明！”

天蓝无奈地笑笑：“除了地铁里遇见的那一个，你还见过其他偷时间的人么？”

“有，公司那栋楼里，好几个呢。”他压低嗓门，“所以我辞了工作，留在家里最安全。”

王焱告辞离去的时候，夏天蓝问了他最后一个问题：“为什么会来找我？”

他微微一笑："夏医生，拿到广告扇那一天，是我在公司的最后一天。我认为，你应该知道这件事。"

夏天蓝望着他远去的背影，心里有难过，也有遗憾。她给了他建议，不过看他对自己那番妄想深信不疑的模样，肯定不会接受。

她是一介凡人，不是拯救众生的神。

沈旭磊的公益项目计划得到了秦德辉的首肯，决定在下个季度的合伙人会议上作为正式议案表决。他视为导师的男人拍了拍他的肩膀，语重心长地说道："旭磊，我让你升级为冠名合伙人，这个决定果然没有错。"言下之意，颇有交班给他的意思。

他镇定地走回自己办公室，关上门放下百叶窗，才兴奋地挥舞起拳头不断转圈。三十四岁，有前途光明的事业，有美丽的女友，他的人生看起来光鲜亮丽完美无憾。

冷静之后，沈旭磊坐回办公桌，给夏天蓝发了三个字——想你了。

她立刻回了一个表情符号，间接表明现在并没有接待来访者。旭磊拨通她的电话，挑衅地说道："夏医生，只是回一个表情，太敷衍了吧。"

"哦？"她的笑声传入他的耳中，"那么，好感动，谢谢你惦记着我。Enough（满足了）?"那个英文单词，她报之以同样的挑衅语气。

他靠着椅背转了半圈，窗玻璃下方的世界，路人渺小如蚁。在蝇营狗苟的世上，遇见一个与众不同的女人，多么幸运的一件事。

"我的提案得到老师首肯了，下次的合伙人大会将作为正式议案表决。"沈旭磊想第一时间和天蓝分享喜悦，这才是他打电话的终极目的。

"Well done.（做的好）"夏天蓝真心替他感到高兴。她了解沈旭磊的理想，赚钱不过是其中一部分，他成为律师最原始的驱动力是帮助别人讨回公道，就像他的导师当年为他父亲所做的那样。"晚上去庆祝一下，我请客。"她翻开笔记本找到记下的地址和餐厅名字，和他约了直接在餐厅会合。

那是市内有名的法国餐厅，米其林二星。沈旭磊暗暗咋舌，或许自己在夏天蓝心里也属于“与众不同”。

他又想起渔村的夜晚，至今仍有不可置信的感觉。那天半夜他醒过来，看到她抱着双腿坐在身旁，黑色的长发覆盖着洁白如玉的身体，在月光下美得就像一座活过来的雕像。

他半撑起身子，摸了摸她的手臂，问她是不是焦虑症发作了。

她看着他，幽幽问道：“旭磊，我妈妈没有对你说过其他亲戚的下落么？我的外公、外婆，还有和他们有关系的那些人，他们又在哪里呢？”

“你，”他迟疑了一会儿，犹豫着问，“怎么突然想到这个？”

“第六感。”夏天蓝翻下床，走到窗口望着外面寂静的村庄。“人和人之间有无数隐藏的联系，偏偏她没有？这不合理！”她回过头，“除非，她不想让我和那些家人建立起联系。她承认了我，可还是把我当作自己人生的污点。”逆光而立的她，让人无法看清脸上的表情，但声音里的伤感他能听出来。

他走上前拥抱这个悲伤的女人，一遍遍告诉她“我就是你的家人”，直到天蓝在他的怀抱里恢复平静。沈旭磊在感情和职业道德之间摇摆不定，最终还是保持了沉默。虽然他无法理解也不认同江荟澜拒绝夏天蓝与其家人相认的做法，但她是委托人，他必须尊重委托人的意愿。

此时，感受到天蓝的情意，沈旭磊产生了强烈的愧疚感。他知晓江荟澜的秘密，然而不能告诉任何一个。

“对不起，Summer，其实你有家人的。”沈旭磊只能对着空气诉说秘密。

晚上，沈旭磊和夏天蓝同时到达餐厅门口。她特意打扮过，穿了一条小黑裙，长发盘成发髻，用珍珠项链在发髻底部绕了一圈作为装饰，整体造型优雅大方。

“不要告诉我这是你的上班着装，否则我会深深嫉妒那些心理障碍患者。”他轻佻地吹了一声口哨，半真半假地调侃道。

夏天蓝笑眯眯地接受了他的恭维：“和沈大律师在米其林二星餐厅共进

晚餐，我当然要为你增光。”

她的手臂伸进他的臂弯，两人并肩走进餐厅。

“Summer Xia，我预定了晚上七点的两人座。”她对领位员说道，随后指着某一张桌子补充道，“我想要那两位女士旁边的桌子，我们第一次约会就坐在那里。是不是，亲爱的？”她冲着沈旭磊甜甜一笑，煞有介事的样子。

沈旭磊下意识地望向她指定要的餐桌，既不是餐厅正中间的位置，也不是能看外面风景的靠窗位置，他不明白她此举用意何在。视线转向邻桌，两名年轻女子正在用头盘，和天蓝一样身穿小黑裙。

Coco Chanel（加布里埃·香奈儿）说“如果你不知道穿什么好，那就穿小黑裙吧，它永不会出错”，于是全世界的女人都奉为时尚圣经。沈旭磊笑了笑，跟着领位员和天蓝走到那张“特别的”桌子。落座之后，他似乎看出了一些端倪——天蓝的位置，刚好能将隔壁桌与他坐同一侧的女子尽收眼底。

他朝天蓝使了个眼色，无声地询问她的目标是不是那名女子。天蓝以最小幅度点了点头，手伸到桌面中间写了三个字，然后拿起了菜单。

舒静航，她和夏天蓝有什么关系？沈旭磊完全摸不着头脑，唯一能够确定的就是这一顿饭，他可以吃得心安理得了。

夏天蓝从“正常的”唐泽禹那里了解到舒静航的行程，她今晚会和闺蜜庆祝相识十周年，预定了市内最好的一家法国餐厅。天蓝研究了舒静航的其他安排，找不到更好的近距离观察机会，也不可能让唐泽禹带她到咨询室进行一对一聊天，所以咬咬牙决定奢侈一把。

唐泽禹所言不虚，舒静航就是那种名副其实的大家闺秀。她明显受过良好的西餐礼仪教育，刀叉顺序一点不乱，连喝汤都是由里向外舀，喝完之后调匙放于碗内，调匙手柄放在右侧。

她同样也遵循儒家教义——食不言，就餐过程安静不发一点声响，只在等菜间隙才与同伴低声交流数语。夏天蓝的位置看不到舒静航同伴的完整面部表情，不过从她的坐姿和紧绷的下巴线条不难推测，面对舒静航的时候，她很拘谨。这，不像是闺蜜间的聚会，反而像上下级的一次工作聚餐。

天蓝的视线再度转向舒静航，这个女孩眉目如画，仅看五官，仿佛从古代仕女图走下凡间的女子。她的美理应走温婉如玉的路线，偏偏她气质过于冷冽，坐在那里就有一种“不怒自威”的气势，即便连相处十年的闺蜜都觉得不自在，何况才认识两个月的唐泽禹。

她心不在焉地切开牛排，思绪全围绕着唐泽禹，不小心错拿了沈旭磊的红酒杯。见状，旭磊出手按住她的手，笑着说道：“不好意思，这是我的。”

夏天蓝尴尬地松开手，转向另一杯酒。沈旭磊斜眼望向邻桌，两人正翻着菜单选餐后甜品和饮料。

“晚上就不要喝咖啡了，喝红茶。”沈旭磊同侧的女生开口说话，嗓音里透着一股不容拒绝的严厉。

对面的女孩顺从地点头应允，可是看她的表情，隐隐刻着“忍耐”二字。沈旭磊不清楚邻桌二人的关系，单看这一幕，他猜测她们可能是上下属。

直到她们结账离开，沈旭磊挑起嘴角，问对面的女子：“你的观察日记完成了么？可不可以把注意力转到我身上？”

“对不起。”夏天蓝意识到错误，立刻道歉，“说好为你庆祝，是我不对。”她举起酒杯，笑盈盈祝他心想事成。

他举起杯子接受了她的道歉。“刚才那位女士，她是你的病人？”虽说两人心照不宣避谈各自工作内容，但今日是她打破潜规则将工作带入约会，他好奇询问也在情理之中。

沈旭磊的问题并未引起天蓝反感，可见此名女子并不受保密原则限制。她摇摇头给了他一个否定的答复，反问道：“如果你认识她，会不会想和她交往？”

他皱眉，谨慎发问：“这是一道陷阱题？”她应该不会无聊到用这个问题测试我的忠诚度吧，沈旭磊心想。

夏天蓝扑哧一笑：“当然不是。哦，对了，她会拉大提琴，能加分吧。”

尽管仍然不明白夏天蓝想做什么，沈旭磊还是回答了她。“我只听到部分对话，得到的印象难免武断。”他先说明判断前提，以示自己的看法或许存在偏颇，“我觉得和她交往，不会是有趣的体验。”

沈旭磊的感受和夏天蓝差不多，舒静航严肃又严厉的形象很容易让人联想起专制的父母。结合唐泽禹另一人格对舒静航的抵触情绪，天蓝基本能确定他的童年过得并不愉快，更严重一点也许遭受过体罚。

那么多父母双全的孩子，同样过得不快乐。

夏天蓝微微一笑，心里的空洞被补上了。

Chapter 14

身世的秘密

第十四章

身世的秘密

Alex晚归了一周，回来的第一天，气象台不仅又挂出了暴雨警报，这一次还顺带捎上了台风。他的“悲惨”际遇换来夏天蓝毫不留情的讥笑，并赐予了他一个新的封号“雨神”。

他温和地笑笑，并未把她的调侃放在心上。他从吧台后拿出一个盒子递给她：“给你的礼物。”

“这可不是一个好习惯，你送了我礼物，下次我出去玩的时候就会多一件事，成天琢磨要回赠你什么样的礼物，很累呢。”话虽如此，夏天蓝拆包装盒的动作丝毫不慢。

Alex的礼物是一块木版画，相当于iPad大小的一块木板上，繁花似锦。花叶的纹路栩栩如生，刻工的刀法相当了得。在花丛中，有四只小鸟悬停在空中汲取花蜜，张开的翅膀和身体上的羽毛，逼真到极致。

“哇！”天蓝发出一声惊叹，“好漂亮的版画，这刀刻的功夫，太棒了。”她拿着木板翻来覆去全方位欣赏，喜爱之情溢于言表。

“你喜欢就好。”Alex一如既往，也没因为她喜欢自己送的礼物产生多余的情绪波动。夏天蓝的注意力暂时离开版画，瞥了他一眼，无奈地叹气。

“我很喜欢，可是感觉你更需要它。”

Alex慵懒地靠着吧台而坐，懒洋洋地抬起眉眼，悠悠地笑言道：“我的过去没什么值得留恋的。倒是你，要挖开病人的过去才能给他们崭新的未来，愿蜂鸟为你加持力量。”

“就冲你这句话，我不把它挂到墙上，简直对不起你大老远带回来的情意。”夏天蓝看了看木板背面，黑色油性笔书写的“LIMA”四个字母清晰可见，“你去了秘鲁？”

“还有阿根廷和火地岛，差一点想买船票再去一次南极。”他说话的口气平平淡淡，让人连想要嫉妒他有钱又有闲的念头都不敢有。这个男人，他的声音里找不到一丝一毫的热情，就算他去过那么多地方，世界在他眼里依旧是毫无乐趣的样子。

他的照片墙里确实有几张在南极拍摄的企鹅，分别是帝企鹅、王企鹅和巴布亚企鹅。她不好意思什么都问Alex，遂自己偷偷查资料进行对比，总算知道这三种企鹅各自的名字。

“世界尽头的灯塔，它还在么？”夏天蓝笑嘻嘻地问，尽力想引起Alex交谈的兴趣。她最早知道乌斯怀亚是通过张国荣和梁朝伟主演的那部电影《春光乍泄》，张震一个人站在能望见南极大陆的灯塔上，把黎耀辉的痛苦永远留在了世界尽头。

即便觉得她的问题幼稚可笑，Alex依然耐心回答：“是啊，它居然还在呢。”他回忆起第一次到达乌斯怀亚的情形，等待“Last minute（最后一刻）”特价船票准备去南极探险的人们在酒馆、餐厅里欢声笑语，素不相识也能称兄道弟。他从人群中悄然退出，一路走到海港眺望远方的灯塔。晚霞染红了整个比格尔海峡，世界的尽头美得如同仙境。

那一刻，他想起了电影里的对白，想起了远方的城市，想回家了。

“我大概五年前去了乌斯怀亚，很自然就想起那部电影。”超强的记忆力此时发挥了作用，夏天蓝毫不费力念出了张震的台词，“1997年1月，我终于来到世界尽头，这里是美洲大陆南面的最后一座灯塔，再过去就是南极。突然之间我很想回家，虽然我和他们的距离很远。但那分钟，我和他们的感觉是很近的。（出自王家卫导演的《春光乍泄》）”

她脸上的笑容带几分讥诮：“我望着满天的彩霞，努力想搞明白‘想家’究竟是什么感觉，可惜没有成功。”面对他诧异的目光，她大大方方承认：“我是个孤儿，一直没被领养，从某种意义上说几乎就是个没有家的人。”

“几乎？”Alex注意到她的用词，略有疑惑。他没想到她身世坎坷，一时间不知说什么话安慰她才好。

“有一个男孩子，我们像亲兄妹那样一起长大，我一直把他当成家人。”夏天蓝第一次向外人提及何家伟，诉说对象是她此前从没想过的那个人。但不知怎么回事，许是因为大家都去过世界的尽头，产生了“共情”心理，这些话自然而然就说出了口。

“难道是Wilson？”Alex没见她身边有其他男性出没，唯一能产生联想的人选只剩沈旭磊了。

夏天蓝想笑，但越来越多的伤感堆积在心头，她笑不出来。“他死了，自杀。”自欺欺人的谎言说了十三年，是时候承认真相，让自己得到解脱。

倘若前几分钟Alex还能平静地接受她是孤儿的事实，那么听到这句话的Alex再也无法掩饰内心的震惊。他们过往的经历竟如此相似！

他注视着她，脸上有刻骨的哀伤和自责：“我以前骗过一个女生，她后来自杀了。”说出压在心头多年的秘密，他的身体、灵魂都像经历了一场洗劫，仿佛被掏空一样。Alex向后靠住吧台，抬手掩面，身体不由自主地颤抖。

压抑的哭声回荡在室内，夏天蓝咬着唇表情复杂地望着Alex。他的冷淡疏离，他对世界欠奉的热情，他对过去的厌恶悔恨，统统都找到了答案。没有一个内心尚存善念的人能够背负这般深重的罪孽，他既没得抑郁症也没其他心理障碍，已经要感谢上天的宽容了。

夏天蓝承认自己偏心，为Alex自杀的女生与她素不相识，她最多表示惋惜；但Alex是她的朋友，他已然为此悔恨不已并被剥夺了快乐的权利，她怎忍心继续谴责。所以，天蓝上前一步，将他拥入怀抱。

她不说话，只是静静地抱着他，无声地给予安慰。

温软的女性怀抱熟悉又陌生，被强行压制多年的本能悄然苏醒。Alex伸出手，紧紧地抱住夏天蓝。

他不记得是谁先开始，等他们反应过来的时候，他正在吻她。

她的嘴唇香甜柔软，醉人的芬芳令他沉迷其中。Alex一个反身将怀中的女人压向吧台，他的唇沿着她修长的颈项向下探索。

锁骨落入这个男人唇舌的控制领域，她的身体承受不住敏感点被一再地撩拨向他弓起，宛若献给恶魔的点心。理智全面撤退，她搞不清楚如何会发展到这一步，混沌中唯一能够确定的是不想喊“停”。

他一颗颗解开衬衣纽扣，手指的动作不再有半分迟疑。黑色衬衣下面，是黑色的蕾丝内衣和雪白的肌肤，黑与白鲜明对比，给了视觉最强烈的冲击。

Alex抬起头望着夏天蓝，狂乱的眼神包含征服的欲念，他想要她，单纯地想要她！

“May I（我可以吗）?”舌尖刷过唇瓣，低沉的声音带着挑逗。与其说他在征求她的同意，不如直接说他在诱惑她。

夏天蓝的喘息渐渐平复，她向后仰着头，看到吧台内侧墙壁上的蜂鸟照片。“No.”她明确地拒绝了他。

“Are you sure（你确定）?”他再度确认，以为她在玩欲擒故纵的游戏。

“Alex，我不是你的救生圈！”夏天蓝直起身体，大声喊醒他。似乎担心仅凭语言和声音还不足以让他清醒，她又伸出手握住他的肩膀猛力摇了他几下，喘吁吁地命令他“自己爬出来”。

她的声音仿佛一道光，照进了黑暗绝望的内心世界。那个被困在悔恨泥淖中的自己正抬起头仰望这道光，终于意识到人生存在其他可能。

他望着眼前半裸的女人，欲望却如同潮水一般退得干干净净。Alex抬手替她拉拢衣襟，低声说道：“对不起，Summer，我冒犯了你。”

“不，不要说抱歉。我们是朋友。”她不过是在最后关头才出声阻止了他，前面的过程她也有一半的错。夏天蓝想了想，说道：“要是你心里难过，欢迎随时找我倾诉。不过，”她的手指朝二楼指了指，“得是在那里。”

Alex尴尬地点头，手足无措地站着，无地自容。他一直把夏天蓝当朋友看待，可刚才发生的事实证明——他的潜意识始终认为她是一个魅力非凡的美丽猎物。

走遍天涯海角，他想逃避“过去的自己”，然而那个男人狩猎的本性依旧流淌在血液里。Alex走回吧台内，背对着夏天蓝，他的恐惧写在脸上。

背后的她，轻声地说道：“还有一件事，我和Wilson在一起了。”

他用力做了一个深呼吸，转身面对她时，戴上了平日微笑的面具：“恭喜你战胜了焦虑症。”

战胜么？我只是不再care它，努力忽视它对我的影响罢了！夏天蓝无奈地想。她没有说出真相，笑着接受了他的祝贺。

可惜，这个男人也许永远没机会知道：就在方才那几分钟里，她的恐慌症状一点都没发作，并且她喜欢这种被人深深需索的感觉。

台风登陆次天使之城的那天早晨，夏天蓝在花园里做拉伸运动，只觉风大得能把人吹走。她原本并未把气象台发布的台风警报当一回事，还打算出门去一趟咨询室和欧楠聊天。据说她以前合作的私家侦探发来了消息，声称发现了乔浩然的行踪。她赶紧躲回屋里，打电话给欧楠沟通是否更改预约时间。欧楠像是难以启齿，吞吞吐吐说道：“夏医生，今天能想办法见一面么？我很苦恼，不知该怎么处理。”

乔浩然，乔浩然，还是为了乔浩然！夏天蓝叹了口气，望望外面的天色，再想想周边的咖啡店似乎并没有适合面谈的私密空间，她犹豫了一会儿，终于决定为欧楠破一次例。

“到我家来吧，地址我发消息给你。”沈旭磊曾说过家里的书房适合做咨询室，今日暂且拿来做应急之用吧。

夏天蓝挂了电话，把地址发给欧楠。她看着欧楠的头像，那是一张在夜里散发蓝色光芒的沙滩照片，欧楠告诉她这是美人鱼岛的“蓝眼泪”。

“那是一种蓝色会发光的微生物，细小如沙，它的英文名叫作Blue Sand。一旦离开海水，它们的生命最多只能存活一百秒。”欧楠说这些话的时候，有少许伤感。

“又是和乔浩然有关？”夏天蓝的关注点在于她用这个作为头像背后的用意。

欧楠不好意思地笑笑，尴尬地说：“夏医生，浩然当时对我说‘世上千变万化的美，到最后都会成为同样丑陋的尸体’，我总觉得那是他在警告我不要被美丽的表象迷惑，包括他在内。”

夏天蓝走到书房，打开一扇窗流通房间里的空气。肆虐的狂风找到了入口，猛地涌入室内，她被大风吹得往后倒退了一步。

这种天气，乖乖躲在家是明智的。你看，就连市政府都发出全市放假的通知啦！夏天蓝为自己的破例找到借口，安心地接受。

欧楠在一个多小时后到达夏天蓝家里，全身湿透，像是到海里游了一圈。狂风大雨的天气，路上的出租车几乎每一辆都有人，专车加价到二十元都无人响应，她只能顶风冒雨走到地铁站。雨伞根本没用，几次被大风吹得向上“开花”后，伞骨断了三根。欧楠勉强遮着头顶，在暴雨中一路狂奔。

地铁里，冷气开得很足。湿透的身体被冷风一吹，她冻得直哆嗦。看来，今天的确不适宜出门。

市政府昨天就发布了全市放假两天的通知，楚云飞也让她提早下班，并且叮嘱她回家之前先买好两三天的口粮，以防外卖不送。

“那你呢？”欧楠担心地打开冰箱查看食物储备，“牛肉、鸡腿都有存货，你记得再去买些蔬菜。”

“我知道啦，你这个小助理做得还真尽责。”楚云飞嘟哝了一句，把她赶下二楼，“快回家去，万一台风提早登陆，我这里可没多余的房间。”

“你自己当心。”欧楠临走前又对他喊道，“别发神经去拍台风登陆。”要是这里还有客房，她可能真的会留下实行紧迫盯人，不让他出去冒险。

欧楠在地铁里想到楚云飞，心想要不要打个电话确认他是否留在工作室？拦住老板不让他自毁应该属于助理的工作吧！

她看着通讯录里楚云飞的名字，想了想还是收起手机。算了，万一被他发现自己在地铁上，少不了也要被唠叨一番。

从地铁站到夏天蓝的住处，大概二十分钟路程的样子。才出地铁站，一阵大风险些吹倒欧楠。她身材娇小，在网上流传的“抗台风指南”漫画里属于风吹即倒，出门得抱着大树的那一类型。

她花了半个小时，辛苦地走到夏天蓝家。望着铭牌上的“夏宅”二字，欧楠在心里咂舌：原来夏医生真的住这里，好有钱！

欧楠的父亲生前从事艺术品拍卖，留给她一份数目颇为可观的遗产，以前的她对金钱缺乏概念。这些年为了追寻乔浩然耗费重金，她才逐步建立起正确的金钱观念。有一阵子欧楠还打算出售居住的房屋缓解资金压力，所以对市内各地段的房价了若指掌。现在知道夏天蓝居住此处，想当然认为她家境富裕。

欧楠按响门铃，很快铁门就打开了，展现在眼前的白色三层小楼精致美丽，仿若小时候她梦想中的屋子。

夏天蓝在门口欢迎她，准备了一双可爱的蓝色拖鞋。她一见欧楠浑身在滴水，转身急匆匆跑进一楼的浴室，拿了一条干爽的大浴巾跑回来。

“你先擦干吧。”夏天蓝悄悄叹了口气。她心底隐约有不安，毕竟此前从未和来访者建立如此“亲密”关系。须臾之间几个月前那位偏执狂患者的身影又浮现在眼前，她不自禁朝后退了一步。

欧楠站在门口擦了头发，用浴巾裹住自己的身体。她抱歉地笑笑，怯生生地说：“夏医生，打扰你了，但我真的需要你帮我做决定。”

每每听到这样的求恳，夏天蓝总忍不住心软。她带着欧楠走到书房：“你先坐一会儿，我去倒杯热水。”

欧楠打量着夏天蓝的书房，对她的博览群书由衷钦佩。在人人都低头玩手机的时代，能静下来读书的人越来越少了。待夏天蓝拿着茶壶和杯子回来，欧楠立刻表达了敬佩之意：“夏医生，这么多藏书，你一定花了很多心血。”

天蓝一怔，随即笑开。“你误会了，这些书都是我母亲的收藏，她留给我继承而已。”

“对不起，夏医生，我唐突了。”楚云飞从没和她说起过夏天蓝的身世，欧楠才知道她的家人已不在人世。一时间，她对夏天蓝产生了同病相怜的感受，从心理上又拉近一点距离。她悠悠叹道：“我的妈妈也不在了。”

上一次欧楠提起母亲，只说她与父亲离婚，甚至不用“妈妈”称呼她。今时今日再次提及，天蓝认为这是一个进步的讯号，意味着多次聊天之后，欧楠心理上的障碍正在被消除。这是夏天蓝对这份职业所抱持的使命感——不管过去如何悲伤，让每个人都能拥有幸福的未来。

欧楠端着热水杯子在沙发上落座，温暖从手心传到身体，整个人都暖和起来了。“夏医生，我一直在犹豫，要不要飞去纽约。”她神色苦恼，明显感到心态的改变。若是从前，哪怕仅仅是一个未经证实的消息都能令她奋不顾身，但是眼下虽然刘侦探信誓旦旦在肯尼迪机场的入境处查到了乔浩然的名字，她竟犹豫不决。

“你确定消息来源真实可靠吗？”

她忙不迭点头：“上次回来时，我和刘叔叔说过没钱继续了。他这次为了另一件case去纽约查线索，没想到发现了浩然的踪迹。”

“那你为什么犹豫？”天蓝向她倾身，逼问道，“你之前失眠，不就是因为被迫放弃追踪他？”照以往的经验，欧楠对乔浩然的执念目前到了关键阶段，她终于自己意识到一味沉浸在失去的恋情中并不能得到什么。

欧楠退缩了，她垂下头盯着水杯，低声说：“我，我不知道。”

“你心里明白的，一边是过去的恋人，你自己清楚就算找到他，你们也不可能重新开始。”夏天蓝神情放松，用闲话家常的语气，娓娓道出欧楠内心的矛盾，“另一边是你现在的工作、朋友，你发现即使人生没有他，也能过得下去。”

她默然不语，一脸被看穿的难堪。只听夏天蓝接着说道："你经常做的那个独自一人被留在地球上的梦，我说过它代表你的孤独感。有些人孤独是因为找不到同类，而你，"她淡淡一笑，"你想要的，是陪伴。"

欧楠握着杯子的手一抖，晃了点水出来。她张了张嘴想说什么，最终化为一声叹息。

"乔浩然的出现弥补了长久岁月里你的心理缺失，一旦失去他，你无法接受再回到一个人的世界。你找他要答案，其实他有没有爱过你，很重要么？很多时候，大家都会用善意的谎言让彼此好过一点。"

最初那一年，寻找乔浩然成为她活下去的动力。一百万没了就没了，她想亲自问问他：究竟有没有爱过我？

二十岁生日，乔浩然带她去了巴黎。他给她机票的时候，欧楠先是惊讶，继而是大大的惊喜。

"总有一天，我能给你全世界。"他的眼中，满是对她的温柔和宠溺。

那并非欧楠首次踏出国门，以前父亲去欧洲谈艺术品生意，她跟着去过巴黎几次，可是她前所未有地兴奋。

乔浩然带欧楠去了埃菲尔铁塔上的Le Jules Verne（法国巴黎的一家餐厅名字）餐厅吃生日大餐。这家餐厅虽是米其林一星，但人气丝毫不逊三星，号称巴黎最难订的餐厅之一。他们坐在窗边，天空暗下的瞬间，整个城市的灯火都亮了起来，巴黎的夜景美得令人窒息。

"你提前多久订的位子？"欧楠轻声问道，对面身着正装的男人如同这个城市的缩影，华丽、优雅，浪漫入骨。

"一年。"

欧楠默默算了算时间，一年前他们差不多刚认识。她咬着唇，感动得说不出话来。不曾有人提前一年为她筹备生日，他却送上巴黎最美的夜色作为她的生日礼物。不论最后的结局写成何样，乔浩然对她的宠爱从来都是真实的。

散落一地的记忆球封印了快乐的往事，这些年里每次想起乔浩然，欧楠只记得他的欺骗，他的不告而别。

“欧楠，无论你找或不找乔浩然，他始终在那里；无论你找到还是找不到他，你始终是你自己。”夏天蓝这样告诉她。

欧楠和夏天蓝的谈话进行了一个半小时，她的内心渐渐云开雾散，犹如醍醐灌顶，刹那间看清楚过去、现在和未来。

“夏医生，谢谢。”她起身告辞，再次为自己贸然上门打扰的行为表示歉意。

说实话，夏天蓝挺喜欢眼前这个女生，一来是冲着楚云飞的面子，二来则是欧楠身上那份楚楚堪怜的韵致，不止男人怜爱，女人也会忍不住想保护她。比如今天，她完全有理由拒绝欧楠的请求，然而电话里听到欧楠焦虑得似乎快要哭了，天蓝怎么都说不出“不行”。

夏天蓝打开书房的门，两人一前一后走出去。外面的风声依稀可辨，天蓝回头看看欧楠，担忧地说：“我打电话让云飞来接你吧，这里很难叫车。”

欧楠抬起头，正准备表态不用麻烦楚云飞，楼梯右侧墙壁上挂着的油画吸引了她的注意力。“夏医生，这幅画……”她抬起手指向前方，眼神震惊。

她们走向书房的时候，这幅画所在的位置刚好同一侧，除非回头，否则肯定看不到“她”。天蓝误以为欧楠受到了惊吓，毕竟这幅画像的尺寸算得上“巨型”，乍然一见被吓到，也不是不可能。

“这是我母亲的肖像画。”天蓝介绍道。话音未落，只见欧楠脸色巨变，按住胸口后退两步，看上去摇摇欲坠。

“夏医生，她……”欧楠喉咙发紧，发出的声音干涩嘶哑。她咽了口唾沫，舔舔嘴唇，下定决心似的开口：“她也是我的妈妈！”

这次轮到夏天蓝受惊吓了，她机械地转过头望着画中的女子——江荟澜单手支颐，笑盈盈俯视被她抛在红尘的两个女儿上演苦情团圆戏。What a fucking day（多少该死的一天）！

她有千言万语，奈何一句都说不出口，反观欧楠，似乎与她一样陷入窘境。

“你确定？”夏天蓝打破沉默，问了一个听起来就很蠢的问题。

欧楠苦笑，不过易地而处，她不敢保证自己的反应能比对方更正常。“我没有乱认妈妈的习惯。”

又是一阵沉默，两个人你看我，我看你站了半天，夏天蓝终于想到该找谁对质了。沈旭磊，这个混蛋肯定知道我有家人，竟敢撒谎骗我！

夏天蓝怒气冲冲奔向书房，抓起书桌上的手机打给沈旭磊。等待电话接通的那几秒钟里，她忽然产生疑问：如果欧楠是江荟澜的另一个女儿，她为何独独将房产留给自己？

这个问题，终究只能等待江荟澜的遗嘱执行人来解答了。

沈旭磊接通电话，还来不及问候，就听到她连珠炮似的提问。他抓住“欧楠”“妹妹”“同母异父”这几个关键字，立刻明白自己隐瞒多日的秘密暴露了。

“欧楠去了你家里？”这俨然是另一关键点。若非看到江荟澜的画像，沈旭磊委实想不通她们何以相认。

他这一问，无疑佐证了夏天蓝的揣测。她倒抽口气，冷冷追问：“所以，你一早就知道她的存在？”

“我马上就来，当面和你们解释。”他并非有意欺瞒，实乃江荟澜的委托便是如此。这件事若在电话里解释，难免不会被天蓝误解为说谎，只有面对面让她看着自己，才能证明他的清白。

夏天蓝挂断电话，一度想躲在书房等到沈旭磊来了再出去，转念一想总不能把欧楠孤零零晾在外面，她不得不回到走廊上，果然欧楠还站在原地等她，喷嚏一个连一个。她轻轻咳嗽几声，尴尬地说：“旭磊还要等一会儿才能到，你要不要先洗个热水澡，换一套衣服？”鉴于两人之间的血缘关系，她的提议倒也不算突兀。

欧楠同样尴尬，本能想要谢绝，奈何接连又打了两个喷嚏：“那，麻烦了。”

夏天蓝来到二楼的卧室，取出崭新的换洗衣物，三步并作两步冲回楼下递给欧楠。

“谢谢。”欧楠万万叫不出“姐姐”两字，可是还称呼天蓝为“夏医生”，总觉得哪里有些不妥，索性省略了称呼。

夏天蓝松了口气，小时候在孤儿院倒是有人叫她“蓝姐姐”，可是血缘关系的妹妹，呃，她没做好准备。她看着欧楠走向浴室的背影，一边叹气一边回厨房烧水，有预感这件事不是三言两语就能解决的。

欧楠在浴室磨蹭了好一会儿，直至沈旭磊到达才穿上天蓝的衣物出来。她的身材比天蓝娇小，T恤和运动裤都被她穿成了宽松款式。

沈旭磊和欧楠打了个招呼，她冷漠地应了一声，垂下头在沙发上落座。她的坐姿端端正正，一双手却好像不知该如何安置，从膝盖挪到大腿，再放回身体两侧。

夏天蓝将欧楠的反应看在眼里，直觉她与沈旭磊的关系不寻常。但眼下，这不是主要矛盾，暂且先搁置一边。她也坐到沙发上，和欧楠中间隔了一个空位。

沈旭磊搬来一张椅子，面对姐妹俩坐下。他清清嗓子，开口说道：“首先，我想表示深深的歉意，我的做法有违人情常理，即便这是委托人的意愿。非常抱歉。”

“不让我们相认，难道是妈妈的想法？”天蓝睁大了眼睛，隐隐有指控旭磊胡乱栽赃之意。相比之下，欧楠显得更为镇定。毕竟她在江荟澜身边长到十岁，对母亲的任性妄为多多少少有思想准备。

“Summer，阻止你们相认，对于我没有任何好处。江女士的想法，我确实有过质疑，但她执意如此，我只能尊重委托人的意愿。”沈旭磊又一次强调这是江荟澜本人的愿望，与己无关。

夏天蓝无话可说，心里像压了一块大石头，沉甸甸闷得慌。倒是欧楠从最初的震惊中恢复过来，这会儿理清了思路，开始提问：“夏医生是她和爸爸认识之前生的小孩？”

“没错。”沈旭磊代为回答。

“她和夏医生的爸爸结婚了？”

夏天蓝不禁冷笑，抢在沈旭磊答复之前说道：“我没见过爸爸，她直接把我扔在孤儿院门口。”她的嗓音不知不觉变得尖锐刺耳，可想而知内心的怨恨有多深。

欧楠侧过头望着夏天蓝，眼神里有一抹哀伤。此刻，夏天蓝不仅仅与她有着血缘上的联系，就连人生轨迹也诡异地重合了。

“看来，我们都是妈妈不要的孩子。”欧楠出奇地冷静。

她面无表情的样子让人不寒而栗，沈旭磊不由打了一个寒颤，手臂上的汗毛根根直立。他关注的焦点放在天蓝身上，见她被欧楠这一句冷酷至极的话说得面如死灰，心头钝钝地疼痛起来。

渔村那一夜的情形历历在目，他错过了最好的坦白时机。沈旭磊不确定今日之后天蓝是否还能对他产生信任感，也许好不容易取得的进展就这样付诸东流。

然而沈旭磊不后悔，他遵守了和委托人订下的约定，维护了一个律师的职业操守，她们终究不是从他口中得知彼此的关系。

万事天注定，半点不由人。夏天蓝的那份资料包里记录了她在L.A.的生活，包括以前接受过心理咨询的偏执型患者跟踪她回家，并在她面前自杀的事情。基于上述事件，沈旭磊认为即使夏天蓝克服了PTSD，她也断然不会冒险把患者带回家治疗，欧楠没机会看到江荟澜的那幅画像。至于欧楠，时至今日仍然拒绝接受江荟澜留给她的那份遗产，应该不可能主动提及母亲的名字。

他对潜在的风险思前想后，考虑妥当后才建议天蓝为欧楠做心理辅导。谁知人算不如天算，面对这样的结局，沈旭磊只能认为一切皆为天意。

“我个人以为，江女士在临终前对于离开你们这件事心存愧疚，她不希望任何一位知道其实她还造成了另一个悲剧。”他不知道自己的安慰有没有用，“无论过去有多任性不负责任，至少到了人生的终点，她还是挂念自己的骨肉的。”

夏天蓝看了一眼沉默不语的欧楠，她们突然变成了同母异父的姐妹，今后又该如何相处呢?

Chapter 15

第二种人格

第十五章

第二种人格

自从那次滑稽可笑的相认场景过后，夏天蓝和欧楠都默契地开始躲避着对方。沈旭磊看着时常紧皱着眉头，常常发呆的天蓝，内心非常着急。刚好楚云飞热情想要帮忙，于是他们一起安排了一场聚餐，试图缓解天蓝与欧楠的尴尬，拉近她们的距离。于是他和沈旭磊分别向自己的小女人天天劝说，两个男人啰嗦起来比女人还可怕，夏天蓝和欧楠最终抵不过二人的纠缠，索性就答应了这场饭局。

然而真的到了要赴约的那一天，眼看着约会的时间越来越接近，夏天蓝内心的犹豫和挣扎也愈发强烈。她在办公室磨蹭了半天不敢踏出房门，虽然当时答应了下来，但现在却越发后悔了。

得知她们是姐妹之后，夏天蓝对欧楠的感情变得有些复杂。她不讨厌欧楠，只是第一次拥有真正意义上的“家人”，这种微妙的变化让夏天蓝产生了些微的抗拒。

听到一楼的动静，夏天蓝看看屏幕下方显示的时间，竟已到了酒吧准备开业的时间。她匆忙关机，收拾桌面的时候发出了一点声响，楼下传来Alex询问的声音："Summer，你还没走？"

她从栏杆上方探出半个身体，笑着和他打了一声招呼。自从上回两人差点"擦枪走火"，这还是他们头一次碰面，一部分原因是台风，另一部分则是彼此有意无意的回避。

"我马上就走，不影响你做生意。"他们对各自的营业时间有明确界定，以不影响对方为首要条件。

Alex举起手里的酒瓶："朋友送了一瓶冰酒给我，有兴趣品尝一杯么？"

短短几秒，夏天蓝的脑海里闪过好几个想法。她笑了笑，对他说道："就一杯，我整理好就下来。"

"好，我等你。"他的笑容暖暖的，让夏天蓝感觉到安心。

离开办公桌之前，夏天蓝的视线在墙上悬挂的木制版画停留了一会儿。这幅版画刻工精细，就算不了解它所代表的寓意，看到的人也会被吸引目光，上午陈丽萍做治疗的时候就特意问她在哪儿可以买到。

蜂鸟，属于天蓝和Alex心照不宣的秘密。她的理智告诫自己不应该和另一个男人共享秘密，最简单的"破"法就是把它说出口，然而她回答陈丽萍的说辞仍然是："这是朋友去南美时给我带回来的旅游纪念品。"

她叹口气，拿着手提包下楼。Alex已经倒了两杯酒摆在吧台上，旁边还有一碟奶酪。

"你还藏了奶酪？"自从无意间用了他的抹茶粉制作面包落得"暴殄天物"的嫌疑，夏天蓝再不敢随便乱翻冰箱和橱柜。

Alex递给她叉子，说道："前两天举办法国食品展，趁着促销入手了一些罗克福奶酪。"

夏天蓝举起杯子，金黄色的酒液璀璨夺目，不愧为"上帝赐予的酒"。她轻轻转动杯子，再凑到面前闻香，清甜的花果香味非常浓郁。

蓝乳酪和冰酒的搭配产生了奇妙的化学反应，一时间两人都没说话，只是静静地品尝，让味蕾彻底体会浓烈的缠斗。

“再来一点？”见她的酒杯快空了，他拿起手边的酒瓶，想给她添加。

天蓝连忙用手按住杯口婉拒：“不能多喝，接下来我有饭局。”

“哦。”他长长应了一声，放下瓶子，表情淡然问道：“和Wilson约会么？”

按理说这是她的个人隐私，夏天蓝完全不用理会，但她还是回答了。“和我的妹妹一起吃饭。”把“妹妹”二字说出口，她一下子放松了。

“妹妹？”Alex吃了一惊，他记得前不久她才说过自己是孤儿，几天不见居然冒出来一个亲人了。虽然意外，毕竟是件喜事，他立刻祝贺她：“恭喜你终于找到家人。”

家人，这个词从他口中说出后，仿佛自带了亲切感和光环。只听Alex接着说道：“上天终究是公平的，它不会永远伤害你。”

她嫣然一笑，不知为何心情就如云开雾散的天空，渐渐明朗起来。“谢谢你，我做好准备了。”

关于晚上聚餐吃什么以及在哪儿吃，楚云飞事先和沈旭磊打电话商量。他万万没想到欧楠和夏天蓝竟有血缘关系，一开口便埋怨沈旭磊不够朋友，如此重要的事情瞒了大家那么久。

“抱歉，我要对委托人负责。”个中情由他无法细说，只能用最简单的理由解释。

沈旭磊的理由看似不近人情，可大家都是专业人士，自然明白总有些事情是不能对外说的。云飞立即表示了歉意和理解，把话题转向如何拉近姐妹俩的感情：“今天早上我和欧楠聊了几句，她的表现让我有点担心，好像她不太能接受天蓝变成自己的姐姐。”

“你想帮忙？”沈旭磊听出他没明言的意思，“In my opinion，这是她们两人的私事，应该……”话音未落，楚云飞就打断了他的话，并且提高了音量说道：“Wilson，你的想法不对，两个人的感情发展需要外界助力或者说催化剂，我们就是起这个作用的人。”

沈旭磊笑了笑，争辩这个问题没有任何意义。他查看日程表，确认晚上没有其他工作饭局，于是说道：“既然你这么热心，我自然奉陪。万一被骂多管闲事，我也能分担一半责任。”他这句话说得楚云飞连连感慨他“讲义气、够朋友”，迅速上升到“兄弟”的定位。

“兄弟，那就说定了，我去订位。”

“原来你早就想好晚上在哪儿吃饭了？”敢情楚云飞早已拟定计划，只等拉自己“入伙”而已。

沈旭磊话语里的奚落之意，楚云飞不可能听不懂，他尴尬地“嘿嘿”直笑，顾左右而言他道：“当然吃火锅啊，一回生二回熟，一个锅里吃过饭，感情自然就有了。”

楚云飞的歪理说起来头头是道，听着还挺像回事。沈旭磊笑笑，默认了他的建议。

楚云飞结束和沈旭磊的通话后，立刻致电开火锅店的朋友预订位子。他以前做美食摄影记者，认识了不少饮食从业者，难得的是多年以后大家当初结下的友谊还在线。

楚云飞预订了市内最火的一家火锅店，他和欧楠先到店里，门外已有三十多人在排队。他走上前对领位员报了自己的名字，服务员将他们带到预留的包房。

“欧楠，你来点菜。”楚云飞见她意兴阑珊的样子，灵机一动将菜单递给她。欧楠抬眼看看他，被动地接过。“我不知道别人有没有忌口，等他们来了再点。”她以此为借口，将菜单先放到一旁。

沈旭磊的正常下班时间是下午五点半，他答应云飞尽量早走。至于夏天蓝，楚云飞不知道为何她到现在还没出现。

他给天蓝发了一条消息询问目前的方位，她没回复。楚云飞担心天蓝临时变卦，正想打电话催她快来，她的身影就出现在包房门口。

“Summer，你总算来啦！”楚云飞大声招呼，表情极度夸张，像是抓到了救命稻草。

欧楠听到云飞的咋呼，下意识抬头望了一眼门口的女人，感觉颇为奇妙。以前夏天蓝的身份是医生，她可以放心地告诉对方自己的心事。现在，她变成了“姐姐”，她们或许可以建立起更亲密的关系。

她对夏天蓝没有抵触情绪，反而觉得同病相怜。她们都是被母亲抛弃的孩子，甚至于天蓝比自己更为凄惨——她连父亲是谁都不知道。她的愤怒主要针对江荟澜，从以前就认定她是个不负责任我行我素的女人，现在这个观点又一次被佐证。顺带，欧楠将知情不报的沈旭磊一并恨上了。

去他的委托人！她表面不动声色，实则在心里狠狠痛骂沈旭磊的不近人情。我才不要继承她的遗产！她想用钱买心安理得，我才不会让她如愿以偿！

沈旭磊踏进包房的时候，正拼命讲笑话以免冷场的楚云飞松了一口气，打算把接力棒交给旭磊。他朝后者使了个眼色，用“哈哈哈”的笑声结束了一个莫名其妙的脑筋急转弯。

所以沈旭磊看到的场面略显尴尬，两个女人面对面坐着，视线下垂盯着自己面前的调料碗，偶尔抬头对视一眼。

他的职业生涯中并没有处理此类事务的经验，奈何硬着头皮也得把这出戏唱完。“不好意思，我来晚了。”他在夏天蓝旁边坐下，扫了一眼桌上摆放的各类涮菜，啧啧叹道，“点菜的人真有水平，都是我喜欢吃的。Summer应该没吃过正宗的重庆火锅吧？”

夏天蓝微微一笑：“我去重庆参加过学术交流会议，主办方请我吃过一家叫作乾矿老火锅的，就去年。”

“我吃过这家火锅。”接着她的话，欧楠也开口了。既然答应赴今晚这顿饭局，表示她认可楚云飞的安排。事已至此，没必要表现得不合作让大家难堪。

她的态度让另外三人明显都放松了，楚云飞当仁不让充当起了气氛调节者，当先举起杯子抢下祝酒词的发言权：“恭喜Summer和欧楠姐妹重逢，在茫茫人海我们四个能相聚一起吃饭，并且还有千丝万缕的关联，实在是一件很神奇的事情。”

“人与人的相遇，可能真的存在命中注定的说法。”沈旭磊附和楚云飞的话，他举起了杯子，注视天蓝和欧楠。

欧楠的杯子里没有啤酒，夏天蓝记得她说过酒精过敏。正巧茶壶在她手边，她端着站起来，给欧楠倒了一杯水。

“谢谢。”她抬起头望着天蓝，嘴唇动了动，本想叫她一声“姐”，转念一想又觉得太唐突。就在犹豫不决间，夏天蓝已坐回去，若无其事地端起自己的酒杯。

楚云飞在一旁催促她赶紧把杯子举起来：“就等你了，欧楠。”她看看他们，配合地举起盛了茶水的玻璃杯。

随着楚云飞响亮的一声“cheers（干杯）”，四只玻璃杯碰在一起发出清脆的声响。然而不知为何，明明面对热气腾腾的牛油火锅，夏天蓝却打了一个寒颤。

那种命中注定，或者说命运齿轮开始转动的感觉过于强烈，她似乎窥探到了他们的人生从此以后搅在一起的样子。

“逃离这一切”的念头仅仅存活了几秒钟，立即被夏天蓝抛到了脑后。但就在这短到可忽略不计的时间里，她想起了Alex和他的Zihuatanejo。

吃完火锅，一行四人步出店门，楚云飞看看这个又看看那个，最后决定拉拢沈旭磊：“Wilson，你决定接下来我们去哪里续摊吧。”

续摊？欧楠表情诧异，她本以为今晚就到此结束，终于能够回家喘口气了。“我不会喝酒，就不去了。”她的声音不大，却很坚决。

楚云飞被浇了一盆冷水，顿时有点悻悻然。见此情形，沈旭磊出面解围，为难地说道：“不好意思，续摊我也不能参加了。我明天去客户公司调解劳资纠纷，要起早。”以工作为借口屡试不爽，别人自然也不会太坚持。

“不如下次再约。”夏天蓝顺势接上旭磊，伸手轻捶云飞的肩膀，“好了，明天大家都有工作，你想玩就留到周末吧。”她转向欧楠，神情略有几分紧张：“家里还有空房间，周末大家过来烧烤玩通宵，有兴趣吗？”

夏天蓝主动释放友善的信号，无论从血缘关系还是作为心理治疗师而言，她都希望能够帮助欧楠克服心理障碍。欧楠的心魔源于孤独，而陪伴正是孤独最好的“解药”。

那栋房子是江荟澜的资产，若在平时，欧楠肯定毫不犹豫地拒绝。可是站在面前的女人不是那个不负责任的母亲，而是她的姐姐。欧楠咬了咬牙，点头应允。

分别的时候，四个人自然地分成了两组，楚云飞负责送欧楠回家，沈旭磊送夏天蓝。欧楠望着两人离去的背影，不解地问道：“Kenny，沈旭磊和我姐姐，他们在交往么？”对着外人，那一声“姐姐”倒是异常顺口地说了出来。

楚云飞一激动，差点把夏天蓝叫回来让欧楠再叫她一声“姐姐”。幸好他随即意识到此举过于神经，遂打消了这个念头。对于她的问题，他回答得十分干脆：“这么明显，你还看不出来？他俩外形气质样样登对，我第一眼看到就觉得应该在一起。”

欧楠瞥了一眼云飞，冷笑道：“只看外表就可以了么，难道人品不重要？”她就是因为外貌协会吃过乔浩然的亏，不希望夏天蓝重蹈覆辙。

楚云飞以前认为欧楠和沈旭磊可能是前男女朋友，但她否认了，如今听她的言语似是对沈旭磊的人品颇为不屑，他不禁揣测他们到底有何瓜葛。“Wilson的人品有什么问题？”

“我认识他的时候，他还在法学院读书。”往前推算，他们相识已有十多年之久，“他的父亲是有名的画家，我爸爸做艺术品生意，他们一直有来往。”欧楠靠着路边的栏杆，接过楚云飞递来的矿泉水，他已经贴心地拧开了瓶盖。她喝了一口，不屑地说道：“他父亲过世之后，他把沈伯伯的全部遗作给了佣金更低的画廊，和我爸彻底断了交情。这种唯利是图的小人，人品当然有问题！”她难得情绪激动，可见当年之事对她的打击不小，时隔多年还耿耿于怀。

楚云飞没想到他们还有这么一段纠葛，只得感慨世界真小。其实他能理解沈旭磊的做法，原本便是“天下熙熙皆为利来，天下攘攘皆为利往”，追逐利益最大化无可厚非，他翻脸不认账再正常不过。然而此刻面对气冲冲的欧楠，他再耿直不解风情也明白这些话万万不能说，不得不违心地附和道："想不到他竟然这么市侩，唉，果然是知人知面不知心。你放心，我会在适当的时候提醒Summer。"他一面说，一面在心里对沈旭磊连声抱歉"兄弟，实在对不住了"。

那一边，正在步行街散步的沈旭磊连连打了好几个喷嚏，他用手帕按住口鼻，尽量减少对他人的影响。夏天蓝担忧地皱着眉，摸了摸他的额头："还没发烧，回家最好喝一杯感冒冲剂以防万一。"她记得小时候但凡头疼脑热喉咙痛，老师们就让大家喝感冒冲剂，简直有"包治百病"的疗效。

"有人惦记我。"他头一歪，调皮地笑。自从天蓝和欧楠的姐妹关系曝光，他始终提心吊胆不知她会如何对待自己，现在看来似乎有雨过天晴的迹象。

夏天蓝想板起面孔扮严肃，奈何他走软萌路线，她不好意思对他生气。"你多大啊，沈律师，居然相信这种没根据的说法。"她笑眯眯地糗他，抬起手指戳他的脸颊。

沈旭磊握住天蓝的手指放下来，他的手指"爬"过她的手背，把她的手扣在掌心："你不怪我了？"

"你瞒着我确实不对，可也是你建议我帮助'云飞的助理'解决睡眠障碍，我认为这就是你变相让我们相认的方式。"同为专业人士，她尊重他对自身职业的敬畏，仔细想想事实上他已经把欧楠推到了她的面前，只待她们自己发现其中的关联。

拥有这样美丽又善解人意的女子，沈旭磊忽然不再犹豫放弃整片森林是否值得。余生若有她相伴，夫复何求。

"还记得最初我问过你，如果证实我已死亡，妈妈的房子该如何处理么？你当时说还有另外一份遗嘱，既然我还活着，所以那份遗嘱不得公开。"天蓝的声音打断了旭磊美妙的幻想，他连忙收敛心神凝听她的问题，"那份遗嘱应该是让欧楠继承房子吧？"

他摇了摇头，叹息道："Sorry，我没办法回答你。"

夏天蓝了然地笑笑："OK，我明白你的立场，不会再问遗嘱的内容。我相信妈妈一定也给欧楠留了一份遗产，她有没有签字？"

沈旭磊轻咳一声，努力用客观的语气说道："欧楠对江女士还抱有怨恨，至今不肯接受她的遗产。我多次劝说，均告失败。"

"这是她对你反感的原因么？"她不给他喘息的机会，紧接着问道。

夏天蓝既然把话讲得那么明白，表示她察觉到了欧楠和他之间的气氛不对劲。他已经骗过她一次，再有一次的话或许就真的失去机会了，再说万一她从欧楠那里得知前因后果，恐怕局面很难挽回。

电光石火间，沈旭磊进行了迅速的分析并做出判断。他邀请夏天蓝一起去街角的咖啡店喝一杯东西，因为"这是一段比较复杂的往事"。

两人各点了一杯冰咖啡，坐在角落的位子。沈旭磊转了转杯子，开口说道："我的父亲被誉为国内印象派大师，他出名后一幅画作往往能拍卖到几百万元的价格。与他合作的艺术品商人正是欧楠的父亲，我和她就这样认识了。当时我在念法学院，她比我小五岁，刚读高中。"

"你先认识她的父亲，结果又接受她母亲的委托处理遗产，难怪她对你有抵触情绪，原来是以为你背叛了。"

沈旭磊苦笑，间接承认天蓝说对了一半，他补充道："没错，我的确背叛了欧伯伯，她讨厌我其实还有另一个理由。"接下来的话仿佛有些难以启齿，他低头喝了两口咖啡，方能继续说下去："两位父亲的合作关系牢不可破，他们为了巩固并加深彼此的羁绊，口头上替我们订下婚约。"

夏天蓝手一抖，差点碰翻杯子。她目瞪口呆地望着他，讷讷说道："你，你和欧楠订过婚？"

"只是口头婚约，我当他们在开玩笑，毕竟欧楠还是未成年人。"沈旭磊脸上写满尴尬，若早知会有今天，他百分百严词拒绝，"可是欧楠好像当真了。所以后来我把父亲的遗作全部委托另一家画廊处理，她非常生气，不仅认为我背叛了欧伯伯，还背弃了婚约。"

夏天蓝记得沈旭磊说过他的父亲是在他通过司法考试正式成为律师的那

天过世，从他和欧楠的年龄差推算，欧楠所述“失恋”一事应与他有关。天蓝狐疑地看看旭磊，倘若他从没做过什么或给过欧楠错觉，她也不会因为失恋一个人去看电影，从而认识乔浩然。

夏天蓝不免对命运的各种巧合唏嘘不已，仿佛蝴蝶效应，任何微小的变化都足以改变另一个人的一生。“我有点好奇，为什么你不再和欧楠的父亲继续合作？”她索性把所有疑惑一次性解决，以免日后胡乱猜疑。

沈旭磊不知不觉已喝完一杯咖啡，他向服务员要来一杯水，沾了沾嘴唇，迟疑地说道：“这件事，我希望你不要告诉欧楠，就让她以为我是因为更低的佣金才背叛了欧伯伯。”虽然他没有明着要求她做出承诺，天蓝仍然点头应允。

“艺术品市场，其实水很深，特别体现在画家身价和作品投资潜力的估值上。我父亲认识欧伯伯的时候，刚刚和前一个代理人打完经纪纠纷的官司，那时没人敢找他合作。”他靠着沙发椅背，视线逗留在前方墙壁悬挂的抽象画上，叹口气接着说，“欧伯伯很有手段，通过在拍卖会上安排各种‘托’和虚假的成交价，让父亲的作品价格翻了几十倍。我不能接受他的做法，对于如何处理父亲的遗作产生了分歧。”

“你打算怎么做？”

“我提出将大部分作品捐赠给美术馆，欧伯伯极力反对。我也做过让步，只是要求在画廊免费展出半年，他说在进入拍卖市场之前必须保持作品的神秘感以防赝品流出，坚决不同意。”沈旭磊神色无奈，“当你不屑与某些人为伍又无法改变他的想法，最好的方式就是自己离开。我后来听说欧伯伯得了重病，大概欧楠就把这事也一并算到我的头上了吧。”

夏天蓝对沈旭磊刷新了认识，不承想严谨到不近人情的面具下方，这个男人竟有一颗赤子之心，委实难得。她嫣然一笑，再度开口：“为什么任由欧楠误解不把原委告诉她？她对你的态度，很不公平。”

“我是男人，受点委屈有什么关系？”沈旭磊反问，淡淡一笑，“欧伯伯是欧楠的精神支柱，就让她一直对偶像抱着美好的回忆吧。再说，追逐利益是商人的共性，不能因为我个人不齿这一套就否定欧伯伯，他又不是做了伤天害理的事，何况我们一家才是更大的既得利益者。”

夏天蓝望着他的眼神充满钦佩，他对人性的深刻理解和宽容心态，无一不深深打动她。“你放心，我会保守这个秘密。”

他们走出咖啡店，两个人都有一身轻松的感觉。夜色里的步行街被霓虹灯和景观灯光打扮得时尚又妖魅，她用胳膊肘捅了捅他，笑容暧昧：“假如明天的工作你已经做好了准备，要不要去我家过夜？”

沈旭磊手臂一揽，将天蓝拥进怀抱，温暖的嘴唇吻住了她。

气氛正旖旎，夏天蓝的手机铃声响起。她抱歉地推开旭磊，低头在包里寻找手机。

“如果是推销电话，把手机给我，看我表演怎么骂人。”他双手环胸，对于亲吻被打断十分不爽。

屏幕显示唐泽禹的名字，夏天蓝对他竖起食指做了一个噤声的手势，接听了电话。

“夏医生，你现在有空么？我想和你见一面。”她还来不及发声，那边连珠炮似的一口气说完。

“现在？”她不确定地重复一遍，此刻已接近晚上十点，怎么看都不合适。“我取消明天一早的预约，把时间留给您，行么？”

“今晚，我一定要见你。”他态度强势，不容她反驳。

夏天蓝对他的霸道相当反感，她本想挂了电话关掉手机电源，但冲动不过一秒钟，她想到自己身为治疗师的职责，万一今晚他确实需要紧急咨询或建议，置之不理的后果可能会很严重。“好吧，我过来见您。”

“地址我发消息给你。”唐泽禹匆匆留下这一句，切断了通话。

她在下一秒就收到了他发来的地址，天蓝抬起头看看旭磊，抱歉地说道：“对不起，有个患者出了一点状况，我需要立刻过去一趟。”

她刚才回复唐泽禹的话，他其实都听到了。旭磊抬起手腕看一眼时间：“我陪你一起去。”

“呃，这不太好，患者很看重隐私。”天蓝为难地说道。

“现在是晚上十点，一个可能心理或精神有障碍的人莫名其妙约你见面，我怎么能够放心让你单独去？”沈旭磊一脸毋庸置疑的表情，坚决不同意她独自前往。

夏天蓝毫无办法，只得同意沈旭磊一起去。尽管脸上摆出不情不愿的表情，她的心里却甜丝丝的，像喝了蜜糖一般。

人类索求陪伴，不正是为了这份关切与爱护么？

唐泽禹住在高级公寓顶层，不但进出公寓大门需要密码，连启动电梯也要输密码。夏天蓝一开始还不明白他发来的消息里包含的数字信息，等到了实地一看才恍然大悟。

她输入密码后，顶层的数字键亮了起来。电梯门迅速合拢，上升速度飞快。

“你在电梯那里等我，万一有事我会打开门冲出来的。”按响门铃之前，夏天蓝对沈沈旭磊说道。她划下一条界线，明确表示他不能随便跨越。

沈旭磊点点头接受她的安排，他抱了抱天蓝，叮嘱她“千万小心”，躲到了电梯那边。

门铃响了两声，有人在里面打开了门锁。夏天蓝小心翼翼拉开门，没有看到唐泽禹在门口迎接自己。

她走进去，轻轻叫他的名字：“唐先生，唐先生，您在哪里？”

“夏医生，喝咖啡么？”高大的男人忽然从厨房走出来，手里端着两杯咖啡。他笑嘻嘻地看着她，一点都没有电话里十万火急的样子。

夏天蓝跟在唐泽禹后面走到宽敞的客厅，他拥有一整套高级的音响设备，看上去非常专业。鉴于他毫不客气地占据了长沙发正中间的座位，她只能坐在独立的单人沙发椅上，向他倾身询问：“您在电话里急着让我过来，发生了什么事？”

唐泽禹侧过头斜睨她一眼：“你有没有办法，杀死我的另一个人格？”

他提出的要求吓了她一大跳，夏天蓝端起咖啡杯小口小口咽下去，假装思考如何回答他，心里琢磨脱身的方法。想着想着，她猛然发现了不对劲——这，这是速溶咖啡呀！

她放下杯子，突兀地端起他面前的那一杯并迅速灌下一口，同样是速溶咖啡。

“你想杀死唐泽禹？”她确定面前的男人是另一个“他”，气愤至极。她一度以为这个人格是喜欢恶作剧的调皮小男孩，不料竟如此恶毒想要取代核心人格，把真正的唐泽禹永远抹除。

“我想杀掉那个不肯告诉你名字的人格。”他的笑容奸诈如狐，透着森冷的寒意。

夏天蓝冷笑，把两杯咖啡并排放置。“唐泽禹第一次到我的办公室就说速溶咖啡太难喝，他宁愿喝水也不会碰一口。”她揭穿了他，就算拥有同一个身躯，不同的人格依旧是独立的，不会互相影响。

他笑了笑，拿起自己的杯子：“那个家伙，个性懦弱又吹毛求疵，说得好听叫作高冷男神，其实压根就是一个不敢表达真实自我戴着面具生活的懦夫！这个人，偏偏占据了这具身体，太不公平了！”

“是啊，不公平，但你恰恰是懦弱的他创造出来的。比起讨厌他，你更讨厌这个事实，我没说错吧。”

他盯着夏天蓝看了好一会儿，心不甘情不愿地开口道：“他叫我唐泽尧，说我是他的双胞胎弟弟。本来他应该叫这个名字，但不知道为什么爸爸妈妈只看得到他一个人，就叫他唐泽禹了。”

“那时你们几岁？”

“六岁，小学第一次期中考试后。”

尧舜禹，按顺序来说，的确应该为老大取“尧”字。小小年纪的唐泽禹，逻辑丝毫不乱，还能自圆其说。

“你是在那次考试后出现的？”凭经验，天蓝感到关键节点快来了。她谨慎地提问，唯恐这位唐泽尧一不高兴又采取不合作态度。

唐泽尧长长叹了口气，一副走投无路不得不放低姿态求她帮忙的可怜相。“他考砸了，被爸爸狠狠揍了一顿，在太平间关了半个小时。”见她一脸不可置信，他不耐烦地重申，“没错，就是太平间！爸爸是医生，值夜班时正好有病人死了，就顺便把他关进去闭门思过。”

夏天蓝震惊得话都说不出，半天才找回自己的声音："天啊，我难以想象！他的妈妈呢，不阻止丈夫的疯狂行径么？"

他嗤之以鼻，嘴角勾起的微笑轻蔑至极："她是个典型的以丈夫为天的女人，唯唯诺诺，不敢提任何反对意见。"

夏天蓝握着拳头站起来走了几步，待心境和思绪俱恢复平静，才返回座位。"就是在那个环境里，他创造出了你，是不是？"她可以想象，在黑暗幽闭的空间，唐泽禹面对一屋子死者恐惧到极点的情形。他创造了一个和自己一模一样的小男孩，给了他名字，把他当作需要保护的弟弟，才能让自己找到勇气面对黑暗和死寂。

唐泽尧默认了她的推断，接着说下去："后来，只要他考试成绩得不到满分或流露出一点点想出去和同学玩耍的念头，爸爸就恐吓要把他关进去。他只能和我在自己房间里一起玩。那段日子，很开心。"说到此处，他的脸上有了一点笑容。

"可他后来还是忘了你，你一定非常生气。"从唐泽禹的反应以及她的亲身经历不难看出唐泽尧再度出现后制造了一堆麻烦。

他对她的挑衅不以为然："他经常和我对话，在别人看来就是自言自语，他还告诉爸爸妈妈自己有个弟弟。你可以想象大人们的反应，他们都以为他疯了。他被送到精神科做治疗，他们竟然对他用电击！"他十指紧扣，十个指关节全都泛白了，可见用力之猛。

"不要怕，不要怕，没关系，都过去了。"天蓝握住他的手，温柔地安慰，"跟着我的节奏呼吸，吸气尽量短促，再慢慢呼出来。"

唐泽尧的情绪稳定了，他挣脱天蓝的手，改为双手环胸的姿势。"我对他说我要走了，让他忘记自己有个弟弟，他果然做到了。"他的语气充满怜惜，为备受折磨的另一个"自我"。

"那么，你为何要把他赶走？你想取而代之成为核心人格？"

他用"你是白痴"的眼神扫视她，冷冷回答："舒静航那个女人疯了，我惹了一堆麻烦，当着她的面和其他女人亲热，她还死活要和唐泽禹订婚，真是神经病！”他握起拳头用力捶了一下桌面：“更生气的是，懦弱的家伙，他居然答应了！”

他的声音消失了一小会儿，再开口时更显森冷：“杀死唐泽禹的人格，让我用这具身体享受生活吧，夏医生。”

Chapter 16 神秘的酒吧老板

第十六章

神秘的酒吧老板

见过“唐泽禹”的第二天，夏天蓝就给周绍伟发了一封邮件，详细陈述了他的情况。多重人格的案例对于大部分从事心理学研究的人来说，可能一辈子都遇不到一个，她之前就没碰到过。但学长不一样，他读博士学位期间曾参与过导师对多重人格患者的治疗，好歹积累了一些经验。夏天蓝思前想后整整一夜，出于慎重还是决定发邮件向他求助。

半小时后，笔记本下方弹出窗口提示收到新邮件。她点进去一看，周绍伟就回复了一句话：“我下周周一到。”

夏天蓝松了口气，暂时放下心中的不安，开始按顺序完成当日预约治疗。忙活大半天，傍晚时分她打电话给唐泽禹，小心翼翼先确认他的身份。

“我是唐泽禹，不是他。”他淡然说道。对于体内的另一个人格，只要“他”不做匪夷所思难以收场的事，他谈及“他”时已修炼得波澜不兴。

听到他的声音，夏天蓝犹豫再三，最终决定不把唐泽尧的想法说出来。

她希望唐泽禹的两个人格通过治疗能融合到一起，没必要在治疗前无谓增加矛盾冲突。“关于您的另一个人格，我想通过催眠的方式找到他产生的原因，不知您是否愿意？”

影视剧中常常可见心理医生利用催眠控制患者的桥段，那些被催眠的对象则如行尸走肉一般被操控，完全听命于催眠师。唐泽禹乍听之下，心脏“突突”地跳个不停，他谨慎地进行确认：“催眠会不会伤害我的神经，或者用更确切的说法，会不会影响我的精神世界？”

“我在美国的学长具有催眠师资质，他以前参与过对多重人格患者的治疗，拥有相关经验。”夏天蓝后悔应该先把周绍伟的简历发给唐泽禹过目，省得她费口舌介绍，“我会配合他进行催眠，保证安全是最优先级。”

唐泽禹沉吟半晌，对于另一个治疗师的介入颇有顾虑。“夏医生，你的学长，可以信任么？其实，不到万不得已，我不想让太多人知道我的情况。”他委婉地表达自己的想法。

“当然，您放心。”夏天蓝为周绍伟做了担保，她实事求是地说明自身的不足，“催眠是非常专业的治疗手段，我暂时还没获得这方面的资质。单凭我个人，现阶段没有办法替你进行催眠。”

他又默然许久，才不甚情愿地表示了同意：“夏医生，催眠过程中会发生什么情况？我希望能提前做好准备。”

“我现在不能保证一定会发生什么，或不会发生什么。”她耐心地解释，“前几次聊天，您一直想不起来小时候发生过什么，对于这个人格是否出现过的记忆十分模糊，所以我们才想利用催眠提取关于过去的那部分记忆。”她笑了起来，清脆的笑声里带有几分安抚：“根据统计，催眠大概对百分之二十的人无效，也有可能这个办法在您身上根本行不通。”

他笑笑：“夏医生，你安慰人的水平，挺烂的。”

“我的职责不是安慰别人，而是找到心理障碍的根源并解决它。”对他的嘲讽，夏天蓝不以为意，“您放心吧。”

“谢谢你，夏医生。”唐泽禹真诚地道谢，“我很庆幸那天晚上正好路过Zihuatanejo，看到了你的广告牌。”

唐泽禹第一次到咨询室的时候曾经嘲讽过广告牌上那一句“海边的弗洛伊德”，今天他再次提起这件事，态度已然一百八十度大转变。

夏天蓝放下手机，刚才她的脑海里浮现的却是唐泽尧对自己说过的话。

他找到你，可能也是命中注定！

和唐泽禹通完电话之后，当天的最后一个预约也快到开始时间了。夏天蓝走到楼下打开门，果然丁文杰正坐在台阶上等她开门。

他患有社交恐惧症，大学毕业后几次面试均以失败告终，于是终日宅在家里发呆。丁文杰的父亲在商业街当保安，捡到了被别人乱扔在地上的广告扇，抱着“死马当活马医”的念头，把儿子带到了夏天蓝面前接受治疗。

第一次见面时，丁文杰完全不敢直视夏天蓝，回答她问题时，他的声音也细小如蚊，还伴有明显的结巴。夏天蓝做前期沟通时，据丁文杰父母所说，丁文杰的口吃并非天生的，在家里时，他表现得一切正常，但在公共场所尤其是需要面对陌生人时，他就变得结巴起来。

丁文杰的症状表明他得了社交恐惧症，夏天蓝只好采用系统脱敏法对他进行治疗。经过几次尝试接触后，丁文杰对夏天蓝逐渐卸下心防，产生了信任感。之后的几次面谈，他已经能自然地宣泄情绪，表达自己的想法了。经过对丁文杰的深入了解后，夏天蓝知道了丁文杰对人际交往产生恐惧心理的原因：是因为校园歌手大赛被全体观众哄笑下台所致。从那时开始，只要面对着陌生人，丁文杰说话就开始结巴。

夏天蓝弯下腰拍了拍丁文杰的肩膀，他朝着她的方向侧抬起头笑了笑，一边扯着耳机线一边道歉：“对不起，夏医生，我没听到开门的声音。”

丁文杰现在能流利地和她进行对话，可是面对完全不熟悉的陌生人，他还是会恐慌地变成结巴。上一次治疗结束时，夏天蓝确定了今天的内容，给了他几天时间准备。

“没关系。”她带他上楼，“一会儿的表演你准备好了么？”

丁文杰先点了点头，接着又摇头，似乎自己也搞不清楚到底有没有做好心理准备。看他一脸迷茫的样子，夏天蓝给了他一个鼓励的微笑，并拉着他的胳膊走到栏杆边，两人一同俯视楼下的酒吧。

“那里，看到没？”夏天蓝指着吧台旁边的一块空地，“那是今晚你演出的舞台。”

今天对于丁文杰来说是最困难、也是最重要的一步。在此之前，他已经顺利地完成了系统脱敏疗法的前两步。当着父母、亲戚和夏天蓝的面，丁文杰可以勇敢地说话，大声地唱歌。然而，在陌生人面前，他还是没能克服心理障碍，正常地与人交流。因此，夏天蓝安排了今天晚上的活动，让丁文杰能克服心理障碍站在陌生人面前表演唱歌。

丁文杰望着楼下简易搭就的舞台，右手下意识紧握住夏天蓝的手。“夏医生，我害怕。”他的手在发抖，眼神惊慌又飘忽。

夏天蓝拉着他回到沙发前，要求他坐下自行调整呼吸。她拖来椅子坐到他旁边，和颜悦色地说道：“小杰，其实我也有焦虑症，每次谈恋爱到最后都会恐慌发作。所以我理解你站在陌生人面前会感到害怕，想要逃避。”

“夏医生……”丁文杰没想到夏天蓝本人也饱受焦虑症的折磨，并且还愿意与自己分享痛苦，除却原有的尊重敬仰，他又产生了难以言喻的亲切感。

“没什么可怕的，大部分人内心都会感到焦虑和恐慌，只是我们比别人稍稍严重了一点点。等到我们战胜它们，我们的人生也会因此更加厚重、更有质感，因为你战胜的其实是自己。”她适时给予他鼓励，最后笑了笑补充道，“万一这次失败了也没关系，我们重新开始。”

丁文杰低下头，“重新开始”这四个字仿佛一颗定心丸，他忽然心定了。“嗯，夏医生，我想出去工作，想和别人一样谈恋爱获得幸福，我一定要好起来！”

“加油，就要有这股气势！”夏天蓝为他鼓掌。每当患者展现必胜的信念，她都会感动万分，认为重新开始心理治疗这份工作，是一个正确的决定。

夏天蓝不由得想到了Alex，当初若非他极力说服自己，今时今日也就无法感受到这份成就。Alex作为朋友，不仅免了她的房租，今晚还主动出借酒吧让她为患者举办个人表演，他对她的帮助夏天蓝记在心里，却不知该如何回赠这份情谊。

不如这个周末请他一起来烧烤吧。这个念头猛然冒出了脑海，久久挥之不去。

夜幕低张，受邀参加丁文杰个人演唱会的宾客陆陆续续到齐。Alex和夏天蓝前几日赶制了一块小黑板立在酒吧门口，一些常来喝酒的人注意到了它，还诧异Alex怎么会低头向其他酒吧看齐也开始推驻唱歌手了。经他说明原委，大家都纷纷表示愿意贡献一份友善，来听这场不出名的演唱会。

丁文杰的父母和妹妹也来了，他的母亲拉着夏天蓝一个劲地道谢，说得夏天蓝都不好意思了起来。治愈心灵本就是一份需要付出巨大耐心并耗费时间和精力的工作，但与此同时收获的成就感和满足感也非比寻常。能治愈别人的伤口，对夏天蓝来说就已经满足了。

安排宾客入座的时候，夏天蓝发现了苏竟的身影。她走过去和他打了声招呼，感谢他抽空来捧场。

苏竟连忙伸出手，和她握了握表达祝贺之意。“夏医生，希望你的病人早日康复。”黑板报挂出来之后他也看到了，自觉是一次能修复和堂弟紧张关系的机会，特意空出了晚上的时间。

不过，就Alex见到他的反应来看，这个方案并不奏效。

“苏先生，谢谢！我会向文杰转达您的祝福。”夏天蓝微笑着道谢，半转身察看还剩下多少空位以便安排他落座。

“夏医生，有时间的话，可以请你到我公司为员工做心理辅导么？我们这一行，每天压力都很大，亟需疏导。”苏竟趁机提出邀请。上回他来酒吧的时候，正巧撞见堂弟和这名女子对坐饮酒，场面温馨气氛暧昧。当时苏竟注意到酒吧的营业时间其实还没到，又听她说租了二楼开心理咨询室，他就上心了。

“好啊。”夏天蓝以前担任过基金公司的心理顾问，后来才走上独立开业的道路。她从手包里取出一张名片递给苏竟，“上面有我的手机号码，我们电话约时间。”

“OK，我们再约。”苏竟收起名片，向她点了点头，“我自己找空位，你招呼别人吧。”说着，他走向靠近舞台的卡座位置。

Alex走到夏天蓝身侧，假装不经意问起苏竟和她在聊什么。天蓝如实告知，最后说道：“我在美国服务过基金公司，这一行除了投资组合的算法之外，其实就是心理游戏。”

“这个游戏玩不好，分分钟几千万上下，不抑郁才怪。”他笑笑，语带嘲讽，随即转移了话题，“怎么没看到Wilson？”

“他的客户有一桩集体诉讼，今天要做调查取证。他晚点会过来。”

“原来如此。”Alex抬头望了一眼墙上的挂钟，出声提醒天蓝演出时间快到了，让她去通知丁文杰。

她走到后面的厨房，这个大男生正对着墙壁自言自语。夏天蓝轻轻咳嗽，他回过了头。

“到时间了？”

“到时间了。”

丁文杰跟着夏天蓝往外走，通往酒吧吧台的小门已经打开了。他看着门那边的光，仿佛时光回转到被哄笑下台的那一夜。

他张了张嘴，却发不出声音。

夏天蓝站在门口，她转身面向背后的他，轻声说道：“文杰，跨出这一步，你距离战胜心理障碍又近了一步。It’s up to you.（这取决于你）”她明白他会紧张，最后关头再推他一把。

丁文杰想到自己对她说过的愿望，就算怕得头皮发麻，这一步也要跨出去。他迈开腿，越过夏天蓝，一步走到那边的灯光下。

Alex把吉他递给丁文杰，给了他一个鼓励的笑容：“不用担心，大家都是来支持你的。”

眼前这个男人对于他来说也是一个彻头彻尾的陌生人，他不自觉紧张起来。接过Alex手中的吉他，他慢慢走上台。

夏天蓝一直紧盯着丁文杰，以防万一他在台上恐慌发作。果然，当他站到众人目光汇聚处，他又结巴起来：“我，我为，大家带，带来，一首，歌……”话没说完，丁文杰转向了夏天蓝，眼眶含泪。

看来是不行了。夏天蓝正想上台为他解围，Alex抢先一步按住她，低声问道：“他准备唱什么歌？”

“一个叫朴树的歌手，那首歌的名字，呃，我想想，应该是且听风吟。”夏天蓝想了想，肯定地回答他。

他给了她一个宽慰的眼神：“交给我吧。”说完，Alex快步走上舞台，他用身体挡在丁文杰面前，挡住了大家的视线。“且听风吟是么？我来弹吉他，你只管唱出自己的声音就好。”

丁文杰定定地望着Alex，对方的微笑充满善意，完全不在乎他的结巴。他低下头看着地板，把吉他交给Alex。

Alex抱着吉他转身，表情轻松地说道：“谢谢大家今晚的捧场，这把吉他没有调好弦，所以第一首歌《且听风吟》由我为文杰伴奏。”

方才那一幕，众人皆以为丁文杰再度恐慌发作，一时都有些慌神。Alex的解释尽管听起来略嫌牵强，但大家都乐意接受，纷纷送上掌声。

“你能坚持么？”他半转身，悄声询问丁文杰。

听到Alex的问题，丁文杰的目光再次转向吧台那一侧的夏天蓝，只见她正用手势模仿呼吸的节奏，似在安慰他不要紧张。他跟着她的手势调整呼吸，心跳慢慢恢复稳定。

丁文杰点了点头，虽然没说话，但脸上的坚毅说明了一切。Alex让开身体，使他能够走到舞台中央，迎接众人的目光。

Alex拨动吉他弦，哀婉的调子从指尖流泻。丁文杰眼望天花板，一副遗世独立的高人姿态，夏天蓝不免捏了一把冷汗。她已经做好第三阶段治疗失败的思想准备了，大不了回到第一步重新再来。心理治疗通常周期漫长，过程循环反复甚至倒退都是常有的事，她不会让自己过于失望。就在这时，他们都听到了他的声音，丁文杰用清脆空灵的嗓音唱道：“突然落下的夜晚，灯火已隔世般阑珊。昨天已经去得很远，我的窗前已模糊一片……”这首歌的原唱本有一种苍凉，可是他演绎出了自己的风格。

夏天蓝紧紧握拳，激动得浑身发抖。不论多少次，她都能找回第一次治愈病人时的那份心灵悸动。

丁文杰的个人表演结束后，沈旭磊才匆匆赶到。他一迭声说“抱歉”，关切地询问演出效果是否达到了预期。

夏天蓝忍不住得意地笑起来，为丁文杰也为自己感到骄傲：“嗯，很成功，下一次治疗我打算带他到广场上表演，让他面对更多的陌生人。”

“那就好。”他靠着椅背，一脸倦容，抬手掩住嘴打了个哈欠。目睹这一幕，夏天蓝忍不住心疼起来，埋怨他既然累了就应该早点回去休息，不必特意赶过来。

沈旭磊放下手，先和回到吧台的Alex打了一声招呼，同时要了一杯水。他伸出手指卷起天蓝脸颊旁一缕碎发，轻轻笑道：“一天没见你，有点想念。”

拿肉麻当有趣！她皱了皱鼻子装作嫌弃：“好啦，见过了就回家休息吧，我差不多也该走了。”她偷偷瞟了一眼几步之外的Alex，不知他有没有听到他们的对话。

他用手指梳理天蓝的头发，凑到她耳边说道：“你还没去过我家，不如一起去。”

“不是说累了嘛……”天蓝的话没说完，他就吃吃笑了起来：“傻瓜，你以为我想做什么呢？”

夏天蓝一时语塞，愤愤地瞪了他几眼，嘟哝道：“哼，你欺负我没经验。”焦虑症在过去相当长一段时间里，基本替她将情情爱爱隔绝在了外部世界。相比他而言，她在男女关系上只能凭直觉行事。

沈旭磊笑得既邪恶又放肆，然而见她兴趣寥寥，他识趣地换了话题：“楚云飞和欧楠呢，他们先回去了？”

他不再说类似调情的话，夏天蓝的神情也恢复了正常。“云飞早上开始拉肚子，据说一个上午就跑了四五趟厕所，腿软得路都走不动。欧楠下午给我打电话，说送他去医院挂水。”她指着他问，“你今天还好吧？”

“一切正常。”沈旭磊第一反应就是昨天的火锅导致楚云飞急性肠胃炎发作，可听下来除了楚云飞之外，欧楠和夏天蓝，包括自己，都没有任何问题，这就难以判断致病原因了，只能归咎于他的运气不佳。

夏天蓝叹口气，纳闷地说道：“不知道他后来又吃了什么，否则就凭这种运气实在应该去买彩票了。”

沈旭磊看了一眼手表：“现在太晚了，明天有空的话我过去一趟看看他怎么样了。”

“嗯，我和你想法一样，毕竟他是为了我们姐妹俩才安排了这顿饭局，虽说也不一定就是火锅的问题。”

他又打了一个哈欠，整个人被倦意深深笼罩。夏天蓝抬手招呼Alex买单，一边对沈旭磊表示和他一起走。

Alex走到两人面前，摇摇手指说道：“有人请了今晚的round，不用你买单了。”

“谁啊？”天蓝四下看看，打算举杯感谢这位出手大方的“土豪”。

他抬起手，遥遥指着某个卡座，语气半冷不热：“当然是我那位了不起的堂兄。”

夏天蓝不清楚Alex和苏竟之间有何过节，他对自家堂兄的敌意明显得让她万分尴尬，尤其是她觉得苏竟给人的印象还不错。她笑笑，假装没有察觉Alex的情绪问题，仰起一张写满感动的脸，说道：“那我去说声谢谢。”

Alcx郁闷地看着她朝苏竟的位子走过去，转向沈旭磊，说道：“Wilson，友情提醒，苏竟这家伙是有名的花花公子，时下流行的霸道总裁。我觉得，你最好和Summer一起去打个招呼。”

要不是累得做不出表情，沈旭磊一定会夸张地咧开嘴大笑。“她有焦虑症，首先就能把一大批追求者拒之门外了。”他越是气定神闲，越显得自身魅力十足，连她的焦虑症都“望而却步”。

Alex忽然联想到那个“失控”的傍晚，当他抱着天蓝亲吻爱抚的时候，她完全没有恐慌的反应。心念闪动，望着她窈窕的背影，他不知道自己该怎么面对她了。

夏天蓝走到苏竟面前，再一次感谢他抽空捧场，以及破费请大家喝酒。苏竟笑声朗朗，爽快地承认自己做这些事不过是为了讨好堂弟，好让他回心转意。

“公司还在用他当初设计的那套投资组合算法。这不算稀奇，怪就怪在，尽管大家都用同一套算法，但是他创造的基金收益率纪录，至今无人能破。”说起Alex昔日辉煌，苏竟眉飞色舞，最后再来一句总结陈词，“以他的才能，开酒吧也好，搞摄影也好，都是在浪费生命！”

“前些日子，我和Alex谈起过去的事情，我觉得你想重新拉他入伙难度很大。”天蓝想了想，还是决定如实告知，免得苏竟浪费时间，“他对自己的过去，特别是在金融行业的经历，基本持彻底否定态度。”

苏竟脸色一变，低声骂了一句脏话，愤愤不平又无可奈何。“都怪他那个女朋友，就算被骗了又怎么样？活在这世上，我们当中谁没上当受骗过啊！要是搁现在碰到一次电话诈骗或者P2P，血本无归那还都是小事。就她偏偏想不开，竟然开煤气自杀！”他摇头叹息，也许这件事在苏竟心里同样压抑了很多年，好不容易逮到机会发泄，他一口气说了出来。

前几句话听着就像是一个渣男欺骗感情，后面苏竟所举的案例则直奔“骗财”这个方向而去，搞得夏天蓝无言以对。苏竟意识到失言，讪讪一笑，为自己和Alex开脱：“我们不是存心骗那个女生的钱，2008年股市一路跌到1664点的时候，当时面临的赎回潮差点让公司倒闭，我们几个到处找朋友借钱救急，浩然的女朋友给了我们一百万。后来我才知道，他没说实情，只说替她投资理财。那个女生以为他说谎欺骗，一时想不开就自杀了，没救回来。确实，浩然有错在先，可是她有没有想过会给活着的人造成多大的痛苦！”

夏天蓝的注意力被“浩然”这个名字占据了，她用手按住胸口，大脑不断命令狂跳的心脏赶紧冷静下来。“Alex的名字叫浩然？”欺骗，一百万，Alex和欧楠口中的“乔浩然”有着太多的重合。

“嗯，孟浩然那两个字。”苏竟心想女人的关注点真令人费解，他说了这么多，她只关心Alex的名字。

“苏浩然么？”夏天蓝抱着一丝希望问道。

她真奇怪！苏竟笑着摇头，回答道：“婶婶是带着他嫁给我叔叔的，他姓乔，乔浩然。”

同名同姓，经历相似，铁板钉钉是同一个人！夏天蓝的身子晃了晃，幸好她坐着，要不然肯定摔倒在地。她万万没想到，欧楠寻觅多年仿佛远在天边的男人，竟“就在眼前”。今晚若非楚云飞身体抱恙，他们直接就能在这个“没有回忆的地方”和回忆里的人重逢了！

她的五脏六腑像被一只手紧紧拽住，说不出地难受。夏天蓝恨不得立刻跑回家睡一觉忘掉所有事，那就不用面对这般为难的情形：一边是血缘亲情维系的妹妹，一边是默契的好朋友，她偏向哪一方都对不起另一个人。

可是，作为欧楠的心理治疗师，她不得不弄清楚整件事的来龙去脉——欧楠明明活着，为什么乔浩然会以为她死了？

欧楠把自家老板送回工作室之后，有一种“终于能坐下喘口气”的感觉。从早上踏进工作室发现楚云飞上吐下泻开始，她一整天就没消停过。先是跑到药店替他买止泻药，结果他的腹泻来势汹汹根本压制不住，她不得不一一致电客户取消当天的拍摄工作，中间又不可避免牵涉到模特的行程，所有的事情都被打乱要重新安排。

到了下午，欧楠把楚云飞送到医院，果不其然正是急性肠胃炎。陪着他挂了几瓶水，总算让他恢复了一点精神。

欧楠走到厨房，想熬一锅粥叫他起来吃。楚云飞一整天粒米未进，只喝了几杯水，上楼的时候软得一点力气都没有，嘴里还神经质地念叨“我是白痴，没事睡二楼干吗”。

她从橱柜里找出大米和电饭煲，淘了一点米插上电源煮粥。想想原先的自己是个什么都不会做的千金小姐，认识乔浩然之后不但会去麦当劳打工，也学会了自己做饭。虽然水平一般，但至少能够入口。

她端了一杯水，敲响楚云飞的卧室门。没听到他的回答，她悄悄拧开门把往里张望，他还在沉睡。

欧楠推开门走到床边，弯下腰推一推他露在外面的肩膀。她推了几次，楚云飞才张开眼，茫然地看看她。

“喝点热水。”欧楠轻声说道，有些不好意思。外界都把“喝热水”比作包治百病的良药冷嘲热讽，她说出口的时候也觉得有敷衍之嫌。可除此之外，她又不知道还能给他喂什么，只好走传统路线。

楚云飞撑起身体，接杯子的手微微发抖，不小心洒出了一点。欧楠鼓起勇气，伸出手扶住他的手，帮他喝完这杯水。

“谢谢。”楚云飞靠着床背，胡子拉碴的模样相当颓废。他虚弱地笑笑，向她说道：“今天辛苦你了。”

“我是你的助理，这些都是分内事。”欧楠收回水杯，“还要喝么？”

楚云飞点点头，他的视线一路跟随欧楠走出去，又热切地迎接她归来。要不是欧楠当机立断开车送他去医院，他不清楚今天会如何收场。到最后，还是这个平时柔弱的小女子救了他一命。

欧楠说自己很久没摸过方向盘，大有“我不担保安全，你自己看着办”的意思，当时他有气无力坐在副驾驶位，心想反正自己都已经半死不活了，她就算马路杀手又如何。现在回想起欧楠开车的架势，云飞不免为自己的大胆惊出一身冷汗。谢天谢地，能活着躺回自己床上！

不管怎样，欧楠今天算是立下大功。照这个趋势，不仅要提前让她转正，还要多加一点薪水才是。

欧楠端着热水进来，递到他手上：“我煮了粥，一会儿你喝一碗补充体力，你今天什么都没吃。”

“你吃了么？”他问道。

欧楠笑笑：“你挂水的时候，我跑出去买过一个汉堡，可能你睡着了没注意。”被他这么一惦念，她的肚子倒是饿得咕咕叫了起来。

楚云飞喝完水，把杯子放到床头柜。“上次给那家跨境电商拍宣传照，他送了很多进口零食，我记得全在橱柜里，你赶紧找来吃。”一口气说完，他已经累得直喘气。怪不得都说“病来如山倒”，他身体素质不错，平时连感冒都很少有，却被急性肠胃炎狂虐了一番，说出去不仅冤枉还怕遭人嘲笑，毕竟昨晚一起吃饭有四个人，偏偏只有他中招。

欧楠听话地走出去，不一会儿捧着一盒夹心蛋卷走回来。“你要不要？”她拆了一包，递给云飞。

楚云飞瞥了一眼，忍不住反胃。欧楠吓了一跳，立刻扑到他面前，焦急地询问：“怎么了，想吐么？”

这对话透着一股诡异感，云飞忍不住笑起来，精神又恢复了一点。他用手撑着床站到地上：“我去餐厅坐下来喝粥，你也喝一碗。”

欧楠伸手打算扶他，被他侧身躲开了。“没事，我已经好了。”说着，他迈开腿朝前走，努力走得雄赳赳气昂昂。

真幼稚！欧楠在他身后偷笑，不过看到他病情好转，她的心算是放下了。罢了，我是厚道人，不打击他的自尊心。她这样想着，跟着云飞走到前面。

他在餐桌旁坐下，她端来一碗洒了葱花的清粥：“怕你口淡没味道，我放了一点盐。”

白色的米粒晶莹剔透，他用调匙舀起一勺，粥体浓稠，看起来就让人食欲大开。最简单的食物，在饿了一天的人眼里，依然是顶级美味。

楚云飞很快吃完了一碗，意犹未尽又要了第二碗。欧楠对他的捧场十分高兴，直接把电饭煲端到餐桌上，方便舀取。

夏天蓝在给欧楠做过几次心理咨询后，曾经对楚云飞说过她很向往得到别人的肯定。欧楠一直觉得自己是可有可无不被需要的存在，在马斯洛需求层次中正处于“自尊的需要”。

楚云飞放下饭碗，认真看着对面的女子。当初收到她的简历时，他做梦都没想到有一天自己会堕入情网，想要一辈子都能喝到她煮的粥。

“欧楠，我喜欢你！”一旦察觉了心意，楚云飞就会立刻告诉女主角。

他的神情坦荡又温柔，眼神清澈，透着真挚与希望。欧楠看着这样的楚云飞，忍不住流下了眼泪。

夏天蓝对她说过：“无论你找到还是找不到乔浩然，你始终是你自己。”

她终于明白了这句话真正的意思：做好自己，自然会有另一个人来喜欢你。

17

Chapter

被时光掩埋的过去

第十七章

被时光掩埋的过去

Alex踏着夕阳投射在石子路上的光影一路走向酒吧。他从远处就能看到“海边的弗洛伊德”的广告牌，夕阳懒懒地照射在文字的正上方，为“海边的弗洛伊德”这七个字镀上了一层金红色的光芒。再加上道路两旁郁郁葱葱的树木，风情迥异的小洋房，这些平常早已过目数百遍的街道模样，此刻在Alex的眼中都变成了一种别样的美丽画卷。如果此刻有相机，他倒是挺愿意将如此的美景刻印在相机里。可是转念又一想，没有能分享的人，拍再多的美丽风景又有何用呢。突然就没了兴致，Alex自嘲地笑了笑，加快了前进的脚步。

他打开酒吧的大门，映入眼帘的是他熟悉的照片。他走遍全世界拍摄各种各样的鸟儿，却依旧走不出愧疚的心结。

直到走到里间，他才发现夏天蓝坐在吧台前，像是在等他的样子。今天本就格外孤独的心在看到夏天蓝的那一刻起，仿佛复苏一般地迅速加快跳动，Alex有股强烈的冲动想要把前面美好的身影拥抱入怀。可是，理智却告诉他不能这么做。

“今天来咨询的人比较多么？”他轻轻问道，打破了室内的寂静。走到她面前的男人，克制了心动，表面看来镇定如常。

夏天蓝抬起头看着他，她的脸上有很明显的两个黑眼圈，虽然用了遮瑕膏也没遮盖住。她微微一笑道：“忽然想喝你调的长岛冰茶了。”

Alex默默地拿来长岛冰茶需要的基酒。“这么早就喝酒，你确定？”他问道。

夏天蓝浅笑盈盈：“如果我说以前参加过戒酒互助会，你会不会不让我喝了？”她的模样不像开玩笑，Alex调酒的手停了下来。

“你有酗酒问题？”他在心里估算自己到底给她做过多少杯长岛冰茶，万一再度勾她犯了酒瘾，这罪过就大了。

她不否认自己的黑历史。“那时候到美国一年左右，我发现自己有焦虑症，一直找不到病因，就靠喝酒忘了它。”战胜了过去的人，才有资格笑谈当初，夏天蓝如今说起这段往事，心态极为平和。“相比那些酒精依赖者，我的情况属于最轻微的一种。到现在，我完全能够自我控制了。”

Alex舒了口气，递给她酒杯的的时候仍不忘提醒：“少喝一点，酒精伤肝。”

“乔浩然，你身为酒吧老板，说这样的话不怕吓跑顾客嘛。”她唇角含笑，故意用他的本名称呼。

Alex讶异地看着她，他确定自己从没告诉过她真实姓名。“我的名字，苏竟告诉你的？”那天她说过去道谢，结果和自家堂兄谈了很久，久到沈旭磊差点趴着吧台睡着。他没问他们谈话的内容，不过名字算不上机密，她要是亲自问他，他也会说的。

用“乔浩然”称呼他，夏天蓝的感觉十分微妙。以往，这个名字只出现在欧楠的回忆里，她曾经对那个男人好奇过，但仅限于好奇而已。但没想到，活在回忆里的男人竟然走到了现实世界，而且就在她的眼前。

岁月，或者该说经历，彻底改变了这个男人。乔浩然自信超凡意气风发，欧楠的描述可能有夸张之嫌，可无论从哪方面看他都自带了发光体属性，那个男人具备征服天下的野心和豪情；而Alex则是另一种风格，他隐身于人群漠然旁观，独来独往了无牵挂，这个男人的时间和生命，都静止在了岁月长河里。

“是的，那天他说了一些和你有关的事情。”既然做好了刨根问底的准备，夏天蓝不再拐弯抹角，直接把话题转向核心问题，“他想让我做说客，劝你回公司继续投身金融行业。”

Alex冷冷一笑，简单给了两字评语：“做梦！”

“我告诉他，你对过去抱有很深的厌恶感，百分之九十五不会回头。”夏天蓝表明态度自己站他这一边，只见Alex的神色迅速和缓，他赞同她的观点：“你说得没错。”停了几秒钟，他接着说：“我一直不理解苏竟为什么不肯收手，已经赚到一辈子都花不完的钱了，何必这么贪婪。”

夏天蓝和苏竟之前见过三次，最后那次进行了差不多半小时的谈话。那次谈话让她或多或少窥探到苏竟隐秘的精神世界。她寻思下次另找时间和Alex谈谈苏竟内心的孤独感和空虚，至少帮忙消除一下误解也好。

她把话题重新转了回来，问道：“你拍鸟儿，是为了纪念那个女孩子吧？”她记得欧楠曾经说起过一件事——她告诉乔浩然，自然界有很多鸟类都遵循“一夫一妻制”，假使伴侣离世，剩下的那一只鸟儿会选择孤独终老。

欧楠说：“当时他对我说，你就是我一生一世的另一半。没有了你，我也不会爱上别人。”

假如Alex真的认为欧楠已死，从他现在的表现来看，确实身边没有别的女人。夏天蓝自动忽略他们那天说不清道不明的暧昧状况，潜意识坚定地将他打造为“深情”的形象。

Alex倒了一杯啤酒给自己，白色的泡沫浮在金色的酒体上方，宛如一顶白色的礼帽。“她特别喜欢天鹅，一直想亲眼看看天鹅交颈组成心形的样子，我拍的第一张照片就是天鹅。”他顿了顿，脑海里浮现的画面全是为了拍摄这些照片所经历过的种种，“再后来，我就迷上了拍鸟。”

不管Alex后来怎么想的，至少他的初衷是因为欧楠。她觉察到自己情绪的微妙波动，赶紧收敛心神，把关注点重新放回还原真相。“你参加了她的葬礼么？”

Alex内心产生了疑惑，他不解夏天蓝为何今天如此执着地追问自己的过往。他双手撑着台面，冷冷问道：“Summer，你现在是以什么立场问我这些问题？”

“我是一名心理治疗师，如果能用我的专业知识帮助朋友走出过去的阴影，我不但会感到非常欣慰，也会觉得很幸福。”夏天蓝没有正面回答Alex的问题，她说的理由却让他难以招架。她有美丽女人的自觉，知道什么时候应该予以利用。

夏天蓝的眼神温暖又亲切，击溃了他的伪装。冷漠面具在她的凝视中碎裂了，他的哀伤和悔恨都展现在她的面前。过去的这些年，没有人敢过问他的感情世界，也没有人在这么近的距离敲响他的心门。夏天蓝是特别的一个，在她面前，他的秘密无所遁形。

“苏竟有没有告诉你，我的女朋友借了一笔钱给我？”见她点头表示肯定，Alex继续说道，“当时所有的股票都在跌，完全看不到希望，身边的朋友知道我们借钱是为了应付赎回，没人愿意投到无底洞。我和苏竟卖了车子、房子，还是远远不够，那段日子差不多每天都在破产边缘。”

“然后呢？”夏天蓝买过股票，次贷危机爆发时几乎上全军覆没，所以她能体会股市狂跌对心理的巨大影响。Alex作为风口浪尖上的投资人，他的压力恐怕大的难以想象。

“然后，股市的转机出现，我的算法给出了买入信号，可是我们没有资金了。她借了一百万给我，我告诉苏竟这是用来买入股票反败为胜的弹药，谁都不能动。他坚持我的算法出了问题，把钱转到赎回的资金池。”说到这里，Alex的情绪和语气都有了明显波动，显然多年后他仍旧未能释怀苏竟的抉择，“我瞒着她，用她的身份证和房产证做了贷款抵押，原来说定一个月还款。没想到股市起来的速度比我预计中更慢，一个月后，那笔钱又被套了。”

欧楠对夏天蓝说过这件事，乔浩然失踪前她接到过奇怪的电话，就是没人说话或者传来诡异笑声的那种。她一开始当成骚扰电话，等到与他失去了联系，她还一度以为他遭遇了绑架。后来，奇怪的电话变成了恐吓，对方不仅在电话里逼她还钱，还堵她的门要她交出房子，她才知道乔浩然用自己的名义借了高利贷。

夏天蓝当时的反应是张大嘴巴，一副难以置信的表情。“你替他还了债？”她想象不出柔弱无助的欧楠当年如何度过那些日子，并且在遭遇这一切之后，为何还能用充满爱意的语气谈论他们的相遇、相恋！

“不是，突然有一天电话就消失了，房产证和身份证也被人塞在邮箱里。我觉得，一定是他把钱还清了。”欧楠苦恼的表情恍似面对世界未解之谜，“我就是不懂他为什么不肯见我，而且哪里都找不到他。”

今时今日，夏天蓝终于找到了欧楠的“乔浩然”，也解开了他为何不告而别的秘密。他原本是她头顶的一片天，习惯了接受她的崇拜和仰视，当某一天和“骗子”“赌徒”画上了等号，若不能东山再起，又有何面目再站到她面前？

“因为房子没了，她就自杀么？”夏天蓝的声音里，满满的遗憾和怜惜，为了他，也为了欧楠。

“她拼命打电话找我，那个时候，我哪还有脸见她。”Alex苦笑，喝到嘴里的啤酒也显得异常苦涩，“我和苏竟翻脸，逼着他给了我一笔钱，先还了高利贷。”

尽管已知欧楠的房子保住了，夏天蓝依然松了口气：“后来又发生了什么，以至于逼她走上绝路？”

Alex坐了下来，长长叹一口气。这么多年里，夏天蓝是第一个让他开口谈论过去的人。她的声音具有奇怪的魔力，令他不由自主吐露心声。“苏竟给我的那笔钱其实是找地下钱庄借的，我和他不得不在边境躲了几个月，不能回来，也不敢和家人联系，整天提心吊胆。这种日子，我自己一个人承受就行了，我不想再把她牵扯进来。

“我拜托大学乐队的朋友偷偷去看看她过得好不好，有没有被别人骚扰。没想到他带来的消息竟然是她在两个月前煤气中毒死了。”说到这里，Alex的身体像寒风中的树叶一般簌簌发抖。他抬起手遮住脸，破碎的声音从手掌边缘漏出："我连她最后一面都见不到，早知这样，哪怕断手断脚我也不会走。"

到底是哪个不靠谱的朋友啊！天蓝差点从椅子上摔下去，他俩简直比窦娥还冤。人生的荒谬之处，往往就是看似最不可能的理由决定成败，就像谁又能想到将欧楠和乔浩然分开这么多年的原因，竟是一场"误会"呢？

假若他有勇气再打一次欧楠的电话，假若他坚持亲眼看到她的墓碑，这个误会轻易就能解开。然而，人类面对痛苦和自责，习惯采取逃避来解决所有问题。

他的心理仿佛处在与"薛定谔的猫"相似的状态，似乎欧楠的生与死，就取决于他是否主动打开那个盒子。所以，一方面，他已经接受了欧楠已死的"事实"，并常年忍受着深深的痛苦和自我谴责；另一方面，在潜意识里他又希望欧楠的死只是一个误会，好像只要他不去亲眼证实她的死亡，欧楠就可以在另一个世界里平平安安永远活下去。

夏天蓝望着双手掩面沉浸在悲伤情绪中的Alex，几乎就要告诉他欧楠还活着的真相。话到嘴边，她想起了云飞发给自己的消息，迟疑了。

对于楚云飞的告白，欧楠没有当场给予答复。尽管如此，他仍旧兴奋地发消息告诉天蓝这件事，最后还加了一句"作为她的姐姐，你要挺我"，以至于现在让夏天蓝进退维谷，不知如何站队。

"你还爱她么？"她一字一句，问得郑重其事。

Alex的手从脸上移开，俊美的面孔有自责、悔恨，还有羞愧的表情。面对夏天蓝，他选择说真话："过去的每一天我都在想，如果能够倒退回到从前，我一定不再坚持可笑的骄傲，不再自以为是，不在乎输赢，只要她能活下来。"

这个永远冷静超然的男人在夏天蓝面前摘下了面具。他走遍万水千山，哪里都不是他的Zihuatanejo。

欧楠曾经面带悲伤，一边叹息一边告诉夏天蓝"在鸟类的世界，有比人类更加忠贞的爱情"。然而今天，她看到了乔浩然的深情。

夏天蓝设计了一个实验，以试探煤气中毒事件的真实性。她仔细推敲Alex说的每一句话，认为他的朋友不太可能无中生有故意编造谎言欺骗他，能得到什么好处？若排除这一可能性，剩下的选择题倒是比较容易了，要么就是欧楠对她隐瞒了自杀这件事，要么就是Alex为自己找借口。

夏天蓝邀请欧楠到家共度周末。为避免尴尬，她没邀请沈旭磊，叫了楚云飞和Steven一家。

Steven的太太Lisa（丽莎）原先是另一家娱乐周报的主编，两人从抢独家、抢资源开始一路争斗，俨然不共戴天的仇敌。夏天蓝兼职那一阵，Steven每次开会毙掉选题的口头禅永远是那句“狗屁选题，隔壁家Lisa徐都看不上的货色”，想不到他俩最后居然跌破所有人的眼镜成了一对恩爱夫妻。

夏天蓝已经想不起当年总编大人口中的“母老虎”长什么模样，眼前所见的女子眉目疏朗，长相颇为大气。据说她先于Steven离开传统纸媒，现在运营介绍潮流搭配的公众号，已甩开自媒体刚起步的Steven一大截。

Lisa一手包办了烧烤食材的准备，详细的列表令夏天蓝自愧不如。相比之下，她除了打电话召集大家烧烤聚会之外，只出了场地和烧烤架，自觉实在说不过去。倒是Lisa丝毫不介意这些小事，还对自己一家的人多势众表示了歉意，除了大宝、二宝两个娃，他们还带来了一条狗。

两个小朋友在草坪上扔飞碟、遛狗，一会儿过来一个问“有什么能吃的”，胡乱塞几口再跑回去继续玩。夏天蓝望着他们快乐奔跑的身影羡慕不已，这是她梦想拥有的家庭幸福，可惜一直未能如愿。她看了一眼欧楠，后者如她所料，也望着那两个孩子一条狗。果然童年不幸福的孩子心境都是相似的，别人的幸福宛如眼里的一粒沙，只有流出眼泪承认自己得不到才能解脱。

欧楠坐在楚云飞的旁边，充分履行了助理的监督职责。鉴于楚云飞刚从急性肠胃炎恢复过来，对于油腻的肉类，欧楠一口都不准他碰，口口声声“这是医生的指示”。楚云飞倒也听话，可怜兮兮地咬着烤熟的茄子、土豆片，盯着大家啃鸡翅吃羊排，眼神分外哀怨。

爱情真伟大！夏天蓝抱着肚子闷笑，天不怕地不怕的楚云飞终于有人治了，可喜可贺。不过看他们相处的样子，欧楠应该还没接受他的告白，否则就算他难得害羞不昭告天下，也必定会有一些比较亲密的互动，但观察下来统统没有。

夏天蓝不得不进行计划中的实验了。她起身，对欧楠说道："欧楠，我煮了粥，你过来和我一起盛给大家。"

欧楠应了一声，站起来跟着天蓝往屋子走。她看着天蓝输入密码"06230305"，在她按下#键确认前，狐疑地问了一句："你怎么会设置这几个数字做密码？"

"嗯？"天蓝不太明白她的用意，"我没改过设置，这是我们的……妈妈，她留下的密码。"

欧楠的表情有些复杂，不情不愿地说道："三月五日，是我的生日。"

天蓝惊讶地张大了嘴巴："照你的意思，难道六月二十三日是我的生日？"她在七月十日过生日，但那一天其实是她被放在孤儿院门外的日子，没有人知道她真正生于哪一天，除了这栋房子的前女主人。

"0305肯定是我的出生日期。"欧楠咬了咬唇，内心不愿意轻易原谅抛夫弃女的江荟澜，可摆在眼前的事实又令她产生了母亲并没有真正忘记自己的想法。矛盾之下，她还是给了夏天蓝微末的希望："假如她只有我和你两个孩子，我想六月二十三日应该和你的生日有关联。"

六月二十三日，真正的生日！天蓝内心百感交集，她连忙把头转开，唯恐被欧楠瞧见自己热泪盈眶的模样。

欧楠垂下头，视线放在鞋子前面那块瓷砖花纹上。她想等夏天蓝情绪平复一起进去，忽然鼻端闻到一股刺鼻的味道。

"你不是用电饭煲煮粥？"欧楠惊惶地抬起头，推了推天蓝的胳膊。

"呃，不是。"天蓝回过神，从欧楠的表情来看，她应该闻到了煤气泄漏的味道。

这是她精心设计的实验，为了让欧楠能主动想起或说出和煤气中毒有关的记忆，她特意用煤气灶煮了一锅粥，算准沸腾后刚好能扑出锅盖浇灭火苗的水、米比例，连打开房门的时间都做了计算。

和她料想的差不多，欧楠连鞋子都没有脱，飞快地直奔厨房而去。天蓝跟在她身后，假装懵懂不解，一直追问发生了什么事。

欧楠没理会天蓝的叫唤，她先关了煤气总开关，再打开窗户让室内空气流通。做完这两件事之后，她才转向自己的姐姐，皱着眉头批评道：“你开了煤气煮东西，自己不记得么？”

“不好意思，我不小心忘了。”这样的欧楠，天蓝第一次看到，出乎她的意料。

“每个不小心都可能是致命的。”欧楠的语气堪称“严厉”，她的表情也显示并非吓唬天蓝，而是得到深刻教训的后怕。

无人过问的真相渐渐浮出水面，她告诫自己要小心行事。天蓝放低了声音，温柔地问道：“欧楠，以前发生过什么事？”

欧楠的身体微微晃动，间接证明夏天蓝的问题确实触及了她的内心。有了先前几次谈话为基础，欧楠甚至对天蓝的询问产生了条件反射，似乎回答了她就能获得些许平静。

“堂妹在我那里住过一阵子，有一天晚上她在家洗澡，煤气泄漏了。那天我正好不在家，等我回来才知道她出了事。”欧楠的声音越来越低，她用双手撑住桌面命令自己不能哭，但是当日受到的谩骂和委屈一齐袭上心头，眼泪还是没忍住。

欧楠无声地哭泣，梨花带雨的模样非常可怜。天蓝轻轻叹了口气，走到欧楠身边，搂着她的肩膀拥入怀抱。

“我明白，不是你的错。”天蓝轻拍她的肩膀，低声安慰。

欧楠反手抱住天蓝，把脸埋在她的肩头。起初，她只是轻轻抽泣，慢慢地哭声越来越大，她紧紧抱着天蓝，像个受尽欺凌的孩子一样放声大哭。

天蓝的情绪也被欧楠带动起来，鼻子发酸眼眶潮湿。她差一点脱口而出“我知道乔浩然在哪里”，但那个许久不曾出现的小人突然又跳了出来，叫嚣着“不要告诉她”。

夏天蓝保持了沉默，她什么都没说，一如面对Alex那样。

宾客离开后，夏天蓝上楼洗澡换衣，把烟熏火燎的味道统统冲走。欧楠不愿意留下住一晚，她便也不再强求，在众人告辞离去后发消息给沈旭磊，两人相约一起晚餐。

夏天蓝将自身的反常归咎于连续多日未能与沈旭磊好好相处，才会被另一个男人的秘密搅得神思恍惚。那一夜在Zihuatanejo碰面之后，沈旭磊猛然忙碌起来。一直到周末他们都没见过面，只靠电话联系证明还有男朋友这种生物的存在。

沈旭磊上午在养老院做义工，帮助工作人员替老人们理发、更换床垫被褥。见他孤身前来，大家都关切地问起为何不见夏天蓝，郑院长甚至对他说：“不要再花心了，天蓝是个好孩子，你不能辜负她！”

他后来翻查调查员的报告，才发现在那份编号63的文件里，已出现过郑院长和这家养老院的名字。彼时，他只关注结果忽略了过程，最后恍然大悟冥冥中早有天注定。

郑院长一说他“花心”，立刻引起了老人们热烈的讨论，似乎长相帅气的他就是“花心男”的代言人，让沈旭磊哭笑不得。

他少不得做出口头保证，信誓旦旦余生只爱夏天蓝一人，方才换得人人满意。郑院长仍然不放心，再三叮嘱：“小磊，天蓝从小就是个要强的孩子，你多让着她一点。男人让女人，不吃亏。”

“我会的，您放心。”他的脸上始终挂着彬彬有礼的微笑，礼貌地回答。倒是一旁的工作人员看不下去，私下里对他连连道歉，直说：“这是道德绑架，沈律师你别往心里去。”

他笑笑，不以为意。生活教会沈旭磊一件事：只有强者，才懂得不计较。

他离开养老院的时候收到天蓝的短信，她约他一起看电影吃晚饭。沈旭磊看着屏幕上她的头像，心情豁然开朗。

想到她的时候，无缘无故就会开心，这就是爱情吧。

他们约在购物中心会合，沈旭磊到得比较早，先去买了一杯咖啡。他步出咖啡店，朝购物中心的入口望了一眼，正好看见夏天蓝走了进来。

她穿了一条碎花的长裙，戴一顶白色的圆顶帽子，充满少女气息。沈旭磊低头看看身上的T恤牛仔裤，暗中庆幸自己今天走的也是休闲风，否则一定会被当成“怪叔叔”。

夏天蓝左右张望，看到咖啡店门口的沈旭磊朝自己挥手示意。她穿过人群走到他面前，嗔怪地说：“看到我却不走过来，请问你有半分男朋友的自觉吗？”

“你走路的样子很好看，我想多看几眼。”他眨了眨眼，理由随手拈来。

夏天蓝早有觉悟不和律师比口才，想不到他连说起情话来也能面不改色，反倒让她在大庭广众之下脸颊发烫。

看到她脸上的红云，沈旭磊心中激荡。他坏坏地一笑，低下头，飞快地给了她一个轻吻。

夏天蓝受到了惊吓，一时半会儿没回过神，目瞪口呆地看着神色如常的沈旭磊。这该死的家伙偷袭得手后就恢复气定神闲的姿态，恍似什么事都没发生一样。

好样的，算你狠！天蓝在心里长长吐出一口气，暂时压下“报仇”的念头，打算攻其不备。

她浅笑盈盈，挽起他的胳膊朝前走，一面寻思着看电影时如何欲拒还迎小小地打击他一下。想到得意处，她不禁“扑哧”笑出了声。

“在琢磨怎么报复我？”沈旭磊垂下眼睛，眼睛里宠溺泛滥，“让你欺负一辈子，好不好？”

夏天蓝没反应过来，笑着答了一句：“嗯，这个可以有。”

他说得如此婉转，她不明白相当正常。沈旭磊宽容地笑了笑，停下脚步，一字一句道：“我是认真的。”

认真的……欺负一辈子……

把前后两个句子的关键点重新排列以后，夏天蓝抬起眼睛，神色复杂地望着他：“沈旭磊，莫非你是在求婚？”

手上没有鲜花，没有钻戒，沈旭磊还是单膝跪下了，拉着她的手说道：“夏天蓝，遇到你以前，我从没想过结婚这件事。现在，你愿意和我共度余生么？”

从沈旭磊单膝跪地那一刻，他们身边迅速围绕了一圈人。虽然当众求婚的人越来越多，但能亲眼目睹求婚成功的一幕对于大部分路人还是具有强大的吸引力的，围观群众开始起哄，催促夏天蓝赶紧答应。

她仿佛置身于擂鼓鸣金的战场，所有的响声汇聚成为呐喊，嘶吼着“答应他”……太阳穴突突跳个不停，冷汗涔涔而下，脑袋里像有一个飞碟在忽高忽低地飞行，天地开始旋转了。

自由的那只手按住了心口，夏天蓝勉强挤出一个笑容，她想回答他的求婚，哪怕一个字也好。可是，脖子就像被人扼住，她连呼吸都无法顺畅进行，又如何能给他回应呢！

留在夏天蓝记忆里的最后一幕：shopping mall华丽的吊灯在视野内倒转，沈旭磊焦急惊惶的神色。

火光、尖叫、浓烟、灼人的热浪，烈焰似乎在肌肤上燃烧，痛入骨髓……夏天蓝从噩梦中惊醒，她张开眼睛，茫然地瞪着天花板。

记忆一点点复苏，她想起沈旭磊在大庭广众向自己求婚的事。然后，目光四下一转，她意识到这不是自己的房间。

夏天蓝挺起身体，隐身于黑暗中的男人发出了声音：“你终于醒了。”语气平淡，听不出情绪波动。

夏天蓝转头望向声源，依稀能分辨出沈旭磊的轮廓。“对不起……”她嗫嚅着说出这三个字。他打断了她，说道：“又是焦虑症，对么？”

“很久没这么严重过，我以为没事了。”

她的声音里夹杂了疑惑，更多的则是遗憾。沈旭磊叹了口气，用遥控器开启了顶灯。

一室光明，天蓝被瞬间的强光刺激得闭了闭眼睛。等她再度睁开时，沈旭磊已站到床边。

他弯下腰，将她推倒在床，随即欺身压上。“旭、旭磊，你想干吗？”天蓝慌张地问，双手按住他的肩膀试图推开，然而男人的力量毕竟胜过女性，她根本推不动他。

深邃的眼眸里有一簇危险的火苗在跳动，沈旭磊二话不说握住她的手腕，微微一个用力就压制了她徒劳的抵抗。她的两手被他牢牢扣在床上，犹如耶稣受难的姿势。

“沈旭磊，放开我。”他的眼神吓坏了她，天蓝用尽力气大喊，希望能喊醒他。

他不说话，也没有进一步的行动，只是一瞬不瞬地凝视她的脸。他的眼神悲凉绝望，仿佛心碎成了千片，天蓝的心跟着疼痛起来。

“还要我做什么，才能治好你的心魔？”沈旭磊低声问道。当一个人发现自己所有的努力全都是无用功，必定会有此刻生无可恋的感觉。

夏天蓝伤感地摇头，她的无能为力一点都不比他少。“对……不起，对不起，我真的不知道。”眼泪流下脸颊，她哭着道歉。

沈旭磊放开双手，翻身躺倒在她身侧。他用手捂着眼睛，胸膛剧烈起伏，好一会儿才平静下来。

夏天蓝看着他从另一边下床，光着脚走向卧室门口。他打开门，手握着门把手回过头，表情淡然，说道：“饿了么？我去煮碗面。”

“你不怪我？”她忐忑地问，惶恐不安。万一他越想越不甘心，再上演方才那一出，到时该怎么办啊？

他莫测高深地笑了笑，没回答她，径直走了出去。夏天蓝被他笑得心里发毛，她赶紧下床，光脚奔出卧室。

卧室外面并非她想象中的客厅，而是一间大书房。夏天蓝停下步子，意料之外的状况让理智找到了喘息之机，并迅速恢复冷静的头脑。

夏天蓝，你发什么神经！你和他相处那么久，他的为人你看不出来嘛！而且，一直是你亏欠他好不好！她喘口气，自我谴责无数遍，深感对不起旭磊。

“面还要再等几分钟，看书看电脑，你随意。”门口传来男主人的声音，她转头看到他双手环胸靠着门框，姿态潇洒，就是面无表情。

她点点头，走到书架前浏览他的藏书，大部分都与法律相关，另有一小部分则是世界名著。手指划过书脊，在每一本自己也曾阅读过的名著稍作停留，天蓝不免唏嘘。他和她的欣赏品位如此接近，从任何方面看，他们都是天生一对。

脚步声渐远，回头已不见他的身影。夏天蓝叹口气，视线再度回到书架，夹在《基督山伯爵》和《二十年后》两本书中间突兀的黑色文件夹吸引了她的注意力。她的手指慢慢爬升到文件夹顶部，用了一点力将它抽取出来。

打开文件夹，原来是他做的剪报。夏天蓝随意地瞥了一眼，看到了报纸标题中的“车祸”“滨海公路”这些字眼，她想起了沈旭磊提过的车祸，神情变得专注。

夏天蓝看了篇幅最长的一篇报道，记者在导语部分写道：“死亡公路昨夜又发生一起车祸，一名快递员在送件途中被撞身亡，肇事车辆涉嫌逃逸……”看到这里，夏天蓝的心提到了嗓子眼，左手无意识地卡住了喉咙，唯恐自己发出尖叫。

她立刻查看剪报的日期——二〇〇三年七月十日。她被遗弃在孤儿院门口的那一天正是七月十日，三十三年以来，包括她自己都把七月十日当作生日。

二〇〇三年七月九日，夏天蓝与何家伟约好在白沙湾见面，共同迎接她二十岁生日的日出。她等了一晚，他没有出现，第二天报纸不起眼的位置刊登了他的死讯。

关于何家伟的死亡仅仅是轻描淡写的几句话，记者提到他的摩托车疑似与轿车在高速行驶中擦碰失控，他被撞飞了出去，因伤势过重未得到及时救助身亡。那篇报道的重点放在“公路必须设置监控摄像头”，他的死亡不过是又一个“不幸的案例”。

夏天蓝双腿发软，身子摇摇欲坠。当年她举着牌子在出事地点寻找目击者，Steven也出力在报纸上刊登了求助广告，奈何统统无果。在找不到目击者的情况下，尽管口头坚决不承认，她的内心天平却渐渐倾向保险公司的推测——何家伟是自杀。

此刻，与何家伟车祸有关的报道整整齐齐出现在天蓝眼前，它们的篇幅有长有短，每一篇都让她心跳麻痹快要不能呼吸。

沈旭磊，这个城市每天都会发生伤人致死的车祸，为何他偏偏将十三年前那场车祸做成剪报？难道说，他和家伟的死有关？

夏天蓝满心恐惧，像被人突然扔进冰天雪地似的打着哆嗦。她能看到自己的手在剧烈地颤抖，就快要拿不住文件夹了。

她合上文件夹塞回原处，仿佛意识到这是一个可怕的陷阱，心怀畏惧地朝后退了一大步。大腿撞到书桌的尖角，痛得她倒吸一口冷气。夏天蓝连忙抬起右手将拳头塞进嘴里拼命咬住，唯有这么做，她才能克制住尖叫的念头。

饶是如此，终免不了闹出些许声响。夏天蓝惊惧地回头张望，确认沈旭磊并未留意到书房里的动静，才松了一口气。

冷静，先冷静下来！她闭上眼睛按住狂跳的心脏，命令大脑快速恢复理性。沈旭磊说过自己的PTSD源于近距离和死亡擦肩而过，有没有可能真相其实是他隐瞒了致人死亡的肇事逃逸，背负着沉重的秘密和压力，所以他的PTSD才迟迟无法痊愈？

须臾间，夏天蓝似乎又从冰天雪地一脚踏入火山口。滚烫的岩浆翻涌着，灼人热浪将身体里最后一点水分都蒸发殆尽，她的皮肤散发着高热，嘴唇和喉咙干渴无比。

如果那一夜，害死何家伟的凶手正是沈旭磊……左手臂痛得抬不起来，她抱着胳膊，指甲在白皙的肌肤上狠狠刻出红色印子。如果猜测变成了事实，自己岂非一直在与“仇人”耳鬓厮磨？

怪不得自从确定焦虑症成因与何家伟有关之后，以往面对沈旭磊不会出现的恐慌反倒时常发生，并在他求婚时到达崩溃的临界点。

原来，这是警告！

她不能呼吸了。

Chapter 18
听从恶魔的召唤

第十八章

听从恶魔的召唤

周绍伟推着行李车出关，在接机的人群里一眼瞧见神思恍惚的夏天蓝。他走到她面前，伸出手在她眼前来回晃动，拉回了她的神智。

“啊，学长，你好。”夏天蓝如梦初醒，勉强扯出一个微笑。

研究过微表情的周绍伟自然能读出夏天蓝微笑背后的苦恼，他以为又是为焦虑症烦恼，便安慰她道：“你做一行那么久，见过几个轻轻松松就能搞定的案例？你才找到病因，慢慢来。”

沈旭磊与何家伟车祸事件的关联，夏天蓝目前只有他收集的那些剪报，还不能百分百确认他一定就是肇事者。从私心讲，她希望自己的怀疑纯粹是捕风捉影，沈旭磊在这件事上清白得就像白沙湾的沙子那样。

那天晚上，夏天蓝做了一件向来不齿的事情——偷看别人的手机。幸好沈旭磊的手机设置两种解锁方式，除指纹之外，还可以通过破解六位数字密码解锁。她输了两次密码，第一次是“030709”，第二次输入“070903”

之后，解锁了他的手机。

他设置的密码成为另一个间接证据，这几个数字原本毫无意义，一旦组合起来却成为夏天蓝殇痛不已的日子。饶是如此，她仍然抱有一线希望：也许，只是巧合呢？

沈旭磊和她一样，习惯用手机自带的日历记录行程安排。不得不承认，习惯有时的确会出卖自己。

沈旭磊曾经说过找了另外的心理医生治疗PTSD，他的日程表里果然有好几条“和王医生见面”的记录。她打开通讯录，找到了Dr. Wang的信息，记下了对方的手机号码。

作为同行，天蓝深知即便自己打电话说明原委，Dr.Wang也会以保密原则为由拒绝透露病人的隐私。所以，她假装自身有心理障碍想要寻求帮助，和沈旭磊的心理医生预约了明天上午十点碰面。

夏天蓝此刻满脑子都是这件事，偏偏又不能告诉任何人，只得用“没睡好”为自己的心不在焉辩解。此时面对周绍伟关切的询问，她悻悻然解释道：“学长，和焦虑症没关系，我没睡醒罢了。”

周绍伟一脸“你说什么就是什么”的表情，跟着她走到外面的停车场。看到她开一辆BMW来接自己，他不由惊讶地睁大双眼，啧啧叹道：“Summer，看来你妈妈留下的遗产非常丰厚。”

她白了他一眼，没好气地说道：“这是朋友借给我的车。至于我妈，你倒也没说错，可是并不能弥补什么。”她耸耸肩打开车门坐上驾驶位，接着说：“学长，别和我客气，自己把行李放后面吧。”

看样子是经期综合症。周绍伟偷偷腹诽，将行李放到后德厢，再绕回副驾驶位。“你和病人约了哪天？”

“他出差了，明天下午回来，约了周三上午。”她踩下油门发动汽车，笑着补充道，“你正好先倒一下时差，别到时候把自己也给催眠了。”

周绍伟扣好安全带，笑眯眯地回道：“从我们碰头到现在，你总算笑了。和那个男人的进展，还算顺利吧？”

夏天蓝苦笑，她的表情说明了一切。“学长，假如有一个男人，无论他做什么或说了什么，都不会让我感到恐慌，你觉得我应该和他在一起吗？”夏天蓝对于自己和Alex之间发生的奇妙的化学反应，一直被她用理智压在了内心的最深处。有了沈旭磊和欧楠的这层墙，夏天蓝清楚地知道她和Alex只能保持在朋友的界限里不能逾越。可是，知道沈旭磊很有可能和何家伟的死有关的时候，夏天蓝的心就开始强烈地动摇，每每在她焦虑症发作痛苦难堪的时候，她就格外地怀念和Alex那次擦枪走火的亲密。她多么想把他据为己有，可是她不能。

“我认为，你应该听从自己的内心。”周绍伟交叠双手垫在后脑勺，舒服地靠着椅背，“当爱情来的时候，就连死亡都望而却步，何况焦虑症呢。”

内心的召唤？夏天蓝笑了笑，不置可否。

周绍伟逗留期间暂住在夏天蓝那里，她开车直接回了家。当汽车在车道停下时，周绍伟睁开惺忪的睡眼打量前方矗立的豪宅，再一次惊讶了。“Summer，这是你妈妈留给你的？”

“没错，就是它。”

周绍伟露出意味深长地一笑：“得到这样一份遗产，还有什么不能弥补呢？”他下了车，走到后德厢取出行李，跟在她身后朝别墅的方向走去。“至少，在她生命的最后时刻，她把一生中最值钱的一样东西留给了你。”接着刚才的话，他继续说完。

要是钱能解决所有问题，那就好了！

夏天蓝故意没化妆，顶着黑眼圈，素面朝天到了王医生的办公室。她治疗过许许多多失眠症患者，轮到自己扮演，自然得心应手。夏天蓝逼真的表演成功骗过王医生，让他真心以为她饱受失眠症的折磨。

根据沈旭磊和这位心理医生见面的频次，她大概能推测出他的治疗进展到了何种程度。沈旭磊既然当自己的面表示愿意接受PTSD治疗并付诸行动，理论上他应该在前三次会面结束时就把当日车祸的详情告诉心理医生。至于他说出的真相是否如她想象的那样，无疑需要自己小心求证。

“我闭上眼睛就能看到他，浑身是血躺在滨海公路上，孤零零地等死。”她对医生描述自己的梦境，“那天晚上，天很黑，没有人看到摔在地上的摩托车，也没有人看到他。”

在王医生眼里，办公桌对面的美丽女人眼神恐惧，常常神经质地回头看身后，像是确认背后到底有没有人。她的脸色十分苍白，黑眼圈触目惊心，符合长期失眠的特征。他给她的杯子加了一点水，让她先喝一口缓和情绪。

“王医生，十多年了，每年在他忌日前一个月我就开始做噩梦，梦见他被撞死的样子。”放在桌面上的手在发抖，她用另一只手按住它，可惜没什么用。

“张小姐，他哪一天出事的？”王医生按例询问，试图了解她的状况到底持续了多久。天蓝给自己取了一个“张云霞”的假名，以防万一被沈旭磊发现蛛丝马迹。

“二〇〇三年七月九日晚上，通往白沙湾的滨海公路。”夏天蓝一字一句，把时间和地点说其仔细。她一动不动，直勾勾地盯着他的眼睛，果然被她抓住仅仅零点一秒的惊讶。

那份震惊绝对不会错，哪怕这位心理医生下一秒立刻恢复镇定，也难以抹去他“知情”的事实。易地而处，倘若自己发现不同的两位患者被同一件事困扰折磨，也一定会在瞬间忘却医生的身份，对命运制造的巧合五体投地。

“张小姐，车祸的日期你确定没有记错？”王医生表情严肃，慎重地再度确认。

“没错。”夏天蓝古怪地笑笑，嘲讽道，“我总不会连自己哥哥的忌日都搞错吧。”

王医生没有因为她的态度产生不愉快，他脸上的惊讶又加深了几许，这一回应该是为了他们的“兄妹”关系。

“他在梦里告诉我，他的摩托车被一辆车撞飞。那辆车没有停，是那个男人害死了他！”夏天蓝继续说，声音凄厉，颇有几分歇斯底里的征兆。“他要我替他报仇，不要放过那个男人！王医生，我要找到他，一定要找到他，找到他我就不会再做噩梦了。”她喃喃自语，一脸神经兮兮。

王医生连忙打断了她，安抚道：“张小姐，做梦只是你不断给自己的心理暗示，并不是你哥哥真的托梦给你。”

夏天蓝愣愣地看了王医生一会儿：“要是能够找到那个人，我想问问他为什么见死不救？他只要打个电话，只要打一个电话，我哥哥就能活下来。”她想当面质问沈旭磊，但现在还不到时候，只能冲着他的心理医生控诉。

到了这一步，她的神态、表情以及说出口的话，都不再是演戏。王医生显然被打动了，他沉思许久，才隐晦地劝她不要再执着旧恨。“很多时候，我们身不由己。就算知道是错的，但是为自己的前途、人生，只能将错就错。已经这么多年了，我相信那个人也一直生活在恐惧和悔恨中，背负着沉重的心理包袱。”

夏天蓝的内心先是一阵狂喜，她终于能确定沈旭磊正是当年见死不救的肇事者，可以告慰何家伟在天之灵。神秘的命运转轮将她再一次带回次天使之城，一步步引导她发现了当年车祸的真相。

然而冷静之后，夏天蓝的心又被浓浓的悲伤占据，沈旭磊对她的深情，她终究是要辜负了。

周三上午，周绍伟和夏天蓝来到唐泽禹的公寓准备进行第一次催眠。他提前去夏天蓝的咨询室转了一圈，正巧有个旅行团到酒吧街参观，吵吵嚷嚷的声音传到室内。就在夏天蓝忙不迭关窗的时候，他皱了皱眉头开口说道：“Summer，催眠和其他心理治疗不一样，需要比较安静或者声音纯粹的环境。”

夏天蓝迅即领悟周绍伟的言下之意，正因为担心不符合催眠要求，她才特意带他先来视察场所。虽然上午就来参观酒吧街的旅行团属于少数派，开业至今也就遇到这么一次，但事关重大，宁可选择Plan B也不能冒险。

她提议到唐泽禹的家里进行催眠，他住高级公寓又是顶层，房间的隔音效果优异。再者，熟悉的环境更能让他放松，提高催眠的成功率。

唐泽禹本人也倾向于Plan B，好像在自己地盘进行催眠就能更安全似的。上周他们通话过后，唐泽禹到她的咨询室做了催眠感受性测试，并且和周绍伟进行了视频对谈。周绍伟的专业分析打消了他的犹豫，促使唐泽禹下定决心接受催眠。

唐泽禹尽管做好了心理准备，但是走进书房真正要开始的时候，他还是很紧张。夏天蓝少不得安慰他几句："您放心，今天主要是让您回忆起他第一次出现的情形。一有不对劲，我们马上让您恢复清醒。"

"答应我，不能让他占据这具身体。"从唐泽禹的表情来看，他似乎很害怕另一人格趁着催眠的机会永久取代自己。

夏天蓝握了握他的手，无声地给他承诺。

周绍伟拿出了一个节拍器，他喜欢用摆动的节拍指针和单调的"滴答"声引导患者进入催眠状态。开始前，他让夏天蓝先坐到旁边，以防她受到影响。

这个小插曲令唐泽禹不由莞尔，刹那间卸下了心理防备。见状，周绍伟抓紧时机，将节拍器放到桌上，压低嗓门说道："把注意力集中在指针上，你看它摆动的频率多么优美，多么对称，听到滴答滴答的声音么，对，我知道你听到了。你感觉到它能让你放松，卸下所有担心和压力，感觉它们从你的指端慢慢流走……"

唐泽禹的视线跟着指针不断来回，逐渐感到原本清晰的指针摆动轨迹变得模糊起来，像是连成了一片网。耳畔的声音再度响起，比方才更加柔和，像是从缥缈的远方传来，若远若近："对，你感到非常非常的放松，像是在冬天的阳光下晒着太阳，温暖的，懒洋洋的，你的眼皮像承受了上百斤的重量，紧紧贴在眼上。很重，很重，很沉，很沉，动不了，也睁不开。"

他的意识被耳边的声音俘获，与它一样缓慢而悠长。他的身体瘫软地靠着椅背，神智迷离。

周绍伟示意天蓝走到唐泽禹身后保护他不要摔下去，口中继续说道："接下来我会数到三，每数完一个数字，你都会睡得更深沉，更安全。一……二……三。"

话音刚落，唐泽禹的表情完全闭上了，证明他已进入深度催眠的状态。绍伟关掉节拍器，走到唐泽禹身边，轻声问道：“你记得唐泽尧这个名字么？”他和夏天蓝刻意不在前面提起另一人格的名字，就是为了在催眠状态下让他做出最直接的反应。

“唐泽尧，唐泽尧……”他喃喃重复着这个名字，眼皮下方，眼球正在迅速转动。好一会儿，唐泽禹幽幽叹了口气，说道：“他是我的弟弟。”

“对，他是你的弟弟。你记不记得在哪里第一次见到他，你们在做什么？”

“没有灯的房间，很黑很黑，我从没到过这么黑的地方。但是最可怕的不是黑暗，是安静，死一般的安静。”他的声音里添加了恐惧，听起来非常紧张。

“嗯，那是停放死人的地方。”周绍伟在夏天蓝的邮件里看到唐泽禹被父亲关进太平间的经历，忍不住骂了一句“人渣”，他其实万般不情愿让唐泽禹再度体验童年时的绝望，但为了治疗又不得不为之。说这句话的时候，他的声音也不太稳定了。“你应该记得，爸爸为什么要把你关进去？”

“我，我没考好，爸爸很生气。”唐泽禹低声回答，埋藏在记忆深海的往事浮出了水面。“那天晚上他把我带到医院，让我做一百道数学练习题。我说要回家，想睡觉，爸爸一直在生气。”短暂的停顿，他接着说下去，“护士姐姐急急忙忙来找爸爸，他们一起出去了。过了一会儿，我听到外面有很响的哭声。我打开门，看到一辆推车经过，上面躺着一个脸上盖了白布的人。我知道那个人死了，突然很害怕，一动都不敢动。”

“然后，发生了什么？”

“爸爸看到我在门口，打了我一巴掌，骂我贪玩，不听话。他拖着我一直走到底楼，把我推进一间漆黑的屋子。”说完这些话，唐泽禹的脸部肌肉急速抽动，表情扭曲，像是看到了极其恐怖之物。夏天蓝有些惊慌，向周绍伟投去求助的眼神，她的学长倒是胸有成竹，冲她摆摆手表示少安勿躁。

“泽禹，你现在正站在那间漆黑的屋子里，你看到了什么？”周绍伟的声音亲切温柔，唐泽禹在他的声音抚慰下，渐渐平静。

“我看到，一个小男孩。他……”他的表情又产生了变化，意外、惊喜，都能从上扬的嘴角和眉眼解读出来，“他是唐泽尧，我的双胞胎弟弟。”

在催眠状态下，唐泽禹的核心人格与他的另一人格终于面对面相见。这具盛载了两个“灵魂”的身体，开始被不同的人格支配。幸好这两个人格的动作和表情截然不同，以至于旁观的周绍伟和夏天蓝能够很好地区别他们俩。

见到自己的弟弟，唐泽禹兴奋异常，他挺直身体伸出双手，准备拥抱唐泽尧：“尧尧，好久不见，你到哪里去了？”

唐泽尧闪身，轻易就躲开了他的拥抱。他一脸嫌弃，看着唐泽禹冷冷嘲笑道：“别叫得这么恶心，我最讨厌你。”

“不是啊，你说过最喜欢哥哥，无论发生什么事，你都会陪在我身边。”唐泽禹一脸受伤的表情，他摸着胸口，委屈至极。

唐泽尧像是踩到了地雷，满脸惊吓地跳开几步。他瞪着眼睛，不爽地说：“我哪知道你长成了唯唯诺诺的样子，变成我最讨厌的那种人。”

“尧尧，爸爸就是因为不喜欢你的脾气，所以不让我们见面。我想如果以后我一直听话，总有一天他会让我再见到你。”

唐泽尧愕然不已，他没想到唐泽禹忍耐背后的理由竟是为了再见自己一面。可是转念想到他隐忍的结果就是与舒静航结婚，唐泽尧脸上的感动只持续了几秒钟就消失了，他又烦躁起来。

杀死他，夺走他的身体！这个念头犹如毒蛇扔给夏娃的苹果，黑暗且甜美的诱惑。唐泽尧狡猾地笑了笑，假装被他的真诚打动了。

“对不起，哥哥，我错怪了你。”他一边说，一边向唐泽禹走近。当他们的距离近到触手可及时，他以迅雷不及掩耳的速度伸出手，扼住唐泽禹的咽喉。“既然你那么想念我，就把身体让给我吧，亲爱的哥哥！”

夏天蓝和周绍伟所见的一幕则是唐泽禹用两手拼命卡住自己的脖子，两人吓了一大跳。周绍伟立刻向唐泽禹俯身，大声说道：“等我数到三，你就会醒过来，恢复精神和神志。一，二，三！”和催眠前不同，他说得又急又快。

唐泽禹的手颓然放下，上半身扑倒在书桌上。他长长舒出一口气，清醒过来。

夏天蓝先关掉摄像机，再转向他关切地询问：“唐先生，您还好吧？”

他重新坐正，向二人点了点头。“他有没有出现？”被催眠的人对自己在催眠状态发生的事情没有印象，所以他才要求录下来让自己了解到底发生了什么。

夏天蓝与周绍伟对视一眼，唐泽尧的恨意如此明显，他们都不愿亲口告诉他这个结果。夏天蓝把摄像机交给唐泽禹：“已经拍下来了，您自己看吧。”

唐泽禹急切地回放录像，他看着屏幕上表情忽喜忽悲动作夸张的自己，这是他第一次亲眼目睹不同的人格交替控制同一具身体，受到的震撼非同小可。看到最后卡住自己脖子的那一段，唐泽禹按下暂停，抬起头轮番看着周绍伟和夏天蓝。

“他想杀了我？”摄像机拍下的画面，透出一丝阴冷的残酷。真相有时会残忍得不近情理，却符合人类的本性。唐泽尧作为独立的个体，想要自由地“活”着，无可厚非。

周绍伟看了夏天蓝一眼，见她不忍心回答唐泽禹的问题，只得自己上阵。“泽禹，我想听听你的想法。”周绍伟没有正面回答他的问题，反而把皮球重新踢回到他脚下。

我怎么想？唐泽禹倒带回去重新看了一遍唐泽尧出现后同一个人身上不同的动作和表情，过去的自己，一定很喜欢那个弟弟。

“我想同他和平共处。”他平静地说。

离开唐泽禹的公寓，周绍伟和夏天蓝的样子都有些心事重重。他叹口气先说：“他的情况比我预想的更棘手，恐怕需要很多次催眠才能完成人格融合。”

夏天蓝沉吟半晌，提出自己的见解：“唐泽尧的再度出现和舒静航有很大关系，并且他想杀死唐泽禹的人格也是因为他们准备订婚。从我上次对舒静航的观察，这个女孩在生活中习惯扮演权威角色，她让唐泽禹联想起了父亲的威严，让他产生了逃避的念头。我觉得应该和舒静航进行面谈，了解她对唐泽禹抱着什么样的感情。如果仅仅为了家族联姻……”她没说下去，知道他会明白自己的意思。

“只是这样一来，我要多请几天假才行。”他笑笑，默认她的想法可行。

夏天蓝咧了咧嘴，勉强扯出一个笑容：“正好，你可以等到我的订婚仪式之后再回去。”

乍然听到“订婚”二字，周绍伟的心情颇为微妙，毕竟他差一点就和面前这个女人缔结婚姻誓约了。尽管心里各种滋味泛滥，他还是很好地克制了自己，笑道：“恭喜你！是听从了内心的召唤么？”

夏天蓝含糊地回应，她不能把自己的计划告诉任何人，因为百分百会被强烈反对并且横加阻挠。这个世界多的是“为了你好”的人，他们根本不care有些人必须做完某件事才能获得内心的平静。譬如，复仇。

“学长，你自己回去没问题吧？”在回复沈旭磊的求婚之前，夏天蓝还想再见一次Alex，不过这份心思同样不能对外承认。她借口和仪式司仪讨论流程，与周绍伟分道扬镳。

她发了一条消息给Alex，问他现在是否有空可以见一面。他过了十分钟才回复她，约她在酒吧街路口会合。

夏天蓝不知就里，但乖乖照办。她打车到达路口，司机在一辆悍马后面停了下来。

她付款下车，站在路边东张西望，不知Alex是不是已经到了。正打算发消息给他，悍马的车门打开了，她熟悉的男人手扶着车门，大声叫着她的名字：“天蓝，夏天蓝。”

她往前走了两步，Alex绕到她这边打开了车门。“上车，我带你去一个特别的地方。”这是他们第一次在阳光灿烂的室外见面，他的脸色不再苍白，整体感觉仿佛脱胎换骨一般，倦怠疏懒被生机勃勃取代。

夏天蓝坐上车，她不问他那个特别的地方在哪里，就像一个全心全意爱着情郎的姑娘，下定决心“跟你到天涯海角”。

拉风的越野车在平坦的滨海大道上飞奔，驶过白沙湾，驶过码头，驶过天蓝妈妈的小渔村，一直开到海岛城市的尽头。

面前是一望无际的海，风平浪静，白色的海鸟在金色的粼粼细波间点水而飞。夏天蓝张开双臂，聆听海的声音。

“夏天天很蓝。”Alex站在天蓝左近，仰望海面上方的万里晴空。初夏的天空，如水洗过，呈现出的蓝色澄净且纯粹，饱和度极高。“第一次听到你的名字，我就忍不住这样理解。”

“在我出国以前，每次做自我介绍，我必定这么解释自己名字。夏天蓝，夏天天很蓝的意思。”她笑笑，思绪回到走进Zihuatanejo的第一晚。当时的她，从未想到某一天会和那个英俊却冷漠的老板产生千丝万缕的联系。

“那天晚上，你对我说‘与其后悔不能回到过去修正错误，不如珍惜眼前’，”他的眼神里有自己看不见的热切，但夏天蓝能看到，“你是第一个，也是唯一一个明白的人。”

她狠狠咬着嘴唇，借由肉体疼痛转移心头的痛楚。这个男人，他的悔恨自责以及想要回到的过去，都属于欧楠。他不知道欧楠还活着，才会对另一个女人展露温柔的笑颜。

“我以前看过一本书，里面有一句话印象很深刻。作者说，如果能跟对方思考着同一件事，喜欢的是同一部电影，吃了同样的食物之后会有同样的感受，脱口而出同样的话语，那种很单纯的幸福就是喜欢的感觉。”

随着他的话语，他们共处的那些时光宛若电影里的一幕幕镜头，在眼前生动浮现。他们都爱《肖申克的救赎》，他们都喜欢冰酒和奶酪的组合，他们都钟意他在纳库鲁湖拍摄的火烈鸟，他们都想去“没有回忆的地方”……他喜欢她，不是因为只有在她面前才能坦率说出往事，而是点点滴滴的共同点，让他找到了生命中的知己。

夏天蓝伸出手抚上那张俊美的面孔，轻轻叹息道：“太晚了，Alex，我答应旭磊的求婚了。”她与他之间，即使没有欧楠，还有一个何家伟。那个曾用生命护卫自己的男人，她要为他讨回公道。

他一动不动，沉静得像一座大理石雕像。痛苦在Alex心中蔓延，与血液里的冷酷因子碰撞在一起，生成了黑暗的怪兽。有那么十几秒钟的时间，他想不管不顾带她远走高飞，把虚假的道义统统抛在脑后。

“只有他，你才不会害怕，是么？”他的语气里掺杂了嫉妒、不甘。命运选择沈旭磊成为“the one”，却连竞争的机会都不屑给他。

就让他这么认为吧。夏天蓝深深叹息：“抱歉，我不想伤害你。”她本意了断，才会约他出来见面，想在答应旭磊的求婚前斩断对Alex的那份憧憬。谁知，一向七情不动的他竟突然向她表白，让天蓝欣喜之余又陷入悲哀。

如果Alex早一步告白，在她发现沈旭磊掩盖的秘密之前，她会毫不犹豫答应他，哪怕对不起欧楠。然而此刻，她有更重要的事必须完成。

Alex忽然抱住夏天蓝，用力地抱紧，仿佛一松手她就消失不见。“我不知道自己会这么喜欢你。”他在她耳畔低语，不说“爱”，唯有深深的喜欢。

他的怀抱，他的触碰，他的感情……和Alex有关的一切从没让夏天蓝产生过恐慌。她无奈一笑，推开了他。

“Alex，你一定会得到幸福的。”今天约他见面其实是想商量在酒吧举办订婚仪式，若非如此，夏天蓝实在找不到理由也下不了决心带欧楠去Zihuatanejo，让她看那张天鹅交颈的照片，让她看到乔浩然沉淀多年的爱。但是，Alex意外的表白打乱了她的计划，面对这个男人的感情，那么残忍的要求她说不出口。

Alex忧伤地笑了笑，他又恢复最初冷淡疏离的模样。“我尽力。”耸耸肩，他这样回答她的祝福。

开车回去的路上，夏天蓝悄悄给沈旭磊发送了一条阅后即焚的消息。这个APP日后会在她的复仇计划中派上用场，今天正好利用求婚这件事让他先下载应用软件，以后她再用这个APP发消息给他就显得顺理成章了。

沈旭磊收到短信时正在开会，一开始他并没注意手机屏幕的消息提醒。

直至中午行政助理将午餐送进会议室，大家暂时休会进餐，他才拿起手机看了一眼。

收到的消息提醒让他下载一个阅后即焚的APP，原本看到这种消息他想也不想直接删除，但一看发信人的名字是Summer，他立刻下载APP。

完成注册之后，他点击进入查看收到的消息。她设置了十秒阅读时间，好在消息本身字数也不多，他很快明白个中含义。

她对他说："假如你能接受不完美的我，那么，我说yes。"

大家只见向来冷静自制的沈大律师失控地从座位站了起来，脸上有抑制不住的欣喜。他甩下一句"我去买个戒指"就匆忙冲出会议室，留下一众人等面面相觑。

律所楼下就是顶级品牌荟萃的shopping mall，自然也少不了无数女生梦寐以求的Tiffany。他上一次随兴的求婚实在太轻率，没有玫瑰花就罢了，居然连钻戒都没有，夏天蓝能答应堪称"奇迹"。

沈旭磊在某一个夜晚趁天蓝熟睡，偷偷用纸条测量过她手的尺寸。这张小纸条始终夹在他的钱包里，耐心等待哪一天能够派上用处。今天，终于轮到它登场了。

他买了一枚Tiffany最经典的六爪婚戒，打算在订婚仪式上隆重地再求一次婚。

走出珠宝店，沈旭磊望着外面湛蓝的晴空，想到与美丽蓝天名字匹配的女子，情不自禁扬起了嘴角。

他笑得既温暖又幸福。

Chapter 19

一场被预谋的“幸福”

第十九章

一场被预谋的“幸福”

夏天蓝和沈旭磊的订婚派对定在端午节假期的第一天，地点是Alex的酒吧。提出这个建议的人是沈旭磊，他专程到Zihuatanejo，郑重提出请求：“Alex，难得你是我们共同的朋友，我想不到比这里更合适的场所。”

Alex找不到合理的借口拒绝，他只能答应旭磊的请求，并微笑着祝福他们。

夏天蓝原先打算投反对票，她毕竟于心不忍。但他已然应允，自己再贸贸然反对倒有些奇怪，况且她手头没有备选场地，只得装出欣喜的样子感谢Alex的帮忙。

时间、地点通知出去，意味着订婚这件事将成定局。虽说订婚不等同于结婚，这年头离婚也稀松平常，根本不需要有任何压力和负担，但夏天蓝的恐慌还是每天都会发作，只要一想到“订婚”就开始心跳加速腿发软，呼吸困难。

夏天蓝不得不又开始服用抗焦虑药物，为避人耳目故意装在维生素的瓶子里。她天天告诉自己只要熬过这一周，成为沈旭磊名正言顺的未婚妻就行了。接下来她策划的报复行动都需要这个身份做掩护，为了实现最终目的，前面所有的付出和痛苦都是值得的。

没有人发现夏天蓝的异常，很快她和沈旭磊订婚的日子就来了。

楚云飞开车到欧楠家接她一起去。他在楼下等了一会儿，超过约定时间十分钟还多，欧楠才慢吞吞地出现在视野内。

她是唯一一个反对夏天蓝和沈旭磊订婚的人，但是夏天蓝不听劝说一意孤行，她只好勉强说服自己接受。

欧楠像个闹别扭的孩子一样上了车，嘟嘟哝哝："天气这么热，就说我中暑去不了吧。"

楚云飞哑然失笑："你不如说发烧感冒还靠谱一点，我上次那个急性肠胃炎的毛病，免费借给你用。"

知道他是在说笑，作为夏天蓝在世上唯一的亲人，她的缺席说不过去。欧楠叹了口气，扣上安全带。"为什么姐姐非要选择那个人呢？就算我告诉她沈旭磊做了背信弃义的事情，她居然说'相信他有其他苦衷'。不就是为了钱嘛，还能有什么其他见鬼的理由！"

"欧楠，你这么讨厌Wilson，不止是因为父亲吧。"楚云飞一边开车，一边瞟了她一眼。

他这句话说得欧楠尴尬不已，一副欲言又止的模样。她在少女时代憧憬过那个风流倜傥的青年，到头来明白只是自己演了一场单恋的独角戏，这一心理上的羞辱远远大于父亲遭到背叛的愤怒。如今，当初拒绝她的男人偏巧选了自己的姐姐，心理上的落差使得她很难接受。

"我年少无知的时候，喜欢过那个家伙。"不知不觉间，楚云飞成为潜意识愿意亲近的一个人。她在他面前，可以放松地吐槽、抱怨，可以坦率地诉说以前做过的傻事。

楚云飞差点脱口而出"真是太巧了"，想当年他喜欢过夏天蓝，同样被拒绝。现在，他不由联想到"命中注定"，他们的相遇绝对不是偶然。

“欧楠，不管发生什么，我以后一直都在。”他目视前方专心开车的架势，嘴里却说着撩人的情话。

欧楠下意识“嗯”了一声，过了半天才发觉他说的话类似承诺。她不可避免想起楚云飞的告白，同时又想到自己还没给他明确的答复。他不催她做决定，仿佛有天长地久的时间等她慢慢想清楚。

她垂下头，微微一笑，久违的甜蜜在心尖蔓延。

楚云飞的车停在酒吧街入口，他和欧楠一边往里走一边闲聊。“自从查酒驾严格起来，我很久没出来泡吧了。”楚云飞感慨，对昔日纵酒狂欢的情景略有几分怀念。

“我酒精过敏不能喝，只去过一两次酒吧。”欧楠抬眼看到“海边的弗洛伊德”广告牌，她前几回治疗都是白天过来的，也没特意绕到正门看广告牌，今晚第一次见到它，只觉得又亮又显眼。“今晚你放心喝，结束后我开车送你。”她拿出助理应有的工作态度，让老板安心。

楚云飞脑袋里转的念头可不止送回家那么简单，他有强烈的预感今晚他们的关系能进一步发展，因而分外雀跃。

看到Zihuatanejo的招牌，楚云飞不好意思地挠挠头，问道：“这个奇怪的名字，怎么念？”

“姐姐之前跟我说过一次，发音挺难的。不过，还可以叫它‘圣娜达卢’。”

他推开门，调侃道：“怪不得Summer会在这里开心理咨询室，她和这位老板的品味还挺接近……”抬头但见整整一面墙壁的鸟儿照片，云飞的下半截话顿时消失在空气中，他快步走上前，仔细欣赏同行的构图和用光。

欧楠一眼瞥见那张天鹅交颈的照片，一时有些恍惚。许多年以前，她和乔浩然谈论过和天鹅有关的话题，没想到今天竟然在一个陌生的酒吧看到想要的画面。视线上上下下移动，疑惑的涟漪逐渐扩大，这些照片中多位“主角”都是他们谈论过的，那时他还说：“总有一天，我会带你去看它们。”

欧楠拔腿朝酒吧里面跑，她必须立刻找到夏天蓝确认酒吧主人叫什么名字。楚云飞不明所以，只见她突然飞奔而去，以为出了什么事，赶紧跟着她一起跑，边叫唤道："欧楠，怎么啦？"

酒吧内部被粉色丝带和气球妆点得浪漫唯美。欧楠迅速打量周围，看到夏天蓝站在吧台前。她的姐姐穿了一条白色露背长裙，毫不费力就彰显了"女主角"的身份。

欧楠朝夏天蓝快步走去，就在快接近吧台的那一刻，她和拿着酒瓶转过身的男人打了一个照面。猝不及防是两人共同的写照，他们的脸上都布满了震惊。

瞧着Alex的表情，天蓝马上猜到发生了什么。她故作不知，轻盈地转身，像是刚刚发现欧楠似的，迎上前拉住了她。

"你能来，我很开心。"夏天蓝抬手指向Alex，纯粹介绍朋友的口气，"这是我的朋友Alex，这家酒吧的老板。这是我同母异父的妹妹，欧楠。"

欧楠的喉咙滚动着一个名字，她想喊出来，可是发不出声音。找了好几年的男人就这样毫无预兆地出现在面前，她震惊得已经石化在了原地。

Alex受到的冲击不比欧楠少，于他而言，欧楠出现的意义更像"死而复活"，这种白日梦般的场景真心把他吓到了。酒瓶几乎脱手落地，他连忙紧紧抱住，跨前一步把酒瓶放到吧台上，手忙脚乱狼狈至极。

"你们……"夏天蓝看看这个，再看看那个，假装狐疑地问道，"你们以前见过？"

"乔、浩、然。"欧楠一字一句念出他的名字，说出口之后，那份压住身心的沉重力量倏然消失，她又能自如地呼吸了。

他强装的淡定自若在她说出自己名字的一瞬间统统碎裂，Alex冲出吧台，将欧楠紧紧拥入怀抱。"你没死，你还活着，你真的活着，太好了！"他语无伦次，激动和狂喜在头脑里掀起了巨大的风暴，此刻他浑然忘却还有别人在场，眼里只有欧楠一人。

"我找到你了，我居然找到你了，我终于找到你了！"欧楠也是同样的反应。她无数次幻想过找到那个欺骗自己的男人之后第一件事该做什么，第一句话该说什么。然而到了这一刻，最真实的反应却是——抱紧他，确认他真的在眼前。

夏天蓝悄然退开，他们已经不需要她在场了，也没有空间让给她。她走了两步，看到楚云飞呆然木立，满脸悲伤地凝望前方拥抱的人影。只好走到他身边，拍拍他的肩膀，劝慰他："走吧，云飞。"

"他，是谁？"楚云飞心有不甘，咬牙切齿恶狠狠问道。

夏天蓝回头看了一眼，眼神复杂，欣慰、遗憾、难过等各种情绪都包含其中。"她此生的最爱。"云淡风轻的回答，残忍地撕裂了楚云飞的心。

沈旭磊对订婚派对插入了欧楠和Alex久别重逢的桥段略有不满，他总觉得当日唯一的女主角应为夏天蓝，这件意外多多少少抢去了一些关注度，让他分外不爽。

倒是夏天蓝不以为意，作为整个事件的策划者，她对结果心知肚明。他们两个人现在的不快乐都因对方而起，能看到Alex和欧楠重获新生，夏天蓝十分欣慰。

至少，有两个人是幸福的。她看着手指上光华璀璨的钻戒，心情又沉重起来。

这枚戒指套着左手中指，像是圈住了一生一世。当沈旭磊单膝跪地为她戴上戒指，夏天蓝的整条左手臂都疼痛起来，冷汗沁出鬓角，她不动声色抬手轻轻挽了挽秀发，顺势擦去汗水。

何家伟，你阻止也没有用，我一定要替你报仇。她在内心嘶吼，想要让盘踞着的心魔趋于安静。他的死亡，她误解了十三年，始终认为自己又一次被亲人抛弃和背叛。漫长的时光里，因为恐惧再一次的背离，她饱受焦虑症困扰，拒绝了一次又一次幸福试图敲开心门的努力。然而命运揭开了真相，何家伟不是自杀，他从没有违背誓言抛弃夏天蓝。这笔账，连同多年来她承受的痛苦和折磨，被她统统算到了沈旭磊头上。

她一直在思考如何给予沈旭磊最精确的打击，每次想得入神就会突然恐慌，症状和先前完全一样。夏天蓝认为这是潜意识里的良知在提醒自己放弃报复之心，她对此不屑一顾。

她选择了一条长袖的裙子参加订婚仪式，以防万一恐慌发作手臂内侧的红斑惹人注目。多亏她未雨绸缪考虑周全，没让大家看出破绽。

只有周绍伟发现了端倪，当然前提是他知道夏天蓝有这些症状，特别留意了一下。在她戴上戒指接受众人恭喜时，绍伟走上前，瞄了一眼她的手肘，白色蕾丝下方，红斑若隐若现。从他的视角都能看见的话，发作面积显然比上一回他们差点结婚的时候还要大一些。

“他不是那个人，对吧？”绍伟低声问。

按照她的说法，有一个男人无论做什么说什么都不会让她感到恐慌。这么看来，沈旭磊并不符合描述。

夏天蓝明白他所指何事，淡然一笑道：“那又怎样？”

周绍伟做了一个夸张的表情以示无法接受：“作为前未婚夫，我对你的厚此薄彼表示强烈抗议，就因为他长得帅，你就不在乎焦虑症了？”他以玩笑的口吻表达疑虑，相识多年，他不认为夏天蓝会突然转性成为外貌协会的拥趸。若非为色所迷，背后必然另有隐情。

夏天蓝有时候觉得心理学专业的人非常可怕，所有不合理的举动都逃不过他们的眼睛。她轻轻地叹气：“学长，有些事，非做不可。”

“我不太明白。他与你有恩，还是有仇？”

天蓝暗自心惊，面上仍强自欢笑。“学长，你武侠小说看多了吧，现实生活中哪有这么多恩怨情仇。”顿了顿，她努力压制脑海里反讽的声音，继续说：“我只是累了，想找个人依靠，他刚好出现而已。”

“就这么简单？”

“就这么简单。”她微微一笑，接着道，“学长，与其担心我，还不如多想想唐泽禹的case。他说好今天会带舒静航出席，但到现在还不见人影，打他电话也没人接，我怀疑唐泽尧的人格又出现了。”

周绍伟明白夏天蓝这是在转移话题，也清楚她绝对不会对订婚背后的原因多透露半个字。他点点头算是接受了她的说法，只是忍不住再提醒一声：“Summer，你也好自为之。”

好自为之。当夏天蓝坐在沈旭磊卧室的床上，回想起学长的赠言时，她的脸部肌肉绷紧了，嘴角下垂，显得冷峻而无情。

沈旭磊拿着一瓶香槟和两个杯子走进来，他近乎全裸，只在腰间系了一条浴巾。夏天蓝并非第一次看到他的身体，还是有脸热心跳之感。尽管她痛恨这个男人，但该有的生理反应一切正常。

“你……”她咽了口唾沫，小声建议，“穿上浴袍吧。”

俊美的脸挂着不怀好意的浅笑，自有一种危险的魅力。他走到床边，一条腿按着床沿，像是要爬上床。这个动作不但野性十足，也让浴巾遮盖的要害部位冒着极大的“走光”风险。天蓝的心脏跳得飞快，她丢脸地承认自己有反应了。

他倒了一杯香槟递给她，小小的气泡从底部升起，争先恐后浮上液面。她接过香槟杯喝了一小口，润润干燥的嘴唇。

“谢谢你，愿意让我成为你的家人。”沈旭磊向她举了举杯子，仰起脖子灌下一大口酒。刚刚结束的仪式上他已经喝了不少，此时已然微醺。这杯酒仿佛催情剂，助燃了欲望的火苗。

他将杯子放在床头柜，爬上床，向前探身吻住她的唇。夏天蓝原本想推拒，不知怎么失了力气，被他吻得浑身发软，手里的杯子一抖，金色的液体全部倾覆在身上。

“呀！”天蓝一声惊呼，下意识想要推开旭磊的身体。他却视之为挑逗讯号，情欲更炽，加快了手上的动作。不知不觉间，她的睡裙滑下肩膀，两具身躯交缠在一起。

夏天蓝内心备受煎熬，一会儿屈服于他高超的技巧之下，一会儿又觉得辜负了何家伟不能满足仇人。相比之下，她的身体比较坦诚，老老实实对欲望投降了。

他在她身上制造了一轮又一轮的风暴，快感在体内不断堆积，她听到了让自己感到羞耻的呻吟和呜咽。大脑陷入停摆，意志随即沉沦到欲望的深海，夏天蓝放弃了挣扎。

她抱住这个男人，在他的后背用力留下激情的印记。沈旭磊的身体开始颤抖，就像长跑到了冲刺阶段，他的频率不断加快，终于到达临界点。

一声低吼，欲望挣脱束缚，解放了自我。

剧烈的喘息渐渐平复，旭磊伸手将她拥入怀抱，温柔地问："要不要一起洗澡，我替你清理一下？"

夏天蓝的身体仍旧微微发抖，她假装害羞，拒绝了他的提议。"我自己就可以了。"说着，她跳下床，抓起揉成一团的睡裙套上，镇定地走出房间。

一走出他的视线，夏天蓝不由加快脚步直奔浴室。开灯，锁门，趴在洗手盆前连连干呕。

当理智恢复正常，内心的抗拒重新占了上风，她的恐慌程度更甚以往。

待恶心反应过去，夏天蓝打开洗手台上方的储物柜。她带来的牙刷、卸妆水、洗面奶以及护肤品占据了整整一层，在这些瓶瓶罐罐背后，有一个药瓶藏身其中。

Zoloft，几年前她服用过这一抗抑郁药物治疗自己的惊恐障碍。夏天蓝清楚它的副作用，可能会导致性功能减退。

如同沈旭磊这般自负霸道的男人，一旦出现性功能唤醒障碍，对于他的打击或许是致命的。若就此发展成抑郁症，自杀也就是水到渠成的事了。

镜子里的女人，手里握着普普通通的药瓶，脸上有残酷冰冷的笑意。

城市另一端，Alex开车将欧楠送回家。他将车停在楼下，透过挡风玻璃仰望高高在上的建筑，叹息道："对不起，我让你找了那么多年，只怪当时我没有勇气确认。"

在众人离去之后，他们在酒吧互诉多年来各自的际遇。当年，Alex带着破碎的心匆匆离开这座城市，他一个人跑去伦敦住了几个月，每天过得浑浑噩噩，唯一的活动就是去海德公园喂鸽子。直到有一天看见湖里的白天鹅做出交颈缠绵的动作，他想起曾经答应欧楠，总有一天要带她走遍世界看各种各样的鸟儿。

欧楠报出一串地名，问他有没有去过那些地方。Alex越听表情越诧异，反问道："你怎么知道？"

她苦笑，虽然花重金聘请的私家侦探都认为她是个傻瓜，工作方面倒还是恪尽职守，至少给她的情报都是真的。无奈命运写就的剧本不让他们过早重逢，她追着他的行踪穿梭全世界，却每次都慢了一两步。

听罢她的经历，Alex心疼不已，万万想不到她能执着到这个程度。在他印象中，欧楠是个脆弱敏感的女孩，她经不起任何风浪。正因如此，当他得知欧楠煤气中毒过世的消息，直觉便认定她因为他的缘故而自杀，连一丁点怀疑都不曾有过。

“假如知道你还活着，千山万水，我走也要走回来。”这是他的肺腑之言，只有真正尝过后悔滋味的人，才会拼命想要回到过去，弥补当日的错误。

他自然问了导致自己误解悔恨多年的乌龙事件，欧楠脸上的表情带着悲伤和哀恸，她先是肯定地告诉他“那天晚上的确出事了”，然后才细说原委：“伯伯的女儿嫌上下班路途太远，她说租到房子前在我那里暂住。那段日子因为你的失踪，我每天都过得浑浑噩噩，想想有个人做伴总比自己胡思乱想好。没想到那天晚上我没回家，她就出事了。”

“不会就是小时候骂过你妈妈的那个堂妹吧？”他记得欧楠说过这件事，就因为她的母亲抛夫弃女，他们父女俩一直在家族里抬不起头，哪怕父亲事业再成功，他在族人眼里仍旧是“管不住自家老婆”的失败者，连带着其他小孩也看不起欧楠。

欧楠点点头：“浩然，早知道会发生这种事，我就听你的话换成电热水器。可惜，那时后悔已经太迟了。”经过夏天蓝的开导，当她再次说起这件事，情绪明显稳定。虽难免伤心、遗憾，但欧楠已经不再怪罪自己在悲剧发生时的缺席了。

明知不该高兴，Alex依旧难掩松了一口气的窃喜：“幸好不是你。”今晚，看到活生生的欧楠站在面前，他背负的愧疚总算卸了下来。

欧楠不像Alex那样表现直白，不过她也没有那种“死的为什么不是我”的圣母想法，一直让她耿耿于怀的念头更类似“如果我早点回家，她或许不会死”。不过人生种种，岂是一个“如果”能够假设呢？

车子在欧楠家楼下停了五分钟之久，在Alex说完那句话之后，突如其来的安静笼罩了狭小的空间。欧楠迟疑不决，换作几年前她肯定邀请他一起上楼，可是到这一刻无论如何开不了口。

和她相比，Alex同样感觉尴尬。他们是久别重逢的旧情人，多年以来彼此念念不忘，似乎有充分的理由今晚应该鸳梦重温。偏偏他一星半点想法和冲动都没有，再见她时的那份喜悦被如释重负替代，他现在的感觉完全和爱情无关，当然更不用说性了。

“浩然，我先上去了。”欧楠率先打破沉默，“明天我们再见面？”怀着几分期许，她希望有机会能够接续中断的时间，重新爱一次。

“当然。”Alex肯定地回答，“上午我过来接你，我们去看电影，吃饭，逛街。”他已经很多年没有谈过恋爱，能想到的节目来来去去就这几样。幸好欧楠不介意，她的恋爱经验值也没有再往上增长，对他提出的约会安排欣然同意。

Alex下车目送欧楠走进大楼，直到她房间的灯亮起才放下心。他没有立刻回到车上，而是倚靠车身点燃一支香烟。

他不常抽烟，但在酒吧、座驾常备着香烟和打火机，为的就是在需要冷静或解压的时刻伸手就能拿到，比如现在。

这个夜晚所发生的事情让Alex措手不及，直至夜阑人静只剩自己一人，他方能静下心来仔细回想整件事。

今日重头戏本是夏天蓝和沈旭磊的订婚仪式，他按照旭磊的要求将酒吧布置成粉红色的海洋，还特意采购了粉红香槟作为男女主角共饮交杯酒的信物。满目所及柔美的粉色在有些人看来象征浪漫，他却不以为然。

他欣赏的那个女人绝不是做着公主梦的小女生，她是女王，热烈浓艳的红与大气深沉的黑才是她的主色调。当然，还可以加入一点灿烂耀眼的金色适当调和。

夏天蓝穿了一条白色的蕾丝长裙现身，这条裙子看正面平平无奇，一转身则美背尽现。她招呼完宾客，施施然朝吧台走来。随着她曼妙的步子，笔直的长腿在高开叉的裙摆间若隐若现……他只觉血液急速冲向下半身某一点，唯有庆幸自己站在吧台内侧，无人知晓他的非分之想。

“Alex，谢谢你费心布置了。”天蓝坐在平时的位子，先向他道谢。

“Wilson今天包场，都是付费服务。”他实事求是，不想平白无故得到她的感激。

她笑容狡黠，上身半倾，低声说道：“不要告诉别人哦，其实我不喜欢粉红色。”说完，她做了一个嫌弃的表情。

他忍俊不禁，自己果然没看错人。同时，嫉妒的情绪再度泛滥：她要嫁给别人了！

他们没说上几句话，一个意料之外的人便出现了，彻底扰乱他的心神。Alex沉浸在罪恶感消失的狂欢之中，直到烟雾在半空幻化成一个女人的脸，终于迫使他正视自己隐秘的感情世界。

夏天蓝，为什么我会遇见你？

端午假期最后一天，夏天蓝接到了舒静航的电话。屏幕显示陌生的号码，她第一反应是推销电话。自从换成国内的手机号码，骚扰电话一天比一天多，有时候甚至一整天接到的都是此类“非正经”电话。

直觉这是一个推销电话，但夏天蓝依然礼貌地先说了一声“你好”。那一头静默了两秒钟，天蓝以为是比推销电话更恶劣的恶作剧，正打算挂机，冷淡的女声传入耳中：“请问，是夏天蓝医生么？”

她吐了吐舌头，幸好没挂断电话：“我是，您是哪位？”

那边再度静默，比上一次沉默更久。夏天蓝耐心等待她的回应，好一会儿她才回答：“你可能不认识我，我叫舒静航。”

“啊？”夏天蓝的一声轻呼被舒静航听出了端倪，她紧张地询问，“你知道我？”

“唐泽禹先生接受治疗时，提到过舒小姐的名字。”

夏天蓝的回答并没有打消舒静航的疑虑，她狐疑地问：“夏医生，你主诊哪一科？”

“我是心理治疗师。”她做了自我介绍，随即换了话题问她，“舒小姐，您怎么会突然打电话给我？”唐泽禹原本答应带舒静航出席订婚派对，介绍夏天蓝和周绍伟给她认识，以便之后安排面谈，结果唐泽禹非但没出现，连电话都不接，显然被唐泽尧接管了身体。这两天，夏天蓝时不时拨打他的电话，无一例外被挂断，可见唐泽尧还没离开。她和周绍伟都认为唐泽尧的人格出现的时间越长，核心人格被替代的可能性就越大。

夏天蓝听到对面沉重的呼吸声，差一点就在电话里指导她如何调整呼吸了。她来不及出手帮忙，舒静航已自行调整完毕，冷静地说道："泽禹给我留了一张便条，上面写着如果看到他一直去吃汉堡薯条这些垃圾食品，开始爱喝速溶咖啡，并且不停地更换身边的女伴，就让我打这个电话找你。"

"他这样持续多久了？"

"假期前两天，爸爸妈妈约了我们一起吃饭，泽禹爽约了。从那天开始，各方面汇总到我这里的情报，每一条都符合他的留言，就好像他早知道自己会变成那样。"舒静航的声音里掺杂了几分恐惧，濒临失控边缘。

节前两天，正好是自己邀请唐泽禹带舒静航参加订婚派对的日子。夏天蓝暗暗推测唐泽禹给舒静航留言的目的，一方面是让她代自己发出求救信号，另一方面也是要夏天蓝告诉舒静航事情的真相。犹记得第一次催眠结束后，也许预感到将来会发生不可逆转的变化，唐泽禹特别交代夏天蓝："假如某一天静航打电话向你求助，夏医生，麻烦你把我的情况原原本本告诉她，不要有任何隐瞒。"

"您对她，到底什么感觉？"夏天蓝好奇地追问。她见过那个女生，虽然长相漂亮，但为人处世方方面面相当强势，属于控制欲强烈的那一类人。

唐泽禹这样回答："没感觉，但也不想拖累她。"

回想唐泽禹的交代，夏天蓝打算告诉舒静航真相了："舒小姐，明天有时间到我的办公室来一趟么？关于唐泽禹先生，有些事我想当面告诉您。"

"他现在有没有危险？"

"暂时没有。"只要唐泽禹躲起来避免和唐泽尧碰面，后者也找不到办法杀死核心人格取而代之。理论上说，唐泽禹目前是安全的。

舒静航长舒一口气，脱口而出"谢天谢地"。从她欣喜的语气不难判断，她对唐泽禹确有真情实意。"夏医生，九点见面会不会太早？"翻开记事本，她只有上午九点到十点半之间有空。

“没问题。”天蓝和舒静航确定了时间，又说了具体的地址。

“酒吧街那里？”舒静航以为自己听错，连忙再确认一遍，语气不甚肯定。

“嗯，就在那里，您会看到‘海边的弗洛伊德’广告牌，二楼就是我的咨询室。不过要绕到后门才能进。”

舒静航就算心中存疑，也不便在电话里表露。她一副公事公办的口吻，说道：“明天见，夏医生。”

电话切断后，夏天蓝看了看通话时长，不知不觉她们竟然打了二十多分钟电话，怪不得手机热得发烫。那个女生，她是真心喜欢唐泽禹吧。那份焦急、犹疑、担心，从她的声音就能听出来。

爱或者不爱，其实都有迹可循。

夏天蓝勾起嘴角，轻蔑地微笑。她打开冰箱门取出鲜奶盒，动手为沈旭磊制作睡前饮品。

十分钟后，夏天蓝端着一杯温热的鲜奶走进书房，递给正埋首研究卷宗的男人。“明天要上班，喝了牛奶早点休息吧。”她一脸温柔，体贴地说。

沈旭磊皱皱眉头：“我不喜欢喝牛奶。”堂堂大律师，居然用了撒娇的语气。

夏天蓝一脸又好气又好笑的表情，似乎对他的赖皮无可奈何。“这两天发现你晚上睡得不安稳，翻来覆去，喝牛奶能改善睡眠质量。乖啦，听话。”男人有时好像小孩子一样，需要哄。

果然，他就是想骗得她“哄”人。旭磊接过杯子，咕嘟嘟一口气喝完，邀功一般把空杯子递给她。

她低下头，飞快地亲亲他的嘴角当作奖励，柔软的舌尖舔走白色的奶渍。

“恩，有这样的奖励，牛奶似乎也没那么难喝了。”沈旭磊笑着说道。

夏天蓝眉眼弯弯，笑得很甜。可是转身之后，她迅速抹去脸上的笑容，不留一丝痕迹。

Chapter 20

Farewell，曾经的爱人

第二十章

Farewell，曾经的爱人

九点，舒静航站在夏天蓝的咨询室里。她打量室内的布置，指着沙发和办公桌前的椅子问道："泽禹平时坐哪里？"

"这里。"天蓝指着办公桌前面的椅子，"他不喜欢在外人面前随随便便躺着。"

舒静航微微一笑，算是赞同天蓝的论断："确实如此，我们的家教就是'坐要有坐的样子'，平白无故绝不能瘫着。"说着，她拉开椅子，优雅地坐下。

"咖啡还是红茶？"夏天蓝问她。她从沈旭磊家带来一罐茶包，专为舒静航准备。

出乎夏天蓝的意料，舒静航表示"只要一杯水就行了"。她走到茶水间，端了两杯水回到办公室。

"夏医生，泽禹……他究竟发生了什么事？"舒静航隐约有不好的预感，潜意识拒绝相信。她盯着夏天蓝，试图找到蛛丝马迹证明自己的推测有误。

“舒小姐，您听说过多重人格么？”夏天蓝的回复彻底掐灭微弱的希望火苗，舒静航的脸色一下子变得很难看，她的预感成真了。

舒静航交握双手，用力抵住下巴，仿佛靠这个动作支撑头部的重量。“他有几个人格？”她的声音还不太稳，神情已然恢复镇定。

夏天蓝不由佩服舒静航的大将之风，恐怕没几个人能在这么短的时间里接受男友人格分裂的事实。面前的女孩有着超越年龄的成熟感，除了严格的家教和自律，或许和她从事的职业不无关系，做风险投资不能感情用事。

“包括核心人格在内，一共两个人格。他小时候精神方面受过惊吓，因此分裂出另一个人格。”按照唐泽禹的要求，夏天蓝对舒静航没有丝毫隐瞒，全盘托出。她详细描述唐泽尧的种种外在表现，以及他的性格特征：任性、冲动、喜欢刺激和冒险、我行我素。

以往发生在唐泽禹身上的不合理事件都有了解释，那是另一个“他”，虽然有着一模一样的外表，却是截然不同的一个人。

唐泽禹为人谨慎，循规蹈矩轻易不外露感情，总是彬彬有礼保持安全的距离。在外人眼里，他外表英俊事业有成，做事追求效率和结果，生活讲究精致和品质，说他是“男神”丝毫不为过；然而在舒静航看来，他恍似戴着假面具的演员，完美地演绎大家心目中的“好儿子”“好上司”“好男友”等等角色，她触摸不到真实的他。

舒静航长叹口气，问道：“夏医生，讨厌我的人，究竟是唐泽禹还是他的另一人格？”她能感觉到唐泽禹对自己的抗拒心理，但不确定是哪一个讨厌她，或者两个人格都不喜欢她。

夏天蓝不想打击舒静航，毕竟这个女孩对唐泽禹的感情似乎发自内心。她的犹豫被舒静航发现了，聪明的女生立刻明白天蓝说不出口的意思。

“真失败，看来他们俩都不喜欢我。”她自嘲地笑笑。心里的支柱轰然倒塌，舒静航的肩膀垮了下来，她浑身无力靠着椅背，下意识想要蜷起双腿，好把自己缩小到能让人忽略的程度。

良好的教养阻止舒静航进一步做出“不雅”举止，躲在桌子底下的双脚重新塞进高跟鞋，她的背脊又挺得笔直了。

夏天蓝没有否认她的判断，唐泽禹要求不隐瞒不粉饰，把所有情况都告诉舒静航。事到如今，唯有勇敢面对现实，才能找到有效的解决方案。

“唐泽禹幼年时期受到的精神创伤导致他内心深处对于权威、说教、专制型人士有着非常强烈的抵触情绪，以及反抗意识。”夏天蓝看看舒静航，这个女孩暂时放下了伤感，表情严肃认真，听她解释唐泽禹讨厌自己的原因。若不是真心喜欢，哪个人咽得下这么大的委屈啊？她接着说：“舒小姐，我曾有幸晚餐时坐在您的邻桌，并凑巧听到您和同伴的对话，您当时的表现让我联想到威慑力，有一种让人不甘心却不得不服从的威严，好比我们小时候被迫服从父母的命令。我不清楚您和唐泽禹之间发生过什么，能够肯定的是——您触发了他的防御机制，唤醒他沉睡的另一人格。”

夏天蓝长长的一段话触动了舒静航的神经，尤其听到那句“小时候被迫服从父母的命令”，她的脸阵红阵白，十分难堪。

“我一直自律、努力，想成为配得上唐泽禹的女人。唉，要是我早一点明白他不喜欢一本正经满口大道理的人就好了。说实话，变成唐伯伯那样的人，其实我也蛮讨厌的。”舒静航像是自辩，又像是和夏天蓝聊天，让她无从判断用意。

夏天蓝决定按照自己的想法继续进行谈话：“知道他的现状之后，您还打算嫁给唐泽禹么？”唐泽尧说过他们准备订婚，让他怒火中烧想要取而代之的动机正是这件事。

舒静航苦笑，漂亮的大眼睛里泪光盈盈。“他讨厌我到了人格分裂的程度，我脸皮再厚也不好意思逼他娶我。”睫毛轻轻一扇，泪珠从眼角滑落，“夏医生，就算被讨厌，可还是喜欢他，该怎么办？”

“为什么喜欢他？唐泽禹说你们才交往几个月，而且另一个人格为了让您反感，搞了不少破坏，包括和很多女生鬼混。我不太理解您对他的感情。”夏天蓝递了一张纸巾给她。

舒静航捏着纸巾，轻轻按在眼睛下方。“果然，他不记得。”她无奈地摇摇头，“小时候我们两家人一起去森林公园郊游，我一个人跑到树林里捉蝴蝶，遇到两个坏人想要抱我。”她的话音一颤，联想到频频见诸报端的女童被性侵的案例，即使过去二十年，静航依然感到后怕。

稍稍停顿，她继续说道：“还好他跟在我身后，看到有人欺负我，他先是和他们打了起来，然后拉着我拼命跑出去。”舒静航的脸上展开微笑，眼神也像二八年华的少女一样多情：“那时的他带着大家一起玩好人抓坏人的游戏，他总是扮演英雄。那天泽禹在我眼里，就是盖世的大英雄。”

从舒静航的描述来看，他俩从小就认识，也算是两小无猜了。夏天蓝回忆起唐泽禹第一次面谈的情景，当日她问过他们是不是青梅竹马，他的回答是“父母介绍认识的”。他是真的忘了，还是当时和她一起玩耍的另有其人？

“有点难以想象，他小时候喜欢玩这种游戏啊。”夏天蓝夸张地感叹。

舒静航深有同感：“小时候的他很活泼，拍拍脑袋就有想不完的点子，我们玩的游戏都是他想出来的。”她深深地叹气：“他变了很多，不过我也变了。”

怎么越听越像唐泽尧的设定呢？一个念头猛然冒出脑海，泛起阵阵涟漪。夏天蓝开口问道：“唐泽尧这个名字，您有印象么？”她在笔记本上工工整整写了三个字，推给舒静航。

舒静航看着纸上的名字，表情有些迷惘。她眯着眼睛陷入回想，竭尽全力在记忆迷宫里寻找出口。这个名字似曾相识，她仿佛在哪里听到过。

“泽尧，唐泽尧……”她呢喃着他的名字，很久很久以前，有个俊俏的小孩骄傲地仰着头，站在台阶上冲着下面一群差不多个头的小不点嚷道：“我叫唐泽尧，知道尧是谁么？是伟人呢！所以我必须当好人做英雄！”

“胡说八道，你明明叫唐泽禹。”一直扮演“坏人”的小孩不满了，大声抗议。

“切，有没有听过‘大禹治水，泽被苍生’这八个字啊，大禹也是伟人呢！所以还是我来当好人做英雄！”

回忆戛然而止，她只听他说过这一次，很自然地遗忘在记忆之森林。如今看到这三个字，静航终于想起了这段小插曲。

夏天蓝默然，心中感慨万千。她该不该告诉舒静航：你喜欢了很多年的小男孩，其实是唐泽禹的另一个人格？

她又该不该告诉唐泽尧：你深深讨厌的那个女孩，唯独她对你念念不忘很多年？

早晨醒来时，欧楠有几分钟恍惚，不确定今天要做些什么。她与乔浩然连续约会两天，节目排得满满当当，每天都很忙碌，像是要追回错过的岁月。尽管如此努力，他们还是觉得时间“嗖”一下就过去了。

她在床上躺了一会儿，拿着手机先看日程表。今天是端午假期之后的换休工作日，楚云飞要为一家品牌泳装拍摄广告硬照。随着夏天的脚步越来越近，这个城市即将进入度假旺季，新款泳装的推出正逢其时。

严格来说，现在拍泳装广告照片已经有些晚了，但老板执意要等楚云飞的档期，说去年找他拍的那一辑广告“清纯中带着诱惑”，不仅带动了销量，口碑也不错。欧楠在楚云飞的作品集里看到过那组照片，确实有这种感觉。

她爬下床，给乔浩然发了一条消息表示今天有工作在身，等下班再约。他先回了一个“OK”，接着又发一条消息过来，约她晚上在酒吧碰面。

欧楠松了口气，内心竟有几分庆幸今天安排了工作。多年之后好不容易重新见到他，她原本以为自己必定欣喜若狂，恨不能天天与他厮守一处，奈何仅仅过了两天这样的日子，她居然觉得还不如好好上班。

想到上班，欧楠不可避免地想起了楚云飞，以及自己未曾回应的告白。那天晚上自她见到乔浩然，楚云飞便识相地避开，只在回家前过来和“男主角”打了一声招呼，把护送自己安全回家的重大任务交给了乔浩然。她当时满心沉浸在重逢的激动中，没有留意楚云飞的反应。如今回想起来，似乎在他脸上看到过一抹伤感。

欧楠正琢磨今天该如何面对楚云飞，他倒是先发了一条消息给她：“今天去海边出外景，我来接你，二十分钟后见。”

二十分钟？那得抓紧时间了。欧楠放下手机，打开衣橱拿了T恤和牛仔短裤，走进浴室洗漱。

楚云飞买了两份早餐回到车上，将手机和纸袋一同放在副驾驶位上。欧楠没有回复他的消息，他不知道她今天会不会跟他一起开工，也有可能完成这项工作后欧楠就会提出辞职，毕竟她那个复合的“ex”一看就是有钱人，她今后再也用不着为钱犯愁。

订婚派对那一夜，夏天蓝这样对他说：“感情这件事，除了感觉还要讲时机。”他明白天蓝是在安慰自己，仍旧难以释怀。

楚云飞不服气也没用，乔浩然并非不学无术的暴发户，挂在墙上的那些摄影作品让身为专业人士的他也不由竖起大拇指点赞。再加上这位情敌不仅外表俊美，气质同样出众，如此一对比，自己简直全方面落败。

假如爱一个人就是希望她能得到幸福，那么现在，他的心境是平和的。

楚云飞开车到欧楠家楼下，距离约定的二十分钟还没到，可是她已经站在楼下的阴影里了。看到他的车，欧楠快步走上前打开了车门。

“给我的？”欧楠看到了座位上的纸袋，显眼的logo告诉她是早餐。

“嗯。”他尽量轻描淡写，不带任何不必要的情感。

欧楠兴高采烈地坐上车，伸长手臂将纸袋放到后车座。“不是很饿的话，我们到了白沙湾一边吃早餐一边等大部队。今天是工作日，吃完再出发可能会遇到堵车。”

楚云飞发动汽车，微笑着夸奖：“欧楠，你现在很有助理的样子了，把我的工作安排得井井有条。”他不知道迟来的肯定能不能帮助自己留下她，至少试一下。

欧楠果然喜形于色，那份发自内心的快乐漫上眉梢眼角，也感染了身边的他。楚云飞瞥了一眼欧楠，忍不住说道：“要是你不想做了，最好提前一个月告诉我，让我有所准备。这几个月不是跳槽的旺季，你看Summer的招聘启事挂出去那么久，投简历的人寥寥无几。”

欧楠转向他，一脸问号，不解地问道：“什么提前一个月、跳槽，我怎么听不懂呢？”

听她的意思，貌似并不打算即刻提出离职，楚云飞莫名高兴起来：“没事没事，我随口说说，我见过不少女孩子找到长期饭票后就在家做贤妻良母了，以为你也有这个打算。”

欧楠这才明白云飞的话是何含义，不由心头一紧。她刚刚找回乔浩然，根本没时间考虑那么长远的事情，被他这一说，倒是产生了几分恐慌情绪。

我们的将来会怎样呢？她陷入迷茫，不知道想要什么答案。

水清沙幼的白沙湾，欧楠前一天刚刚造访。乔浩然和她在这里一起等待日出，两人并肩而坐，耳畔只闻海浪涛涛，还有彼此缓慢的呼吸。

星光点点，像埃菲尔铁塔俯瞰的巴黎灯火，像美人鱼岛只有一百秒生命的“蓝眼泪”……她倚靠他的肩膀，属于过去时空的浪漫往事一幕一幕重现——她曾经那么爱他，那么相信他们会有幸福的未来。

“我们坐那里，先吃早餐吧。”楚云飞的声音将欧楠从前一天的记忆拉回现实，她点了点头，跟着他走到椰树阴影下。

他买的汉堡是她喜欢的新奥尔良烤鸡腿口味，两个都一样。欧楠记得楚云飞爱吃香辣鸡腿汉堡，便随口问了一句：“早上没有香辣鸡腿堡么？”

云飞笑了笑：“有啊，但是我想偶尔换换口味，多做一些尝试。”

“嗯，我还是支持新奥尔良。”欧楠一边啃汉堡，一边举了举手。

他低下头咬一口汉堡，没有说为什么要选择她喜欢的口味。他想和她更接近一点，尽管理智认为他们不可能，但控制不了内心的向往。

他们吃完汉堡，望见客户公司品宣部的负责人带着一组模特出现在沙滩上。云飞拍拍手站起身：“OK，开工了。”

“今天天气不错，希望拍摄一切顺利。”欧楠仰望湛蓝的天空，双手合十笑盈盈祷告一番。

自从欧楠担任他的助理，每次出外景拍摄前她都会说一句祝福语。第一次听到她的祷告，楚云飞毫不留情地嘲笑她是个迷信的孩子，不过欧楠仍然坚持自己的小仪式。说来奇怪，偶尔有一两次她留在工作室没有随他一起外出，必定会有杂七杂八的事情扰乱拍摄。云飞以前觉得欧楠简直太神奇了，现在他认为这是命运给自己的启示——这个女人，注定是他生命中特别的一个。

欧楠的祈祷这一回又应验了，当天的拍摄进展十分顺利。下午六点半收工，欧楠挥手送别客户方的联系人和模特，接着迅速收拾完器具。合上他的汽车后德厢，她满意地拍拍手，对云飞说："Kenny，如果没什么事的话，我就不和你回工作室了。"

Zihuatanejo就在附近。楚云飞了然地笑笑，对她比了一个"OK"。他坐上车，从车窗伸出手，冲她摇了摇当作告别。

欧楠没有告诉乔浩然何时会收工，估摸着这会儿他应该到酒吧准备营业了，于是打算给他一个突然惊喜。她打开手机地图查找上次参加订婚派对时输入过的酒吧地址，重新开始导航。

跟随导航的提示，欧楠不费吹灰之力就找到了Zihuatanejo。她先望了一眼二楼的窗户，没有光亮，看来夏天蓝已经回去了。

欧楠站在门口，隐约听到有乐声传出。门没锁，她轻轻推开，能清楚地分辨音乐的声音。那是一段探戈舞曲，叫不出曲名，在她印象中不少电影都用来做过插曲。

她蹑手蹑脚穿过走廊走到房间里面，看到乔浩然和夏天蓝正相拥着跳舞。旋转、甩头、滑步……男性强壮的躯体和女性柔软的身体若即若离地碰触，在小提琴和钢琴的伴奏下热辣如火。

欧楠静静看了一会儿，沉浸在舞蹈中的两人浑然不知她站在那儿，眼里唯有彼此。她悄无声息地退下，回到酒吧门口那堵贴满飞禽照片的墙壁。这些飞翔的精灵毫无疑问代表着乔浩然对她的思念，但是已成为过去时。

她终于明白为什么自己会心神不宁，因为时间磨损了爱情，他不再爱她了。

里面的房间，乐声渐低，终至不可闻。Alex扶着天蓝纤细的腰身，在她耳边低语："谢谢你，陪我跳这支舞。"

"浩……Alex，"天蓝依旧不习惯叫他的本名，只说了一个字就改口，"那我也要说一声谢谢，我一直没找到可以陪我跳完这支曲子的人。"

这支探戈名曲叫作《Por Una Cabeza》，翻译过来的意思是“一步之遥”。

Alex今天到得比平时略早，夏天蓝还没走。这是他们继订婚派对之后的第一次碰面，他一时找不到话说，只得再一次恭喜她。

夏天蓝从二楼俯视他，悠悠叹口气，脸上挂着几分遗憾，说道：“可惜沈旭磊不会跳舞，我以前的梦想是在自己的婚礼上跳一曲探戈。”她的遗憾出自真心，其中有一部分原因是为了凄凉可悲的现实——他们不可能举办婚礼。

Alex眼睛一亮，满怀期待地问：“你会跳探戈？”

她点了点头：“几年前gap year（指中学毕业生在上大学前去旅游，做义工或者做临时工的一段时间）去过阿根廷，在布宜诺斯艾利斯学的。”那是她治疗焦虑症的一个手段，通过挑逗激情的舞蹈克服和异性肢体接触产生的恐慌。最后的结果是悲喜交加的，她学会了探戈，但是当她的舞伴，一位英俊潇洒的阿根廷帅哥向她求爱时，她毅然决然地落荒而逃。

“有没有荣幸请你和我跳一支舞？”他站在楼下，手按胸口弯腰鞠躬，向她邀舞。

夏天蓝从二楼消失，再出现在他面前时，已到了一楼：“你也会跳？”

“在布宜诺斯艾利斯，当地人告诉我学会了探戈，可以拐走任何姑娘的心。”他微笑着，黑曜石般的眼睛温柔如水。

Alex的手机里存着一支舞曲，他打开音乐库找到它，点击了播放。

小提琴前奏一起，夏天蓝的神情就变了，交织着讶异和惊喜。她说：“Alex，这是我最喜欢的曲子。”

夏天蓝将手递给“她的”Alex，在这一刻忘记了复仇，忘记了亲情，她只想和这个男人跳完最后一曲。

探戈起源于布宜诺斯艾利斯港口的贫民区，二十世纪末那里汇聚了来自世界各地贫苦的流浪者。思乡、流浪的悲伤，让这些人创造出了独一无二的乐曲和舞蹈。它的音乐不带一丝欢乐，凄苦忧伤，歌词也多数是写游子的思乡、孤独与失望。但它的舞蹈却表现得亲昵煽情，交缠在一起的四肢，热烈奔放的挑逗，充满着暴力与色情。

夏天蓝和Alex的探戈老师说过相同的一句话：如果你能感觉悲伤、寂寞，你也可以跳得出色。

暮色苍茫，那一曲已结束许久，却谁都没动，仍旧沉默地相依偎。外面喧闹声渐起，夏天蓝率先恢复清醒，挣脱他的拥抱，不自然地笑道：“时间不早了，你忙吧，我该回家了。”

“Farewell.（告别）”他用了一个特别的词，含义自明。

夏天蓝注视着Alex，明白了他的意思。转过身，向着背后的男人摆了摆手，她说不出告别，只能这样离开。

欧楠一直在对面默默等待，她看到夏天蓝走出Zihuatanejo的大门，看着天蓝消失在前方道路的尽头，她才慢慢走出角落踱到门口。伸手先将挂着的牌子翻到“closed”那一面，然后再推门走进去。

吧台里的Alex听到响动，以为夏天蓝去而复返，满心欢喜抬起头。待看清站在那里的女人是欧楠，失望的情绪笼罩了他。他勉强维持着笑容，向欧楠打了个招呼：“收工了？今天天气不错，拍得顺利么？”

欧楠一步步走过来，她的姿势有些奇怪，踏在地上的每一步都用足了力气。Alex看着她，不知为何，心里感觉悲伤。

“这两天，我叫你浩然的时候，你常常没有反应。”欧楠在吧台前落座，“这么多年，你更习惯别人叫你Alex吧。”

“当时我以为你自杀，非常厌恶自己。如果能够改名换姓重新来过，我一定会这么做。”他给她倒了一杯水，“在国外，我一直用Alex这个名字。当别人这么叫我的时候，好像自己真的变成了另外一个人，这能让我得到平静。”

欧楠像往常那样凝望着Alex，眼神里包含深刻的感情。她站起来，挺直上半身向他伸出手，握住他颈间从未离身的十字架吊坠。“我早就想说了，现在的潮流已不是十字架，你可以换了。”

“你辛辛苦苦打工买给我的生日礼物，我舍不得。”那同样是他曾经背负的罪孽。戴着它，日日夜夜接受良心的拷问：当年的自己，为何把输赢看得那么重？

“傻瓜。”欧楠轻轻叹息，“你送给我的那个挂件，我把天使的脸磨掉了。”他送过同系列的一个天使挂件给她，当初她还笑着说天使的五官和他长得很像。后来，长久、无望的等待令人发狂，欧楠发狠心磨光了天使的脸。

Alex怜惜地看着面前的女人：“对不起，欧楠。”他的声音里听得出歉疚。

“我的账户上多出了九百万，这算什么，补偿？”白天她收到银行的转账通知，联想到他拿过她的银行卡，当即明了前因后果。

“你就当作投资了一个长线的理财产品。这么多年，八倍收益只能算正常水平。”连本带利，Alex将当初欠她的钱悉数还清。可惜欠了她的感情债，他这一生恐怕都还不起。

“谢谢。”欧楠诚挚道谢。虽然过程千回百转，至少结局证明她没爱错人。“Alex，就这样结束吧，新的人生我们不要再彼此纠缠了。”她神色平静，那个曾把爱情当作救命稻草的孤独女孩长大成人了。

Alex愕然地看了欧楠半晌，他苦笑着问：“所以，现在我是被甩了么？”

“假如能够带着悔恨回到过去，相信我们现在一定会很幸福，也许已经有了可爱的宝宝。”欧楠淡淡笑着，对脑海中想象的画面神往不已，“我很爱很爱你，在过去那几年里。”

“我也是。”他明白她在向自己告别，表情伤感。

停止的时间重新开始了计时，他们才明白过来爱情有自己的保质期。一旦过了期限，是不能延续到未来的。

“我找了你很多年，说实话是不甘心遇到了骗子，想问你有没有真的爱过我。”欧楠大大方方倾诉心声，想起了夏天蓝对自己说过的话——无论你找到或找不到他，你始终是你自己，“我得到答案，是时候move on了。”笑语晏晏，她真正做到了“放下”。

她挥别从前的恋情，同时告别被过去重重捆绑的自己。

Alex凝视面前的女人，他从未见过如此自信、光彩照人的欧楠。她仿佛脱胎换骨重获新生，随时准备开启人生新的篇章。

他走出吧台，走到她身边。倘若此生不能再携手，他希望最后能够给她一个拥抱。

欧楠离开高脚凳，她走了两步，远离Alex。她理解他的想法，但更清醒自己没有义务满足男人的自以为是。

被如此明显地嫌弃，Alex难免尴尬，同时又为欧楠的蜕变感到欣慰。他相信未来的人生，她不再需要依赖任何人。

这个女人潇洒地放手，不止成全自己的海阔天空，更让他得到了解脱。他只有祝福她，唯此而已。“欧楠，你会得到幸福的。”

她笑笑，转身朝大门方向走去。Alex默然跟在她身后，心里觉得至少应该做到目送她离开。

欧楠没有阻止他的跟随，她走到门口，推门之前回过头。

“上一次我们没有好好道别，上天为了弥补遗憾，给了我机会对你说一句‘再见’。”她的脸上有满足的笑容，“那么，再见了，浩然。”

最后一次，她向曾经深爱过的男人告别，呼唤了他的名字。

“欧楠，如果我们能早一点重新遇见，我一定会再一次爱上你。”这是Alex的真心话，可惜在他们重逢之前，他先遇到了夏天蓝。

欧楠微微一笑：“我的姐姐说过感情要讲时机，刚才我看到她和你一起跳舞，我才意识到原来我们的时机已经过去了。”

“Sorry.”听出欧楠声音里的无奈和伤感，Alex深感抱歉。他本以为抱住回忆里的爱情就能将所有女人抵挡在心门外，命运偏偏送来了“the one”。

她推开门，跨出去一步：“Alex，我们最好就此不见。但，要是某一天你有幸成为我的姐夫，我想我会习惯的。”

木门在眼前合拢，他爱过的女孩就这样走出他的生命，头也不回。Alex想到她的临别赠言，嘴角的微笑透出了苦涩。欧楠应该还不知道，只有沈旭磊能让夏天蓝克服焦虑症，他没资格拥有她。

这个月光似水的夜晚，欧楠的故事在楚云飞的工作室写下了完结篇。她把回忆丢弃在“没有回忆的地方”，一身轻松走在酒吧街的石子路上。凉爽的海风吹拂着衣角，她忽然想去见一个人。

楚云飞听到楼下的叩门声时，刚刚洗完澡步出浴室。他匆忙抓起一条沙滩裤套上，甩着湿漉漉的头发跑下楼梯，一边提高嗓门嚷嚷：“等等，马上就来！”

楚云飞当时并不知道敲门的人是谁，一分钟之后，他恍然大悟刚才路过门口顺便敲了敲门的人名字叫“幸福”。

这六十秒里发生了如下事件：

1. 他飞奔到门口，打开了大门。

2. 他看到门外站着欧楠。

3. 他脱口而出问了两个很傻的问题：你回来加班？没带钥匙么？

4. 欧楠笑眯眯地看着他，没有理会他愚蠢的问题，说道：“发现自己喜欢一个人，那就赶紧去见他，不要迟疑。你觉得这句话如何？”

5. 他不明白，皱着眉头说：“欧楠，你打算写小说么？虽然小说我没兴趣，不过看在你的分上，我会捧场的。”

6. 欧楠保持微笑的表情：“笨蛋，我来见你了呀。”

把她说的话连起来一想，楚云飞的双眼顿时亮了起来。他难以置信好运就这样降临，期期艾艾道：“欧楠，你，你没开玩笑吧。那个乔浩然，你的男朋友，他怎么办？”

“假如你没有给我这份工作，假如我还是那个必须依赖别人才能克服孤独感的人，或许我真的没有勇气离开。”现在的欧楠，和相识最初那副怯生生柔弱的模样相去甚远，她自己成长为一棵树了，“现在，生命中所有美好快乐的事，悲伤痛苦的事，我想一同经历的人，是你。”

和她文艺的告白相比，楚云飞惭愧不已，自己的两次表白简直弱爆了！他能做的，就是在此时展现自己的男性气概，一把将她拥入怀中。

“这个世界，我们一起去看看。”这是楚云飞的第三次告白。

“好！”这一次，欧楠终于给了他想要的回应。

Chapter 21
爱与恨的纠缠

第二十一章

爱与恨的纠缠

唐泽禹的第二次催眠依旧在他的公寓进行。和上一回相比，他的情绪放松了许多，就像一个知道自己身患绝症的病人，已经做好了最坏的打算，反而能够轻松面对。

他为自己缺席了夏天蓝的订婚派对深感抱歉，当唐泽禹的“白我”意识归位时，端午节早就过完了。这次人格互换的时间比以往都要长，他意识到情况危急，立刻打电话给夏天蓝预约第二次催眠。

周绍伟和夏天蓝同时到达公寓楼下，订婚派对之后她就住进了沈旭磊的公寓，两人一直没时间碰面，仅仅在舒静航面谈前后进行了电话沟通。绍伟先打了个招呼，喜洋洋地说道：“Summer，告诉你一个好消息，有一对翠鸟在院子里的树上筑巢了。”

“学长，你很闲么？”夏天蓝从不知道绍伟有观察鸟类的兴趣，只能认为他闲得发慌。

周绍伟听出她话里揶揄的意思，他笑嘻嘻地回应："是啊，所谓休假不就应该做一些无聊的闲事打发时间嘛。"话锋一转，他问道："你搬过去和他同住后，焦虑症有没有缓解？"

"偶尔会发作，逐渐好转中。"夏天蓝面不改色地说谎，她不能告诉周绍伟真实的情况，免得他刨根问底扰乱自己的复仇计划。

周绍伟隐隐觉得夏天蓝订婚目的并不单纯，说什么累了想找个人依靠，一听就是敷衍了事的借口。他想来想去，唯一比较靠谱的理由只可能是复仇。

作为心理治疗师的他们都见识过仇恨的力量，它能让人走向疯狂的极端。所以他对夏天蓝的状况忧心忡忡，总有一种"某天会在法制节目看到她"的预感。

订婚派对那一夜，他暗中观察到场的宾客，试图找到她说过的"不会引起自己恐慌"的男人。她在这个城市的男性朋友并不多，看来看去也就搞摄影的家伙和酒吧老板最有可能。偏偏这两个男人，一个是她妹妹的前男友，一个是她妹妹现在的仰慕者，无形中都与她撇清了关系。

电梯很快将两人送达顶层公寓，唐泽禹站在门口迎接他们。看到他，周绍伟暂时放下对于夏天蓝的隐忧，这一位的问题同样棘手。

"喝咖啡么？"唐泽禹打开橱柜的门，速溶咖啡和他钟爱的蓝山咖啡豆各占据了一角。他同唐泽尧似乎达成了共识——在问题解决之前，大家各过各的生活，井水不犯河水。

"我们无所谓，你最好别喝，以免影响催眠效果。"周绍伟提醒道。

唐泽禹回头笑笑："周医生，咖啡对我已经没有保持清醒的功效了。现在，它纯粹是种饮料。"

他端来三杯咖啡，三人先坐在客厅里闲聊。唐泽禹重复了一遍电话里对夏天蓝说过的话，他说："我清醒过来时，发现自己身在父母家中。让我意外的是，爸爸向我道歉了。"

"你的意思是唐泽尧把所有的事情都告诉你父母了？"周绍伟对另一个人格的做法产生了警觉。在他看来，唐泽尧正在尝试修复残破的亲情，他的行事耐人寻味。

唐泽禹摇摇头：“除了人格分裂这件事。两位，按照你们的经验，他是不是准备好取代我了？”

周绍伟和夏天蓝交换了一个眼神，他看到夏天蓝默默点头，于是对唐泽禹坦率直言：“泽禹，夏医生和舒小姐见过面了，她说了一些你们小时候相处的事情。我大胆假设，和她拥有同一段回忆的人，想必是唐泽尧吧。”

唐泽禹异常冷静，反问一句：“那又怎样？”

“你讨厌舒静航的理由，并不是因为她让你联想到父亲不可挑战的权威，而是你很清楚她喜欢的人其实不是你。”夏天蓝回答了他，她的眼神里既有同情，也有责备，“你知道唐泽尧讨厌那种个性的人，所以你故意唤醒他的人格，利用他对付舒静航，同时也让舒静航后悔喜欢这样一个花心任性的男人。我没说错吧？”

唐泽禹的表情带着凌厉的冷酷，他的声音同样透出森冷的气息：“夏医生，既然被你发现了，我也无话可说。没错，我的计划就是这样，谁让她居然怀念那个无法无天的捣蛋鬼。”他冷冷一笑，说道：“被自己喜欢的人深深厌恶，那种感觉一定会刻骨铭心。”

“你什么时候发现另一个人格的存在？”周绍伟问道。唐泽禹并未否认夏天蓝关于“唤醒唐泽尧”的说法，可见同舒静航交往之前他已然知道自己拥有多重人格了。

唐泽禹端起咖啡杯，握着杯子的手优雅稳定。即使面前的两人气势汹汹，他的内心也波澜不兴。“我从没忘记小时候有个孪生弟弟后来他不见了的事情。两位，对于一个成年后智商一百四十二的人来说，理解多重人格并不是什么难事吧。”

夏天蓝气不打一处来，当猜测被证实，她有一种“被耍了”的挫败感。“所以你和我的第一次见面，那种恐慌和不相信，都是假装的，是不是？”不待唐泽禹回答，她认定事实就是这样，接着指控：“为什么？”

“因为失控。我控制不住他何时出现何时离开，更可怕的是他就像个破坏王，把我的公司搅得一团乱。”说到这里，唐泽禹的眉头皱了起来，显然对唐泽尧造成的破坏程度极其不满，“不装得可怜一点，夏医生你又怎么会站在我这边呢？”他轻轻一笑，满满的讥刺。

夏天蓝掐着手心命令自己冷静，就算这个男人心机深重牵着所有人的鼻子走，他终究还是她的病患。她站起来，在客厅里疾步走了半圈，心平气和回到他的面前。“唐泽禹，你打算怎么做？”

唐泽禹轮番打量夏天蓝和周绍伟，仿佛想从两人的神态姿势判断是否有谋害自己的念头。好一会儿，他才开口说道：“人性是自私的，不管哪个人格都会遵从人类的本性，为了活下去不择手段。”

“你也想杀了他？”夏天蓝只觉掌心一片冰凉，看来自己未免太天真了，竟想让两个人格融合起来。

他抬起头，冷漠的表情：“在他想要杀了我之后，我怎么可能原谅自己创造出来的那个人呢？”

周绍伟做了个手势阻止天蓝继续发言，他语气平淡，说道：“既然如此，那我们赶紧进行催眠召唤出唐泽尧吧。”

“你们站哪边？”他不放心，谨慎地进行确认。

夏天蓝冷哼一声，不情愿地回答：“你放心吧，虽然不齿你的做法，但你是我的病人，我会保护你。”

唐泽禹凝视天蓝，深深叹息：“夏医生，我相信以你的经历，会比别人更理解人性。”他点到即止，言下之意俨然是他对她做过一番调查。

她无言以对，唐泽禹的话让她联想到自己对沈旭磊正在做的事，不禁浑身一颤。人性善恶，往往就在一念之间。

唐泽禹很快进入了催眠状态，周绍伟看看天蓝，让出了主导权。

“唐泽尧，唐泽尧你在不在？唐泽尧，我是夏天蓝医生，我想和你谈话。”她温柔地呼唤唐泽尧的名字。

唐泽禹的身体抖了一下，他回答了她：“你不肯让我消灭唐泽禹，一点意思都没有，还找我干吗！”

忽略唐泽尧不善的语气，夏天蓝保持温柔的声调，说道：“我想和你谈谈舒静航，你真的忘了她？”

唐泽尧面无表情沉默不言，对这个话题兴趣寥寥。天蓝无奈，只得先转述舒静航的童年往事，最后说道：“她始终记得你。”

“夏小姐，那又怎样呢？”长腿交叠搁上书桌，他的姿势充满挑衅，神态亦是桀骜不驯。“有人喜欢我，记得我，我就一定要喜欢她么？世上哪有这么简单的事情。”他朝她做了一个瞄准的手势，“比如我现在说喜欢你，你会不会接受？”

“我有焦虑症，你会让我恐慌的。”

“哦……”他拖长尾音，“原来如此。能医者不自医，你赶紧让周医生帮忙治疗吧，我看他挺靠谱的。”唐泽尧热心地建议，一下子仿佛时光流转，回到他们初遇的那个晚上。她见到的年轻人，活泼、热情，还有一份罕见的纯真。

夏天蓝求助地望向周绍伟，她的眼神似乎在说：对不起，我想让唐泽尧赢！

陈丽萍找了一份新工作，特意在入职前一天到咨询室感谢夏天蓝的帮助。她告诉夏天蓝自己打算离婚了，一脸没有回旋余地的坚决。

夏天蓝微微张开嘴巴，满脸惊讶。她和陈丽萍的丈夫总共见过三次面，对他的印象概括起来就是“普通”。他是个非常标准的“普通男人”：长相普通，人生轨迹和普通人一样，甚至连思维模式也相仿。

“我和他是相亲认识的，当时父母给了我很大压力，想想他各方面条件都适合过日子，我就嫁了。”陈丽萍淡淡一笑，看得出做了决定的她一身轻松，“强迫症严重的那段时间，我的公公婆婆经常指桑骂槐说我是神经病。他逼着我来咨询的时候，心里想着最好确诊我有精神病，不仅可以申请离婚，还能告我家隐瞒精神病史。”

夏天蓝忆起她先生第一次电话咨询的内容，确实有此倾向。不得不承认，女人的直觉相当准。既然她打定主意离婚，自己也没必要多说什么加深她的怨恨。“有点可惜，我本来以为会得到一个happy ending（美好的结局）。”

听到happy ending，陈丽萍“咯咯咯”笑了半天才收住，正色道：“夏医生，谢谢你让我明白，我可以摆脱父亲的影响活下去。以前做任何事，包括结婚，我只是为了让父母满意，完全没有想过自己需要什么。今后，我会按照自己的意愿努力活得精彩。”

送走陈丽萍，夏天蓝来到一楼的厨房。她打开橱柜门找自己的咖啡豆，眼角余光瞥见Alex那罐来自宇治的抹茶粉，瞬间愣了愣神。

前几天晚上，欧楠打电话说自己和Alex分手了，惊得夏天蓝差点摔下沙发。她连忙追问发生了什么事，以欧楠对乔浩然的感情，怎么可能复合没两天就闹分手呢?

“他现在是Alex，不是乔浩然。”欧楠说了一句似是而非的话，她觉得夏天蓝能够听懂自己的意思。

果然不出她所料，天蓝沉默了。许是血缘的亲近，又或者她们过去和现在爱的是同一个男人，欧楠理解天蓝的困境。她能说什么呢？易地而处，自己说不定比她更不知所措。

“姐姐，你说过‘活着最重要的一件事，就是让自己得到幸福’，现在我把这句话原封不动送给你。”

言犹在耳，夏天蓝望着抹茶粉的罐头陷入沉思。她无法否认两人之间存在强烈的“化学反应”，这份感受此前从未在别的男人那里得到。没有一本教科书能明确告诉她“the one”是何种感觉，但两性间的吸引力，灵魂深处的共鸣总不会掺假，她为这个男人心跳加快，害怕自己的未来没有他。

夏天蓝匆匆忙忙关上橱柜，逃也似的飞奔回到楼上。她三步并作两步冲回办公室，从书桌的柜子里拿出一瓶威士忌，拔出瓶塞倒了一小杯。

她转着杯子，里面的液体诱惑她一饮而尽。喝吧，喝下之后就没有压力了。

夏天蓝将杯子送到嘴边，饥渴的嘴唇被酒液浸润，她的舌尖也盼望着遇见一场浓烈的缠绵。这时，她看到放在一旁的酒瓶，不知不觉已被消灭了一半，夏天蓝瞬时清醒过来。

她走到卫生间，倒空了杯子，再将酒瓶里剩余的液体全部倒入洗手盆。灵魂深处似乎发出一声长长的叹息，天蓝选择无视。

唐泽禹的多重人格、何家伟的仇、丁文杰的脱敏治疗、假期前接收的产后抑郁症患者……她还有很多事要做，没时间醉生梦死。

当然更没有时间为了一个男人优柔寡断！

订婚之后，沈旭磊发现律所的单身女性不约而同在工作时间脱下了高跟鞋。他最先察觉助理律师Cindy的变化，和她面对面站着说话的时候明显感到对方比平时矮了半个脑袋。然后，前台美女送快递到他的办公室，不仅身高变了，脸上的笑容也冷淡生疏了不少。

他想起某一年的年会上，自己好像发表过对女性穿高跟鞋的肯定和欣赏。如今随着他这个“黄金单身汉”宣布半“死会”，美女们自然不用再费心力吸引他的注意力了。

说沈旭磊一点都不怀念单身的好处未免太假，连他自己也承认不是圣人。但是定下来有定下来的好处，回家就有人共进晚餐，她还会体贴地煲汤、热牛奶，将自己照顾得无微不至。所以，现在让沈旭磊再做选择，他仍然会选夏天蓝。

在沈旭磊的斡旋下，他代表的客户公司原先面临的集体诉讼以劳资双方达成和解告终，双方握手言欢。对方聘请的代理律师是他的大学同学顾雪琴，他们曾经交往过三个月，因为他太花心而分手。沈旭磊记得雪琴毕业后去北京发展了，要不是这个案子，他还不知道她竟然回来了。

双方代表在协议书签字之后，笼罩在会议室上方剑拔弩张的气氛一下子消散。沈旭磊和顾雪琴也收起唇枪舌剑，友好地握了握手。

“幸好没闹上合议仲裁庭，仲裁委员会提供的仲裁员，个个都喜欢搞事情，本来很快能达成的协议也会被他们搞成马拉松。”沈旭磊一脸嫌弃，顺便恭维顾雪琴是谈判高手，“说真的，你拿到的赔偿价格差不多就是我们的底线了。”

顾雪琴面带微笑，对他的恭维并不领情，含讽带刺道：“差不多的意思就是还没到底线，赢的人依然是你。大家那么熟了，言不由衷的话能免则免吧。”

沈旭磊嘴角一勾，俊美的脸挂着勾魂摄魄的笑容。雪琴别扭地转开脸，当初她就是被这个迷人的家伙哄得晕头转向，到最后落得伤心远走的结局。

“你还是老样子，词锋锐利，咄咄逼人。”他笑得春风满面，对她的讽刺不以为意。

“你也是啊，还像过去那样，什么事都想要赢。”顾雪琴平复紊乱的心跳，谈起最近听闻的传言，“听说你订婚了，恭喜啊。不知道你的未婚妻有什么通天的本事，居然能让浪子回头。”

沈旭磊的表情混合得意、骄傲，满满都是让人嫉妒的“爱”。“刚好在正确的时间遇到对的人，仅此而已。”

Right time,right person（对的时间，对的人）. 顾雪琴在心底叹气，他们终究没缘分。她和沈旭磊分手之后的新学期，他仿佛变了一个人似的，不仅修身养性不再留连花丛，甚至把泡妞利器——一辆拉风的跑车都给卖了。

据说假期里他出过一次车祸，许是近距离直面死亡带来的触动过于强烈，让他懂得了珍惜。想起当年往事，英气勃勃的律政女强人依旧免不了儿女情长。真的，只差两个月，或许他们也能成为对方的right person。

沈旭磊也想起了当年，车祸发生的日子距离他们分手没几天。旭磊不由假设另一种可能：如果当初他们没有分手，空窗期的他就不会驱车到白沙湾的酒吧街狂饮寻欢，也就不会在回程时遇到车祸……他打了一个寒颤，深埋在心底的秘密犹如深不可测的黑洞，吞噬了所有希望的光。

这个秘密只有心理医生知晓，当沈旭磊说出车祸的真相，恍似卸下了千斤重担，近乎虚脱地猛喝好几口水。

“司法考试要求品行良好，我害怕酒后驾车肇事记录在档案里，会取消我的考试资格。做律师是我的梦想，我不能毁了它。”沈旭磊面色铁青，低沉的声音掺杂了绝望、痛苦和悔恨。人性的自私让他选择了逃逸，也让他一辈子背负沉重的罪恶感。

“你有没有和对方家属联系过？”王医生问道。

他摇头苦笑：“我恨不得撇清关系，怎么可能主动找上门去。后来我打听过他的情况，他是个孤儿，没有亲人。”

“我无数次幻想时间能回到二〇〇三年七月九日晚上，如果我没有开车去白沙湾，如果那天晚上老爸没有突然打电话过来，如果我在他的摩托车撞上来之后打112求救，至少他不会在那天晚上孤零零死在公路上。”

车祸之后，父亲火速安排旭磊出国暂避风头，直到八月底他才回来。那场事故从此被时间的尘埃层层掩埋，唯有活下来的那一个备受煎熬。

罪恶感驱使沈旭磊不断地奋斗，他做律师的每一天都是从十三年前那一夜赚回来的时光。唯有如此，他才能够在夜里安睡。

某一天晚上，夏天蓝在厨房煲汤的时候，沈旭磊拿着一个药瓶走进来，问她吃了这个药有没有副作用。

夏天蓝接过药瓶看了一眼标签，心脏蓦地加快了跳动。她不动声色地询问：“你的心理医生开给你的？”

“不是我，是我的师母在服用。”旭磊靠着岛台说明，“订婚派对上你也见过，和秦先生一起来的。老师昨天晚上在家里发现她换了这种新药，他想听听你的意见。”

她沉思片刻，一面偷偷观察他的表情和姿态，排除了沈旭磊试探自己的可能性。“这是一种抗抑郁的药物，副作用让我想想。哦，差不多有这些：体重增加、便秘、口干、眩晕、头痛、困倦、失眠，”她掰着手指数数，轻描淡写说了最后一句，“个别服用者或许会产生性欲减退的副作用。”

沈旭磊嘴巴微张，脸上有一种说不清道不明的暧昧，似乎在认真思索以秦德辉和他夫人的年纪，性欲减退能有多大影响。夏天蓝咬着嘴唇，神经紧绷，唯恐他联想到自身。

他笑笑，继续追问：“除这些副作用之外，还有其他么？”

“要当心视力模糊，低血压。当然，疗程持续推进的话，这些症状会慢慢减少，不用太担心。”夏天蓝把药瓶还给旭磊，岔开了话题，“没想到你的师母患有抑郁症，上次见面的时候我没留心。如果秦伯伯相信我的能力，我倒是可以帮忙。”

“多谢，我会转告老师。不过，师母个性固执，未必愿意换一个医生治疗。”旭磊把话说在前面，以免她抱太大希望。

“我知道。”她舀了一碗汤，递到他面前，“今天是红萝卜排骨汤，能增强体质，提高免疫力，还补中益气。”夏天蓝下载了一本家庭煲汤食谱，每隔两三天就煲一次汤，次次不重样不说，每次都能把疗效说得煞有介事。

沈旭磊端起汤碗吹了吹，调侃道：“我严重怀疑你有别的企图。”

难道被他看穿了？夏天蓝心跳漏了一拍，拼命告诫自己“不可慌乱露出马脚”。她强装镇定，说道：“我能有什么企图，说来听听啊。”

“把我喂成大胖子。”沈旭磊哈哈大笑，俊脸带着几分自命不凡的得意。“等我变成胖子，就没人跟你抢这个又帅又能干的老公了，是不是？”

闻听此言，夏天蓝从心底放松下来，面上还得装出一副羞涩的模样，娇嗔道：“讨厌啦，我是为了你好。最近你天天在书房忙到很晚，晚上睡觉也不安稳。俗话说药补不如食补，可惜看来看去我会做的也只有专心煲汤。”

沈旭磊又放下碗，上前半步紧紧拥抱她：“Summer，能和你在一起，是我最大的运气。”

这是沈旭磊和夏天蓝的日常生活，和世间所有恩爱的情侣如出一辙。

他毫不吝啬表达爱意，使得天蓝顿觉心口发紧，歉疚得不知如何回应。被仇恨压制的良知像生命力极其顽强的小草，抓紧一切机会探出土壤，见风就长。

她依偎在沈旭磊怀里，恐慌、内疚、怨恨、恶心轮番登场，将她逼向崩溃的临界点。她对自己说：不行，必须抓紧时间行动！

所谓的“完美谋杀”只适合头脑灵敏逻辑缜密人士，并且需要处心积虑周密策划。夏天蓝自认不符合上述条件，何况以她的状态也没时间慢慢谋划，于是打算从“意外”入手。她租了一辆车，给沈旭磊发了一条阅后即焚的消息，表示自己收工后开车过去接他，一起去渔村度周末。

沈旭磊曾经问过她为何要用这个软件发送信息，夏天蓝假装深有感触，说道：“普通的聊天软件会留下记录，大家反而不在意彼此说了什么，反正往上翻就能找到说过的话。用这个软件就是想让我们把对话牢牢记在心里，毕竟十秒之后它就消失了。”

他摇头叹息，笑着感慨：“我以为你考虑的是信息安全，学心理学的人果然想法不一样。”

她真正的意图当然不是表面上的理由。最初，夏天蓝打算租一辆车将沈旭磊骗到指定地点后撞死他伪造成意外，用阅后即焚软件可以消除两人对话的证据。然而她发现国内租车要求证照齐全，并且摄像头覆盖全城几乎不留一个死角，她想破脑袋也做不到万无一失，不得不改变计划。结果倒是发现用此软件的意外好处：她不用在手机上看到虚情假意令自己作呕的文字，同时也看不到他的。

夏天蓝选择在滨海公路了结他们之间的恩怨。那是何家伟死去的地方，最适合不过。至于自己，如果能侥幸从车祸中逃生，她随身携带的Zoloft可能导致眩晕、困倦、视力模糊的副作用，都能证明车祸是一次令人悲伤的“意外”。

夏天蓝心怀忐忑，为了看起来一切自然，当天还得正常开业。她接待了患有产后抑郁症的丁霞丽。这位刚刚荣升母亲的女子今年三十九岁，属于高龄产妇。从与家属前期沟通得到的反馈来看，丁霞丽从坐月子开始就闷闷不乐，动辄大发脾气斥责月嫂，要么就是独自坐着默默流泪。本来家里人还不觉得她的反常行为有何要紧，直到某一天她差点抱着宝宝爬上阳台栏杆，这才引起人家的恐慌。

从夏天蓝见到丁霞丽的那一刻起，她就觉得对方时时刻刻流露出“内疚”的表情。她问丁霞丽为何事感到抱歉，只听她说：“等到我儿子三十岁结婚，我快七十岁了，到时候带不动他的小孩怎么办？还有房子，房价年年涨，我和老公要赚多少钱才能帮他买一套婚房啊。”她的声音里充满歉意和焦灼，说着说着忍不住哭了出来。

她的儿子刚刚出生，她就联想到未来三十年的事，夏天蓝颇有些哭笑不得。这种由无谓的担心引发的悲观、绝望情绪，如果不好好疏导，极有可能导致患者自杀，甚至还会威胁到宝宝的人身安全。

“夏医生，我该怎么办？”丁霞丽泪流满面，她抬起脸求助地望着天蓝。

面前这位哭泣的母亲，不但让天蓝动了恻隐之心，还勾起她对江荟澜的想念。当年母亲生下自己的时候，除了担心养不活幼小的婴儿，是不是抱着未来她或许能被一户好人家收养，从而一生幸福的念头呢？

“霞丽，我会对你采用音乐疗法和行为调整疗法结合的治疗方案。由于你目前处于哺乳期，不适宜服用药物，所以希望你一周至少能过来治疗两次。”

她频频点头，满怀期待的望着天蓝，怯生生地问：“夏医生，我治疗后就能回家抱自己的宝宝么？”

家属说过为了防止她伤害孩子，除了哺乳，其余时间都将她和宝宝隔绝开来。天蓝认为这样做只会加深丁霞丽的病情，坚决予以阻止。她要求家属在一边陪同，让丁霞丽和宝宝安全地进行接触。

在舒缓的音乐陪伴中，夏天蓝和丁霞丽完成了第一次的行为调整治疗。虽然只是简单的打坐、深呼吸和冥想，但她的神情明显放松了。

“夏医生，下周一我还是下午三点到，可以么？”临别之际，丁霞丽问她。

夏天蓝愣了愣，若是此次复仇计划实施成功，下周一肯定无法与她见面了。她在心里不住地冷笑，脸上却是温柔亲切的笑容，说道：“当然，我等你。”

送走丁霞丽，夏天蓝转身回到楼上。她才走了一半楼梯，门铃声又响了起来。

夏天蓝以为丁霞丽去而复返，快步下楼打开门。“落下……”话没说完，她的声音消失在空气中。

门外，站着一个丰神俊朗的男子，眉目如画，温润如玉。

夏天蓝和Alex好几天不曾谋面，似乎双方有意避开彼此。夏天蓝通过欧楠的电话得知他们友好分手，她隐隐觉得此事和自己有关，又不敢向双方求证，总有莫名的尴尬感。

眼下他正站在门外，她想避也避不开。只好拉开门，侧身让他进入，笑道："忘了带钥匙？"

多数情况下，Alex走前门，偶尔也会从后门进入。不管走哪扇门，他从不麻烦她，今天是一个大例外。

Alex没有回答她的问题。他淡淡一笑，眼里有不容拒绝的坚定："夏天蓝医生，我想请你为我做心理咨询，可以么？"

天蓝吃了一惊，看他的样子不像开玩笑。她本想拒绝，不知为何没有说出口，指了指楼上："请。"

自从二楼完成装修交给夏天蓝成立咨询室，Alex只在开业那天踏足此间。今日他第二次来到楼上，先走到栏杆边俯视一楼，吧台那里一目了然。他仿佛看到另一个自己正站在吧台里调酒，将一杯长岛冰茶递给大理石台面另一侧的女子。

她仰起脸，美丽的眼睛，诱惑的红唇……她是蚀骨的剧毒，让人欲罢不能。

"我坐那里。"他指着靠墙的长沙发，不等她同意，径直走过去。

夏天蓝拖了一张椅子坐在沙发前，注视面前半躺的男人。他的衬衣开了两颗纽扣，露出的锁骨和部分胸肌，相当诱人。

她悄悄咽下口水，先开口说道："你戴着的十字架呢？"他从未离身的黑色皮绳和十字架吊坠都不见了。

"欧楠提出分手，她说过去了这么多年，我可以卸下良心上的枷锁了。"他微闭眼睛，慢吞吞地说。

"嗯，她和我说过这件事。很遗憾，你们一直没有忘记对方，不应该是这样的结局。"夏天蓝说得真心实意，她原以为他们会收获happy ending。

"你有没有这种感觉，当你失去一个人的时候，你以为时间就此停止。但其实，时间始终在流逝，只是你自欺欺人不愿承认罢了。"Alex转向天蓝，笑容微带苦涩，"我和欧楠就是这样，我们念念不忘的那个人，活在过去。"

“I am so sorry.（我非常的抱歉）”想了半天，唯有这句话能代表她的想法。

Alex翻身坐起，双手交握低垂着头，轻声说道：“这几天我总是做噩梦，依稀仿佛有个人在我脑子里不断擦除过去的片段。”他顿了顿，抬起眼睛专注地凝视天蓝：“在所有消失的画面里，唯有一个人会让我瞬间惊醒，像是我的潜意识拒绝消除和这个人有关的一切。”

她默然不语，眼神里包含忧伤和缠绵的情愫。“那个人，是谁？”天蓝终忍不住问了，恍似从他口中听到答案会是一种莫大的幸福。

他单膝跪在天蓝的面前，用双手捧住她的脸：“夏天蓝，那个人的名字叫作夏天蓝。”

“Alex，我……”天蓝眼中含泪，这个男人为何非要选择此刻再次告白，就在她决定用同归于尽的方式为何家伟复仇之后？她给不了他想要的未来！

“我知道你有焦虑症，你和Wilson已经订婚了，我没有任何机会。”他凝视她，深邃的眼睛情深似海，“没关系，我只想让你知道，我爱你。”

“我爱你”，这古老神奇的三个字具有的魔力再一次发挥了作用。夏天蓝流下了眼泪，颤抖的双手用力抓住眼前的男人。

有些话再不说，也许永远没有机会了。宛如诀别的悲伤情绪在心里蔓延，理性勒不住脱轨的本能，她抽泣着说道：“Alex，你是唯一一个从没让我感到恐慌的男人。是的，唯一一个！”

Alex表情震惊，将她从座椅上拉了起来，细长的手指抬起她的下巴再度确认：“天蓝，这是真的？”

她万万想不到自己的悲痛如此深重，竟然哭得说不出话来，只能拼命点头。Alex不知道她的复仇计划，理所当然将她的眼泪当作“喜极而泣”。他也有点鼻子发酸，抱着天蓝不断重复：“傻瓜，不要哭了，我们会幸福的！”

他轻轻吻着她的脸，唯恐过于急切唐突佳人。反观夏天蓝，抱着“last moment（最后一刻）”的念头，主动吻住了他的薄唇。

这一吻极尽缠绵，仿似下一秒就是世界的末日。某个傍晚停摆的时钟重新走时，他的嘴唇带着火热的渴望，沿着她的颈项一路向下。

手机铃声的响起打破了旖旎，也让天蓝恢复了神智。“Alex，我的电话在响。”软绵绵的手捶着他的肩膀要他停下来。他抬起头邪魅一笑，迷人的眼睛里有着狂野的挑逗：“不要管它！”

她的身体火烧火燎的，仿似多年以前置身于火海，一张脸在眼前慢慢清晰起来。天蓝绝望地用双手掩住脸，她不能在这里停留，何家伟还在等自己为他报仇呢！

她猛地推开Alex，他猝不及防摔下了沙发。天蓝一边说着“对不起”，一边跑到办公桌前接听电话，果然是沈旭磊。

“你出发了么？”他问道。

夏天蓝慌乱地看了一眼Alex，他还坐在地板上，背对着自己。“还没，临时有个预约，马上就结束了。”她用手拢着嘴巴，压低声音回答。

“不用急，我在办公室等你。”沈旭磊轻轻一笑，“先完成工作吧。”

“嗯，到了打你电话。”

她切断通话，调整紊乱的呼吸，一步步走回Alex身边。他抬头望着她，脸上的笑容夹杂了嫉妒和苦涩，显得异常古怪。“所以，你爱的人还是他，我认输。”

“我上次告诉你自杀的那个朋友，他在十三年前死于车祸，肇事司机我终于找到了。”这件事本是她的秘密，在复仇成功以前绝不能让第二个人知晓。可是，目睹他刻骨的伤感，天蓝心痛到难以呼吸。她深吸了口气，尽量用克制平静的语调，说道：“害死他的人，就是沈旭磊。”

Chapter 21

一念天堂，一念地狱

第二十二章

一念天堂，一念地狱

沈旭磊接到夏天蓝的消息时，他正站在窗前眺望对面大楼的灯光。从他的办公室刚好能看到正面，除了部分办公室亮灯，其他房间都是一片漆黑，与平常周五晚上灯火通明的景象截然不同。旭磊疑惑中朝后退了几步，恍然大悟原来灯光拼出了“I LOVE U”这句告白。他莞尔一笑，不知道这一浪漫求爱举动的对象是不是身处自己所在的大楼。

收到天蓝的消息，她说停在地下车库的B012车位。沈旭磊回了一句“马上就来”，关上电脑离开了办公室。

电梯里有楼上货运公司的美女代理，她们也刚刚下班，叽叽喳喳兴奋地讨论对面楼宇打出的求爱宣言。沈旭磊一进门，众人的目光都聚焦在他身上，声浪也降低了好几个分贝。看到他按了地下车库的楼层键，窃窃私议声顿起。

沈旭磊笑了笑，想起之前看过的一个笑话，大意好像是说现在相亲，女生判断一个男人能不能继续交往就看他按1层还是B1层以下，因为车都停在B1层之下。要是背后这群女人知道他去B1层的理由仅仅是同租车来接自己的女友会合，会不会就此将他与“loser（失败者）”划上等号？

美女们在电梯到达一楼后陆续走出，其中一个身材高挑的女孩突然折返回来，在电梯门关上前飞快地塞了一张名片给他。“Call me.（打给我）”她做了一个打电话的手势，美艳的脸庞妩媚动人。

电梯门合拢，沈旭磊看着掌心里扣着的名片，若还是自由身，他肯定毫不犹豫邀请她共进晚餐。但是现在，这张名片最后的下场……电梯门打开，他走出去，随手将名片塞进垃圾桶。

旭磊很快找到B012车位，夏天蓝租了一辆红色的福特。鲜艳的红色像极多年前那辆拉风的跑车，他脚步一顿，恍如堕入梦里。几秒钟后，沈旭磊恢复了平静，继续朝福特车走去。他不知道坐在驾驶位的女人在入神地想些什么，以至于他从车前走过冲她招手时，她完全没反应。

他拉开车门，夏天蓝像是受到莫大的惊吓，一脸震惊地望着他。“怎么了？”直觉告诉沈旭磊对面的女人状态反常，他警觉地观察四周，并未发现可疑现象。

夏天蓝迅速扯出笑容：“没事，我在想工作的事，走神了。”她以此为借口搪塞。

沈旭磊不疑有他，坐进车里。“不管发生什么事，记得和我说，别自己扛。”轻描淡写的一句话，背后俨然是为她甘愿不顾一切的承诺。

她的耳边回响着Alex的声音，那个男人得知她和沈旭磊在一起是为了复仇之后，就差没把她绑在椅子上牢牢看管了。他说：“夏天蓝，爱你的人要的是你平安快乐一辈子，他一定不希望你这么做。”

这正是夏天蓝不愿意告诉别人的原因之一，你总会遇到一些千方百计想要劝你回头是岸的人，但他们不会知道你的身后仍旧是茫茫海水，回头也看不见岸在哪里。

“Alex，这件事我必须要做了断。”天蓝一意孤行，眼神恐怖，一副誓不回头的样子。

Alex用力将天蓝按倒在沙发上，他居高临下逼视她："夏天蓝，不要逼我打电话警告沈旭磊，不要逼我把你关起来，不要让我找欧楠帮忙说服你，也不要逼我做出我不想做的事！"

"你不懂！"夏天蓝奋勇挣扎，没想到他的力气大得惊人，她压根动弹不得。此刻她无比后悔一刻钟之前的不忍心，要不是脱口而出和沈旭磊的恩怨，现在自己早已开赴"复仇之路"了。想到此，她更加焦躁，头一偏就想咬他的手。

她的牙齿深深陷入他的手腕，Alex一动不动，任由她发泄。天蓝咬了半天，没有达到预期让他放手的效果，倒是觉得脸部肌肉酸痛不已，不得不松口。

"何家伟是我的家人，整整二十年我们彼此依赖，可以为对方付出一切。"天蓝望着他，神情哀婉，"我出国留学的费用来自他的意外身亡保险金，我永远记得他说过的一句话'你负责专心读书，我负责赚钱养你'。就因为这句话，我一直以为那天晚上他是自杀。

"他让我觉得自己再一次被抛弃了，这个世界不会有人像他那样爱我，可是他仍旧抛下我自说自话地走了。"她笑起来，笑着笑着流出了眼泪，"因为他的死，我得了焦虑症，我怕再找不到另一个何家伟，更害怕万一找到了他还是会像何家伟一样离我而去。

"十三年后，我重新回到这里发现当年车祸的真相，让我知道他从未抛下我。Alcx，一切都是命中注定，把我找回来的人，是沈旭磊。"

她这番话说得有条有理，已不见方才那股决绝的疯狂劲头，Alex也缓和了语气，劝慰道："天蓝，我们都不知道十三年前究竟发生了什么，也许真的只是意外。你应该给Wilson一个当面辩解的机会。"

"他是律师，死的都能说成活的，他的话能信么？"夏天蓝嗤之以鼻，她的潜意识拒绝相信沈旭磊。

Alex专注地凝视她的眼睛，试图将自己的爱意、守护的决心注入她的灵魂，用热情驱散她内心的黑暗。"你迫不及待想要定Wilson的罪，是不是因为找一个凶手出来，你才可以减轻罪恶感？"明知这个问题会引起天蓝的愤怒和反抗，他还是问出了口。唯有揭开伤疤清创，方有可能痊愈。

夏天蓝果然又开始挣扎了，厉声命令他放开自己：“Alex，你不是我，你不会明白我在想什么！”她越说越大声，以此掩饰心虚和愧疚。有个声音在耳边不断重复“罪恶感”三个字，她急切想要逃离它的咒语。

Alex松开手，俊美脸庞带着前所未见的严肃表情：“天蓝，你是心理治疗师，你比我更了解过去对现在的影响，也更懂得怎么做才是正确的。我相信没有一种心理治疗，是为了报复而存在的。”

是的，我是心理治疗师！听着他的话，夏天蓝的理性渐渐回归，她沉默以对，脸上则有明显的动摇。

“即使何家伟真的抛下你一个人活在这个世界，那也是为了让我和你能在十三年后相遇。命运不会残忍到只给你一种选择。夏天蓝，我在没有回忆的地方等你，等你能心无旁骛可以接受我的那一天。”他单膝跪地，握住她的手放在胸口，“但是这颗心，从今往后只有一个人能进入，她叫夏天蓝。”

那双美丽的眼睛迅速堆积了泪水，被眼泪浸润的黑色瞳仁闪闪发亮，仿佛闪烁着希望之光。“谢谢你，谢谢！”她低声说道，语带哽咽。

“不用谢我，是你帮我走出了过去的阴影。现在，我想邀请你一起去未来，你可以慢慢考虑。”看她的表现，Alex以为她想通了，一颗心随即放了下来。

天蓝伸手抹去脸上的眼泪，她舔舔干燥的嘴唇，吸口气对他说：“让我先喝口水再考虑，行不行？”

她楚楚可怜的模样，好像他不给她一口水就会立即枯萎。Alex摇头苦笑：“傻瓜，这种事早点说嘛！我去替你倒水。”

她听着他朝后面的茶水间走去，飞快地跳下沙发抓起桌上的皮包，飞快地冲到螺旋楼梯的终点，打开隔绝的铁门，一口气冲到一楼。

Alex今天是从后门进来的，那么前门肯定被环形锁锁住了。她早就做出决断该从哪条路脱身，毫不犹豫直奔吧台后侧的小门，一路狂奔到后门。

“夏天蓝！”背后传来一声大吼，她从没听到过那个男人如此失控的声音。

她惊惶回头，看到Alex也冲下了楼梯，就在自己后面两三步之外。天蓝立刻打开门，赶在他追出来之前关门反锁。

她的后背紧贴大门，震动从门传导到她的身体，震得她五脏六腑疼痛不已。夏天蓝能够想象背后的画面，愤怒的Alex一定正对这扇门拳打脚踢。这个男人对她的在乎显而易见，他一定会像承诺的那样好好爱她。

夏天蓝靠着门，拨打他的手机。他第一时间接通了电话，不待她开口，抢先说道："夏天蓝，我命令你打开门！"

她轻轻叹气："Alex，有些事我一定要做。你阻止我这一次，今后又该怎么办呢？"

"把自己也搭进去的复仇有意义么？"

天蓝沉默了一会儿，回答他："对于家伟，有意义。"

"夏天蓝，你不要太自以为是！"Alex的语气充满无能为力的挫败感，"你以为报仇就能告慰何家伟在天之灵？我告诉你，他一定后悔认识你这样白痴的女人！你把所有问题都赖在何家伟身上，你有没有想过，他愿意让你陪葬么？"她的软肋是何家伟，他只能打出唯一的一张牌。

听完他的话，天蓝没有反驳也不做辩解。她微微一笑，轻轻说了一句："Alex，再见。"

将手机放进皮包，夏天蓝义无反顾地向前走去。夜色苍茫，恍然有种一去不归的悲壮感。她猜测Alex应该会打电话警告沈旭磊，但自己已然无法忍耐了，这件事就在今晚终结吧！

红色福特驶出地下车库回到车水马龙的大街，沈旭磊看到前方路边有一个女孩抱着一大束白色玫瑰，正和一个男人热烈地拥抱。巨大的"I LOVE U"依旧在闪烁，正在为浪漫的爱情背书。

"你看那边，我在楼上看到灯光拼成的I love you，看样子求婚成功了。"沈旭磊看了一眼天蓝，"对不起，我没能给你这么浪漫的求婚。"

夏天蓝瞥一眼沈旭磊，仍旧不能确定Alex是否打电话警告过他。他见到自己的反应和平常没有两样，倘若已提前收到警告，那此人城府之深着实令人恐惧；如果没有，倒是正合己意。她顺着他手指的方向望过去，围在男女主角旁边的人有些举着相机在拍视频，有些在鼓掌……每个人的脸上都带着幸福快乐的笑容。她转过头看着他，淡淡一笑：“我不需要。”

车子驶入通往白沙湾的滨海公路，车速忽然快了起来。夏天蓝用眼角余光观察沈旭磊，从他紧绷的坐姿不难看出紧张的情绪。她的视线移向伴随一路的护栏，在它们下方，山石嶙峋，海水深不可测。只要自己控制好车速和角度，百分百能把副驾驶位上的人撞飞出去。从这个高度掉落，无论摔在岩石上或掉进海里，都必死无疑。

至于自己，万一惯性太大一起掉下去，就当赔一条命给他吧。

夏天蓝脑子里各种奇怪的念头飞速而来，又飞也似的逃离。眼看越来越接近何家伟出车祸的地点，她仍然犹豫不决，忽然左手臂剧痛起来。

她猛地踩下刹车，两个人的身体都因为惯性作用向前飞出去，幸好有安全带将他们拉回座椅。沈旭磊惊魂未定，已先转头询问她有没有受伤。

“Summer，怎么啦？”她的状态从一开始就不对劲，眼下又来这么一出，他觉得不能再保持沉默了。

夏天蓝一言不发解开安全带，打开车门下了车。沈旭磊不明白她究竟发生了什么事，只得跟着她一同下车。

她站在路肩上，海风吹着她的头发在空中狂乱飞舞，竟令他产生了“海妖”的错觉。他朝她走过去，愕然发现对于自己的接近，她的反应是不断后退。

夏天蓝背靠护栏，身下就是刀锋般的峭壁。海浪拍打着礁石，发出了怒吼。

她抬起手臂指向前方：“二〇〇三年七月九日晚上，就在那里发生了一起车祸。一个快递员在取件途中，摩托车被撞飞，他因为耽误了抢救，死了。”夏天蓝看着一脸惊慌、惧怕的男人，昂起头，声音冷硬：“死去的快递员名叫何家伟，他是我相依为命二十年的家人。”

夏天蓝说出的话，第一句就让沈旭磊大惊失色。二〇〇三年七月九日，他一生无法逃脱的梦魇。那天晚上的场景历历在目，掉在副驾驶位子下面的手机突然响起了铃声，被酒精控制的大脑完全忘了交通法规，他弯下腰想捡起来看看是谁在这个时候打电话找自己。

颤抖的手握不住方向盘，他的车偏离了右侧车道，与迎面驶来的摩托车擦身而过。

他从观后镜看到摩托骑手飞出去的样子，像一只突然折断了翅膀的鸟，直直地掉落下来。砰然落地的巨响震得他大脑麻木，他机械地下车，木然走向一动不动躺在地上的骑手。

短短一百米的距离，每一步都似乎耗尽全身的力气。他想到自己的前途，想到成为律师的梦想，就在快走到骑手身前的时候，他毅然决然转身跑回车上。

如果此时有其他车辆经过，沈旭磊一定不会产生逃跑的念头。然而幸运女神突然向他敞开大门，从事故发生到现在，竟无一辆车经过。恍若堕入平行世界和现实之间的真空地带，世界安静得可怕，他差一点以为自己正在做梦。

“我在书房看到你搜集的那场事故的剪报。如果不是你，你为什么关心？”夏天蓝的声音再度响起，沈旭磊长舒一口气，刚才他像是被无形的手扼住了喉咙，无法呼吸。“如果是你，我只问你一句话，你为什么不救他？”她的声音里掺杂了痛苦、怨恨，还有愤怒。

“那天我是酒后驾车。万一留下案底，我就没办法做律师了。”他低声说道，承认自己正是肇事者。当着死者的至亲说出来，他竟有一种解脱的感觉。“对不起，对不起，对不……”他的声音越来越低，几不可闻。

“那么肇事逃逸呢？你被抓到的话，还不是一样参加不了司法考试！”夏天蓝三步并作两步冲回他面前，一把揪住他的衣领，声嘶力竭地质问。

沈旭磊任由她抓着衣领，羞愧与悔恨交替出现在俊脸上：“我不知道当时怎么想的，等我反应过来的时候，我已经回到家。”

她用力将他压向护栏，恶狠狠说道：“沈旭磊，我想杀了你报仇，真的这么想过！”

后背上部悬空在护栏外，狂风从脑袋下方呼啸而过，他的脸上闪过恐惧、慌乱以及绝望。但很快，他的表情恢复了安宁，变得异常坦然。是的，欠下的债总要偿还。十三年，自己偷来的时间走到尽头了。

沈旭磊放弃挣扎，他向后眺望远方无尽的黑暗，那一片虚空如同此刻他的心境。就让我死在那里吧，夏天蓝。

“你为什么不救他？”她的语气似是质问又像呢喃，絮絮陈述着：“你知不知道我为这件事痛苦了多少日子？找不到目击者和肇事车，我一直以为他是自杀，只是为了让我拿到保险金出国留学。你这种人不会明白的，四千七百多天，我每天活在负罪感里，每一天都认为自己永远得不到爱，就算得到也注定要失去。”

手臂的剧痛有变本加厉的趋势，她垂下眼睛看了看，肘关节内侧的红斑迅速扩大占领面积，那是何家伟不甘心的灵魂在控诉吧……她这样想着，突然耳边响起了Alex的声音：“夏天蓝，你不要太自以为是！你把所有问题都赖在何家伟身上，你有没有想过，他愿意让你陪葬么？”

“动手吧，夏天蓝。四千七百多天，我欠你们的，应该还了。”沈旭磊闭上眼睛，他心甘情愿死在最爱的女人手里。

四千七百多天！饱受折磨的何止她一个。

“你比我更了解过去对现在的影响，也更懂得怎么做才是正确的。”夏天蓝想起Alex说过的话，自己和沈旭磊的“过去”在某一时空卷入命运的转轮，两个人同样背负了十三年的罪恶感，不得安生。

她松开手，朝后退了两步，唯恐自己忍不住再度扑上前和他同归于尽。她面无表情，冷冷说道：“三个小时之后你再回家，我需要时间整理行李。”

“你……”沈旭磊想问她能不能原谅自己，可是看她拒人千里之外冷冰冰的模样，他深知绝无可能了。

夏天蓝掉头回到车里，她发动汽车准备离开。瞥见沈旭磊站立的位置，一霎那间又想对他直撞过去。Alex的声音再一次冒了出来，好像这个男人躲在后车座随时监督她不能做傻事似的。

“你是一个心理治疗师！”

她的使命是治愈别人的心灵，而不是杀人。

夏天蓝猛踩油门，红色福特如离弦之箭一般飞掠出去。沈旭磊望着汽车消失的方向，似乎看到了十三年前匆忙逃离的自己。

被留下的那个人，内心是何等的无助，他终于体会到了。

沈旭磊回到公寓的时候，夏天蓝和她所有的东西都不见了，除了一样。

他在书桌上找到他买给她的钻戒，切割完美的钻石亮闪闪的，在灯光照射下晶莹剔透。

旭磊拿着钻戒来到卧室，他送给她的红玫瑰就插在柜子上摆放的花瓶里，还没有凋谢。深红色的花朵舒展了身体，丝绒般的花瓣令人忍不住想要扯碎揉烂。

手臂轻扬，漫天飞舞的玫瑰花瓣宛如偶像剧镜头，奈何到他这里，活生生成了讽刺。

沈旭磊倒在床上，抱住夏天蓝用过的枕头与薄毯，它们依然留着她的香气。然而，此生他再没有资格将她拥入怀抱。

他失去了她，在十三年前的七月九日夜里。

夏天蓝搬回自己住处，首先引起周绍伟的猜测。当天晚上，他本已睡下，朦朦胧胧中听到汽车驶入车道的声音，然后是行李箱轮子在石子路上磕磕碰碰发出的声响，他套上T恤运动裤匆匆下楼，看到天蓝拖着行李箱走到了楼梯口。

“What’s up？”他伸手接过箱子，帮她提到楼上的主卧。

夏天蓝面色灰败，若说没发生任何事，他肯定不会信。她坐到床沿，叹口气说道：“我控制不了焦虑症，所以我们分手了。”

犹记当日，他明明和她谈过焦虑症的影响，让她想清楚再订婚也不迟。她信誓旦旦表示沈旭磊就是自己想要的依靠，让焦虑症和恐慌反应统统见鬼去。想不到过了两周，她就打道回府宣布挑战失败，怎不令人生疑。

“就这么简单？”订婚派对上，他问过这句话。

“就这么简单。”她如是回应。

和那天一样，周绍伟知道夏天蓝不会再多说一个字。他微微一笑，转身离开她的房间。走到卧室门口，他停下脚步，问道：“那么，你会去找那个真正的Mr. Right么？”

虽然Alex说过会在没有回忆的地方等她，但才分手就投奔他，这种事还是会有顾虑的。再者，今晚自己将他反锁在酒吧，又拒绝接听他的电话和回复消息，一意孤行执着复仇的劲头，恐怕也没几个男人能坦然接受吧。天蓝往床上一倒，把脸埋在枕头里，闷闷地回答：“我累了，这件事以后再说吧。”

第二天，尽管是周六，夏天蓝如常开工。按照计划，丁文杰的系统脱敏疗法要进行最后一个阶段的治疗了。她和他约在白沙湾附近的星海广场，作为本市有名的景点，那里不仅是游客的必到之处，也是广大市民休闲的一大聚集地。

星海广场距离海边有一段路程，周围是一片热闹的商业区，造型各异的shopping mall林立，人群川流不息。

夏天蓝将车停在某栋大楼的地下车库，等她回到地面，正正好好到了约定的时间。她看到手插裤兜的丁文杰正站在喷水池旁，便快步向他跑了过去。

“夏医生，你不用这么着急。”文杰走了几步迎接她，一边扯下耳塞，“就算迟到几分钟也没关系，专家说过‘迟到是女人的特权’。”相比第一次见面，他居然敢和她开玩笑了，令夏天蓝分外感慨。他在Zihuatanejo完成个人首秀之后，又通过Alex的关系到其他几家酒吧进行表演，都获得了不错的反响。

夏天蓝制订的治疗方案最后一步，是让丁文杰到广场或大街上面向陌生人做自我介绍。看到他的表演达到了良好效果，她决定增加难度，不止要求他大胆介绍自己，还要让陌生人能够在听完他说的话之后，与他互相拥抱。

“夏医生，这个难度有点大。”他嗫嚅着，直觉自己做不到。

她拍了拍他的肩膀：“文杰，我不会说要对自己有信心这种鼓励的废话。我只想告诉你，这个世界有时候比我们想象的更加温暖善良。所以你大胆地去尝试吧，不做的话，永远不知道答案。”

听了她打气的话，丁文杰也鼓起了勇气：“夏医生，你会不会帮我？”

“Sure.”她肯定地点点头，做好准备当第一个“托”。“我先下地铁，一会儿上来之后我会走到喷水池这里。然后你就当作不认识我，走过来和我说话。”

安排妥当后，夏天蓝“噔噔噔”踩着高跟鞋往地铁口走。她在地下逗留了五分钟左右，转身走回出口。

夏天蓝径直走到喷水池，惊讶地发现丁文杰竟然不见了。她以为他临阵退缩，正要打电话找他，一抬头发现前面shopping mall的大门外，他正和一个姑娘拥抱在一起。

没想到不需要自己做“托”，他就能独立完成这项任务。天蓝既欣慰又满意，她找了一个角落坐下，仔细观察丁文杰的一举一动。

她给他布置的任务是和一百个陌生人进行交流互动，对象男女老少均可。她发现他选择的被试多数是女性及老人，相对来说这两类人比较富有同情心，也愿意停下来听完他的自我介绍。

接近中午的时候，丁文杰走到夏天蓝面前，将画有“正”字的A4纸递给她。“夏医生，一共二十个正字，我完成了！”他的语气充满自豪，脸上也写着“骄傲”。

夏天蓝站起来，向他伸出手：“文杰，每个病人治愈的时候，我都会说一句‘希望再也不会以医生的身份见到你’，今天我终于可以把这句话送给你了。恭喜你，战胜了自己。”

“谢谢你，夏医生。”丁文杰回想整个治疗过程，从最初的抗拒不合作到如今克服恐惧心理拥抱人群，他深深感激面前的女子，“你也要加油，战胜焦虑症。”

她嫣然一笑，想不到竟然被自己的患者鼓励了，心头被温暖填满。这份工作不但让她收获别人的感激，也让她感觉到自己是“被需要的人”。

夏天蓝想起何家伟劝说自己报考心理学专业的理由，他说将来这城市有心理问题的人多的是，你一定能赚大钱。如若此生他还有机会站在她面前，她一定要告诉他：“哥，你想错了，和治愈别人得到的成就感相比，钱根本不算什么。”

“哥，我明白你的心意，你说过会永远守护我。可是我已经长大了，我知道谁能给我幸福。”这几句话，她说给心里的“何家伟”听。是时候告别了，十三年前就应该和他说“再见”。

她仿佛看到那个男人咧开嘴，露出一口闪亮的白牙，黝黑英俊的脸庞挂着满不在乎的笑容。他转过身，潇洒地朝背后的她挥了挥手。

接下来的人生，夏天蓝做好了准备。她要去没有回忆的地方寻找自己的Mr. Right。

Alex给夏天蓝打过电话发过消息，无论何种方式都没得到她的回应。他胆战心惊浏览各大网站的新闻，没有找到类似男女殉情或仇杀的相关报道，暂且放下悬吊着的心。

那天晚上，他找人帮忙才得以从酒吧脱困。在那之前，Alex曾想打电话警告沈旭磊，让他多多少少做一下预防措施。可等他翻遍通讯录才意识到并未保存沈旭磊的手机号码，也许出于冷淡的性格，也许出于嫉妒情绪，总之他没有对方的任何联络方式。

Alex只得给欧楠打电话询问天蓝有没有和她联系，以为她们私下里说不定谈过这件事。电话接通后，欧楠告诉他自己身处西安，已有好几天未与天蓝通话。

她以为自己姐姐出了事故，急得声音都变了。Alex只得编了一个理由解释为何打电话骚扰欧楠，他对她说：“我向Summer告白，然后她就躲着我了。”

欧楠尖叫起来，让他不得不把手机拿远几公分。她的声音听上去还是怪怪的，不过这一回显然因为激动和兴奋。“你放心，等她想通了自然会给你答复。”她如此安慰他。

他顿了顿，原本想接着询问欧楠是否知晓沈旭磊的手机号码，转念一想又打消了念头。不知为何，心底似乎有个声音在告诫他应该给予夏天蓝充分的信任，相信她会做出正确的选择。

如她所说，就算自己能阻止这一次，今后又该怎么办?

夏天蓝言之凿凿，认定沈旭磊就是害死朋友的罪魁祸首。他不便问她从哪里得来的证据，但是心里多多少少存有怀疑。毕竟相隔了十三年，要是早有证据，沈旭磊也不可能至今逍遥法外。

再者，作为一名法律从业者，即便当年的沈旭磊还是大学生，好歹也是法律科班出身，又岂会做知法犯法之事?

他不太相信天蓝对沈旭磊的指控，潜意识更倾向于“她错了”。然而相比之下，他完全没有证据能证明沈旭磊的清白，什么都做不了。

Alex在下午四点到达Zihuatanejo，他心事重重低着头走路，没留意门前站着朝思慕想的人。她抬头仰望“海边的弗洛伊德”广告牌，表情释然。

“Hi.”看到Alex，夏天蓝率先打招呼。她扬着手，心情愉快且放松。

听到她的声音，Alex猛然抬起头，惊喜地冲到她面前。“Summer，”他第一反应是“好久不见”，话到嘴边硬生生改为“你终于来了”。

“你有没有一种我们好像已经很久没见面的感觉？”夏天蓝说出了他心底的感受。是啊，从昨夜到此时，不足二十四小时，却好像过了一辈子那么漫长。他点头微笑，说道：“好久不见。”

情到深处，自然的默契早已形成，仅仅一个眼神和笑容，他们已知对方在想些什么。

“今天，文杰的最后一次治疗完成了，他痊愈了。”她笑得非常开心，眼睛和嘴角弯曲的弧度都像小小的月牙。

Alex同样感到高兴，他曾有幸为丁文杰的治疗出过一份力，有一种与荣有焉的感觉。刚想开口表示祝贺，只听天蓝接着说：“作为一名心理治疗师，我感到很自豪。救人始终比害人要愉快一些。”

他暗自揣测她的意思是不是放弃了报仇，纠正她的说辞：“不是一些，是很多。”

夏天蓝看着他，点了点头承认口误：“你说得没错。所以，我回来了。”她的笑颜，一如夏天湛蓝的晴空。

Alex微笑着解下环形锁，他站在酒吧门口，拉开大门。“欢迎回家。”温暖的笑容，像春风拂过万物复苏的大地。

Zihuatanejo，它是一个地方，在墨西哥，太平洋岸。知道墨西哥人怎么称呼太平洋吗？那是没有回忆的海洋。那就是他们想去的地方。一个温暖而没有回忆的地方。

周绍伟结束休假回美国前，给唐泽禹做了最后一次催眠。上一回他们的会面并不愉快，他在催眠之前当众承认所有事情都是自己精心布局，包括欺骗并利用夏天蓝的同情心，以至于后来的催眠差点让天蓝倒戈相向，想帮助唐泽尧驱除核心人格。

那天之后，夏天蓝和周绍伟讨论过作为心理治疗师的操守和底线。唐泽禹即使本性恶劣三观不正，但他并未造成实际的伤害，他们只能从道德层面对他进行谴责。而出于自身的职业道德约束，他们不能因为鄙视唐泽禹就拒绝他的求助。

至于底线，夏天蓝做了深刻的自我反省，坦率承认自己被偏见左右。“在面对唐泽禹的时候我抱有个人情绪，甚至产生对求助者不利的想法，不仅显得自己非常不专业，还触碰了从业者的底线。”

“Summer，做我们这一行，不但要面对患者过去的痛苦和阴影，更多时候则是直面人心的阴暗面。我的导师曾经说过，心理治疗师本人终生都是一名需要接受心理治疗的病人。当时我还不明白，认为只要自己有足够的热忱，一定能够帮助患者走出心魔。越到后来越觉得当时的想法实在太天真，我们看到最阴暗的人性，还必须开解他们，为他们保守险恶的秘密，不生负面情绪才怪。”

“我们的工作就是把别人的负面情绪转移到自己身上，利用自身具有的专业知识进行消除，你是不是想这样说？”

周绍伟笑了笑，一口喝完杯子里剩余的水："所以你不用自责，负面情绪谁都有，能时刻警醒自我，未必是坏事。"

第三次催眠在下午三点进行，唐泽禹上午先去公司处理事务，据他声称又是唐泽尧留下的烂摊子。听到他这么说，手机那头的夏天蓝不由冷笑，心想八成又是他博同情的手段。

他们在公寓的地下车库碰到了唐泽禹，一起搭乘电梯直上顶层套房。眼看冷场，周绍伟谈起了房价，调侃他："把这套房子卖了，说不定比开公司辛辛苦苦做一年更赚。"他们第一次会面的时候聊过工作，唐泽禹当时感慨创业不易。

"有道理。"唐泽禹点头表示赞同，"说不定哪天我就这么做了。"

夏天蓝默默抬头扫了他一眼，他看到她不相信的眼神，笑道："怎么，夏医生你不信我也会做这种事吗？"他用了"也"，理所当然同唐泽尧划清了界限。

"长久以来，你生活中的压力来源是你的父亲，与此同时你已经习惯用不断获得的成就取悦他。唐泽禹，找到病因不难，最难的是你自己愿不愿意坦诚地面对它。"

电梯门打开，唐泽禹按住开门键请他们先走。他跟着绍伟步出电梯，慢悠悠说道："我当然想和他一样随心所欲，但身不由己。公司上上下下那么多员工，一个决策失误就可能关门大吉，害得大家失业，我怎么敢任意妄为？"

夏天蓝和周绍伟都听到了他的声音，两人对视一眼，明白彼此的意思。唐泽禹和唐泽尧这两个人格都非十恶不赦之徒，对于他们，最好的治疗手段就是将两个人格融合为一个核心人格，作为全新的"本我"活下去。

"泽禹，你愿不愿意和他面对面，心平气和地谈一谈？"在催眠之前，夏天蓝征求他的意见。

唐泽禹陷入长久的沉默，从他的表情不难判断，眼下的局面他举棋不定。等待的一分一秒都相当难挨，因为多种可能性并存，所以针对每一种可能需要设计各自的应对方案，五六分钟的时间，他的脑海里各种画面走马灯一样旋转着。

“我们，是该再见一面了。”唐泽禹终于给出了肯定的答复。

三人转移阵地，从客厅转到书房。天蓝架起摄像机，镜头对准书桌后的唐泽禹。和前两次一样，他在绍伟数到“三”的时候，顺利进入催眠状态。

周绍伟用缓慢的声调继续说道：“泽禹，你往前走，你的面前是一间漆黑的屋子。对，你摸索墙壁，想找到电灯开关。嗯，你按下了，但是灯没有亮。”

唐泽禹的手在半空做着按压开关的动作，他的眉头越皱越紧，脸部肌肉因为紧张而显得僵硬。他对黑暗，发自内心地恐惧。

“是的，你知道黑暗中不止你一个人，他们虽然不会动，也不会说话，但是你能感觉到他们……”绍伟的声音飘飘忽忽，诡异且阴森。

唐泽禹的后背紧紧贴着墙壁，他只觉喉咙发干，拼命咽口水也无济于事。更可怕的是，好像有人趴在脚边对自己吹冷气，他从头发到脚底，没有一处不冷彻心扉。

就在他忍不住想要放声尖叫和哭泣的时候，一个戏谑的声音划破寂静。那个人点亮一支蜡烛，和他一模一样的脸上浮现几分玩世不恭的嘲弄，他说：“胆小鬼，你已经长大了，怎么还会怕？”

唐泽禹松了一口气，反唇相讥道：“要不是胆子小，怎么会有你？”

唐泽尧歪着头认真想了想：“说的也是，我错怪你了。”

一时无话，跳跃的烛光将两人的脸照得影影绰绰，看不真切彼此神情。唐泽禹开口道：“告诉你一件事，舒静航喜欢的人是你，她一直没忘记小时候你救过她。”

“嗯，我知道。”唐泽尧淡淡地回他一句，“和我没关系，我不喜欢她。”

唐泽禹笑了笑，他对舒静航有一丝抱歉。但是没办法，感情不是买卖，一个愿卖另一个就非买不可。“这么巧，我也不喜欢她。”

两人不约而同大笑，虽说是独立的两个人格，对于女人的品位倒是出奇一致。他们兴致勃勃交流喜欢的类型，果然是长腿细腰的大胸女。

笑过之后，唐泽禹正色道："泽尧，我们俩今后怎么办？作为两个人共享这具身体，还是听从夏医生的建议，融合起来成为一个人？"

事关自己的命运，唐泽尧依旧笑嘻嘻的，恍似一点都不在乎未来。"我是你的防御机制创造的，只要你的内心强大到能够独自面对，我自然就没有存在的意义了。"说着，似乎觉得他提出的问题十分有趣，他又肆无忌惮地哈哈大笑。

他的笑声蕴藏无尽的能量，像是灿烂的阳光照进黑暗。直到唐泽禹从催眠状态中清醒过来，唐泽尧的笑声依旧在耳畔萦绕不去。

"周医生，我想跟你一起去洛杉矶，继续催眠治疗。"他不假思索地提出请求，接着补充道，"请帮助我们成为一个人。"

随着唐泽禹说完这句话，始终屏息以待的夏天蓝长出一口气。真的，能得到这样一个结局，真是再理想不过了。

夏天蓝最后一次见到沈旭磊，是在七月的第一天。她做完丁霞丽的治疗，匆匆忙忙离开咨询室，兴冲冲地往家赶。她和Alex打算去马来西亚的仙本那潜水，当天晚上的航班。

起初，夏天蓝并未留意路边停靠的车辆。她站在门口输入密码的时候，听到背后传来汽车喇叭声，似乎在央求她赶紧回头望一眼。

夏天蓝转过身体，看到了沈旭磊的专车。他站在车外，一手扶着车门，姿势甚是潇洒。天蓝心中一动，没料到他还会再找自己。

"你好！"她走过去，表情淡然从容。

"天蓝，我欠你一句'对不起'。"他的眼神和表情充满恳切，显得异常真诚，"非常抱歉，如果时光能够回到那一天，我一定不会让这件事情再度发生。"

夏天蓝默然半晌，忽然问道："你的PTSD治愈了么？"

她的问题出乎沈旭磊意料，他想了想，决定如实告知她自己的境况和想法。"王医生，就是我的心理医生，他评估我已经克服了PTSD。"沈旭磊停顿了一下，惭愧地低下头，"但是我已经决定今后不会再重新申请驾照，也不会再碰方向盘了。所以，能不能请你和他原谅我用这种方式裁决自己？”

夏天蓝在心底叹气。往事已矣，自己既然答应Alex放下仇恨，再耿耿于怀对大家都没好处。再说，她用来报复沈旭磊的招数同样卑鄙无耻，原谅他也是放过曾经丑陋的自己。

她默默地点头，沈旭磊激动不已，泛红的眼眶证明得到她的原谅于他而言，简直比打赢官司还重要。

“谢谢你，Summer。”他仿佛身心获得救赎，脸上有解脱后的狂喜。

一念天堂，一念地狱。夏天蓝瞬间联想到这八个字。她庆幸自己没有在作恶的路上走太远，在一切尚能挽回的时候幡然悔悟。

每个人，至少应该有一次从头再来的机会。

“沈旭磊，做个好人，这是你欠我们的。”

夏天蓝相信何家伟的在天之灵一定会为自己的宽容而感到骄傲。

他从来不是斤斤计较的人。

尾声

我永远爱你

尾声

我永远爱你

七月三日，秦德辉&沈旭磊律师事务所第三季度合伙人会议在大会议室召开。沈旭磊甫一踏进会议室，明显感到一丝紧张的气氛。他的视线四下逡巡，所到之处，众人纷纷回避与他四目相对。沈旭磊心下了然，今天最主要的议题就是对他的公益服务时间及奖金分配提案进行投票表决。这份提案要求每个部门承担一定比例的公益案件，虽然奖金方面他列出了详细的补偿方案，但对于业务量大的律师来说，补偿的奖金和计时收费相比堪称不值一提。

沈旭磊统计过支持和反对的票数，明确站在自己这一边和坚定持反对意见的人数五五开，关键的一票还要看秦德辉。作为创始人，他的最终决定举足轻重。

沈旭磊不太担心秦德辉的倾向，姑且不论他们师徒情深，秦德辉本身也赞成他的提案。他笃定地坐在椅子上，在秦德辉宣布会议开始的时候，优雅地鼓掌。

第一个议题依旧是汇报上一季度的收支情况，并且调整第三季度的预算。这个议题很快结束，进入提案投票表决环节。

“各位，Wilson的议案前几周已经发到你们的邮箱，相信大家抽空都看过了。我们马上进行投票表决，反对《公益服务时间及奖金分配提案》的人请举手。”秦德辉敲了一下小木槌。在他说完之后，陆陆续续有人举起了手。

投票反对的人数与沈旭磊预计的完全一样，他信心满满地转向秦德辉，正想等他宣布“反对无效，提案通过”时，只见他的老师举起了手。

旭磊脸上的表情可用“震惊”来形容，那是一种被自己最尊敬最亲近的人背后捅了一刀的感觉，刻骨铭心的疼痛和羞辱。他的耳朵里传入秦德辉稳重的声音：“很遗憾，提案没有通过。Wilson，你的出发点很好，但最近大家的计时收费都在下降，业内竞争太激烈，我们不适合把时间花在公益上。”

他深吸一口气，迅速稳定心神。尽管脸色依旧难看，说出的话却一点听不出恼火的意思：“是我考虑不周，过于理想主义。对不起，浪费了各位的时间。”

“如果没有其他议题，我宣布今天的……”秦德辉也许不忍见沈旭磊继续难堪，打算尽快结束会议。话还没说完，桌子另一头来自家庭事务部的费俊涛出声打断了他：“秦老，我有意见。鉴于Wilson这份损害大部分人利益的提案，我严重质疑他有没有能力坐上冠名合伙人的位子。”

此话一出，窃窃私议声顿起。秦德辉不停地敲打小木槌要求大家安静，他转向沈旭磊，一脸和蔼可亲，说道：“Wilson，你来说几句吧。”

这是逼他表态的节奏，要么就永远别再提“公益”话题，要么就从冠名合伙人位子上下去。沈旭磊站起身，眼眸中一丝挫败一闪而过，他的手搁在桌面上，捏紧了拳头。“抱歉，今后我将以律所的最大利益为己任，不会再犯低级错误了。”

罢黜风波在秦德辉的斡旋下顺利平息，他特意留下沈旭磊单独谈话。待众人走尽，白发苍苍的长者对他说道：“Wilson，不是我不帮你，反对的合伙人都是除企业部之外最能赚钱的几个，我必须考虑他们的意见。”

那么，你为什么不在会议开始前告诉我？不给我撤销提案的机会？沈旭磊很想大声质问视作恩师的男人为何要这样羞辱自己。然而，看着他慈眉善目的脸，看着他的微笑，沈旭磊突然读懂了这个男人的老谋深算。他这样做，只是为了教训自己不可得意忘形，这个地方真正的老大只有一个人！

“老师，我明白。”沈旭磊谦逊地微笑，一副知错的模样。

走出会议室，他脸上的笑容瞬间消失，冷酷回到那张俊美的脸，回到那双深邃的眼睛。他快步走回办公室，锁上门放下百叶窗，转身狠狠一拳砸向墙壁。

不仅是羞辱，还有愤怒，以及不可遏制的想要报复所有背叛自己的人。

额头抵着墙壁，他连做好几个深呼吸调整情绪，脑海里已快速排列手头所有客户的亲疏关系。一旦自立门户，应该会有不少客户愿意跟着自己走。

他拿起手机想给平时有私交的客户打电话联络感情，屏幕点亮后发现界面还留在微信朋友圈。沈旭磊随手刷新，瞥见了夏天蓝刚发的内容。

她发了九宫格照片，比基尼和色彩斑斓的沙滩裙显示她的坐标定位是海滩。他看了一眼她的配文——马来西亚卡帕莱，亲爱的我们。

与前面的单人照或剪影不同，最后一张图片，所谓的“我们”露出了真面目。夏天蓝和Alex头碰头躺在沙滩上，笑得很开心。

原来，自己从前的预感没有错！沈旭磊一直能感觉到夏天蓝和Alex之间存在着暧昧的磁场，他们有着相似的兴趣爱好和品味，常常能默契地接上对方的话，这份诡异的心有灵犀以他和天蓝的订婚、Alex和欧楠的复合告终。如今，恢复自由身的两人，终究在一起了。

他勾起嘴角，嘲弄的微笑浮现俊美脸庞。他们才分手没几天，旧爱余温尚在，新欢已然登堂入室，速度够快啊！说不定，夏天蓝和Alex早已暗度陈仓，自己十三年前干的蠢事恰好送上门给了她分手的理由。

沈旭磊无法控制嫉妒的手指，点了夏天蓝的相册看她这两天的照片。有个会玩摄影的男朋友，最大的好处莫过于个人照的角度、构图、用光都极尽完美，她似乎比记忆中的女子更美好。

他点击查看原图，恋恋不舍地爱抚她的脸颊。你不会知道，我到底有多爱你。

“你这种人不会明白的，四千七百多天，我每天活在负罪感里，每一天都认为自己永远得不到爱，就算得到也注定要失去。”她控诉的声音回荡在耳边，字字泣血，声声有泪。

十三年前，命运把我们联系在一起，它要我们同生共死，所以让我们背负同样沉重的罪孽。你才是不明白的那个人，你的人生只能属于我！

手指下滑，沈旭磊刷新天蓝的相册，见到她又发了一张照片，配文写着：今天，我们要考AOW了！

照片是夏天蓝和Alex的自拍，背后海天一色，如她名字一般明媚的夏日之蓝。

如果不能再拥抱你，至少接受我的祝福吧！沈旭磊微微一笑，退出微信打开阅后即焚APP，给她发送最后一条消息。

ADVANCED OPEN WATER DIVER（开放水域进阶潜水员），简称AOW。夏天蓝和Alex都持有OW证书，他们选择仙本那度假的另一个目的就是想拿到AOW证书，相比OW能够再下潜十二米，达到三十米的深度。

夏天蓝发完朋友圈，兴高采烈地坐上快艇准备出发去潜点进行深潜。Alex从背包里拿出一罐防晒霜，问她要不要涂。

她的后背晒伤了，红红的一片，一碰就疼。昨天一大早，天空阴沉沉，夏天蓝一时偷懒没涂防晒霜，穿着比基尼就下海游泳去了。等她游了一圈上岸，发现透过云层的太阳光威力依旧惊人，她就这么光荣地留下了太阳的印记。

她点点头，Alex毫不避讳地帮她涂抹防晒霜。他的手温柔抚过她的后背，她能感觉到从指尖传来的轻颤。

手机提示音响起，她拿起手机看了一眼，沈旭磊给她发了一条阅后即焚的消息。

夏天蓝有些意外，她接过Alex递来的防晒衣，一边穿衣服一边低头看着双膝之间的手机。他写了一段文字，阅读时间设置了十五秒。

只看第一句，夏天蓝的眼睛不由睁大。她急切地拿起手机，快速浏览全文。

他说："Summer，对不起我说谎了。关于车祸，其实那天我走到过他的面前。虽然很怕，但要是他还有救，我肯定不会逃走。当时他还能动，我看到他从腰包里拿出手机，扔到了旁边。那时候我觉得他不想活了，才会把能拨打求救电话的手机扔掉。然后，我逃走了。对不起，假如早知道会变成现在这样，我一定会阻止他，也阻止我自己。"

十五秒过去，沈旭磊告诉她的真相消失在手机屏幕上。她怔怔地望着一片空白，头脑里也空白一片。

过了好几秒，一个念头在脑海里左突右冲，刺得她脑袋发痛。何家伟把求救的手机扔到一旁，显然是想利用自己的意外身亡保险金送她出国。他，是自杀的！

"怎么了？"见她神色不对，Alex关切地问道，"要是不舒服，我们改明天深潜。"

夏天蓝摇摇头，把何家伟甩到脑后："没事，不用担心我。"

"真的没事？"他不放心，狐疑地追问。

"我说没事就是没事。"天蓝提高了音量，恶狠狠强调。相识至今，除了沈旭磊那件事之外，她从未大声斥责过Alex，一下子让他感到事态严重。

他伸手按住她的肩膀，温柔的眼神变得凌厉："Summer，告诉我发生了什么事。你又感到焦虑，还是恐慌？"接下来他们即将潜入深海，情绪不稳定可不是闹着玩的。

夏天蓝闭上眼睛深深吸气，再慢慢吐出一口长气："你相信我好不好？真的没事。"她强颜欢笑，不想让他平添担忧。

就算他是自杀又怎样？十三年了，欠他的早就还清了！夏天蓝不断地告诉自己。

"那，笑一笑，让我知道你没事。"他拍拍她的脸，命令她"笑得正常一点”。

夏天蓝嫣然一笑，亮闪闪的眼睛看起来既温柔又多情。Alex暂且放心，同时提醒自己下潜后一定要寸步不离她身边，万一有事他也能够及时支援。

教练对他们做了下水前的指导，大家穿上潜水衣、脚蹼，整理了面镜、呼吸管，再互相检查完毕BCD、电脑表和氧气瓶容量，然后跟着教练走到船边，翻身跃入海中。

一组人顺着潜水绳下潜到五米的深度，Alex对夏天蓝做了一个手势，示意她一定要紧跟自己。她回了一个“OK”，跟着他继续下潜。

电脑表显示他们下潜的深度已经过了二十五米，正向AOW的三十米前进。夏天蓝的视线通过面镜望向前方的深海，水面的光线通过折射幻化成万丈光芒，色彩斑斓的鱼群慢悠悠地穿梭往来……这个世界纯净无声，却美得勾魂摄魄。

万尾梭鱼在她的眼前形成风暴圈，一个人影突然出现在风暴圈下方。

何家伟，那是何家伟！

他朝她伸出手，宛如被大火围困的那一夜，他用同样的姿势命令她把手递给他。

“来吧，夏天蓝，我不会抛下你！”

夏天蓝划动脚蹼，向着西里伯斯海的更深处下潜……

番外篇

番外篇

那一夜

"We have to get used to the idea that at the most important crossroads in our life there are no signs."（我们必须习惯，站在人生的交叉路口，却没有红绿灯的事实。）

二○○三年七月九日，这是一个没有月亮星光也黯淡的夜晚，云层压得很低，盖满了整个天空。

何家伟的摩托车在“小蜜蜂宅急送”基地门口停了下来，他面前的办公室灯火通明。隔着窗子，他能看到值夜班的接线员和待命的骑手们。他快活地向屋子里的人挥了挥手，不管别人能不能瞧见。

这家号称二十四小时服务的宅急送公司刚成立半年，在市内引起过不小的轰动。它的创始人在日本留学经商多年，带了大笔资金回国创业，瞄准的正是国内尚未发展起来的快递业务。小蜜蜂的口号是“什么都能安全送达”，大到家用电器小到一封信件，甚至汤汤水水的外卖，一律来者不拒。

何家伟刚送完一单快餐店的外卖，他抱着头盔走进办公室，和大家热络地打了个招呼。晒成古铜色的英俊脸庞带着真诚的笑容，他兴高采烈说道：“我回来了！”

看到他，屋子里的人都露出了兴奋难抑的神色。见状，家伟按住胸口，故作娇羞道：“好吧，我知道自己人见人爱花见花开，但是你们也不用像看财神爷一样盯着我吧，人家会怕怕哦。”

他的玩笑引起哄堂大笑，连之前脸色不太好看的接线员小荷都“扑哧”一声笑了出来。平素与何家伟称兄道弟的小陈一把勾住他的肩膀：“兄弟，我们在打赌你今天晚上会不会表白。我看好你肯定能拿下蓝妹妹，你可千万不能害我输钱！”

“表白？”何家伟一脸受到惊吓的表情，忙不迭拉开小陈的手。“喂，天蓝是我妹妹，你们胡思乱想啥。兄妹恋，那可是要遭天谴的。”

“她姓夏，你姓何，你们又不是亲兄妹。”另一个骑手小张帮着起哄，“你要不喜欢她，干吗拦着大家追天蓝，大伙说是不是？”

一群血气方刚的年轻人拍桌子的拍桌子，跺脚的跺脚，用“嗷嗷”叫唤附和小张的质疑。家伟翻了个白眼，懒得理会他们的无聊想法。他走到小荷桌前，放下刚收回来的快递费，说道：“小荷，我今天有事早点走，剩下的钟点和小陈子交换，明天替他上晚班。”

“嗯嗯，和蓝姐姐说一声‘生日快乐’。”小荷比夏天蓝小两岁，没考上大学，两个月前刚入职做接线员，“对啦，《都市壹周》这期的情感方程式专栏我一直在看，蓝姐姐写得好感人，我忍不住哭了。”她娇嫩如花的脸上满满都是崇拜，眼睛里却闪着爱慕的光芒，那是给他的。

何家伟假装看不懂她的眼神。他今年二十四岁，生活的重心只围绕一个女孩——夏天蓝。明天就是她的二十岁生日，他们相约今晚在白沙湾一同迎接日出。

其实谁都不知道夏天蓝的生日到底是哪一天，她和他一样是被遗弃在圣爱孤儿院门口的孩子。相比之下，何家伟觉得自己的父母稍微负责一点，至少他们留下的纸条不仅写了他的名字，还一并写上了出生日期。

小荷桌上的电话响了起来，她冲家伟抱歉地笑笑，在铃响第二声的时候即刻提起话筒，柔声说道："您好，小蜜蜂宅急送为您服务……"

何家伟离开小荷的桌子，走到储物柜前打开自己的柜子拿出准备送给天蓝的生日礼物。小张又凑了过来，怪叫道："哟，送手机这么高级的礼物，你真舍得花钱。"

他白了小张一眼："天蓝又拿了一等奖学金，这是我答应的奖励。"他的语气充满骄傲。他从小读书不怎么样，但是能供养读书很棒的妹妹，她取得的成绩仿佛也有了自己的一份功劳，何家伟与荣有焉。

"咏乐街要发一份快递，要赶十一点发到广州的那一趟车，谁去拿件？"小荷放下电话，举着手里的便笺高声喊道。

"是不是在白沙湾？我正好过去。"家伟快速心算往返时间，抬起手呼应，"这单我接了，谁都别抢。"

"去吧去吧，赚钱狂人。"屋子里的众人异口同声把他"轰"出门外。

何家伟将手机盒子塞进背包，戴好头盔跨上摩托车。小陈追了出来，靠住门框冲他嚷嚷："兄弟，喜欢就去追吧，我挺你！"

家伟回头看了他一眼，头盔遮住了大半张脸，小陈看不清他的表情。他看到那个男人冲自己挥舞了一下拳头，但无法确定他到底想要表示赞同还是"去死吧"。

小陈大声笑了起来，望着绝尘而去的摩托车，跳着脚大叫："告诉蓝妹妹，生日快乐！"

二〇〇三年七月九日，沈旭磊甩着车钥匙，摇摇晃晃走在酒吧街的石子路上。他的喉咙和胃里火辣辣的，像有一把火在熊熊燃烧。这得怪罪于他出门前一口气灌下的一杯龙舌兰，他完全想不起自己请全场一个round的理由是什么，脑海里留存的最后一幕是将龙舌兰一饮而尽。

脚下一个趔趄，旭磊的身体向前俯冲，差点摔倒在地。"谁想出来铺石子路的，没经验的蠢货！"他骂骂咧咧，发泄似的踢了绊到自己的鹅卵石一脚。

痛！很痛！

英俊的面孔表情扭曲，沈旭磊对“自作自受”的含义有了直观认识。他烦躁地抓抓头发，将反常归咎于好几周不近女色的“和尚”生活。

自从顾雪琴离开沈旭磊，他一直处于空窗期，并没有新上任的女友入住校外的豪华公寓，他用实际行动证明顾雪琴的无端猜疑完全是错误举证。谁能想到，堂堂法律系才女居然乐衷研究八卦周刊无病呻吟的情感专栏，还喜欢一一与他对照。旭磊为此抗辩过好几回，他的慷慨激昂到了顾雪琴那里，只以一句“做贼心虚”就被打发回来，久而久之自然心灰意冷对她丧失了兴趣。

他二十一岁，刚刚结束大学第三年的学习，打算明年先进入父亲好友秦德辉律师的事务所实习。秦德辉是本市乃至全国有名的律师，从前专攻刑事抗辩，为几起要案的嫌疑人进行过辩护。后来他创办自己的律所，业务主要转向企业法律事务，很快又创下新的声望。他是沈旭磊的偶像，甚至于他放弃绘画报考法学院的动力就是因为秦德辉。

秦德辉前几年帮助沈旭磊的父亲打赢了画作版权纠纷的官司，不仅让沈耀华拿回应得的利益，也让这个遭人白眼郁郁不得志的男人重新找回尊严和意气。沈旭磊亲眼目睹父亲在官司前后的变化，他对父亲的“儿童式”崇拜迅速向“成人化”感情转变——譬如找一个更切实际的偶像。

沈旭磊从小到大的读书成绩出类拔萃，即便进入强者如林的法学院，他也是那种轻轻松松就能拿到奖学金的人。课业之外，他的生活同样丰富多彩，俊美的外表足以让他荣登“校草”榜首，再有法学院的光环加持和富裕的家境，这名男生在校园内外都是极受欢迎的“钻石王老五”。

至于他本人，抱着“人不风流枉少年”的想法，除了严肃地对待法律，其他方面简直可用“放浪形骸”来形容。最典型的例子莫过于仗着从前学习过油画，沈旭磊对每一个他看上的美丽女孩都会说一句“想请你成为我的缪斯”，画着画着，就把对方画到床上去了。

关于他风流成性的故事在校园里广为流传，偏偏总有纯洁无知的少女以为自己会成为风流浪子的永久终结者，心甘情愿排着队伤心。

顾雪琴是沈旭磊交往时间最长的一任女友，三个月。他能维持新鲜感的一大因素是因为他们势均力敌，这个敢于同他竞争一等奖学金的女生让他体会到征服者的乐趣。而一旦她变得婆婆妈妈和其他俗气的女生一样疑神疑鬼并且试图永远捆绑住他，旭磊就迫不及待想要逃离。

只有一次，顾雪琴一直拿来和沈旭磊做对比的情感专栏引起了他的共鸣。那个名叫Summer的作者写了一句话，她说："恋爱有时就像战争，等待的是一个能够征服自己的人。"

这个人，在沈旭磊的生命旅程里，还未出场。

他抬起头仰望天空，这是一个没有月亮星光也黯淡的夜晚，云层压得很低。

"真糟糕，明天不会有日出了。"他对自己说，打消了原本想去白沙湾等待日出的念头。

坐上红色的跑车，旭磊随手将手机扔在副驾驶位子上。他点火起步，正打算从前车后侧驶出，旁边突然飞驶而过一辆车。

他猛地踩了一脚刹车，旁边座椅上摆着的手机惯性使然飞了出去，"啪"一声掉落在座位下面。

旭磊的脑袋探出车窗，对着那辆嚣张汽车的尾巴恶狠狠骂了一句脏话。

红色跑车终于顺利起步，汇入车水马龙之中。

二〇〇三年七月九日，咏乐街一幢四层高的小楼，有两个男人站在天台上，面对面抽烟。他们都身穿紧身背心和牛仔裤，半长的头发覆盖着肩膀，标准的摇滚青年。

左耳带着银色耳钉的男人吐出一个完美的眼圈，斜睨手臂纹满花绣的同伴，问道："你和宅急送确认过几点能到？"

"十一点有一辆货车发广州，他们保证来得及。"纹身男笑笑，"乔浩然，你什么时候变得这么婆妈？反反复复问了三遍。"

乔浩然，二十二岁，刚领了大学毕业证书没几天。他念数学系，算是一名品学兼优的毕业生。继父兄长的儿子做私募基金，一早就邀请他毕业后加盟。母亲和继父都表示赞同，极力怂恿他应承下来，可是他本人不愿意。

他喜欢音乐，读书期间和几个朋友组了乐队，自己写歌在酒吧驻唱，竟然闯出了一点小小的名气。这是一个原创音乐以及Rock &Roll流行的年代，他幻想去更大的舞台表达自己对这个时代的思考。

指间的香烟慢慢燃烧，轻烟抚过他的脸。“我家里的情况，你又不是不知道。”他望着不远处霓虹灯闪烁的酒吧街，眼神漠然。这个世界在理想主义者的眼里已经崩坏腐烂，就像那条醉生梦死的街，人人用买酒寻欢来逃避丑恶的现实，情愿在酒精中烂醉如泥也不愿努力抗争。

“了解，了解，这次要是出不了道，你就要回去跟着那个苏什么的人炒股票了。”纹身男边说边打量他，兴许想到乔浩然剪短了头发西装革履一本正经的模样和面前形象的巨大反差，他自个乐不可支地笑起来。

他们刚刚剪辑制作完成乐队的录音带，正等着宅急送的快递员。广州有一家唱片公司面向全国招募原创音乐人，后天便是截止日期。怎么算，都必须要在今晚让这盒录音带搭上开往广州的货车。

纹身男打电话的时候，剪辑师和浩然还在录音室进行最后的混音。接线员问明情况，信誓旦旦保证他们制作完成时快递员一定能赶到。他留了手机号码，以便快递员到达时联络。

手机铃声响起，他猜想应该是宅急送的快递员，便打开了免提让乔浩然也能听到对话。手机那头传来一个年轻富有朝气的声音：“您好，我是小蜜蜂宅急送的快递员。请问你们在咏乐街的哪一头？”

咏乐街是一条狭长的街道，而且还是俗称的“断头路”。它的一段在白沙湾，另一段隔着在建中的高架桥，属于另一个区。

“我们在白沙湾这一段，你从滨海公路开过来比较快。”乔浩然吸了一口烟，抢过发言权，“麻烦能不能快一点？今天一定要把这个急件发出去。”他特意强调这是“急件”。

年轻的声音发出爽朗的笑声：“请您放心，先生，我正在滨海公路附近，很快就能到咏乐街。”

除了他的笑声，那一头还传来摩托车发动的声音。“好，我等你。”

香烟燃尽，浩然手指轻弹，烟头从屋顶扑向大地的怀抱。一辆红色的跑车从下方街道飞驰而过，他认出了车型，眼神中满是不屑和蔑视。

开法拉利的富二代，像寄生虫一样令人作呕！

远方，云层越来越厚，吞灭天空最后一丝光亮。

这是一个没有月亮，也没有星光的夜晚。